# कहाँ तुम चले गए...

# कहाँ तुम चले गए...

## दास्तान-ए-जगजीत

**राजेश बादल**

MANJUL

मंजुल पब्लिशिंग हाउस

**मंजुल पब्लिशिंग हाउस**

*कॉरपोरेट एवं संपादकीय कार्यालय*

• द्वितीय तल, उषा प्रीत कॉम्प्लेक्स, 42 मालवीय नगर, भोपाल-462 003

*विक्रय एवं विपणन कार्यालय*

• सी-16, सेक्टर 3, नोएडा, उत्तर प्रदेश, 201301

वेबसाइट : www.manjulindia.com

*वितरण केन्द्र*

अहमदाबाद, बेंगलुरू, भोपाल, कोलकाता, चेन्नई,
हैदराबाद, मुम्बई, नई दिल्ली, पुणे



यह हिन्दी संस्करण 2022 में पहली बार प्रकाशित

**ISBN 978-93-5543-180-6**

मुद्रण व जिल्दसाज़ी : न्यूटेक प्रिंट सर्विसेस-इंडिया

# कहाँ तुम चले गए...

## भूमिका

# जग जीतने वाले जगजीत

हिंदी ग़ज़ल को महफ़िलों से निकालकर आम अवाम के दिलों तक ले जाने वाले जगजीत सिंह आज हमारे बीच नहीं हैं, लेकिन अपने हुनर के दम पर वे हरदम साँसों के साथ दिलों में धड़कते रहेंगे। वे मेरे बड़े भाई थे और मेरे लिए सब कुछ थे। मगर अनगिनत लोग ऐसे हैं, जिनके लिए वे भगवान से कम नहीं थे। वे एक संवेदनशील और बेहद नरम दिल वाले इंसान थे। उनके मानवीय पहलू का यही असर उनकी गायिकी में आया। मुझे कहने में कोई हिचक नहीं कि उनको यह गुण मेरे माता-पिता के संस्कारों से मिला। आज समूचे संसार में करोड़ों संगीत प्रेमी इसका सबूत हैं।

आम मध्यम वर्ग के घरों की तरह हम लोगों की परवरिश हुई। उस दौर का औसत हिंदुस्तानी कोई अमीर नहीं था। बचपन में हम लोगों की बहुत-सी ख़्वाहिशें इसी वजह से दम तोड़ गईं। पिताजी और बड़े भाई साब ने जगजीत जी में संगीत के प्रति सच्ची लगन देखकर उन्हें इसी क्षेत्र में आगे बढ़ाया। हालाँकि वे चाहते थे कि जगजीत जी केवल संगीत के आध्यात्मिक और जीवन दर्शन वाले रूप पर ध्यान दें। लेकिन उनके गुरु ने तो पहले ही कह दिया था कि यह जग को जीतेगा और भाई साब ने ऐसा कर दिखाया। अपने संघर्ष और संगीत के सहारे उन्होंने वाकई जग जीत लिया।

आज भी भारतीय समाज में संगीत को ज़िंदगी का साथी बनाने के बारे में लोग आश्वस्त नहीं होते। उस दौर में तो यह और भी कठिन था। न टीवी आया था और न इस तरह छोटे परदे पर गायन प्रतियोगिताएँ होती थीं, जो बचपन से निखारने का काम करतीं। ऐसे में जगजीत भाई साब का सफ़र बहुत आसान नहीं था। फिर भी उन्होंने ग़ज़ल को उस मुकाम पर ला खड़ा किया, जहाँ नई नस्लें ग़ज़ल के क्षेत्र में अपने सपनों को साकार कर सकती हैं। आज हिंदुस्तान में ग़ज़ल जिस शिखर पर है, उसके पीछे भाई साब एक प्रेरणा पुरुष के तौर पर नज़र आते हैं। सैकड़ों प्रतिभाशाली गायक उनका

गायन सुनकर सीख रहे हैं। जगजीत जी ने जीवन भर नए लोगों को आगे बढ़ाने का काम किया। मैं भी उनमें से एक हूँ। वे चाहते थे कि जिस तकलीफ़ और हताशा का दौर उन्होंने देखा है, नई पीढ़ियाँ उसका सामना नहीं करें। जगजीत-चित्रा की जोड़ी लंबे समय तक उन्हें आगे ले जाने का काम करती रही। दुनिया भर में अपने कार्यक्रमों के दरम्यान भाई साब ने टुकड़ों-टुकड़ों में अपने संघर्ष की ये दास्तानें सुनाई हैं।

आज वे नहीं हैं तो उनके प्रामाणिक ज़िंदगीनामे को नई पीढ़ियों तक पहुँचाने का काम मंद-सा हो गया है। इस कड़ी में पत्रकार, लेखक और फ़िल्मकार राजेश बादल ने पहली बार हिंदी में उनकी जीवन यात्रा समेटने का काम किया है। श्रीगंगानगर से लेकर जालंधर, लुधियाना, कुरुक्षेत्र, देहरादून और दिल्ली से मुंबई तक जगजीत जी के मित्रों, सहयोगियों, संबंधियों और परिवार के लोगों से उन्होंने बात की है। इस किताब से पहले इस महान कलाकार के सफ़रनामे पर हिंदी में कोई समग्र काम नहीं हुआ है। राजेश बादल राज्यसभा टेलिविज़न के लिए जगजीत जी पर एक-एक घंटे की पाँच फ़िल्में बना चुके हैं। ये फ़िल्में दर्शकों ने काफ़ी पसंद की हैं। अब इस पुस्तक के माध्यम से उनके चाहने वाले दर्शक, श्रोता और पाठक विस्तार से जान सकेंगे। उनके सफ़र से पता चलता है कि कैसे एक नौजवान सहारे-साधनों के बिना अपनी प्रतिभा के बल पर मुंबई जैसे महानगर में सिफ़र से शिखर तक पहुँचता है। ग़ज़ल और गायिकी पर शोध करने वालों तथा छात्रों के लिए भी यह किताब उपयोगी साबित होगी। पढ़ने वालों के लिए यह पुस्तक एक तोहफ़े से कम नहीं है।

मैं मंजुल पब्लिशिंग हाउस को धन्यवाद देना चाहता हूँ कि उन्होंने राष्ट्रभाषा हिंदी में जगजीत जी के बारे में इतने विस्तार से जानकारी आप तक पहुँचाई है।

**करतार सिंह**
लोकप्रिय ग़ज़ल गायक और
जगजीत सिंह के छोटे भाई
नई दिल्ली

# अपनी बात

## जगजीत सिंह ही क्यों?

भारतीय समाज में लोकगीत और फ़िल्मी गीत तेज़ गति से संप्रेषित होने वाली विधाएँ हैं। इनके लिए आम आदमी का बहुत पढ़ा-लिखा होना आवश्यक नहीं है। लोकगीतों में बोलियों के शब्द होते हैं और फ़िल्मी गीतों में शब्दों की ताक़त के अलावा मधुर संगीत तथा धुनें दिल की गहराई तक उतरने के लिए पर्याप्त होती हैं। लेकिन शास्त्रीय और सुगम संगीत की कुछ विधाओं के साथ ऐसा नहीं है। ख़ास तौर पर ग़ज़ल के मामले में तो बिलकुल भी नहीं। ग़ज़ल का सफ़र देखें तो पाते हैं कि वह जैसे एक विशिष्ट आभिजात्य (Elite Class) वर्ग के लिए ही बनाई गई थी। वह महफ़िलों और दरबारों की शोभा बढ़ाया करती थी। कालखंड के हिसाब से ग़ज़ल परिमार्जित तो होती रही, लेकिन आम आदमी उसे गुनगुनाने लगे - यह स्थिति कम से कम पचास साल पहले के हिंदुस्तान में तो नहीं थी। आज़ादी के अनेक साल बाद तक यही स्थिति बनी रही। लेकिन एक दौर ऐसा भी आया, जब ग़ज़लों में आम आदमी के सरोकार झलकने लगे। उनमें सिर्फ़ इश्क़िया शायरी ही नहीं होती थी। ज़िंदगी के मसले, सम-सामयिक घटनाक्रम और संवेदनाओं के तमाम रूप इस विधा में नज़र आने लगे। परंपरागत ग़ज़ल धीरे-धीरे हाशिए पर जाने लगी और एक दिन समूचे हिंदुस्तान ने हैरत से देखा कि ग़ज़ल गायिकी के शिखर पर जगजीत सिंह जैसा बेजोड़ सितारा चमकने लगा है। यह सितारा अपने पूर्वजों - बेग़म अख़्तर, कुंदनलाल सहगल, तलत महमूद और मेहदी हसन जैसे अनेक सितारा ग़ज़ल गायकों से एकदम अलग था। उसकी ग़ज़लों में पक्की शास्त्रीयता के साथ ऐसे प्रयोग भी थे, जो सुनने वालों को सम्मोहित कर देते थे। देखते ही देखते संगीत प्रेमी उसके दीवाने हो गए। इस तरह की दीवानगी पहले कभी नहीं देखी गई थी। ग़ज़ल संसार में जगजीत सिंह ने एक ख़ामोश क्रांति कर दी थी।

वैसे ग़ज़ल की पारंपरिक परिभाषा तो औरतों के बारे में अथवा औरतों से बात करना है। या यूँ कहूँ कि प्रेमिका से संवाद का ज़रिया ग़ज़ल को माना जाता रहा। इस अभिव्यक्ति का दायरा श्रृंगार, मिलन, वियोग और करुणा का भावुक सीमा संसार छूता था। सैकड़ों साल पहले इसमें अरबी और फ़ारसी के शब्दों की प्रधानता थी। बाद

में उर्दू के लफ़्ज़ इसमें घुल-मिल गए। इस तरह हिंदुस्तान ने ग़ज़ल को अपना लिया। मिर्ज़ा ग़ालिब ने इसमें ज़िंदगी का फ़लसफ़ा शामिल किया तो मोमिन ने उसमें एक ख़ास तरह की कोमलता मिलाई, ज़ौक़ ने भाषा को परिष्कृत किया तो बहादुर शाह ज़फ़र ने वेदना, करुणा और बेबसी का अपनी ग़ज़लों में इज़हार किया। इक़बाल ने भी दार्शनिक अंदाज़ को ही विस्तार दिया। इसके बाद आज़ादी के आंदोलन में गोरी हुकूमत के ख़िलाफ़ आक्रोश भी कुछ दशक तक ग़ज़लों में उभर कर आया। हिंदुस्तान को स्वतंत्रता मिली तो फिर ग़ज़ल लेखन ने नए आयाम देखे। उस दौर में ग़ज़ल लिखी तो जा रही थी, मगर उसे गाने वाले अपेक्षाकृत कम ही थे। मुशायरों के दरम्यान तरन्नुम में पढ़ने वाले शायर ही इतने सुरीले होते थे कि शायद अलग से गायकों की ज़रूरत समझी नहीं गई। उन दिनों तबला, सारंगी और ढोलक पर ग़ज़ल गाने वाले नहीं के बराबर थे। महफ़िलों में मुजरे होते थे। उनमें गायिकाएँ अपने ढंग से वाहवाही लूटने के लिए लोकप्रिय रचनाओं को अपने गायन में स्थान देती थीं। वे लोक शैलियों में भी गायन की विधा को सुरक्षित रखती थीं। आज़ादी के बाद धीरे-धीरे मुजरे दम तोड़ गए। ख़ालिस ग़ज़ल गाने वाले भी इने-गिने ही बचे थे। बेग़म अख़्तर इनमें सबसे बड़ा नाम था। पाकिस्तान से केवल मेहदी हसन का नाम सुनाई देता था। इन दोनों के गायन में परंपरा ही प्रमुख थी। उपमहाद्वीप जब आधुनिकता की करवट ले रहा था तो उसकी झलक ग़ज़ल गायन में तनिक अलसाई-सी दिखाई दी। पुरानी फ़िल्मों में भी पार्श्वगायकों ने ग़ज़ल गायन के साथ न्याय करने का प्रयास किया। चूँकि फ़िल्मों में पार्श्व गायन उनका पेशा बन गया था; इसलिए लंबे समय तक ग़ज़ल को पूर्णकालिक गायक नहीं मिला। यद्यपि लता मंगेशकर, तलत महमूद, मोहम्मद रफ़ी और मुकेश ने जितनी भी ग़ज़लें गाईं, अपनी तरफ़ से पूरी ईमानदारी बरतने की कोशिश की। यही कारण था कि ग़ज़ल गायन विलुप्त होने से बचा रहा। जगजीत सिंह इसी दौर में प्रकट होते हैं। वे महसूस करते हैं कि ग़ज़ल अगर आम आदमी के दिल की धड़कन नहीं बनती तो इसे बचाना कठिन हो जाएगा। सोच के इसी आधार से जगजीत ने अपनी उड़ान भरी।

दरअसल, जगजीत सिंह और हिंदुस्तान की आज़ादी के बाद का सफ़र कमोबेश साथ-साथ चलता है। उसमें समय के साथ साथ बदलते मनोभावों को भी डूबकर जगह मिली है। वह वक़्त के साथ-साथ आगे बढ़ता रहा। अवाम ने जब पाया कि जगजीत सिंह तो वही बात कहता है, जो उसके अपने दिल की आवाज़ है तो उसने जगजीत को सिर पर बिठा लिया। धीरे-धीरे जगजीत का जादू देशों की सीमाएँ तोड़ता गया। भारत से बाहर भी अनगिनत लोग जगजीत की गायिकी और संगीत के मुरीद होते गए। ध्यान देने की बात यह है कि जगजीत सिंह शायर नहीं थे, मगर वे संगीत और शब्दों को महसूस करने की विलक्षण क़ाबिलियत रखते थे। उनकी आवाज़ एकदम नई थी।

रूहानी और सीधे असर करने वाली। उन्हें ग़ज़लों, गीतों, नज़्मों और लोक संगीत की ऐसी अद्भुत समझ थी, जो दुनिया के किसी अन्य ग़ज़ल गायक में नहीं दिखाई देती। जैसे ही वे किसी ऐसी रचना को सुनते, जो उनके दिलो-दिमाग़ पर छा जाती, तो धुन का आभूषण पहनाने में उन्हें वक़्त नहीं लगता था। राजा से लेकर रंक तक उनकी इस योग्यता के क़ायल थे।

जगजीत सिंह ऐसे इकलौते कलाकार थे, जिन्होंने एक बार लोकप्रियता का शिखर पाया तो हमेशा उस शिखर पर ही रहे। यह किसी भी कलाकार के लिए बड़ा मुश्किल होता है। आप अथक संघर्ष करके चोटी पर पहुँचते हैं और फिर उस स्थान पर बने रहने के लिए रात-दिन एक करना होता है। इसके बाद भी शिखर-कलश सबके हाथ नहीं आता। कोई कुछ समय बाद सितारों की चाल का शिकार हो जाता है तो कोई समय के हिसाब से अपने आप को नहीं बदल पाता। उसके चाहने वालों की अपेक्षा कुछ और होती है और कलाकार हरदम उन उम्मीदों पर खरा नहीं उतर पाता। इसलिए धीरे-धीरे वह अपना शिखर का स्थान गँवा देता है और गुमनामी के अँधेरों में खो जाता है। जगजीत सिंह के साथ ऐसा कभी नहीं हुआ। वे लंबे संघर्ष की बदौलत हिमालयी ऊँचाइयों पर पहुँचे और आख़िरी साँस तक वहीं रहे। आम इंसान की तरह उनकी अपनी ज़िंदगी में भी झंझावात आए। कई बार टूटे और बिखरे। मगर दर्द को पीते हुए अपने हुनर को हम सब तक पहुँचाते रहे। हम उस जगजीत को तो जानते हैं, जो अपने सुरों से सबको सम्मोहित कर लेता था। लेकिन उस जगजीत को नहीं जानते, जो अकेले में बंद अपने कमरे को आँसुओं से भिगोता था। यह सफ़र भी छोटा नहीं था। आसान नहीं था। एक-दो दिन में ही कोई जगजीत सिंह नहीं बन जाता। उसकी दास्तान-ए-ज़िंदगी आने वाली नस्लों के लिए प्रेरणा का स्रोत है।

यह भारतीय समाज की विडंबना है कि अपने पुरखों के योगदान को हम नई पीढ़ियों तक बहुत कंजूसी से पहुँचाते हैं। हमारे नौजवान अगर पूर्वजों के बारे में कोई कृतज्ञ भाव महसूस नहीं करते तो उसका यह एक बड़ा कारण है। आज़ादी के आंदोलन में अनगिनत क्रांतिकारी शहीद हुए। हमारे बच्चे उनमें से कितने देशभक्तों को जानते हैं? शायद दस फ़ीसदी भी नहीं। कितने पाठ्यक्रमों में उनको स्थान दिया गया? कितने लोगों पर शोध प्रबंध लिखे गए? यक़ीनन उत्तर अत्यंत निराशाजनक है। इसी तरह स्वतंत्रता के बाद अलग-अलग क्षेत्रों के जिन महापुरुषों ने हिंदुस्तान को एक महाशक्ति बनाने में योगदान दिया, उनमें से कितनों को हम जानते हैं। जानने की बात तो छोड़ दीजिए, उनके नाम से भी परिचित नहीं हैं। जिनके नाम से परिचित भी हैं तो उनकी याद को अक्षुण रखने की दिशा में क्या काम किया जा रहा है। इसका उत्तर भी कोई आशा नहीं जगाता। अगर सिर्फ़ कला-संस्कृति, संगीत और फ़िल्म संसार की ही बात करें तो

कितने लोग उस्ताद बिस्मिल्ला ख़ान, बड़े गुलाम अली खाँ, उस्ताद अमीर ख़ान, उस्ताद अलाउद्दीन खाँ, भीमसेन जोशी, डी.वी. पलुस्कर, कुंदन लाल सहगल, पंडित रविशंकर, कुमार गंधर्व, दादा साहेब फ़ाल्के, पृथ्वीराज कपूर, देविका रानी, मास्टर फ़िदा हुसैन, मोहम्मद रफ़ी, बेग़म अख़्तर और मंगेशकर बहनों जैसे अनेक सितारों के ज़िंदगीनामे को जानते हैं। इस कड़ी में जगजीत सिंह के जीवन संघर्ष की जानकारी नई पीढ़ियों को क्यों नहीं होनी चाहिए?

इस पुस्तक के प्रकाशन का यही उद्देश्य है। उम्मीद है यह आपको पसंद आएगी। इसे आप तक पहुँचाने के लिए मेरे दो पूर्व सहयोगियों वरिष्ठ पत्रकार डॉक्टर मुकेश कुमार और श्री ब्रजेश राजपूत ने ही सबसे पहले मुझे प्रेरित किया। मैं उनका अत्यंत आभारी हूँ। जगजीत सिंह के बड़े भाई सरदार जसवंत सिंह और छोटे भाई करतार सिंह को भी पारिवारिक जानकारियाँ साझा करने के लिए हार्दिक धन्यवाद देना चाहूँगा। जगजीत सिंह की धर्मपत्नी श्रीमती चित्रा सिंह का दिल की गहराइयों से आभारी हूँ। उन्होंने जगजीत सिंह और अपनी ज़िंदगी के बारे में प्रामाणिक जानकारियाँ और तस्वीरें उपलब्ध कराईं। इसके अलावा मेरे पूर्व सहयोगी श्री रितु कुमार को भी धन्यवाद देना चाहूँगा, जिन्होंने समय-समय पर अपने सुझावों और जानकारियों से इस किताब को समृद्ध बनाया। पिताजी श्री रमेशचंद्र बादल और माँ श्रीमती सरोजिनी देवी बादल का पुस्तक के लिए निरंतर दबाव बना रहा। मुझसे अधिक शीघ्रता मेरे माता-पिता को थी। मेरी धर्मपत्नी श्रीमती डॉक्टर मीता बादल का योगदान मैं कभी नहीं भूल सकता। उन्होंने न केवल यह किताब लिखने के लिए समय लेने दिया, बल्कि एक सख़्त आलोचक के नज़रिए से इस पुस्तक को देखा और इसकी कमियाँ दूर करने के लिए सलाहें दीं। पुस्तक को उपयोगी और पठनीय बनाने के लिए बेटी मेघना, दामाद सौरभ और बेटों राजुल और मीतुल ने अमूल्य सुझाव दिए। यह पुस्तक आप तक पहुँचाने का माध्यम बने मंजुल पब्लिशिंग हाउस का भी तहे दिल से शुक्रिया अदा करता हूँ। प्रबंध निदेशक श्री विकास रखेजा जी और संपादक श्री कपिल सिंह का इसके लिए आभारी हूँ और सबसे बड़ा धन्यवाद आपको देना चाहता हूँ कि आप अपने अनमोल वक़्त से कुछ पल निकालकर हमारे - आपके प्रिय जगजीत सिंह को दे रहे हैं।

- राजेश बादल

# 1

# गंगानगर की गलियों से

कहानी शुरू होती है अँगरेज़ी राज से। उन दिनों गोरे किसी ज़ल्लाद की तरह हिंदुस्तान के लोगों से पेश आते थे। जलियाँवाला बाग़ के बर्बर नरसंहार के बाद तो ब्रिटिश हुकूमत के ज़ुल्म और बढ़ गए थे। पंजाब के किसान ईमानदार और मेहनती थे, लेकिन हालात ने उन्हें मज़दूरी करने पर मजबूर कर दिया था। अनाप-शनाप लगान के कारण हज़ारों किसान अपनी ज़मीन पर खेती करना छोड़ चुके थे। वे मजदूरी करने लगे थे। इनमें से एक किसान परिवार रोपड़ ज़िले के डल्ला गाँव में रहता था। इस परिवार का एक बेटा अमीन चंद गाँव में सबका दुलारा था। उसके पिता और दादा लकड़ी की कारीगरी का काम करते थे। उनके बनाए लकड़ी के रथ बहुत दूर-दूर तक जाते थे। इसलिए अमीन चंद ने भी थोड़ा-बहुत काम सीख लिया था। जिस दिन अमृतसर में जलियाँवाला बाग़ का नृशंस हत्याकांड हुआ, उस दिन डल्ला गाँव से भी कुछ लोग वहाँ गए थे। वे किसी तरह बचकर लौट आए थे। जलियाँवाला बाग़ में हुए गोलीकांड के प्रत्यक्षदर्शी थे। जब वे आँखों देखा हाल सुनाते तो गाँव वालों की आँखों में ख़ून उतर आता। यह दास्तान अमीन चंद को भी गुस्से से भर देती। वह सोचता कि बड़ा होकर इसका बदला लेगा। इसी बीच एक दिन अमीन चंद की माँ हमेशा के लिए उसे छोड़कर चली गईं। अपने अकेलेपन से लड़ाई और अपनी दम पर उसकी पढ़ाई चलती रही। अपने दम पर इसलिए, क्योंकि पिताजी ने पढ़ाई का ख़र्च देना बंद कर दिया था।

आख़िरकार अमीन चंद ने गाँव छोड़कर लुधियाना जाने का फ़ैसला किया। लुधियाना में शाम की कक्षाएँ ज्वॉइन कर लीं। अब दिन भर अमीन चंद काम करते और शाम को पढ़ाई। इस तरह मैट्रिक पास कर लिया। इसके बाद किसी तरह सिविल इंजीनियरिंग में डिप्लोमा कर लिया। डिप्लोमा के बाद काम ढूँढ़ना शुरू कर दिया। कभी कुछ काम मिल जाता। कभी नहीं भी मिलता। इसी बीच अमीन चंद

स्वभाव से कुछ-कुछ आध्यात्मिक रुचि वाले होने लगे थे। अक्सर काम की तलाश में बीकानेर, जयपुर और श्रीगंगानगर तक जाया करते थे। बीकानेर में महाराजा के लोक निर्माण विभाग में काम मिला। वहाँ के एयरपोर्ट का रनवे बनाने की ज़िम्मेदारी अमीन चंद को मिल गई। कुछ ऐसा संयोग हुआ कि इसके बाद ओवरसियर की पहली नौकरी श्रीगंगानगर में मिल गई। वहीं उन्हें गुरबानी पढ़ने और सिख गुरुओं की संगत का अवसर मिला। सिख धर्म से लगाव हो गया। उन्होंने इस धर्म को अपनाने का निर्णय लिया और एक नामधारी गुरु के पास जा पहुँचे। गुरुजी ने सिख धर्म की दीक्षा दी। इस तरह अमीन चंद का नया नाम सरदार अमर सिंह धीमान हो गया। उन दिनों बीकानेर में महाराजा गंगा सिंह का राज था। गंगा सिंह पढ़े-लिखे और आधुनिक ख़याल के थे। वे पढ़े-लिखे नौजवानों की क़द्र करते थे। अमीन चंद के कई दोस्त भी रियासत में नौकरी पा गए थे। रियासत में ओवरसियर की नौकरी अमर सिंह को रास आ गई। यह नौकरी रियासत में एक इंजीनियर मिस्टर मेकेंजी की बदौलत मिली थी। मेकेंजी कैनेडा से आए थे। अमर सिंह अब बेहद खुश थे। अक्सर सर्वे करने के लिए उन्हें कोटा, बूँदी, जयपुर और श्रीगंगानगर जाना पड़ता था।

श्रीगंगानगर शहर महाराजा गंगा सिंह ने बसाया था। भारत के शुरुआती दौर में योजनाबद्ध ढंग से बसाए गए शहरों में यह भी एक है। बीकानेर से मीटरगेज़ रेल चलती थी। अमर सिंह इसी में बैठकर अपने सर्वेक्षण के काम से जाते थे। सन् 1927 में श्रीगंगानगर ज़िले में 143 किलोमीटर लंबी नहर बन जाने से इस

श्रीगंगानगर रेलवे स्टेशन

अमर सिंह और बच्चन कौर

शहर में सूखा और अकाल का संकट दूर हो गया था। अमर सिंह हरे-भरे खेतों के बीच से गुज़रती रेल में बैठे अक्सर अपने सपनों के संसार में खो जाते। ख़यालों में खोए हुए अमर सिंह कभी पंजाबी कीर्तन तो कभी लोकगीत गुनगुनाया करते थे। अमर सिंह इस बात से बेख़बर रहते थे कि रेल के उस डिब्बे में कोई उन पर लगातार नज़र रख रहा है। एक दिन सामने बैठे एक अनजान रौबीले सरदार ने अमर सिंह से नाम-पता पूछा। वे एक शौक़ीन तबीयत के सिख ज़मींदार थे और अपनी बेटी बच्चन कौर के लिए मन ही मन अमर सिंह को पसंद कर चुके थे। एक दिन बच्चन कौर के ज़मींदार पिता अमर सिंह के पिता से मिलने पंजाब जा पहुँचे। अमर सिंह ने अपनी मंज़ूरी तो दे दी, लेकिन पिताजी के पास जाकर औपचारिक बात करने का अनुरोध किया था। अमर सिंह के पिता ने खुशी-खुशी रिश्ते पर मोहर लगा दी। इस तरह बच्चन कौर अमर सिंह की धर्मपत्नी बन गई।

शादी के कुछ साल बाद बाद अमर सिंह ने 1940 में श्रीगंगानगर बसने का फ़ैसला किया, क्योंकि रियासत ने उन्हें वहाँ बड़ी ज़िम्मेदारी दे दी थी। परिवार में खुशियों की बहार थी। एक के बाद एक नए मेहमानों के आने का सिलसिला भी शुरू हो गया। कुल ग्यारह बच्चे आए। इनमें सात ही जीवित बचे। सात में से तीसरे नंबर पर था बालक सरदार जगमोहन सिंह। आठ फ़रवरी, 1941 को जगमोहन ने श्रीगंगानगर में दुनिया को पहली बार अपनी आँखों से देखा। जन्म से पहले पिता अमर सिंह चिंता में थे, क्योंकि उन दिनों प्रसव के दौरान महिला या बच्चों की मृत्यु हो जाया करती थी। उन दिनों श्रीगंगानगर में बाक़ी हिंदुस्तान की तरह बच्चों का जन्म घर में ही होता था। क़स्बे में एक ही अनुभवी दाई सुरजी बाई रहती थी। उसने कहीं प्रशिक्षण नहीं लिया था, लेकिन वह परंपरागत ढंग से प्रसव कराने में कुशल थी। सुरजी बाई को सारा क़स्बा मोहरली बाई के नाम से भी जानता था। इसके पीछे कहानी यह थी कि उन दिनों शहर के एक सेठ के पर कोई संतान नहीं थी। सुरजी बाई ने कुछ नुस्ख़े बताए और सेठ को बेटा मिला। सेठ ने सुरजी बाई को सोने की मोहरों की माला भेंट की। तब से सुरजी बाई को लोग मोहरली के नाम से ही पहचानते थे। सुरजी बाई ने बीते दिनों ज़िंदगी का शतक लगाने के बाद इस लोक से विदाई ली। सागर शर्मा और रेवती रमन शर्मा के सौजन्य से बड़ी मुश्किल

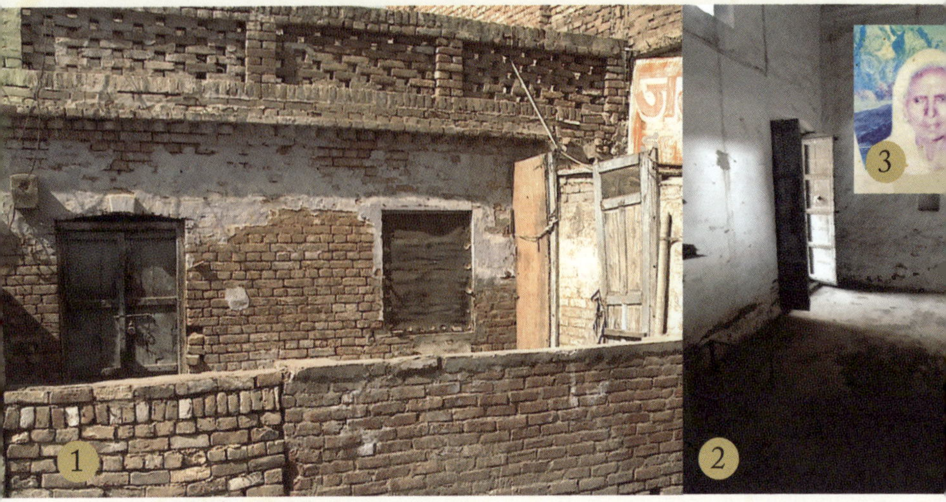


**1. इस घर में जगजीत सिंह का जन्म हुआ, 2. घर का भीतरी दृश्य, 3. जन्म कराने वाली दाई**

**जगजीत भाई-बहनों के साथ**

से उसकी तस्वीर मिली।

इसी जगमोहन को आगे जाकर संगीत-संसार ने जगजीत सिंह के रूप में जाना। अमर सिंह इसी बीच लोक निर्माण विभाग में पक्की नौकरी पा चुके थे। उन्हें सरकारी मकान जी-25 भी आवंटित हो गया था। यह 1948 का साल था। कुछ समय बाद पिताजी का तबादला बीकानेर हो गया। पाँच-सात साल यह परिवार बीकानेर रहा। उसके बाद वापस श्रीगंगानगर। जगमोहन की दो साल तक प्राइमरी शिक्षा बीकानेर के सरकारी स्कूल में हुई। वह बचपन से ही चुलबुला, नटखट और शरारती था। उसकी नाना प्रकार की हरकतें कभी माता पिता को अच्छी लगतीं तो कभी परेशान कर देतीं। अमर सिंह भावुक, बेहद संवेदनशील लेकिन एक सख़्त, अनुशासनप्रिय और परंपरागत पिता थे। बच्चों को हर हाल में शाम साढ़े छह-सात बजे तक घर लौट आने के सख़्त निर्देश थे। कोई बच्चा अगर देर से आया तो पिताजी के सामने पेशी होती थी और उनके सवालों की बौछार का सामना करना पड़ता था। आमतौर पर

**जगजीत के पिता को मिले मकान जी-25 पर लेखक के साथ शायर आलोक श्रीवास्तव**

उन दिनों के पिता ऐसे ही हुआ करते थे। ईमानदारी कूट-कूट कर भरी हुई थी। घर का गुज़ारा सिर्फ़ वेतन से ही होता था। ऊपर की कमाई अमर सिंह के लिए पाप थी। घर में फ़िज़ूलख़र्ची पर कड़ाई से नज़र रखी जाती थी। यहाँ तक कि घर में चाय पीने पर भी रोक थी। उन दिनों भारत में चाय अँगरेज़ी पेय मानी जाती थी। चाय की पत्ती ख़रीदना यानी एक तरह से अय्याशी का सामान घर में रखना। इसलिए पिताजी के सख़्त निर्देश थे कि घर में चाय नहीं बनेगी। बच्चे बाहर जाकर छुप-छुप कर दुकान पर चाय पीकर आ जाते थे। जगमोहन के ज़िम्मे किराना और सब्ज़ी ख़रीदकर लाने का काम था। जब उन्हें इस ख़रीदारी के लिए पैसे मिलते तो एक आना बचा लेते। उसमें एक चाय और एक रसगुल्ला तो आ ही जाता था। बाज़ार के छोले और ब्रेड भी जगमोहन को बेहद पसंद थे। जगमोहन के जीवन की यह सबसे बड़ी चोरी या अय्याशी थी। चुपचाप चाय पीकर आना जगमोहन की आदत बन गई और कई साल चलती रही। उन दिनों पतंग उड़ाना एक महँगा खेल था। मध्यमवर्गीय परिवार हर बच्चे के लिए एक-एक पतंग ख़रीदने की हैसियत नहीं रखता था। जगमोहन ऐसे में पतंग काटते और कटी पतंग लूटते थे। फिर उड़ाते थे। आम तौर पर लूटी हुई पतंग पर बच्चे का हक़ मान लिया जाता था। जगमोहन के लिए यह दूसरा अमीरों वाला खेल था। पतंग उड़ाने की एक घटना का बहुत दिनों के बाद उन्होंने कुछ इस तरह ज़िक्र किया -

"मुझे पतंग उड़ाने का बड़ा शौक़ था। एक दिन पतंग लूटने के लिए उल्टे क़दमों से आसमान में पतंग पर नज़र लगाए जा रहा था। पीछे कौन है। मुझे इसका

**जगजीत अपनी माँ और भाई-बहनों के साथ**

अंदाज़ नहीं था। मेरा पैर एक कुत्ते की पूँछ पर पड़ गया। उसने मेरे बैक पर काट लिया। मैं रोते-रोते मम्मी के पास गया। उन्होंने मेरे पीछे कुत्ते के काटे स्थान पर मिर्च पीस कर लगा दी। आप सोचिए मेरा क्या हाल हुआ होगा।"

श्रीगंगानगर में जगजीत के एक दोस्त सागर शर्मा उसकी शरारतें याद करके भावुक हो जाते हैं। वे बताते हैं -

"

*एक बार शहर में सर्कस आया। उसका जोकर साइकल पर करतब करता था। जगजीत और मैं सर्कस देखने गए। लौटे तो जगजीत ने दो दिन तक लगातार उस जोकर की नक़ल की। इसके बाद मोहल्ले वालों ने देखा कि जगजीत दिन-दिन भर साइकल से वैसे ही करतब दिखाता था, जैसे सर्कस का वह जोकर दिखाया करता था। कभी एक पहिए पर साइकल दौड़ाता तो कभी उल्टा बैठकर चलाता। कभी साइकल चलाते-चलाते खड़ा हो जाता तो कभी दोनों हाथ से साइकल का हैंडल छोड़कर चलाता। मोहल्ले वाले उसकी इन हरकतों के बड़े मज़े लेते थे।*

**सागर शर्मा**

"

घर के लोग जगमोहन से प्रसन्न थे। उसकी ड्यूटी सुबह-सुबह पच्चीस से तीस बाल्टी पानी लाने की थी। जगमोहन इस काम को पूरे मनोयोग से करता। वह बड़े तड़के कुएँ पर रस्सी और दो-तीन बाल्टी लेकर पहुँच जाता और देखते ही देखते घर के सारे बर्तन लबालब हो जाते। वह सेवा भी करता था। कोई बुज़ुर्ग महिला आ जाए तो उसके लिए भी पानी भर दिया करता था। बूढ़ी महिलाएँ उसे बहुत आशीर्वाद देतीं। कभी-कभी तो दूर नहर से भी पानी लाना पड़ता था। घर में दो भैंस भी पाली गई थीं। वास्तव में उस दौर के हिंदुस्तान में रिवाज़ ही था कि घर के लिए आवश्यक दूध, घी, छाछ, गोबर, कंडे (उपलों) के लिए गाय या भैंस पाली जाती थी। वह भैंस परिवार के सदस्य की तरह ही मानी जाती थी। इससे घर ख़र्च में बहुत बचत हो जाती थी। गोबर की लिपाई से कच्चे घर साफ़-सुथरे रहते थे और उपले चूल्हे का ईंधन बन जाते थे। उन दिनों गैस का चूल्हा बेहद अमीर घरों की शान हुआ करता था।

अलबत्ता जगमोहन के एक हुनर पर पिता अमर सिंह बार-बार रीझते थे। वह कीर्तन और गुरबानी का पाठ इतने मधुर स्वर में करता कि सुनने वाले सम्मोहित हो जाते। उन्हीं दिनों घर में फ़िलिप्स कंपनी का नया रेडियो सेट आया। उस ज़माने के फ़िल्मी गाने, भजन और ग़ज़लें जगमोहन भी सुनता था। अक्सर ऐसा होता कि इन गीतों को सुनकर जगमोहन ज्यों का त्यों गुनगुनाया करता। पिता ने कई बार उसे चुपचाप गाते सुना। वे ऊपर से तो कुछ नहीं कहते, लेकिन अंदर ही अंदर बहुत प्रसन्न होते थे। पिताजी खुद भी शबद गाते थे और दिलरुबा बजाते थे। एक दिन जगमोहन ने उनसे शबद सुना और हू-ब-हू उसी अंदाज़ में पिताजी को सुना दिया। पिताजी हैरान रह गए। उसी दिन वह अपने उन्हीं नामधारी गुरु के पास जगमोहन को लेकर गए, जिसने उन्हें सिख धर्म की दीक्षा दी थी। गुरु ने उसे देखा तो चौंक पड़े। फिर उससे शबद सुने। बोले-

**"यह लड़का तो पूरे जग को जीतेगा। इसका नाम बदल दे।"**

गुरुजी की पत्नी भी वहीं मौजूद थीं। उन्होंने गुरुजी के नाम पर ही जगमोहन का नया नाम रखने का सुझाव दिया। इस तरह जगमोहन बन गया - जगजीत सिंह। इस तरह उस दिन से सरदार जगमोहन सिंह का नाम सरदार जगजीत सिंह हो गया। अपने नए नाम से जगजीत अत्यंत प्रसन्न थे। पिताजी ने संगीत के प्रति उनकी लगन देखी तो हौसला बढ़ाया।

जगजीत सिंह के छोटे भाई करतार सिंह बताते हैं, पिता खुद भी संगीत के शौक़ीन थे मगर ज़िंदगी के संघर्षों ने उनकी दिलचस्पी मार डाली थी। वे चाहते थे कि बच्चों में कम से कम एक बच्चा संगीत सीखे। लेकिन उनकी नज़र में संगीत सीखने का उद्देश्य केवल गुरबानी गायन के लिए यानी भक्ति केंद्रित था। वे जगजीत को पेशेवर गायक नहीं बनाना चाहते थे।

पंडित छगनलाल शर्मा

वैसे भी उस दौर के भारत में कलात्मक रुचियों के सहारे जीवन यापन करने की बात कोई सोच भी नहीं सकता था। उन्होंने जगजीत को प्रेरित किया और एक हारमोनियम ख़रीद कर दिया। मास्टर सोहनलाल की दुकान से यह हारमोनियम ख़रीदा गया। पहले तो पिताजी ने उनसे ही निवेदन किया कि जितना वे जानते हैं, उतना ही सिखा दें। मगर सोहनलाल तो हारमोनियम सुधारक थे। वे कुछ धुनें तो निकाल सकते थे, लेकिन जगजीत को सिखाना उनके बस की बात नहीं थी। उन्होंने अमर सिंह से कहा कि अगर पंडित छगनलाल शर्मा जगजीत को सिखाएँ तो बहुत अच्छा होगा। पंडितजी को दिखाई नहीं देता था, लेकिन शास्त्रीय संगीत पर उनकी अच्छी पकड़ थी। पिताजी ने उनसे प्रार्थना की और फिर जगजीत की बाक़ायदा संगीत शिक्षा प्रारंभ हो गई। सागर शर्मा भी जगजीत के साथ संगीत सीखने जाते थे। पंडितजी फ़िल्म संगीत से बहुत चिढ़ते थे। सागर शर्मा बताते हैं कि एक दिन पंडितजी सिखाने के बाद वहीं भोजन कर रहे थे। फ़ुरसत का वक़्त देखकर जगजीत ने सागर शर्मा से तबला बजाने के लिए कहा और खुद हारमोनियम पर गाने लगा - *तू प्यार का सागर है...* जैसे ही पंडित जी को यह गीत सुनाई दिया, आवाज़ के आधार पर उन्होंने गुस्से में अपनी खड़ाऊँ फेंक कर जगजीत को मारी। जगजीत कई दिन तक चोट की सिकाई कराता रहा, लेकिन फिर कभी पंडितजी के सामने फ़िल्मी गीत नहीं गाया। पंडितजी ने उन्हें सिंधी भैरवी सिखाया। यह दुर्लभ पाठ जगजीत ने सारी उमर याद रखा। जगजीत के सहपाठी रहे कृष्ण नरूला अभी भी श्रीगंगानगर में रहते हैं। वे बताते हैं -

“

*हम लोग पक्के दोस्त थे। साथ रहते थे। अक्सर चाँदनी रात में हम लोग नहर के किनारे घूमने चले जाते। वहाँ उससे ज़िद करके गाने सुनते। सरवन सिंह, मोहन सिंह और मैं तीनों साथ रहते थे। एक बार वह गाना शुरू करता तो फिर रुकने का नाम नहीं लेता। फ़िल्म* बैजू बावरा *के गीत से शुरुआत होती थी। सहगल साब का* बाबुल मोरा नैहर छूटो हि जाए..., *उस महफ़िल की अंतिम प्रस्तुति होती थी। फिर हम लोग लौटते हुए ठाकुर दास पान वाले के यहाँ पान खाते।*

”

सुभाष गोगी

सन् 1995 में जगजीत को अपने जन्मस्थान पर लाने वाले सुभाष गोगी हैं। उन्होंने श्रीगंगानगर में जगजीत संध्या कराने की ज़िम्मेदारी सँभाली थी। जब वे जगजीत को इसके लिए न्यौतने गए तो पहले तो जगजीत ने तनिक असमर्थता जताई, लेकिन जैसे ही उन्हें ठाकुर दास की याद दिलाई तो वे बेहद भावुक हो गए। सुभाष ने उनसे कहा कि ठाकुर दास अब काफ़ी बुज़ुर्ग हो गए हैं और मरने से पहले आपको देखना चाहते हैं। इतना सुनते ही जगजीत भी बेहद भावुक हो गए। उनका गला भर आया। देर तक वे सिगरेट पर सिगरेट पीते रहे। वातावरण में ख़ामोशी छाई रही। जगजीत बचपन की यादों में देर तक डूबे रहे। फिर बोले, "आप कार्यक्रम करो। मैं आऊँगा।" सुभाष गोगी कहते हैं, "ठाकुर दास जगजीत को बहुत प्यार करते थे और उससे चाय-पान के पैसे नहीं लेते थे। ठाकुर दास श्रीगंगानगर में अकेले और पहले शख़्स थे, जो जगजीत को निरंतर कहा करते थे कि भई! तू बंबई जा। तेरी आवाज़ की वहीं ज़रूरत है।" जगजीत बंबई जाने के बाद भी ठाकुर दास को नहीं भूले थे। जब उनके पहले दो रिकॉर्ड एलबम जारी हुए तो उन्होंने सबसे पहले ठाकुर दास को एलबम भेजे थे। ठाकुर दास बताते थे कि मैं उनसे कहता था, यार जगजीत! तेरी इतनी अच्छी आवाज़ है कि हम भी तुझे कभी सहगल साब की तरह रेडुआ पर सुनेंगे तो ख़ूब हँसता था। जगजीत के दोस्त याद करते हैं कि काली पैंट, सफ़ेद शर्ट और नाभी (महरून) पगड़ी में वह इतना सुंदर लगता था कि सब लोग देखते रह जाते थे। पहले उसके पास साइकल नहीं थी तो दोस्त ही घर तक छोड़ने साइकल से जाते थे। फिर एक दिन उसने पिताजी से ज़िद की तो नई साइकल मिल गई। स्टार कंपनी की साइकल थी तो वे लोग मज़ाक़ करते थे कि जगजीत तुझे स्टार साइकल मिली है। देखना एक दिन तू बड़ा स्टार बनेगा। तब क्या पता था कि यह बात एक दिन सच साबित हो जाएगी।

ठाकुरदास

जगजीत के बड़े भाई जसवंत सिंह अभी भी जयपुर में रहते हैं। सरकारी नौकरी से रिटायर हुए और वहीं बस गए। क़रीब पचासी बरस के जसवंत सिंह के दिल में अपने इस लाड़ले भाई के लिए प्यार का निर्मल झरना बहता है। वे बताते हैं कि शास्त्रीय संगीत के बुनियादी ज्ञान के बाद श्रीगंगानगर में ही एक और संगीत के जानकार उस्ताद जमाल ख़ान के पास पिताजी ले गए और उनसे दरख़्वास्त की। जमाल ख़ान बँटवारे के समय पाकिस्तान चले

जसवंत सिंह

गए थे। लेकिन वहाँ चार-पाँच साल में ही ऊब गए और वापस लौट आए थे। जमाल ख़ान रिश्ते में पाकिस्तान के जाने-माने ग़ज़ल गायक मेहदी हसन के चाचा थे। पाकिस्तान में उन दिनों संगीत सिखाने को अच्छा नहीं माना जाता था। इसलिए हिंदुस्तान लौट आए थे। वे बड़ी मुश्किल से जगजीत को शास्त्रीय संगीत सिखाने के लिए तैयार हुए। घर आकर सिखाने के 30 रुपये महीने और साल में एक बार साफ़ा, अचकन, पायजामा, दुपट्टा, कच्छा - बनियान और जूतियों का एक जोड़ा उन्हें भेंट लगती थी। इसके अलावा उन्हें रोज़ लस्सी और शराब पीने की आदत थी। उस्तादजी ने शर्त रखी थी कि दोनों पेय उन्हें प्रतिदिन चाहिए। पिताजी तो शराब से चिढ़ते थे। अब क्या हो? रिश्ते में एक सज्जन जगजीत के मामा लगते थे। वे पुलिस महकमे में काम करते थे। पिताजी ने उन्हें यह ज़िम्मेदारी सौंपी। मामाजी उस्तादजी को एक बोतल शराब रोज़ लाकर देने के लिए राज़ी हो गए। लस्सी तो उस्तादजी को घर पर ही मिल जानी थी। दोनों बातें तय हो जाने के बाद जमाल ख़ान ने परीक्षा ली। जगजीत खरे उतरे। जमाल ख़ान का ताल्लुक़ तानसेन परंपरा की सैनिया घराने से था। उन्होंने जगजीत को ध्रुपद, ठुमरी और ख़्याल सिखाया। उन्होंने जगजीत को कुछ अच्छी बंदिशें भी सिखाईं। पहली बंदिश राग बागेश्वरी में थी। उसके बाद मालकौंस, देस और बिलासखानी तोड़ी उस्ताद जी ने जगजीत को सिखाए। जमाल ख़ान ने अपने घराने की ख़ास पहचान अडाना राग भी जगजीत को पूरी तन्मयता से सौंप दी।

जगजीत उनके इतने अच्छे शागिर्द साबित हुए कि एक दिन जमाल ख़ान ने कहा कि बच्चे को मेरे पास मत भेजो। मैं स्वयं जगजीत को घर आकर संगीत सिखाऊँगा। धीरे-धीरे उस्तादजी घर पर ही रहने लगे। जगजीत के पिताजी ने उनके लिए एक कमरा बनवाया। यह कमरा उस ज़माने में साउंड प्रूफ़ कराया गया था, ताकि आस-पास रहने वालों को संगीत से कोई व्यवधान नहीं हो। जब मैं इस साधना कक्ष को देखने गया तो बड़ी निराशा हुई। यह रियाज़ स्थल खंडहर बन चुका था।

ग़ज़ल संसार से भी जगजीत का पहला रिश्ता इन्हीं दिनों बना। बड़े भाई जसवंत सिंह भी कभी-कभी तबला सीखने बैठ जाते। घर में अच्छी महफ़िल जम जाती। क़रीब दस साल जगजीत ने उस्तादजी की शागिर्दी में बिताए। अमर सिंह जगजीत सिंह को इसलिए भी संगीत सिखाना चाहते थे, क्योंकि वे नामधारी सिख थे और हर नामधारी सिख के लिए गुरबानी का पाठ शास्त्रीय संगीत में करना ज़रूरी होता था। प्रत्येक नामधारी सिख इस कारण शास्त्रीय संगीत सीखा करता था। अमर सिंह के नामधारी गुरु अक्सर जगजीत सिंह को अपने डेरे पर लुधियाना ले जाते

**खंडहर हो चुका कमरा, इसमें जगजीत संगीत का रियाज़ करते थे**

थे और कीर्तन सिखाते थे। सन् 2016 में गुरुजी का निधन हो गया। वहाँ तड़के तीन बजे जगजीत को जागना पड़ता था। नामधारियों में परंपरा रही है कि सूर्योदय से पहले कीर्तन दरबार में सुबह की गुरबानी पूरी हो जानी चाहिए। यह कीर्तन क़रीब दो-ढाई घंटे चलता था। गुरबानी में कुल 32 रागों का उपयोग हुआ है और जगजीत इन सभी में पारंगत थे। इस तरह जगजीत ने सख़्त माहौल में संगीत की तालीम हासिल की। गुरुजी जगजीत सिंह की लगन देखकर अत्यंत प्रसन्न थे।

यहाँ जगजीत की स्कूल शिक्षा के बारे में जानना ज़रूरी होगा। प्राथमिक शिक्षा छोटे-से सरकारी स्कूल में हुई थी। शिक्षा का माध्यम उर्दू था। छात्र फ़र्श पर पालथी मारकर बैठते और स्लेट या तख़्ती लेकर जाते थे। उस पर लकड़ी की कलम से लिखते थे। घर में बिजली नहीं थी। स्कूल का होमवर्क लालटेन में होता था। एक लालटेन। उसके चारों ओर बच्चे घेरा बनाकर बैठ जाते। नौ बजे तक होम वर्क करने के बाद सो जाते। इसके बाद आगे की पढ़ाई गुरुनानक खालसा स्कूल में हुई। आज भी वह स्कूल और क्लास रूम उसी तरह है, जिसमें जगजीत ने पाँच साल तक पढ़ाई की थी। उनके एक दोस्त दर्शन सिंह हैं; क़रीब-क़रीब अस्सी बरस के।

**श्री गुरुनानक खालसा स्कूल, जहाँ जगजीत सिंह ने शुरुआती शिक्षा ग्रहण की**

दर्शन और जगजीत एक ही बेंच पर बैठते थे। दर्शन सिंह कहते हैं -

*1952 से लेकर '57 तक हम साथ पढ़ते थे। इन्हीं कमरों में पढ़ते थे और खेलते थे। तीन सेक्शन थे। पढ़ने-लिखने में जगजीत ठीक-ठाक ही था। सारे दिन गुनगुनाता रहता था। डेस्क को तबला बना लेता था। ख़ाली पीरियड में उसी पर थाप देता रहता था।*

जगजीत को सार्वजनिक रूप से गायन का पहली बार मौक़ा नौवीं कक्षा में पढ़ते हुए मिला। वहाँ गुरु परब पर हर साल कवि दरबार होता था। इसमें हिस्सा

**उसी क्लास रूम में दर्शन सिंह के साथ राजेश बादल**

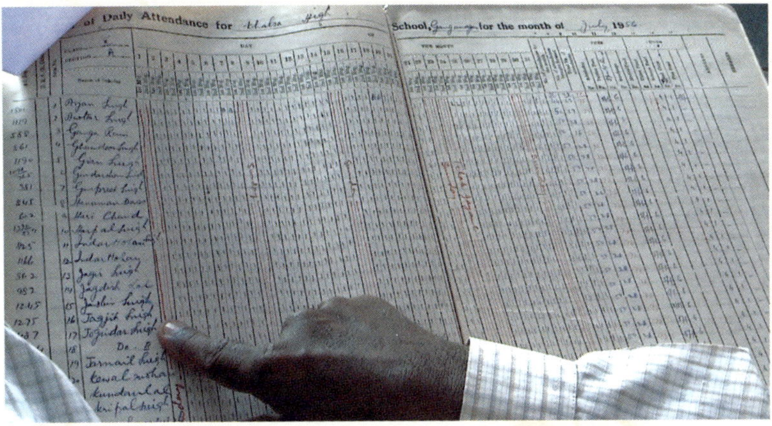


**स्कूल के उपस्थिति रजिस्टर में तालिका क्रमांक 16 पर दर्ज जगजीत सिंह का नाम**

लेने पंजाब के उस समय के जाने-माने कलाकार आए थे। इनमें आशा सिंह मस्ताना, सुरिंदर कौर, प्रकाश कौर जैसे बहुत बड़े नाम शामिल थे। उस स्टेज पर जगजीत को अवसर मिला। हुआ यह कि कार्यक्रम में अचानक बिजली गुल हो गई। लोग घर नहीं चले जाएँ इसलिए श्रीगंगानगर की प्रतिभा बताकर उन्हें एक-दो गीत गाने के लिए कहा गया। कई बरस बाद जगजीत सिंह ने इस समारोह को कुछ इस तरह याद किया -

“

*नया-नया म्यूज़िक सीखा था। मैंने अपनी पहली कंपोजीशन सुनाई। वो पंजाबी गीत था। राग भैरवी में। बोल थे -* की तेरा ऐतबार ओ रहिया... *सुनने वाले इस गीत पर झूम उठे। पंडाल तालियों की गड़गड़ाहट से गूँज उठा। तो हमारे पंजाब में दाद देने के दो तरीक़े हैं - एक तो जयकारा लगाते हैं,* जो बोले सो निहाल। *यह सरदारों में बहुत होता है या फिर वे पैसे देते हैं। एक रुपये, दो रुपये... तो मुझे उस दिन एक सौ पच्चीस रुपये मिले... 1956 की बात कर रहा हूँ। तो पब्लिक ने कहा एक और सुनाओ। मैं तो एक ही तैयार करके गया था। परेशान हो गया। उन्हीं दिनों फ़िल्म आई थी -* बैजू बावरा। *उसका एक गीत मैं बहुत गाता था -* ओ दुनिया के रखवाले! *तो वो मेरा सेकंड आइटम था। वह मेरा सबसे हिट स्टेज कार्यक्रम था।*

”

जगजीत सिंह की आवाज़ पर पूरा श्रीगंगानगर लट्टू हो गया था। संभवतः वह 1959 का साल था, जब शहर में एक शानदार जलसा हुआ। इसमें तालियों की गड़गड़ाहट के बीच जगजीत सिंह को बुलबुल-ए-राजस्थान के ख़िताब से सम्मानित किया गया। इसके बाद ही जगजीत सिंह ने अपने भीतर एक आत्मविश्वास को पनपते

हुए देखा। फ़िल्मों की चर्चा निकली है तो बताना ज़रूरी है कि पिताजी सच्चे सिख थे और फ़िल्मों से चिढ़ते थे। जगजीत उन दिनों कुंदन लाल सहगल, मोहम्मद रफ़ी, तलत महमूद, मन्ना डे, लता मंगेशकर और नूरजहाँ के गाने गाया करते थे। पिताजी से छिप कर सिनेमा देखने जाया करते थे। पैसे नहीं होते थे तो सिनेमा हॉल के गेटकीपर को चकमा देते थे। बक़ौल जगजीत -

जगजीत

*"उन दिनों फ़िल्मों में अच्छे गाने होते थे। उन्हें सीखने के लिए भी सिनेमा जाते थे। पाँच आने का टिकट होता, पिताजी से तो पैसे माँग नहीं सकते थे, तो कई बार गेटकीपर को बेवक़ूफ़ बनाते, सड़क पर पड़े फटे हुए टिकट ले जाते और उन्हें सफ़ाई से जोड़कर गेटकीपर को दिखा देते और पिक्चर का मज़ा लेते थे। कभी-कभी गेटकीपर को दो या तीन आने दे देते और वो चोरी से अंदर जाने देता था। कहीं से पिताजी को पता चल गया। मैं पिक्चर देख रहा था। किसी ने मेरी कॉलर पीछे से पकड़ी। मैंने मुड़कर देखा तो पिताजी थे। वह साइकल पर बिठाकर घर ले आए। फिर इतनी मार पड़ी कि ख़ून निकल आया। मेरी बड़ी बहन जो ससुराल से आई थी, ने मेरे ऊपर लेटकर मुझे बचाया। एक-दो बेंत उसे भी पड़ गए। उसे भी जब डंडा पड़ा तो माँ ने आकर बचाया। बोलीं, "क्या मार ही डालोगे बच्चे को। ब्याहता बेटी को भी मारते हैं कहीं?" तब कहीं जाकर पिताजी रुके। बाद में उन्हें अफ़सोस हुआ। उन्होंने बहुत लाड़ किया, बाज़ार लेकर गए, खिलौने और पटाखे दिलाए। मैंने देखा अकेले में वो देर तक रोते रहे। उन दिनों पिता ऐसे ही होते थे। ऊपर से नारियल जैसे सख़्त और भीतर रुई के फाहे जैसे नरम। हालाँकि मैं कभी समझ नहीं पाया कि पिताजी, जिन्हें हम बच्चे बाजी कहते थे, फ़िल्मों से क्यों चिढ़ते थे। मुझे याद है कि ज़िंदगी की पहली फ़िल्म तो मैंने उन्हीं के साथ श्रीगंगानगर में देखी थी। कोई धार्मिक फ़िल्म थी। शायद वे मेरे गायन को सिर्फ़ धार्मिक क्षेत्र तक ही सीमित रखना चाहते थे। उन्होंने तो सपने में भी नहीं सोचा होगा कि उनका यह बेटा पेशेवर गायक बनेगा। वे मुझे आईएएस बनाना चाहते थे। पर मुझ पर तो संगीत का भूत सवार था।"*

इंदरजीत कौर

वैसे तो बड़ी बहन ने पिता की मार से जगजीत को कई बार बचाया था। वे सबसे बड़ी थीं और अपने इस भाई को बहुत लाड़ करती थीं। वे अब इस दुनिया में नहीं रहीं। लेकिन छोटी बहन इंदरजीत कौर से जगजीत बेहद स्नेह करते थे। इन दिनों इंदर पंजाब के बरनाला में रहती हैं। जगजीत को याद करते हुए उनकी आँखें बार-बार भर आती हैं। इंदर कहती हैं कि बचपन में जब जगजीत अपना संगीत अभ्यास करते थे तो इंदर को तानपूरे पर संगत के लिए बिठा लिया करते थे। थोड़ी देर तो ठीक था, लेकिन जगजीत तो दीवाने थे। एक बार बैठते तो सुध-बुध भूल जाते। बेचारी इंदर थकने लगतीं। जब उठने की कोशिश करतीं तो जगजीत उन्हें संतरे की चूसने वाली गोली का लालच देते। संतरे की कंपट उन दिनों हिंदुस्तान के बच्चों में बेहद लोकप्रिय थी। इंदर को भी कंपट बहुत अच्छी लगती थी। बेचारी बहन संतरे की गोली के लालच में घंटों जगजीत के साथ बैठी रियाज़ करती रहतीं। आज वे भी जगजीत सिंह की ग़ज़लें डूब कर गाती हैं। यूँ तो बड़े भाई जसवंत सिंह और छोटे भाई करतार सिंह भी अक्सर जगजीत की ग़ज़लें गुनगुनाते हैं, तो एक बारगी आस-पास बैठे लोग उनकी तरफ़ चौंक कर देखने लगते हैं।

बहरहाल! जगजीत अब जवान हो रहे थे। श्रीगंगानगर की उभरती प्रतिभाओं में उनका नाम लिया जाने लगा था। बड़ा आकर्षक व्यक्तित्व था। लड़कियाँ उनके इर्द-गिर्द चक्कर लगाया करती थीं। छात्र महफ़िलों में उनसे उस ज़माने फ़िल्मों के हिट गाने सुनाने की फ़रमाइश होती थी। उन महफ़िलों में जगजीत को लता मंगेशकर का गाया यह गीत बहुत गाना पड़ता था - *बचपन की मोहब्बत को दिल से न जुदा करना...* वे तलत महमूद के गीत भी बहुत गाते थे। इनमें दो-तीन गीत थे - *हमसे आया न गया, तुमसे बुलाया न गया* और *देख ली तेरी खुदाई* तथा *सब कुछ लुटा के होश में आए तो क्या हुआ।* इन गीतों पर लड़कियाँ झूम-झूम जाती थीं। वैसे वह दौर ही ऐसा था कि इश्क़िया दास्तानों की अधिकतर भ्रूण हत्या हो जाया करती थी या फिर उनका अंत दुख भरा होता था। जगजीत के गले से जब यह भारी और उदास करने वाले गाने निकलते तो उनमें दर्द की तासीर भी कई गुना बढ़ जाती थी। और अक्सर कोई देख न ले ऐसे ओंट लेकर बैठती थीं। छात्राएँ क्या, युवतियाँ क्या जगजीत को सुनते हुए दुपट्टे से सिर छिपा कर सुबकती रहती थीं। अपने प्रति युवतियों के दीवानेपन का क़िस्सा जगजीत कुछ इस तरह बयान करते थे -

*"एक लड़की ने तो मुझे बहुत परेशान कर दिया था। जब मैं उसके घर के सामने से निकलता था, मेरी साइकल पंचर हो जाती थी। आए दिन ऐसा होता था। मुझे रुकना पड़ता। फिर पास की साइकल मरम्मत करने की दुकान से एक लड़के को बुलाता था। वह जब तक पंचर ठीक करता। मैं बैठा रहता था। वह सुंदर लड़की मुझे खिड़की से देख कर मुस्कराती रहती। बहुत बाद में उसका कारण पता चला। वह लड़की अपने घर के सामने लोहे की कीलें बिछा देती थी। जब मैं वहाँ से निकलता तो साइकल वहीं पंचर हो जाती। एक दिन लड़की के पिता ने लड़की को ऐसा करते पकड़ लिया। जब मैं वहाँ पहुँचा तो फिर पंचर। लड़की का पिता गुस्से में आया। मुझे घर तक पहुँचाया और साइकल मेरे पिता को थमा दी। बोले, अपने लड़के को सँभालो। मैं अपनी बेटी को देखता हूँ।*

जगजीत अब श्रीगंगानगर के आध्यात्मिक और सांस्कृतिक वर्ग में पहचाना जाने वाला नाम बन चुका था। उन दिनों हिट फ़िल्मों के गीतों की तर्ज़ पर शबद कीर्तन गाना प्रचलन में था। शहर में गुरुनानक देव जी, गुरु गोविंद सिंह जी और गुरु अर्जुन देव जी के जन्म दिवस पर शोभा यात्रा निकला करती थी। नगर कीर्तन में नाचते-गाते श्रद्धालु सड़कों पर निकलते थे। फूलों से सजाए ट्रकों पर साजिंदे बैठते और जगजीत अपने गायन से सबको मोह लेते। श्रीगंगानगर के हर सिख परिवार में किशोर हो रहे जगजीत की गायिकी के चर्चे थे। सब उसे पहचानने लगे थे। इन धार्मिक समारोहों की श्रंखला में अंतिम कार्यक्रम गर्मियों में हुआ करता था। इस कारण सड़क किनारे

**श्रीगंगानगर गुरुद्वारा**

टेंट लगाकर हर श्रद्धालु के लिए ठंडा पानी और शरबत का प्रबंध किया जाता था। कभी-कभी जगजीत की तैनाती इन टेंटों में हो जाती। जगजीत बड़े मनोयोग से यह सेवा करता। कई श्रद्धालु जगजीत को पहचान लेते और उसके हाथ से शरबत का गिलास लेते हुए गर्व का अनुभव करते थे। जगजीत की लोकप्रियता इतनी हो गई कि शहर के किसी भी सिख परिवार में कोई आयोजन होता तो पिताजी के पास अनुरोध आता कि जीती (जगजीत को घर में जीती कहते थे) को शबद गायन के लिए भेज दीजिए। पिताजी इसके लिए बड़ी खुशी से अनुमति देते थे। पहले कार्यक्रम से जो लोकप्रियता मिली थी तो जगजीत को आस-पास के ज़िलों से भी गायन के निमंत्रण मिलने लगे थे। इसी कड़ी में पिलानी में एक युवा महोत्सव हुआ। जगजीत को इसमें शिरक़त करनी थी। उस्ताद जमाल ख़ान ने अपने घराने की एक ख़ास बंदिश राग अडाना में तैयार कराई। बोल थे - *कासे कहूँ दिल की बतियाँ...* उस्ताद ने दावा किया था कि इसे समारोह में कोई और नहीं गाएगा। ऐसा ही हुआ। जगजीत ने महोत्सव में झंडे गाड़ दिए। पिलानी के बाद जब श्रीगंगानगर में ही स्कूल के आख़िरी साल में एफ़.एससी. (फ़र्स्ट ईयर इन साइंस) पढ़ रहे तो थे, उसी दौरान दिल्ली के ताल कटोरा गार्डन में होने वाले ऑल इण्डिया यूथ फ़ेस्टिवल में भागीदारी के लिए निमंत्रण मिला। उसके लिए गायन विधा में छात्रों का चुनाव होना था। जगजीत और एक अन्य छात्र को संयुक्त रूप से प्रथम स्थान मिला। अब अंतिम चुनाव जयपुर में होना था। वहाँ ये दोनों किशोर पहुँचे। जगजीत ने अपनी बंदिश सुनाई और निर्णायकों का दिल जीत लिया। उन्हें राजपुताना विश्वविद्यालय का प्रतिनिधित्व करने का अवसर मिला। ताल कटोरा गार्डन में सात दिन तक पाँच-छह हज़ार छात्रों के बीच रहते हुए सरदार

**हिंदूमलकोट रेलवे स्टेशन, अब अवशेष ही शेष**

जगजीत सिंह ने ज़िंदगी की व्यावहारिक कक्षा में दाख़िल होने के अनेक पाठ सीखे। ताल कटोरा सत्संग के दौरान उन्हें अभिनेता अमज़द ख़ान और नृत्यांगना कुमुद छुगानी से भी मिलने का मौक़ा मिला।

दिल्ली से लौटने के बाद जगजीत कुछ गंभीर हो गए थे। उन्हें अपने अध्ययन का भी फ़ैसला करना था। श्रीगंगानगर से वे प्रथम श्रेणी में इंटरमीडिएट पास कर चुके थे। अब वहाँ आगे पढ़ाई की सुविधा नहीं थी। परिवार के लोग तनिक उलझन में थे। बीकानेर और जयपुर में से किसी एक शहर में कॉलेज की पढ़ाई करने पर विचार किया जाने लगा। इसी बीच डी.ए.वी. कॉलेज जालंधर से ही एक प्रस्ताव आ गया। उस कॉलेज के प्राचार्य सूरजभानजी थे। वे छात्रों की पढ़ाई के अलावा उनकी अन्य दिलचस्पियों पर भी नज़र रखते थे। जगजीत के गायन से प्रभावित थे। इसलिए जब उन्होंने डी.ए.वी. कॉलेज का प्रस्ताव भेजा तो उसमें साफ़ कर दिया था कि जगजीत सिंह की फ़ीस माफ़ रहेगी। एक तो जालंधर का नंबर एक महाविद्यालय, ऊपर से फ़ीस भी माफ़ तो परिवार को निर्णय लेने में कोई समय नहीं लगा। सबने सहमति दे दी कि जगजीत जालंधर में रहकर पढ़ाई करे। जगजीत ने तैयारी शुरू कर दी। जिस दिन जालंधर के लिए रात की ट्रेन से रवाना हुए तो पूरा परिवार हिंदूमलकोट रेलवे स्टेशन छोड़ने आया। यह स्टेशन इन दिनों वीरान पड़ा है। पाकिस्तान से 1965 की जंग के बाद इस स्टेशन को समाप्त कर दिया गया। इस स्टेशन की दुर्दशा देखकर मेरा मन दुखी हो गया। यहाँ से ट्रेन की पटरियाँ भी उखाड़ ली गई हैं, लेकिन आज़ादी से पहले यही से लाहौर से मुंबई के लिए ट्रेन जाती थी। उस वक़्त एक ही ट्रेन चलती थी और श्रीगंगानगर से एक बस हिंदूमलकोट तक जाती थी। इसी बस से मुसाफ़िर जाते थे और ट्रेन पकड़ते थे। यही बस लौटते समय ट्रेन से आए यात्रियों को लेकर आती थी।

जगजीत की सारी मित्र मण्डली और परिवार के लोग भी हिंदूमलकोट पहुँचे थे। सबने बेहद भावुक विदाई दी। सारे दोस्त गले मिलकर देर तक रोते रहे। वे जगजीत के लिए अपनी ओर से कई तोहफ़े लाए थे। उस दौर के हिंदुस्तान में बचपन और किशोरावस्था की दोस्तियाँ ऐसी ही होती थीं। श्रीगंगानगर की गलियों में जगजीत अपने बालपन की शरारतें बिखेर कर जा रहा था। ट्रेन की सीटी के शोर में किसी को माँ बच्चन कौर की सिसकियाँ नहीं सुनाई दीं। छुक... छुक... छुक... करती ट्रेन ने हिंदूमलकोट स्टेशन छोड़ दिया था।

# 2

# सपनों को लगे पंख

रात के अँधेरे में रेलगाड़ी पूरी रफ़्तार से भाग रही थी। दूसरे दर्ज़े के डिब्बे में खिड़की से सटे बैठे जगजीत की आँखों से नींद कोसों दूर थी। सब कुछ श्रीगंगानगर में पीछे छूट गया था। माता-पिता, भाई-बहन, यार-दोस्त एक-एक कर सब याद आ रहे थे। स्टेशन की फ़िल्म भी चल रही थी। माँ ने एक पोटली में ढेर सारा खाना बाँध दिया था। कुछ और भी खाने-पीने की चीज़ें चुपचाप एक कनस्तर में रख दी थीं। उनके इस लाड़ले बेटे को कभी आधी रात को या बेवक़्त भूख लगी तो कहाँ जाएगा। कम से कम एक हफ़्ते के लिए खाने-पीने का यह सामान जगजीत को देते हुए माँ सुबक पड़ी थीं। कोई आँसू देख नहीं ले, इसलिए दुपट्टे में मुँह छिपाकर पीछे मुड़ गई थीं। जगजीत सिंह ने सबके पैर छुए और गले मिले थे। मोहल्ले के और स्कूल के सारे दोस्त स्टेशन पर एकत्रित हो गए थे। उनकी आँखों में भी आँसू भरे थे। किसी ने जगजीत सिंह का बिस्तर खिड़की के किनारे रखकर डिब्बे में जगह रिज़र्व कर ली थी। दूसरा दोस्त खाने का बैग लेकर चढ़ा। तीसरा दोस्त भागकर स्टेशन के नल से बोतल में पानी भर लाया।

ट्रेन आई तो पिताजी ने जल्दी से जगजीत के सर पर हाथ फेरा और धुँधलाई आँखों से मुस्कराने का अभिनय करने लगे। जगजीत को पता था, अभी ट्रेन चल देगी तो देर तक फूट-फूट कर रोते रहेंगे। भले ही जगजीत पिता से डरते थे, लेकिन उनके दिल की कोमलता का भी उन्हें अहसास था। जब ट्रेन ने सीटी दी थी और प्लेटफ़ॉर्म से खिसकना शुरू किया था तो जगजीत ने देख लिया था। इस सब के बीच पिताजी स्टेशन पर दूर खड़े रहकर रूमाल से आँसू पोंछ रहे थे। साठ-सत्तर के दशक में पिता ऐसे ही हुआ करते थे। ऊपर से नारियल जैसे सख़्त, पर भीतर से रुई के फ़ाहे से नरम भी। पिताजी को देखकर जगजीत का भी मन रोने जैसा हो गया। बचपन से लेकर अभी तक पिताजी ने ही तो उनके संगीत को

पाला-पोसा था। परिवार से जुड़ी यादों की फ़िल्म आँखों के सामने थी। श्रीगंगानगर अब जगजीत का अतीत बनने जा रहा था।

ट्रेन की उस सीट पर बगल में बड़े भाई जसवंत सिंह बैठे थे। जालंधर जाकर एडमिशन कराने की ज़िम्मेदारी पिताजी ने उनको ही सौंपी थी। जसवंत सिंह अपने इस भाई को बहुत प्यार करते थे। उनके कहने पर ही पिताजी ने जगजीत को पहला हारमोनियम ख़रीदकर उपहार में दिया था। लेकिन उस रात जगजीत का मन उचाट था। उसके दिल में कई तूफ़ान उठ रहे थे। बड़े भाई साब भी चेहरा देखकर उसकी भावनाएँ समझ रहे थे। दिल तो उनका भी भर आया था। उनकी भी रुलाई फूट रही थी। पर वे किसी तरह अपने पर क़ाबू किए बैठे रहे। बीच-बीच में जगजीत की ओर देखते। उसके सिर और पीठ पर हाथ फेरते। इससे अधिक वे कुछ बोल नहीं सके। जगजीत भाई साब के उस स्पर्श को ज़िंदगी भर नहीं भूल पाए। धीरे-धीरे जगजीत सिंह जालंधर की ज़िंदगी के बारे में सोचने लगे। भविष्य के सपने उन्हें एक नई दुनिया में ले जा रहे थे। उन्हें अक्सर महसूस हुआ करता था कि जालंधर से उनका अपना नाता बहुत पुराना है। रुपहले परदे पर भारत के पहले महानायक-गायक कुंदन लाल सहगल का परिवार भी पंजाब के जालंधर से निकल कर जम्मू-कश्मीर जा बसा था और जगजीत का खानदान भी पंजाब के रोपड़ से निकलकर राजस्थान जाकर बसा था। कुंदनलाल सहगल के पिता का नाम अमर चंद था और जगजीत के पिता का नाम भी अमर सिंह था। सहगल के पिता कश्मीर के महाराजा के कर्मचारी थे और जगजीत के पिता बीकानेर के महाराजा के कर्मचारी रहे थे। सहगल की माँ अच्छा गाती थीं और जगजीत की माँ भी अच्छा गाती थीं। सहगल के परिवार के लोग भी जालंधर में ही रहते थे। उनका घर भी वहाँ था। जगजीत को भी क़िस्मत ने जालंधर से जोड़ दिया था। यह अद्‌भुत संयोग जगजीत को अक्सर याद आया करता था। जगजीत एक बार जाकर उस पवित्र स्थान को देखना चाहते थे, जहाँ कुंदनलाल सहगल ने जन्म लिया था।

के. एल. सहगल

भागती ट्रेन में एक बार फिर जगजीत को सहगल के गीत याद आने लगे और बेखुदी में जगजीत सिंह के गले से रात के अँधेरे में बोल फूटने लगे - *बाबुल मोरा! नैहर छूटो हि जाए...* बड़े भाई जसवंत सिंह और

**जालंधर रेलवे स्टेशन**

डिब्बे में बैठे अन्य मुसाफ़िर जगजीत के गले से निकली यह अमर रचना सुनते रहे। अब तक किसी तरह अपने को जज़्ब किए बैठे जसवंत सिंह भी अपनी रुलाई नहीं रोक सके। सिसकते रहे। रात के अँधेरे में जगजीत के सुरों ने सभी मुसाफ़िरों को भावविह्वल कर दिया था।

ट्रेन सुबह जालंधर पहुँची। लेकिन तय वक़्त से कुछ देर हो गई थी। वहाँ कोई रिश्तेदार नहीं था। सिवाय दो-चार परिचितों के। एक-दो परिचितों को पिताजी ने

**जसवंत सिंह**

चिट्ठी भी लिखकर जगजीत के पहुँचने की सूचना दे दी थी। शायद कोई ज़रूरत पड़ जाए। मगर दोनों भाई किसी के घर जाना नहीं चाहते थे। स्टेशन के पास एक सस्ते होटल में ठहरे। नहा-धोकर माँ की दी हुई खाने की पोटली का वज़न हल्का करने के बाद वह बी.एससी. में एडमिशन की औपचारिकताएँ पूरी करने के लिए दयानंद आर्य कॉलेज चले गए। जालंधर में जगजीत की पढ़ाई कराने के निर्णय से भाई साब बहुत खुश थे। मगर उसके अपने अलग कारण थे। जसवंत सिंह ने इनका खुलासा करते हुए बताया -

“

*जालंधर इसलिए चुना, क्योंकि एक तो वो हरिवल्लभ जी का स्थान था। आपको पता ही है कि हर साल वहाँ हरिवल्लभ जी का संगीत मेला लगता था। इसकी शुरुआत 1875 में उन्होंने खुद की थी। दूसरा वहाँ संगीत के गुणी जन बहुत थे। उनसे भी सीखने को मिलता। फिर वहाँ आल इंडिया रेडियो भी था। शास्त्रीय संगीत के जाने-माने गायक सरदार सोहन सिंह वहाँ थे। उनके संपर्क से भी फ़ायदा ही मिलता। फिर दयानंद आर्य विद्यालय की ख्याति दूर-दूर तक थी। इस कारण मैं खुद इसका एडमिशन कराने जालंधर साथ में गया था।*

”

असल में बड़े भाई साहब को भी संगीत का शौक था, लेकिन परिवार की आर्थिक हालत के कारण नौकरी उनकी ज़रूरत बन गई थी। इसलिए उन्हें भी अत्यंत

सालाना उत्सव में संगीत प्रस्तुति देते हुए जगजीत

प्रसन्नता हुई, जब जगजीत को जालंधर में पढ़ने का अवसर मिला। उन्होंने सोचा कि परिवार में किसी ने तो संगीत सीखने पर गंभीरता से ध्यान दिया। महाविद्यालय में प्रवेश कराने के बाद भाई साब लौट गए। प्राचार्य सूरजभान जगजीत सिंह के आने से बहुत प्रसन्न थे। उनको हॉस्टल का एक कमरा नंबर 159 आवंटित हो गया। कुछ महीने बाद उन्हें 98 नंबर का कमरा मिल गया। बी.एससी. में जगजीत को विज्ञान पढ़ना पड़ता था। इसके बाद प्रैक्टिकल भी करने पड़ते थे। संगीत प्रेमी जगजीत का मन शीघ्र ही विज्ञान से उचट गया। उन पर गायन का भूत सवार होता गया। सुबह पाँच बजे से उनका रियाज़ शुरू हो जाता। आस-पास के कमरों के छात्रों की नींद टूटती। दो-चार दिन तो ठीक चला। पर जब यह रोज़-रोज़ का आलम हो गया, तो एक दिन शिकायत हो गई। हॉस्टल वार्डन ने जगजीत को बुलाकर डाँटा। कुछ दिनों तक डाँट का असर दिखा। बाद में फिर वही राग शुरू हो गया। छात्र भी कितनी बार शिकायत करते? उन्होंने जगजीत के संगीत के प्रति पागलपन से समझौता कर लिया। हद तो तब हो जाती, जब जगजीत क्लास जा रहे छात्रों को जबरन पकड़ कर गाना सुनाने लगते। छात्र गुस्सा करते। तब जगजीत उनसे कहता –

“

*कमबख़्तों! आज तुम मुफ़्त में गीत-संगीत का आनंद नहीं उठा रहे हो। देख लेना, एक दिन मेरा गाना सुनने के लिए तुम्हें मेरे शो का टिकट ख़रीदना पड़ेगा।*

”

कौन जानता था कि आगे जाकर यह कथन वाकई सच हो जाएगा। कुछ महीने बाद विश्वविद्यालय का सालाना युवा उत्सव हुआ। इसमें जगजीत ने अपने कॉलेज का प्रतिनिधित्व किया और वाहवाही लूटी। जलसे में उन्होंने ग़ज़ल गाई – *रुख़ से परदा उठा दे ज़रा साक़िया, बस अभी रंग-ए-महफ़िल बदल जाएगा।*

यह ग़ज़ल अनवर मिर्जापुरी की लिखी हुई थी। इसके बाद तो सारा कॉलेज जगजीत का दीवाना हो गया। जालंधर शहर में चर्चे होने लगे कि कॉलेज का एक सिख छात्र बहुत अच्छा गाता है। इन्हीं दिनों जगजीत को एक लड़की से इश्क़ भी हो गया। अराल में जगजीत के कॉलेज के सामने एक गर्ल्स कॉलेज था। वह लड़की उसी में पढ़ती थी। यह एक अजीब-सा रोमांस था, जिसमें दोनों के बीच संवाद नहीं के बराबर हुआ। केवल नज़रें मिला करती थीं और आँखें ही सब कुछ कह दिया करती थीं। कभी-कभार दुस्साहस करके छोटा पुर्जा-प्रेम पत्र का भी आदान-प्रदान हो जाता था। इससे आगे बात नहीं बढ़ी।

धीरे-धीरे आसपास के ज़िलों में भी जगजीत सिंह के गायन की ख्याति फैलने लगी। कार्यक्रमों के निमंत्रण मिलने लगे। एक दिन शिमला से न्यौता आया। शिमला के इस कार्यक्रम में लोकप्रिय फ़िल्म अभिनेता ओमप्रकाश ने उनका गाना सुना। उन्होंने

भरपूर तारीफ़ की और मुंबई (उन दिनों मुंबई को बंबई कहते थे) आने की दावत दी। जगजीत सातवें आसमान में उड़ रहे थे। उन्हें लगने लगा कि मायानगरी मुंबई जैसे उनके लिए पलकें बिछाए हुए है। वे मुंबई जाने का अवसर तलाश करने लगे। पिताजी से तो पैसे माँग भी नहीं सकते थे; इसलिए कार्यक्रमों तथा आकाशवाणी से प्राप्त पैसे बचाने लगे। कुछ दिन बाद उन्हें लगा कि मुंबई में कम से कम एक सप्ताह रुकने लायक़ धन जमा हो गया है तो एक दिन चुपचाप घरवालों को बिना बताए टिकट लेकर कुरुक्षेत्र से मुंबई के लिए ट्रेन में सवार हो गए। मुंबई वीटी के पास एक सस्ते से होटल में ठहरे।

अगले ही दिन ओमप्रकाश के बंगले जा पहुँचे। ओमप्रकाश ने जगजीत को मदन मोहन, जयदेव और शंकर जयकिशन से मिलवाया। उन दिनों संगीत के क्षेत्र में ये तीनों बड़े नाम थे। फ़ेमस स्टूडियो में उनका स्वर परीक्षण हुआ, लेकिन दाल नहीं गली। इधर पैसे भी धीरे-धीरे ख़त्म हो रहे थे। निराश हो चुके जगजीत ने पिताजी को तार भेजा। इसमें उन्होंने मुंबई आने की बात बताई और कुछ पैसे भेजने का अनुरोध किया। तार पाकर घर वाले परेशान हो गए। पैसे भेजें तो कहाँ भेजें? जगजीत ने तार में अपना पता ही नहीं लिखा था। एक सप्ताह तक पैसे नहीं पहुँचे तो थके-हारे, भूखे-प्यासे जगजीत बिना टिकट मुंबई से जालंधर रवाना हो गए। रास्ते में टिकट चेक करने वाला आया तो शौचालय में जाकर छिप गए। किसी तरह जालंधर लौटे।

बहरहाल, इस यात्रा से जगजीत के सिर से संगीत का भूत तो नहीं उतरा अलबत्ता कुछ सोच-समझ कर ही क़दम उठाने की नसीहत अवश्य मिल गई। कॉलेज के अगले साल (1962) के उत्सव में राष्ट्रपति डॉक्टर राजेंद्र प्रसाद मुख्य अतिथि के तौर पर आए। उनके स्वागत में जालंधर के ही शायर सुदर्शन फ़ाक़िर ने गीत लिखा। इसके बोल थे - *स्वागतम् स्वागतम्! कहते हैं हम।* इसे जगजीत ने गाया। जगजीत सिंह ने इस गीत के लिए सुदर्शन फ़ाकिर को तीन सौ रुपये का भुगतान कराया था, जबकि उन दिनों आमतौर पर ऐसे किसी रस्मी गीत पर बीस-पच्चीस रुपये ही मिला करते थे। जगजीत की सुदर्शन फ़ाक़िर से दोस्ती बढ़ती गई। बाद में तो उनकी अनेक रचनाओं को जगजीत ने गाया। सुदर्शन फ़ाक़िर की एक नज़्म जब

सुदर्शन फ़ाक़िर

**जालंधर कॉलेज में शिक्षकों के साथ जगजीत सिंह (एकदम बाएँ)**

जगजीत के गले से निकली तो बहुत मक़बूल हुई। यह नज़्म थी - *ये दौलत भी ले लो, ये शोहरत भी ले लो, भले छीन लो, मुझसे मेरी जवानी...*

वह 1961 का साल था।

जालंधर के दिनों में ही व्यंग्यकार रवींद्र कालिया से जगजीत की दोस्ती हुई। उनकी महफ़िल अक्सर शाम को वहाँ के कॉफ़ी हाउस में जमती थी। इसमें सुदर्शन फ़ाकिर, गिरिजा कुमार माथुर, हरिकृष्ण प्रेमी, सुरेश सेठ, संतोख सिंह धीर और सतपाल आनंद जैसे धुरंधर शामिल थे। रवींद्र कालिया ने बाद में लिखा कि जगजीत सिंह गाने में जालंधर का स्टार बन चुका था। वह आए दिन लड़कियों से घिरा रहता था। एक लड़की तो उसके पीछे पागल थी। कहते हैं कि उसने बाद में आत्महत्या कर ली थी। 2009 में जब कॉलेज ने अपने इस लाड़ले पूर्व छात्र को बुलाया। उस समारोह में जगजीत ने अपने पुराने दिनों को याद किया और एक बार फिर वही गाने गाए, जो कॉलेज में उनके गले से निकला करते थे। इसे याद करते हुए कॉलेज के प्राचार्य रहे बाबूलाल शर्मा बताते हैं -

**बाबूलाल शर्मा**

“

*अनमोल हीरे थे जगजीत सिंह। वो हॉस्टल की गैलरी में फ़र्स्ट फ़्लोर पर अपनी हारमोनियम लेकर बैठ जाते थे। वहाँ से माइक पर अपने गीत, ग़ज़ल और फ़िल्मी गीत गाते थे। नीचे लॉन में सारे छात्र बैठ जाया करते थे और घंटों जगजीत का गायन चलता रहता था।*

”

जगजीत सिंह इस दौरान अपने हॉस्टल के कमरों में भी गए और पुराने दिनों को याद किया था। जालंधर की पढ़ाई के दिनों में ही एक दिन जगजीत आकाशवाणी केंद्र गए। वहाँ नए गायकों के लिए हो रही स्वर परीक्षा में शामिल हुए। क्या ही विचित्र बात थी कि वे शास्त्रीय संगीत में तो पास हो गए, लेकिन उप शास्त्रीय संगीत और सुगम संगीत में फ़ेल हो गए। उन्हें बी श्रेणी के गायक का दर्ज़ा मिल गया। अब वे साल भर में छह बार आकाशवाणी जालंधर पर गा सकते थे और एक बार उनके गायन का सीधा प्रसारण हो सकता था। उनके लिए यही बहुत था। जब उनका गायन आकाशवाणी जालंधर से प्रसारित होना होता तो जगजीत उसकी सूचना चिट्ठी से पिताजी और भाई साब को ज़रूर देते थे।

सुरेंद्र दत्ता

पिताजी उस दिन सुबह से ही पूरे मोहल्ले को बताकर आते कि आज उनका जगजीत रेडियो पर युववाणी में गायन प्रस्तुत करेगा। शाम होते ही फुल वॉल्यूम में रेडियो शुरू हो जाता। अक्सर दूरी के कारण प्रसारण साफ़ नहीं आता था। खरखराहट के कारण किसी दिन बाधा होती तो पिताजी उदास हो जाते थे। इसके बाद जगजीत ने उप शास्त्रीय संगीत की दोबारा परीक्षा दी। उसमें पास हो गए। जगजीत सिंह सोचते कि जालंधर आना सार्थक हो गया। जाने माने सितार वादक सुरेंद्र दत्ता आकाशवाणी जालंधर में जगजीत के साथ सितार बजाते थे। जब जगजीत मुंबई से जालंधर आया करते थे तो सुरेंद्र दत्ता और सारे साथियों से अवश्य मिलते थे। वे उनके लिए अक्सर तोहफ़े भी लाते थे। आकाशवाणी केंद्र के सहायक केंद्र निदेशक रहे डॉक्टर तहसीन अब्बासी अपने इस युववाणी आर्टिस्ट को केंद्र का गौरव मानते थे।

लौटते हैं जालंधर में जगजीत की पढ़ाई पर। दरअसल, जगजीत को संगीत में तो कामयाबी मिल रही थी, लेकिन अध्ययन चौपट हो रहा था। कभी वे परीक्षा में नहीं बैठते तो कभी फ़ेल हो जाते। हारकर विज्ञान से तौबा कर ली और कला संकाय में स्नातक करने का फ़ैसला किया। दो साल बी.एससी. में बरबाद हो चुके थे। इसके बाद आर्ट्स से स्नातक यानी ग्रेजुएशन करने के लिए दाख़िला लिया। जगजीत ने एक बार स्वीकार किया था कि अगर उस परीक्षा में नक़ल नहीं करते तो पास नहीं हो सकते थे। वे धड़ल्ले से नक़ल टीप रहे थे और परीक्षक ने कुछ नहीं कहा। जगजीत एक बार उस परीक्षक के घर शबद कीर्तन कर चुके थे। शायद इसीलिए उस दिन उसने अनदेखा किया। अगले दिन परीक्षा शुरू हुई तो उसी परीक्षक ने जगजीत को बाहर बुलाया। बगल के एक ख़ाली कमरे में बैठाया और बोला कि यहाँ बैठकर परीक्षा दो। जगजीत के लिए इशारा काफ़ी था। उन्होंने तीन घंटे कमरे में अकेले

**जगजीत अपने परिवार के साथ**

बैठकर इतिहास के प्रश्न-पत्र में डटकर नक़ल की। तब जाकर थर्ड डिवीज़न में पास हो पाए।

अब घरवाले चाहते थे कि जगजीत आईएएस बने। लिहाज़ा जगजीत ने कुरुक्षेत्र यूनिवर्सिटी से इतिहास में एम.ए. करने के लिए प्रवेश लिया। विश्वविद्यालय नया-नया बना था और डी.ए.वी. कॉलेज जालंधर के प्राचार्य सूरजभान ही इस विश्वविद्यालय के कुलपति बनाए गए थे। प्रोफ़ेसर सूरजभान ने जगजीत को जालंधर में भरपूर संरक्षण दिया था और कुरुक्षेत्र में भी उन्होंने ही प्रवेश दिलाया। वे जगजीत का गायन बेहद पसंद करते थे।

जगजीत ने इतिहास की पढ़ाई शुरू कर दी। जैसे-तैसे परीक्षा में यहाँ भी नक़ल मारकर एक साल पास किया। लेकिन मन पढ़ाई से उचट गया था। दिल कहता था सब छोड़ो और संगीत साधो। इसी ऊहापोह में दिन कट रहे थे। गायन में थोड़ा-बहुत नाम तो हो ही गया था। हाँ, एक बात और हुई थी। मुंबई से लौटने के बाद वे जागती आँखों से मुंबई के सपने देखा करते थे। जिनके संगीत को परदे पर देखा था या रेडियो सीलोन (श्रीलंका) और आकाशवाणी पर ही सुना था, उनसे सीधे ही मिलने का मौक़ा मिला था। स्वर परीक्षा से पता भी चल गया था कि उनकी क्या कमज़ोरियाँ हैं। इसलिए फिर कुरुक्षेत्र रहकर रियाज़ करते रहे। उनके लिए पढ़ाई बोझ बन गई थी। हाँ, एक महत्त्वपूर्ण बात यह हुई थी कि जालंधर में जिस लड़की

से नैन मटक्का हुआ था, वह भी कुरुक्षेत्र के स्पोर्ट्स कॉलेज में आ गई। लेकिन अब तक उसका एक अन्य सिख छात्र दोस्त बन चुका था। उस दोस्त को यह अच्छा नहीं लगा कि उस लड़की के साथ किसी अन्य लड़के की दोस्ती हो। उसने बदला लेने की ठानी और जगजीत को सबक़ सिखाने के लिए तीन-चार लड़कों को हॉकियों के साथ भेजा। यह मारपीट एक सांस्कृतिक कार्यक्रम में होनी थी। जब वे जगजीत को पीटने पहुँचे, उसी समय जगजीत को गाने के लिए स्टेज पर बुला लिया गया। जगजीत ने किशोर कुमार का गीत गाया। वे सारे लड़के किशोर कुमार के फ़ैन थे। जगजीत का गाना सुनकर उसकी पिटाई करने का इरादा बदल गया और चारों लड़के जगजीत के दोस्त बन गए।

इसी बीच पिताजी नौकरी से रिटायर हो गए। परिवार लुधियाना आकर बस गया। घर में आर्थिक तंगी का साया विकराल हो रहा था। पैसे माँगते भी तो किससे और कैसे। फ़ाइनल ईयर की परीक्षा सिर पर थी। जगजीत की तैयारी बिलकुल नहीं थी। एक दिन सुबह सुबह तय किया कि परीक्षा नहीं देंगे और बंबई जाएँगे। लेकिन वहाँ जाने के लिए और कुछ दिन ठहरने के लिए भी तो धन चाहिए था। जगजीत की जेब ख़ाली थी। ऐसे में लुधियाना के एक दोस्त हरदमन सिंह भोगल फ़रिश्ते की तरह सामने आए। उनका यह रूप कैसा था। खुद जगजीत ने इस बारे में कहा -

**हरदमन सिंह भोगल**

*पठानकोट एक्सप्रेस एक गाड़ी है। तीन दिन में मुंबई पहुँचती है। एम.ए. की परीक्षा से ठीक एक महीने पहले 20 मार्च, 1965 को उस ट्रेन में बैठ गया। तानपूरा, बाजा और अपना सामान लेकर। तो हरदमन सिंह भोगल मेरा एक दोस्त था। लुधियाने का। साइकलों के पुर्ज़ों की दुकान थी उसकी। एक्चुअली उसी का हाथ है मुझे मुंबई भेजने में। वही पीछे पड़ा था मेरे कि तू बांबे जा... तू बांबे जा। अब बांबे तो चला गया। फिर पैसे ख़त्म होने लगे। काम नहीं मिला। तो उसको बोला कि क्या करूँ, वापस आ जाता हूँ। तो उसने कहा कि नहीं। उधर ही रह। मैं पैसे भेजता हूँ। फिर उसने 200 रुपये हर महीने भेजे। सात महीने तक भोगल मुझे रुपये भेजता रहा। जब तक मुझे काम नहीं मिल गया। मैं सोचता था कि ईश्वर को किसी ने नहीं देखा। मगर उसकी जो कल्पना है, सबकी भलाई चाहने वाली शक्ति की तो मेरे लिए वह हरदमन सिंह भोगल ही था।*

घर के लोगों को इस बार भी जगजीत के मुंबई जाने की कोई ख़बर नहीं मिली थी। वे चुपचाप कुरुक्षेत्र से चले गए थे। इससे पहले क़रीब-क़रीब हर सप्ताह जगजीत सप्ताह के अंत में परिवार के पास लुधियाना आ जाते थे। दो दिन रहकर लौट जाते थे। इस बार तीन-चार सप्ताह हो गए और जगजीत घर नहीं आए तो पिताजी को चिंता हुई। उन्होंने छोटे बेटे करतार सिंह को बुलाया और जगजीत के बारे में पूछा। इसके आगे की कहानी करतार सिंह से -

"

*मेरे को पिताजी ने बोला कि तू हरदमन भोगल के घर जा। उसको ज़रूर पता होगा कि जीती कुरुक्षेत्र से लुधियाना क्यों नहीं आ रहा है। मैं भोगल के पास गया। उसने बताया कि तेरा भाई तो बांबे गया है। उसने मना किया है कि घर वालों को मत बताना। लेकिन मैंने तुझे बता दिया। अब यह तेरे ऊपर है कि अपने घर के लोगों को बताना है या नहीं बताना है। मैं घर आया और उधर बांबे से भाई साब की चिट्ठी आ गई।*

**करतार सिंह**

"

जगजीत ने ख़त में लिखा था कि मैं बांबे आ गया हूँ। अब आगे नहीं पढ़ूँगा। घरवाले भी क्या करते। हथियार डाल दिए। पिताजी सबसे ज़्यादा निराश हुए। वे ख़ामोश रहने लगे थे। यह 1965 का साल था। क्या ही विचित्र संयोग है कि जिस कुरुक्षेत्र विश्वविद्यालय से जगजीत एम.ए. की परीक्षा उत्तीर्ण नहीं कर पाए थे, उसी विश्वविद्यालय ने तीस बरस बाद 1995 में जगजीत सिंह को बड़े प्यार और सम्मान से बुलाया और उन्हें डी.लिट्. की उपाधि प्रदान की। इस अवसर पर जगजीत ने कुछ चुनिंदा ग़ज़लें भी सुनाई थीं। जगजीत मुंबई तो पहुँच गए, लेकिन रहने का कोई ठिकाना नहीं था। कुछ दिन लुधियाना के एक दोस्त के साथ रुके। वह दोस्त एल्फिंस्टन रोड पर गोप हाउस में तीस रुपये महीने पर एक कमरे में रहता था। उसने जगजीत सिंह को बताया था कि कमरे का मालिक भी वही है। जगजीत सिंह उसी कमरे में रहने लगे। वे रोज़ सुबह काम की तलाश में चर्चगेट के लिए लोकल ट्रेन पकड़ते। दिन भर भटकते। शाम को ख़ाली हाथ लौट आते। एक दिन लौटे तो हैरान रह गए। उनका सामान गोप हाउस के उस कमरे से बाहर फेंक दिया गया था। जगजीत ने लुधियाना वाले उस मित्र से शिकायत की तो उसने कहा कि उसका भी सामान बाहर फेंक दिया गया है। तब जगजीत को पता चला कि वह दोस्त कमरे का मालिक नहीं, बल्कि किराएदार ही था। वह भी भविष्य के सपने लेकर मुंबई

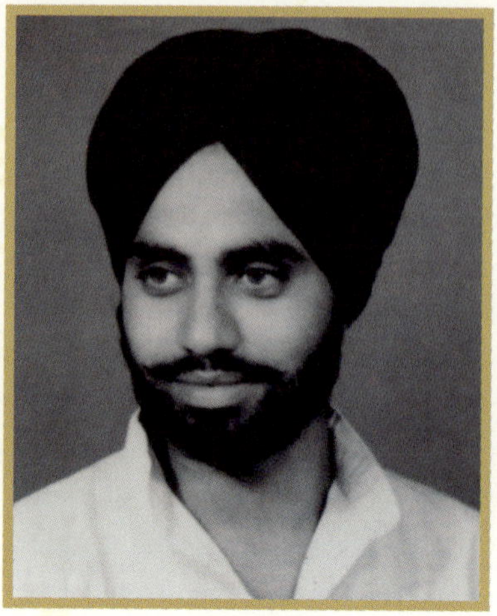

जगजीत सिंह

आया था। उसने बिना मकान मालिक को बताए जगजीत को कमरे के एक हिस्से का किराएदार बना लिया था। जब उसने कई महीने किराया नहीं दिया तो मकान मालिक ने सामान सड़क पर फेंक कर अपना ताला लगा दिया था। जगजीत सड़क पर आ गए थे।

मुंबई एक बार फिर उन्हें चिढ़ा दिखा रही थी। जगजीत सिंह ने सामान किसी परिचित के यहाँ रखा और उसी दोस्त के साथ नए ठिकाने की खोज में निकल पड़े। बहुत भटकने के बाद अगरीपाड़ा के पास शेरे पंजाब हॉस्टल में पहली मंज़िल पर किसी तरह एक कमरे का कोना मिल गया। किराया था पैंतीस रुपये महीना। कमरे में टीन का पार्टीशन था। एक कोने में जगजीत की चारपाई थी। बाक़ी तीन चारपाइयों पर लोग आते रहते थे। शायद वे दैनिक किराए पर आया करते थे। कमरे में खटमलों की भरमार थी। बड़े-बड़े चूहे कबड्डी खेला करते थे। एक बार तो सोते हुए जगजीत का पैर ही कुतर लिया। कई दिनों तक उसमें दर्द होता रहा। कमरे के बाहर बाथरूम था, जिसे चार लोग साझा करते थे। हाँ रूम सर्विस के नाम पर बड़ी सुविधा थी। नीचे गुप्ता रेस्टोरेन्ट था। चिल्लाकर बोल दो तो कमरे में एक लड़का चाय दे जाता था। वहाँ उधारी भी चल जाती थी। इस कमरे में आने के बाद काम की तलाश में वही दैनिक क्रम शुरू हो गया था। सुबह निकल जाते और शाम को चर्चगेट की लोकल पकड़ कर वापस आ जाते। वहाँ कभी बेरीज़, कभी एशियाटिक तो कभी गेलार्ड रेस्टोरेन्ट के सामने एक ढाबे में चाय पीना। क़िस्मत सँवारने की हसरत लिए वहाँ जगजीत की तरह अनेक नौजवान इकट्ठे होते और अपने दुखड़े रोते। इनमें एक सुभाष घई भी थे। जगजीत सिंह गायक बनने का सपना लेकर आए थे और सुभाष घई एक्टर बनना चाहते थे। सुभाष घई कॉलेज के ज़माने से ही जगजीत के अच्छे दोस्त थे। सुभाष

निर्माता एवं निर्देशक सुभाष घई

कुलदीप सिंह

घई बताते हैं कि उन दिनों मोहम्मद रफ़ी और मुकेश जैसे सितारे फ़िल्म इंडस्ट्री में चमक रहे थे। यहाँ तक कि किशोर कुमार तक उनकी बराबरी पर नहीं आ सके थे। जगजीत सिंह के पास शास्त्रीय संगीत का पक्का प्रशिक्षण था फिर भी उन्होंने शाम की महफ़िलों में पंजाबी लोकगीत से लेकर फ़िल्मी गायकों तक के हिट गीत गाना शुरू कर दिया था। जगजीत के अन्य मित्रों में से एक जिमी नरूला भी थे, जिनसे जगजीत सिंह की गाढ़ी छनती थी। जिमी एचएमवी में काम करते थे। उन्होंने ही जगजीत के लिए वहाँ स्वर परीक्षण की जुगाड़ लगाई थी। संगीतकार बनने का सपना लेकर आए कुलदीप सिंह भी इनमें से एक थे। इन्हीं कुलदीप सिंह ने बाद में जगजीत सिंह से फ़िल्म *साथ साथ* में स्वर लिया था। (इसकी कहानी विस्तार से पढ़िए आगे एक अध्याय में) कुलदीप सिंह जगजीत की याद करते हुए भावुक हो जाते हैं -

“

*सारे नौजवान आँखों में सपने लिए मुंबई आए थे, मगर मुंबई अड़ियल घोड़े की तरह किसी को सवारी का मौक़ा ही नहीं दे रही थी। वैसे हम लोगों ने एक आपसी समझ विकसित कर ली थी। वह कहता कि अगर मुझे ब्रेक मिला तो मैं तुम्हें संगीतकार के रूप में लूँगा और मैं कहता कि अगर मुझे संगीत निर्देशन का पहले अवसर मिला तो तुम्हें उस फ़िल्म में गाने का मौक़ा दूँगा। कभी-कभी तो हम बेहद हताश हो जाते। लगता कि घर लौट जाएँ।*

”

कभी-कभी तो जगजीत भी निराश हो जाते। सोचते कि घर लौट जाएँ। माता-पिता से माफ़ी माँग कर सुख से लुधियाना में परिवार के साथ रहें, लेकिन ज़िंदगी में सब कुछ अपने चाहने से नहीं होता।

ज़िंदगी में नियति भी आपकी दिशा तय करती है।

माता-पिता के साथ रहने की ख़्वाहिश तो पूरी नहीं हुई अलबत्ता बंबई ने एक बहन बख़्श दी। जगजीत को पता चला कि उनके साथ पढ़ने वाली गीता प्रेम भी इन दिनों मुंबई में है। एक दिन पता लगाते लगाते जगजीत उसके घर जा पहुँचे। गीता के पति काम के सिलसिले में बाहर थे। गीता ने जगजीत को देखा तो चौंक गई। तब

जगजीत ने बताया कि वह फ़िल्मी गायक बनने मुंबई आया है। दरअसल, तीन-चार दिन बाद रक्षाबंधन का त्यौहार था और जगजीत तथा उसके साथ कमरे में रहने वाले चार अन्य दोस्तों की बहनों ने डाक के ज़रिए राखी भेजी थी। बंबई में किसी की बहन तो नहीं रहती थी। इसलिए जगजीत के आने का मक़सद यही था कि गीता उन सबको राखी बाँध दे। गीता ख़ुशी-ख़ुशी तैयार हो गई। राखी के दिन चारों दोस्त आए। बहन से राखी बँधवाई, बहन ने सबको भरपेट खाना खिलाया और सारे भाइयों ने पाँच-पाँच रुपये गीता को दिए। इसके बाद तो जब भी राखी आती थी, जगजीत गीता के पास आ जाते थे। गीता उन्हें राखी बाँधा करती थीं। मुंबई में बना जगजीत सिंह का यह पहला रिश्ता था। गीता को जगजीत सिंह की माँ के हाथ के लड्डू बहुत पसंद थे। पंजाब से कोई आता-जाता तो वे डालडा के टिन में बंद करके लड्डू भेज देती थीं। फिर कई दिन तक यह मंडली उन लड्डुओं का आनंद लेती थी। इसी तरह एक और रिश्ता मिस्टर बेरी के साथ बन गया था। बेरीज़ रेस्टोरेन्ट के मालिक थे। वे जगजीत के एक तरह से गार्ज़ियन बन गए थे। जगजीत कभी-कभी रेस्टोरेन्ट में अपनी तान छेड़ते तो वहाँ बैठे सारे ग्राहक 'वाह-वाह' करते। अक्सर वे जगजीत सिंह से खाने-पीने के पैसे ही नहीं लेते। जगजीत मन ही मन उस उपकार को याद करते रहते। मिस्टर बेरी ने ही निजी पार्टियों में गाने के निमंत्रण जगजीत सिंह को दिलाए थे। पहली पार्टी में जगजीत सिंह को शाबाशी मिली और मुफ़्त खाना भी। इसके बाद मिस्टर बेरी के संपर्कों से छोटी पार्टियों, बर्थ-डे आयोजन, मुंडन कार्यक्रम और शादी समारोहों से बुलावा आने लगा। कहीं से कुछ पैसे मिल जाते तो कहीं मुफ़्त खाना और शराब। जगजीत सिंह के लिए यही बहुत था। जानना दिलचस्प होगा कि ऐसी ही एक रात्रिकालीन महफ़िल में सरदार ख़ुशवंत सिंह ने जगजीत को सुना था। ख़ुशवंत सिंह उस ज़माने की लोकप्रिय अँगरेज़ी साप्ताहिक *इलस्ट्रेटेड वीकली* के संपादक थे। एक तो गायन के कारण, दूसरा पंजाब से रिश्ते के कारण और तीसरा सिख होने के नाते ख़ुशवंत सिंह की कलम जगजीत सिंह पर चल गई।

ख़ुशवंत सिंह

फिर क्या था। जगजीत के संघर्ष भरे रास्ते के कई काँटे इससे दूर हो गए। ख़ुशवंत सिंह जगजीत सिंह के गायन से ख़ासे प्रभावित हुए थे। जगजीत के गायन पर उन्होंने अपने कॉलम में अलग से एक टिप्पणी भी लिखी। जगजीत सिंह को इसका बड़ा

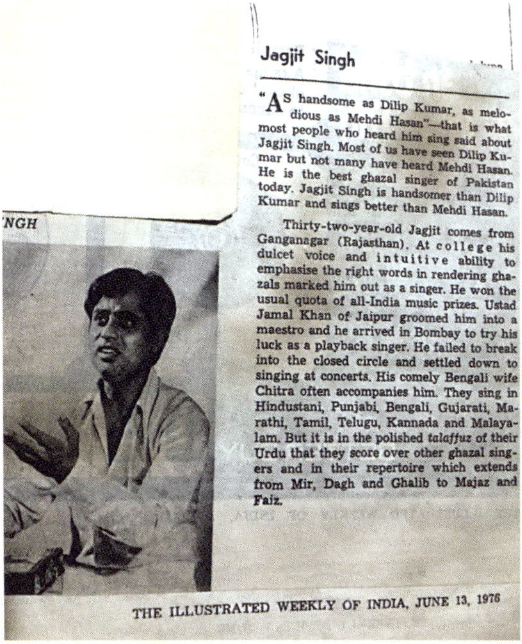

**Jagjit Singh**

"AS handsome as Dilip Kumar, as melodious as Mehdi Hasan"—that is what most people who heard him sing said about Jagjit Singh. Most of us have seen Dilip Kumar but not many have heard Mehdi Hasan. He is the best ghazal singer of Pakistan today. Jagjit Singh is handsomer than Dilip Kumar and sings better than Mehdi Hasan.

Thirty-two-year-old Jagjit comes from Ganganagar (Rajasthan). At college his dulcet voice and intuitive ability to emphasise the right words in rendering ghazals marked him out as a singer. He won the usual quota of all-India music prizes. Ustad Jamal Khan of Jaipur groomed him into a maestro and he arrived in Bombay to try his luck as a playback singer. He failed to break into the closed circle and settled down to singing at concerts. His comely Bengali wife Chitra often accompanies him. They sing in Hindustani, Punjabi, Bengali, Gujarati, Marathi, Tamil, Telugu, Kannada and Malayalam. But it is in the polished *talaffuz* of their Urdu that they score over other ghazal singers and in their repertoire which extends from Mir, Dagh and Ghalib to Majaz and Faiz.

THE ILLUSTRATED WEEKLY OF INDIA, JUNE 13, 1976

**इलस्ट्रेटेड *वीकली* में जगजीत**

फ़ायदा हुआ। *इलस्ट्रेटेड वीकली* की वह कतरन जगजीत हमेशा साथ रखते थे और सामने वाले को बताते थे कि खुशवंत सिंह ने उसके बारे में लिखा है। बंबई में उन दिनों सरदार खुशवंत सिंह बहुत धमाकेदार नाम था। इसी तरह जन्मदिन की एक दावत में जगजीत सिंह पहुँचे। जब गाना शुरू किया तो देख कर हक्के-बक्के रह गए। सुर साम्राज्ञी लता मंगेशकर सामने ही बैठी हुई थीं। उस शाम लता ने पहली बार जगजीत सिंह को सुना था। धीरे-धीरे जगजीत की दुकान चल निकली। वे अपना ख़र्च उठाने में सक्षम हो गए थे। उन्होंने अपने लुधियाना वाले दोस्त हरदमन सिंह भोगल को चिट्ठी लिखकर शुक्रिया अदा किया और मनीऑर्डर नहीं भेजने का निवेदन किया। जगजीत ने उन दिनों को कुछ इस तरह याद किया –

"

*सब कुछ गाता था। जितनी रात को पार्टियाँ होती थीं, उन सबमें जाता था। बहुत बिज़ी हो गया था। हर पार्टी में खाना फ़्री हो गया। कभी-कभी बुलाने वाले बीयर पिला देते थे। ऊपर से कुछ दक्षिणा मिल गई तो ठीक और नहीं मिली तो भी कोई ग़म नहीं। मैंने उन दिनों में थ्री पीस सूट सिलवाया था। थ्री पीस सूट को रोज़ अपने हाथ से प्रेस करके पहनता था।*

"

वह एक दिलचस्प नज़ारा होता था, जब लोग देखते कि थ्री पीस सूट में एक सरदार गले में हारमोनियम टाँगे गा रहा है। उन दिनों के संघर्ष के बारे में जगजीत के बड़े भाई जसवंत सिंह बताते हैं कि जगजीत को भले ही लोग नहीं जानते थे। पर यह सच है कि उसका नाम पुकारने पर वह स्टेज पर जाता तो जमकर तालियाँ पड़ती थीं। एक सिख और ग़ज़ल गायक - एक तरह से जगजीत को हूट करने के लिए तालियाँ बजाते थे। लेकिन जब उसका गायन सुन लेते तो शाबाशी में तालियों की गड़गड़ाहट से आसमान गूँजने लगता। इसके बाद भी कोई ब्रेक नहीं मिल रहा था। कभी-कभी जगजीत को बुरा भी लगता, जब पार्टियों में जगजीत का गायन सुनने वाले उसके सरदार होने पर ताज्जुब करते। उनकी निगाहों में सवाल हुआ करता था कि एक सिख ग़ज़ल कैसे गा सकता है। वह पक्का संगीत कैसे गा सकता है। ऐसे लोगों को उनके हाल पर छोड़ने के सिवा कोई चारा नहीं था। जगजीत मिस्टर बेरी के अहसानमंद थे। उनकी बदौलत ही वे मुंबई जैसे महानगर में अपने पैरों पर खड़े हो पाए थे।

ज़िंदगी में ऐसा भी होता है। किसी अनजान शहर में जब आप अपने आप से संघर्ष कर रहे होते हैं तो ऐसे लोग भी सफ़र में मिलते हैं, जो आपके लिए सब कुछ न्यौछावर कर देते हैं। जिनसे आपका ख़ून का रिश्ता तक नहीं होता, वे आपके लिए ख़ून देते हैं। दूसरी ओर ऐसे लोगों की कलई भी खुल जाती है, जो आपके ख़ून से क़रीबी रिश्ते में होते हैं और आपको ग़र्दिश में देखकर मुँह फेर लेते हैं।

जगजीत को मायानगरी इसी तरह के पाठ पढ़ा रही थी।

3

# मायानगरी में मुक़द्दर

मायानगरी जगजीत सिंह पर थोड़ी-थोड़ी मेहरबान होती दिखाई देने लगी थी। मुंबई की महफ़िलों में जगजीत सिंह अब जाना-पहचाना नाम बनता जा रहा था। संगीत संसार और फ़िल्म उद्योग के अंदरूनी क्षेत्रों में जगजीत की शास्त्रीय संगीत की समझ चर्चा का विषय बन गई थी। जानकार कहने लगे थे कि कई साल बाद संगीत की पक्की समझ वाला कोई कलाकार मुंबई आया है। लेकिन फ़िल्मों में गाने का मौक़ा देने के नाम पर प्रशंसक भी पीछे हट जाते। जगजीत नहीं समझ पाते कि जो कलाकार रात की महफ़िल में उन्हें बेजोड़ कलाकार होने का प्रमाण-पत्र दे जाता है, वह दिन के उजाले में कन्नी क्यों काटने लगता है। वे सोचते, शायद मायानगरी अभी उनकी और परीक्षा लेना चाहती है। इसी बीच इस सिख नौजवान को गाने का तो नहीं, अभिनय का मौक़ा ज़रूर मिल गया। निर्माता निर्देशक मोहन कुमार ने एक फ़िल्म बनाई थी - *अमन।* कलाकार थे बलराज साहनी, राजेंद्र कुमार, चेतन आनंद और सायरा बानो। फ़िल्म भारत के पहले प्रधानमंत्री जवाहरलाल नेहरू को समर्पित थी। इसकी कहानी दूसरे विश्व युद्ध की पृष्ठभूमि में लिखी गई थी और जंग के ख़िलाफ़ शांति का संदेश देती थी। इसमें एक सिख युवक की भूमिका जगजीत सिंह ने निभाई थी। जनाब कुछ मिनट के लिए एक्स्ट्रा की भूमिका में अवतरित हुए थे। जब यह फ़िल्म लुधियाना के सिनेमाघर में लगी तो जगजीत ने सब दोस्तों को चिट्ठी लिखकर सूचना दी।

दोस्त हरदमन सिंह भोगल को तो उन्होंने भावुकता भरा ख़त लिखा। पत्र में उन्होंने भोगल के प्रति एक बार फिर दिल की गहराइयों से शुक्रिया अदा किया था। छोटे भाई करतार सिंह को फ़ोन किया कि जाकर फ़िल्म देखो। इसके बाद पूरा परिवार यह फ़िल्म देखने गया। लुधियाना का एक लड़का फ़िल्म के परदे पर दिख रहा है - यह ख़बर शहर में जंगल में आग की तरह फैल गई थी। दोस्तों ने

**फ़िल्म *अमन* के दृश्य में जगजीत**

कई बार यह फ़िल्म देखी। फ़िल्म में जगजीत की भूमिका चंद मिनट ही थी। उनका नाम भी कहीं नहीं दिया गया था। फिर भी उस दौर में बड़े परदे पर इस तरह का अवसर मिलना बहुत बड़ी बात थी। लेकिन जगजीत ने जब खुद को परदे पर देखा तो अभिनय से तौबा कर लिया। कान पकड़ लिए और निश्चय किया कि आइंदा कभी एक्टिंग नहीं करेंगे। गायक बनने के लिए आए हैं। वही बनेंगे। एक असली सरदार अभिनेता के रूप में दर्शकों को पसंद नहीं आएगा - यह सच्चाई जगजीत को पता लग गई थी। यह अलग बात थी कि फ़िल्मों में अनेक सफ़ाचट अभिनेता धड़ल्ले से सिख भूमिकाएँ किया करते थे - धर्मेंद्र की तरह।

सरदार के रूप में जगजीत सिंह के साथ एक विचित्र अनुभव होता था। जैसे ही किसी कार्यक्रम में गाने के लिए उनका नाम पुकारा जाता और वे मंच पर प्रकट होते तो तालियों की गड़गड़ाहट से हॉल गूँज जाता। कारण यह होता था कि एक सिख गायक भी हो सकता है - यह दर्शकों और श्रोताओं की कल्पना से परे था। इसलिए उन तालियों में हास्य रस का भाव अधिक होता था। लेकिन जैसे ही जगजीत सिंह का गायन शुरू होता, सुनने वाले सम्मोहित हो जाते। उनका जादू लोगों के सिर चढ़कर बोलने लगता। जब वह गायन समाप्त करते तो एक बार फिर तालियों की गड़गड़ाहट से हॉल गूँज जाता। लेकिन अब उनमें हास्य रस का नहीं, बल्कि प्रशंसा

का भाव होता था। जगजीत सिंह के चेहरे पर अब आत्म विश्वास झलकने लगा था।

जगजीत

पिछले अध्याय में आप पढ़ चुके हैं कि मिस्टर बेरी के रेस्टोरेन्ट में जिन दोस्तों के साथ रोज़ शाम को महफ़िल जमती थी, उनमें एक जिमी नरूला भी थे। कुछ समय बाद जिमी नरूला की नौकरी हिज मास्टर्स वाइस यानी एचएमवी में लग गई। यह कंपनी उन दिनों भारत की सबसे बड़ी ग्रामोफ़ोन कंपनी थी और फ़िल्मी, ग़ैर फ़िल्मी संगीत रचनाओं को काले रिकॉर्ड में भरकर उसे बाज़ार में लाती थी। इस कंपनी से रिकॉर्ड जारी होने का मतलब कलाकार के क़ाबिल होने का प्रमाण-पत्र मिलना था। जिमी नरूला ने जगजीत के संगीत ज्ञान की ऐसी तारीफ़ की कि कंपनी से स्वर परीक्षण का निमंत्रण आ गया। यह जगजीत सिंह के जीवन का तीसरा स्वर परीक्षण था। पहली बार आकाशवाणी जालंधर में और दूसरी बार बंबई की पहली यात्रा में स्वर परीक्षण हुए थे। इनमें एक में सफल और दूसरे में नाकाम रहे थे। धड़कते दिल से जगजीत सिंह कंपनी के स्टूडियो में दाख़िल हुए। परीक्षण हुआ। विशेषज्ञों ने उनसे शास्त्रीय संगीत की कठिन बंदिशें, सुगम संगीत, भजन और उस ज़माने के लोकप्रिय फ़िल्मी गीत सुने। कड़ी परीक्षा के बाद संगीत के जानकारों ने इस सिख नौजवान को पास कर दिया।

जगजीत सिंह की ख़ुशी का ठिकाना नहीं था। कंपनी ने तय किया कि एक ई.पी. यानी एक्सटेंडेड प्ले रिकॉर्ड निकाला जाएगा। दूसरा रिकॉर्ड लॉन्ग प्ले रिकॉर्ड होता था। उसमें एक तरफ़ क़रीब-क़रीब आधा घंटे की रिकॉर्डिंग हो सकती थी। नया गायक होने के कारण कंपनी बड़ा रिकॉर्ड निकालने का ज़ोखिम नहीं लेना चाहती थी। इसलिए छोटा रिकॉर्ड यानी ई.पी. निकलना का तय किया गया। इसमें एक तरफ क़रीब दस मिनट का समय होता था। इस दरम्यान पाँच-पाँच मिनट की दो ग़ज़लें रिकॉर्ड की जा सकती थी। कंपनी ने निर्णय लिया कि एक तरफ़ जगजीत सिंह की दो ग़ज़लें होंगी। दूसरी तरफ़ एक अन्य नए गायक सुरेश राजवंशी की दो ग़ज़लें रिकॉर्ड की जाएँगी। कंपनी के संगीत निदेशक सी.के. चौहान के निर्देशन में रिहर्सल शुरू हो गई। जगजीत सिंह बड़े उत्साहित थे। उन्हें भारत की सबसे बड़ी कंपनी मौक़ा दे रही थी। दो ग़ज़लों में से एक तो जगजीत ने मुकेश के अंदाज़ में गाई। मुकेश उन दिनों

**उस दौर में चलने वाला लॉन्ग प्ले रिकॉर्ड (एल.पी.)**

लोकप्रियता के शिखर पर थे। अधिकतर नए गायक उनकी नक़ल करने की कोशिश करते थे। मुकेश की नक़ल करते हुए जगजीत ने यह ग़ज़ल गाई - *अपना ग़म भूल गए, तेरी ज़फ़ा भूल गए, हम तो हर बात मोहब्बत के सिवा भूल गए।* यह ग़ज़ल फ़ारूक़ क़ैसर ने लिखी थी। दूसरी ग़ज़ल जगजीत ने अपने मौलिक अंदाज़ में गाई थी। इसके बोल थे - *आँख को जाम समझ बैठा था अनजाने में, साकिया होश कहाँ था तेरे दीवाने में।* इस ग़ज़ल के शायर थे शमीम शाहबादी। जब रिकॉर्डिंग हो गई तो सबने जगजीत की गायिकी को सराहा। एक उभरते गायक के लिए इससे बड़ा प्रमाण-पत्र और क्या हो सकता था कि एचएमवी जैसी कंपनी के विशेषज्ञ उसकी तारीफ़ कर रहे थे।

इस रिकॉर्ड को संगीत प्रेमियों तक पहुँचाने से पहले कंपनी के एक आग्रह ने जगजीत को बड़े धर्म संकट में डाल दिया। कंपनी के संचालकों ने रिकॉर्ड के कवर पर प्रकाशित करने के लिए जगजीत की फ़ोटो माँगी। उनसे कहा गया कि एक सिख को ग़ज़ल गाते हुए संगीत के शौक़ीन स्वीकार नहीं करेंगे, भले ही कितना अच्छा गाया हो। इसलिए बेहतर होगा कि जगजीत की फ़ोटो बिना पगड़ी और दाढ़ी के छापी जाए। जगजीत को धक्का लगा। क़िस्मत उनकी यह कैसी परीक्षा ले रही थी। रात भर बिस्तर पर करवटें बदलते रहे। यह सही है कि मुंबई में एक सिख को गाते देखकर एक बार लोग चौंकते हैं। कवर पर पगड़ी क्या बाज़ार में रिकॉर्ड की बिक्री पर असर डालेगी? गायन की तारीफ़ तो तब करेंगे, जब सुनेंगे। अगर किसी ने कवर देखकर रिकॉर्ड नहीं ख़रीदा तो वह सुनेगा कैसे? फिर एक सच्चे नामधारी सिख का बेटा अपने केश दान कैसे कर सकता है? एक तरफ़ पिता का चेहरा और आस्था दिखाई देती तो दूसरी तरफ भविष्य के सपनों का द्वार खुलने जा रहा था। आख़िरकार सपनों ने बाज़ी मारी और जगजीत ने सिख वेश त्यागने का फ़ैसला किया। लेकिन मुश्किल

यह थी कि पिताजी को सूचना कैसे दी जाए। पहले सोचा कि लुधियाना में पड़ोस के एक फ़ोन पर पिताजी से बात की जाए। लेकिन हिम्मत नहीं पड़ी। अंत में बड़े भाई जसवंत सिंह के माध्यम से ही संदेश देने का निर्णय किया। नौ जनवरी, 1966 को जगजीत ने अपने बड़े भाई को अंतर्देशीय पत्र लिखा। यह पत्र अँगरेज़ी में लिखा गया था। इसमें उन्होंने लिखा था -

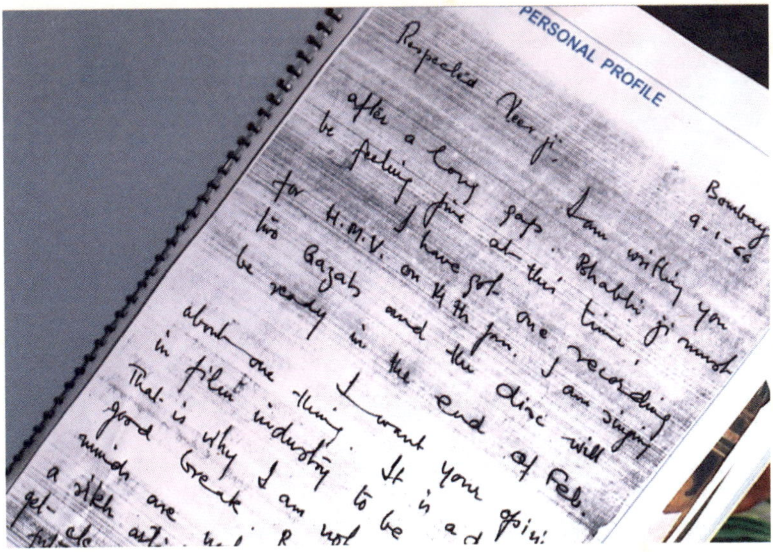


*बहुत दिनों बाद आपको पत्र लिख रहा हूँ। एचएमवी कंपनी ने 14 जनवरी को मेरी एक रिकॉर्डिंग करने का फ़ैसला किया है। मैं इसमें दो ग़ज़लें गाऊँगा और फ़रवरी के अंतिम सप्ताह तक इसका रिकॉर्ड जारी हो जाएगा। इस बारे में आपसे एक राय लेना चाहता हूँ। दरअसल, फ़िल्म इंडस्ट्री में सिख होना अच्छा नहीं माना जाता। इसी कारण अनेक अवसर मेरे हाथ से निकल चुके हैं। चूँकि मैंने अब बंबई में ही रहने का फ़ैसला कर लिया है। यहाँ मुझे एक गायक के रूप में ही क़ामयाबी मिल सकती है। लेकिन यहाँ के लोग एक सिख को गायक के रूप में स्वीकार नहीं करते। मैं जानता हूँ कि मेरे इस निर्णय से आप लोगों को दुख पहुँचेगा, पर मेरे पास इसके अलावा कोई चारा नहीं है कि मैं सिख वेश से मुक्त हो जाऊँ। कृपया मुझे माफ़ करें और किसी तरह पिताजी को भी समझाने की कोशिश करें।*

इसके बाद जगजीत सिंह ने अपना धर्म संकट मिस्टर बेरी से साझा किया। मिस्टर बेरी ने भी उसे भविष्य की ख़ातिर सफ़ाचट हो जाने की सलाह दी। जगजीत

**जगजीत बिना पगड़ी व दाढ़ी-मूँछ के**

ने भारी मन से उनकी राय मान ली। मिस्टर बेरी उन्हें अपनी जान-पहचान के एक सैलून में ले गए। वहाँ हज्जाम को बताया तो वो हैरान रह गया। उसके जीवन में पहली बार कोई सिख इस तरह सफ़ाचट होने के लिए आया था। उसने कई बार जगजीत को ऊपर से नीचे तक देखा और समझाने की कोशिश की। उसने तो यहाँ तक कहा कि अपने घरवालों से भी एक बार पूछ लेना चाहिए था। लेकिन इससे जगजीत का इरादा नहीं बदला। हारकर बेमन से हज्जाम ने जगजीत सिंह के बालों पर कैंची चलाई। इधर कैंची चल रही थी, उधर जगजीत के आँसू झर रहे थे। जब हज्जाम पूरा काम कर चुका तो उसने देखा। जगजीत की आँखें बंद थीं और आँसू गालों से लुढ़कते हुए नीचे गिर रहे थे। उसने पूछा कि यदि इतने ही दुखी हो रहे हो तो केश क्यों कटवाए। जगजीत सिंह ने बिहार के उस हज्जाम से कहा, "बाबू! आप नहीं समझोगे कि मैं अपने आप से कितना लड़ रहा हूँ।" नए रूप में आने के बाद जगजीत सिंह ने खुद को आईने में देखा तो एक बारगी पहचान ही नहीं पाए। हाँ, इस निष्कर्ष पर पहुँच गए कि वे पहले से अधिक हैंडसम लगने लगे थे - कुछ-कुछ दिलीप कुमार या राजेंद्र कुमार की तरह।

मगर उसी शाम दिलचस्प वाक़या हुआ। उन्हें किसी शादी के रिसेप्शन में गाने के लिए बुलाया गया था। जब वे समारोह में अपने हारमोनियम और दूसरे साज़िंदों के साथ पहुँचे तो आयोजकों ने उन्हें गाने का अवसर देने से इनकार कर दिया। विवाह पक्ष के लोगों से जगजीत की बात कुछ इस तरह हुई।

*"हमारी तो एक सिख युवक से बात हुई थी। हमने तो उसी को गाते सुना है/आप क्यों आ गए। वह कहाँ है?"*

*"देखिए! मैं ही वह सिख युवक हूँ।"*

*"आप लोग भी अच्छा मज़ाक़ करते हैं। कमाई के लिए कभी सिख बन जाते हैं कभी सफ़ाचट हो जाते हैं।"*

*"समझने की कोशिश करिए। मैंने आज ही अपने केश कटाए हैं।"*

*"अरे! यूँ क्यों नहीं कहते कि सरदार जी को किसी दूसरे प्रोग्राम में ज़्यादा पैसे मिल रहे थे। इसलिए आप लोगों को यहाँ भेज दिया।"*

*"नहीं। ऐसी कोई बात नहीं है। आप एक बार गाना तो सुन लें। मैं वही जगजीत सिंह हूँ।"*

*"नहीं बाबा माफ़ करो! एक बार गाना गाने के लिए बिठा देंगे तो फिर जबरन पैसा वसूल करने लगोगे।"*

*"अच्छा एक काम करिए। आप मुझे सुन लीजिए। अगर मेरी आवाज़ वही हुई तो पैसे दीजिए अन्यथा एक पैसा भी मत दीजिए।"*

*"ठीक है। गाइए। लेकिन देख लीजिए। एक भी मेहमान ने शिकायत की तो गाने के बीच से उठाकर बाहर कर दूँगा।"*

*"जी ठीक है।"*

इस तरह जगजीत ने शादी समारोह में गाना शुरू किया तो सारे मेहमान वाह-वाह कर उठे। गायन के बाद अनेक लोगों ने यह कहते हुए उनसे पता लिया कि वे भी अपने घर किसी पार्टी में बुलाएँगे। असल में जगजीत चाहते तो एचएमवी कंपनी की चिट्ठी दिखा सकते थे, जिसमें उनका रिकॉर्ड निकालने की सहमति दी गई थी। लेकिन उन्होंने ऐसा नहीं किया। वे केश कटाने की सारी गाथा नहीं बताना चाहते थे। वे सोच रहे थे कि अगर एचएमवी से रिकॉर्ड के कवर वाली बात बताई तो कंपनी की बदनामी होगी। सुनने वाले सोचेंगे कि जिस कलाकार के रिकॉर्ड हिंदुस्तान की जानी-मानी कंपनी जारी करती है, वह तो शादियों में टप्पे, लोकगीत और फ़िल्मी गीत गाता फिरता है। फिर एक बात यह भी थी कि शादी में गाने का अनुबंध संगीत के शौकीन एक शुभचिंतक के ज़रिए मिला था। उसमें बहुत से ऐसे लोग निमंत्रित हो सकते थे, जो एचएमवी कंपनी के लोगों से परिचित होते अथवा कंपनी के लोग खुद उस विवाह समारोह में शामिल हो सकते थे। नाम लेने पर अगर कंपनी को पता लग जाता तो वह कहीं रिकॉर्डिंग ही रद्द नहीं कर दे। जगजीत सिंह फ़िलहाल ऐसा कोई ख़तरा मोल नहीं लेना चाहते थे।

बहरहाल! केश दान करने के बाद भी जगजीत सिंह के मन में अपराध बोध बरक़रार था। आँखें बंद करते तो पिताजी और परिवार के लोगों की गुस्से से तनी आँखें सामने आ जातीं। उन्हें याद आया कि पिताजी ने एक बार सिनेमा देखने पर कितनी पिटाई की थी। कई दिन माँ शरीर की सिकाई करती रही थीं। यह सोचकर जगजीत की हिम्मत ने साथ छोड़ दिया और उन्होंने बड़े भाई को ही संकटमोचक बनाने का निर्णय लिया। जगजीत ने एक और अंतर्देशीय पत्र लिखने का फ़ैसला किया। उनका ख़याल था कि बड़े भाई समझाएँगे तो पिताजी माफ़ कर देंगे। जगजीत ने 31 जनवरी 1966 को दूसरा पत्र लिखा। इसमें उन्होंने एक बार फिर अपनी ग़लती मानी थी और पिताजी से माफ़ कर देने की प्रार्थना की थी। चिट्ठी में उन्होंने लिखा -

**जसवंत सिंह उस पत्र के साथ जिसमें जगजीत ने केश त्याग के बारे में लिखा**

"आपका पत्र मिला। उससे बहुत व्यथित हूँ। असल में यह मेरी ग़लती थी कि जब मैंने आपको पहला पत्र लिखा था तो उससे पहले ही मैंने दाढ़ी और पगड़ी से मुक्ति पा ली थी। आप मुझे माफ़ करें। आप जानते हैं कि मैंने आपसे कभी कुछ नहीं छिपाया है। पिताजी के बाद मैंने आपको ही अपना सब कुछ माना है।"

असल में बड़े भाई जसवंत सिंह को भी जगजीत के इस फ़ैसले से गहरा झटका लगा था। लेकिन भाई के संगीत प्रेम को हवा देने का काम तो उन्होंने ही किया था। संगीत की ख़ातिर ही तो वे जालंधर में एडमिशन कराने गए थे। लिहाज़ा पिताजी से बात करने का बीड़ा उन्होंने ही उठाया। वे पिताजी के पास गए और जीती के इस नए क़दम की जानकारी दी। पिताजी को गहरा धक्का लगा। वे सदमे में थे। उन्होंने जगजीत से सारे संबंध तोड़ लिए। जसवंत सिंह इस अनुभव को बयान करते समय बड़े भाव-विह्वल हो गए। बोले -

"

*पिताजी का चेहरा पीला पड़ गया। ऐसा लगा जैसे किसी ने शरीर से सारा ख़ून निचोड़ लिया हो। पिताजी तो सबसे कहा करते थे कि भई! अपने को सच्चा सिख बन कर रहना चाहिए। शबद कीर्तन करना चाहिए। गुरबानी की शिक्षाओं पर अमल करना चाहिए। लेकिन जब उनको यह पता लगा कि उनके अपने बेटे ने ही ऐसा किया है तो तीन दिन न खाना खाया और न घर से बाहर निकले। वे सोचते थे कि मैं तो दूसरों को अच्छा नामधारी सिख बनने की शिक्षा दिया करता था। लोग क्या कहेंगे, जब उन्हें पता लगेगा कि रोज़ी-रोटी की ख़ातिर उनके अपने बेटे ने सिखी छोड़ दी।*

"

**पिताजी और माताजी**

अकेले में पिताजी कई दिनों तक फूट-फूट कर रोते रहे। एक दिन जगजीत की माँ से उनका संवाद कुछ इस तरह हुआ -

> *मुझसे ज़रूर कुछ भयंकर पाप हुआ है। मैं सिखी धर्म का पालन नहीं कर पाया। उसी की सज़ा मिल रही है।*
>
> *ऐसा क्यों सोचते हो? तुमने कोई ग़लती नहीं की।*
>
> *फिर जीती ने ऐसा क्यों किया? मुझसे पूछा तक नहीं?*
>
> *पूछता तो तुम क्या इजाज़त दे देते?*
>
> *लेकिन अपनी बात तो रखना चाहिए। अपने पिता से छिपाने की क्या वजह है? उसका दुश्मन तो नहीं हूँ।*
>
> *तुमसे डरता है। उसने बात तो रखी। जसवंत के ज़रिए। अच्छा एक बात बताओ।*
>
> *बोलो। क्या कहती हो?*
>
> *तुम जब पैदा हुए और बड़े हुए तो क्या सिख रूप में पैदा हुए थे?*
>
> *नहीं तो।*
>
> *तुमने तो पगड़ी केश बाद में रखे।*
>
> *हाँ। इसमें क्या शक़ है।*
>
> *और यह भी सच है कि तुम्हारे पिता तुम्हारे सिख धर्म अपनाने के ख़िलाफ़ थे?*
>
> *हाँ! वे नहीं चाहते थे कि मैं सिख बनूँ।*

*और तुमने पिताजी की इच्छा के विरुद्ध सिख धर्म अपनाया। यानी तुम पिताजी की इच्छा का सम्मान नहीं करो तो ठीक और बेटा ऐसा करे तो ठीक नहीं। यह कैसा रवैया है तुम्हारा? पगड़ी केश बाद में रखे जा सकते हैं तो हटाए क्यों नहीं जा सकते? तुम्हें तो गर्व होना चाहिए कि जो शिक्षा तुमने बच्चों को दी, वह सार्थक रही। हमारे जीती ने कोई चोरी करने के लिए तो पगड़ी केश नहीं कटाए। तुम उसे संगीत में उस्ताद देखना चाहते थे। संगीत के लिए ही तो उसने यह नया रूप धारण किया है।*

*नहीं! मगर मैंने उसे फ़िल्मी गीत और ग़ज़लें गाने के लिए संगीत नहीं सिखाया था।*

*संगीत में कोई भेद नहीं होता। याद है तुम्हारे नामधारी गुरु ने जीती का नाम बदलते वक़्त क्या कहा था?*

*उन्होंने कहा था कि यह सारे जग को जीतेगा।*

*तो फिर अब बताओ। जगजीत यहाँ लुधियाने के गुरुद्वारे में शबद गाता तो सारे जग को कैसे जीतता? जब उसे जग नहीं जानेगा तो वह जग को जीतेगा कैसे? गुरुजी की बात झूठ कैसे हो सकती है?*

*हूँ..., लेकिन मेरा मन ही नहीं मानता। मैं क्या करूँ? मैं उसे माफ़ नहीं कर सकता।*

*तो ठीक है। मैं जसवंत को कहती हूँ कि जगजीत को लुधियाना बुला लो। उसे वापस सिख बनाओ और घर बैठकर सारी उमर इत्मीनान से शबद कीर्तन सुनो। तुम तो अपने गुरु को भी झूठा साबित करने पर तुले हो।*

*इसमें गुरुजी झूठे नहीं हो रहे हैं। वे गुरबानी के लिए कहते थे।*

*तुम भी अजीब पिता हो। बच्चे के ही ख़िलाफ़ हो। कीर्तन करके किसने आज तक जग जीता है। कीर्तन तो मन को जीतने के लिए होता है, जग को जीतने के लिए नहीं।*

*जो इंसान अपने मन को जीत ले, तो जग ही जीत लिया समझो।*

*यह बात तुम्हारी बेतुकी है। चाहे तो किसी भी नामधारी गुरु से पूछ लो। मैं ग़लत नहीं बोलती। तुम्हारी बीवी हूँ तो जीती की माँ भी हूँ। मैंने उसे जन्म दिया है। और फिर याद करो! अँगरेज़ों से लड़ने के लिए तो सरदार भगत सिंह ने भी सिख वेश त्यागा था। उसके माँ-बाप ने तो उसे नहीं छोड़ा, जैसा तुम कर रहे हो। उसने तो वाकई भगत होते हुए भी जग जीत लिया और तुम अपने बेटे को जग जीतने से रोक कर भगत बनाना चाहते हो। यह भक्ति-शक्ति बुढ़ापे में अच्छी लगती है। जवानी तो कर्म करने के लिए होती है।* ”

माँ के इन तर्कों का पिताजी के पास कोई उत्तर नहीं था। माँ का एक-एक तीर निशाने पर लगा था। लेकिन वे अपने को समझा नहीं पाए। रूठे-रूठे ही रहे।

जब एचएमवी ने एक नया चेहरा रिकॉर्ड के कवर पर छापा तो लोगों ने पहचाना ही नहीं। किंतु जब फ़रवरी 1966 में आकाशवाणी के तमाम केंद्रों पर यह रिकॉर्ड बजने लगा, और बाज़ार में बिकने लगा तो इतना हिट हुआ कि देखते ही देखते 5000 प्रतियाँ बिक गईं। सन् 1966 में किसी रिकॉर्ड की 5000 प्रतियाँ! यह लोकप्रियता का नया रिकॉर्ड था। एचएमवी वाले हैरान रह गए। रिकॉर्ड में दोनों नए गायक थे; इसलिए कंपनी ने तो प्रचार भी नहीं किया था। हालाँकि यह पता लगाना मुश्किल था कि दो में से किस गायक के कारण रिकॉर्ड हिट हुआ है? इसका फ़ायदा जगजीत को मिला। अब वे मायानगरी में गुमनाम नहीं रहे थे। मायानगरी के अड़ियल घोड़े ने हथियार डाल दिए थे। जगजीत सिंह उस पर सवारी कर रहे थे। नियति उन पर मुस्करा रही थी।

जगजीत ने इस अनुभव को कुछ इस तरह याद किया -

*"इसी बीच मुझे रेडियो सीलोन वालों ने भी रिकॉर्ड किया था। उन दिनों रेडियो सीलोन पर मौक़ा मिलना बहुत बड़ी बात थी। मुझे याद है - 5 फ़रवरी 1966 की रात आठ बजे* फुलवारी *में मेरा गीत पहली बार रेडियो सीलोन (यानी श्रीलंका) पर बजा था। रात भर मेरे ज़ेहन में अपना ही गीत गूँजता रहा। स्टार बनने के ख़्वाब अँगड़ाई लेने लगे थे। इसके बाद एक गुजराती फ़िल्म* बहुरूपी *में भजन गाने का मौक़ा मिल गया। फ़िल्म के निर्देशक और संगीतकार थे - अजीत मर्चेंट। भजन गाने के लिए मैंने बाक़ायदा गुजराती सीखी। यह फ़िल्म 1969 में बनी थी। इसका एक भजन था -* लागी राम भजन नी लगनी। *इसे बंशी लाल पुरोहित ने लिखा था। इसका रिकॉर्ड ग्रामोफ़ोन कंपनी ऑफ़ इंडिया लि. ने जारी किया था। संदर्भ के तौर पर बता दूँ कि वर्षों बाद मैंने अपने एलबम* मुंतज़िर *में एक ग़ज़ल गाई थी -* रातं ख़ामोश है। *इस ग़ज़ल के संगीतकार भी अजीत मर्चेंट थे। इसी दौर में मेरी दोस्ती पंजाब से ही आए राजेंद्र मेहता से हुई। जी! आपने ठीक समझा। वही राजेंद्र मेहता, जिन्होंने नीना जी के साथ अपनी जोड़ी बनाई थी। भारत की यह पहली जोड़ी थी। इस जोड़ी ने हिंदुस्तान में अनेक लोकप्रिय*

**अजीत मर्चेंट**

*ग़ज़लें आप लोगों तक पहुँचाई। एक ग़ज़ल तो आपको तुरंत याद आ जाएगी। यह थी -* जब आँचल रात का लहराए और सारा आलम सो जाए, तुम मुझसे मिलने शमा जलाकर ताजमहल में आ जाना... *राजेंद्र मेहता के लिए एक रिकॉर्ड मेरी मदद से भी निकला था। उसने ग़ज़लें गाई थीं और मैंने संगीत दिया था। यह भी एक छोटा ई.पी. था और एचएमवी ने ही 1967 में निकाला था। आप कह सकते हैं कि बतौर संगीतकार यह मेरा पहला रिकॉर्ड था। कंपनी शायद मेरी संगीत की समझ की परीक्षा भी लेना चाहती थी। राजेंद्र मेहता के अलावा गायक भूपेंद्र से भी मेरी मुलाक़ात इसी दौर में हुई। भूपेंद्र भी आवाज़ के दम पर संघर्ष करने वालों की हमारी जमात में शामिल हो गए। बाद में भूपेंद्र ने भी मिताली के साथ जोड़ी बनाई और अनेक लोकप्रिय रचनाएँ संगीत प्रेमियों तक पहुँचाईं।"*

जगजीत सिंह की यह ख़ास बात थी कि शोहरत की बुलंदियों पर पहुँचने के बाद भी वे पुराने दिनों में उन्हें अवसर देने वालों के प्रति वही श्रद्धा भाव रखते थे। *बहुरूपी* में अवसर देने के लिए अजीत मर्चेंट को उन्होंने हमेशा याद रखा और उनकी हर संभव मदद की।

राजेंद्र मेहता तो अब इस दुनिया में नहीं रहे, लेकिन जीवित रहते जगजीत सिंह के बारे में उनसे मेरी बात हुई थी। उन्होंने जगजीत से अपने रिश्ते की कहानी कुछ इस तरह सुनाई -

"

*मैं मनमोहन कृष्णजी के घर एक पार्टी में गया था। वे किंग्स सर्किल पर रहते थे। वहाँ उन्होंने बताया कि एक सरदार लड़का लुधियाना से आया है। वह भी गाता है और तुम्हारे बारे में पूछ रहा था। मैंने तुम्हारा पता दे दिया है। एक दिन मैं नीचे खड़ा था तो देखा एक सिख नौजवान मेरी तरफ़ आ रहा है। पास आया तो मैंने पूछा कि तुम जगजीत सिंह हो? उसने कहा हाँ। इस तरह हमारी मुलाक़ात हुई। हम कमरे में देर तक गपशप करते रहे। उसने कहा कि जालंधर तथा बीकानेर से उसे मेरा संदर्भ मिला था। धीरे-धीरे हमारा ग्रुप बन गया। उसके पास दो लड़के थे। उनका नाम था नारायण और गोविंद। वे तबला तथा अन्य साज़ बजाते थे। इस तरह हमारी दोस्ती हुई।*

"

इसके बाद बीच राजेंद्र मेहता का एक ई.पी. रिकॉर्ड एचएमवी कंपनी ने निकाला। इस एलबम के संगीतकार जगजीत सिंह ही थे। इसमें तो जगजीत ने कमाल का संगीत दिया था। यह रिकॉर्ड 1969 में निकला। लोगों ने इसे भी बेहद पसंद किया। एचएमवी जगजीत सिंह के गायन को लेकर मिली प्रतिक्रियाओं से उत्साहित थी। खुशवंत सिंह जैसे संपादक ने उसकी तारीफ़ की थी, जो आमतौर

पर किसी की तारीफ़ नहीं करते थे।

राजेंद्र मेहता

अब तक कंपनी को अहसास हो गया था कि पहले रिकॉर्ड की बिक्री में जगजीत सिंह का ही हाथ है। इसके बाद एचएमवी ने जगजीत सिंह के दो रिकॉर्ड और निकाले। पहला रिकॉर्ड भी ई.पी. ही था। उसमें चारों ग़ज़लें जगजीत सिंह ने ही गाई थीं। यह रिकॉर्ड भी लोगों ने काफ़ी पसंद किया। ख़ास बात यह थी कि इस रिकॉर्ड की चारों ग़ज़लों का संगीत भी जगजीत सिंह ने ही तैयार किया था। कंपनी के संगीतकार सी.के. चौहान ने जगजीत के संगीत को पसंद किया था। उन्होंने कहा कि जगजीत सिंह खुद भी अच्छे संगीतकार हैं। वे इन ग़ज़लों की धुनें तैयार करने में भी सक्षम हैं। इस एलबम की चारों रचनाओं में सबसे लोकप्रिय मीर तक़ी मीर की लिखी *पत्ता पत्ता बूटा बूटा...,* हुई थी। अन्य तीन ग़ज़लों में जिगर मुरादाबादी की ग़ज़ल - *मुझे दे रहे हैं तसल्लियाँ,* ज़ौक़ की - *अब तो घबरा के ये कहते हैं...* और जिगर मुरादाबादी की ही - *दिल में तुम हो...* शामिल की गई थीं। एचएमवी ने पहली बार इन बड़े नामों को अपने रिकॉर्ड संग्रह में शामिल किया था। इस संग्रह के ज़रिए जगजीत सिंह हिंदुस्तान और पाकिस्तान के परंपरागत ग़ज़ल प्रेमियों के दिलों में बस गए थे। इसके बाद दूसरा रिकॉर्ड भी एचएमवी ने निकाला। इसमें जगजीत ने दो ग़ज़लें गाई थीं। एक तो मिर्ज़ा ग़ालिब की - *फिर कुछ इस दिल को बेक़रारी है* तथा जिगर मुरादाबादी की - *दास्तान-ए-ग़म-ए-दिल उनको सुनाई न गई...,* शामिल की गई थी। नए लोगों में जगजीत को अब भरोसेमंद संगीतकार भी माना जाने लगा था।

संदर्भ के तौर पर यहाँ इस बात का ज़िक्र ज़रूरी है कि एचएमवी ने 1992 में जगजीत सिंह की ग़ज़ल गायिकी के पच्चीस बरस पूरे होने पर दो कैसेटों का ख़ास एलबम जारी किया था। इसमें 1967 से 1975 के बीच जगजीत सिंह और चित्रा सिंह की गाई चुनिंदा ग़ज़लें पहली बार संगीत प्रेमियों को तोहफ़े के तौर पर दी गई थीं। यह एलबम भी बेहद मक़बूल हुआ था। इसकी कहानी आप आगे पढ़ेंगे।

हालाँकि जगजीत को अभी भी एक बड़ी क़ामयाबी का इंतज़ार था। नियति ने काफ़ी प्रतीक्षा करा ली थी। जगजीत को अंदर ही अंदर लगने लगा था कि उनके मन की मुराद पूरी होने वाली है। वे उत्साहित थे। चार ग़ज़लों के संगीत प्रेमियों तक पहुँचने के बाद फ़िल्म उद्योग के बड़े-बड़े नाम भी उनकी तारीफ़ करने लगे थे। इनमें

मदन मोहन

से एक भारतीय फ़िल्मों में ग़ज़लों को अपने विशिष्ट सम्मोहित करने वाले संगीत से पेश करने वाले मदन मोहन थे। मदन मोहन की धुनें तो जगजीत कॉलेज के ज़माने से ही पसंद करते थे।

मदन मोहन ने जगजीत को अनेक अवसरों पर जानी-मानी हस्तियों से मिलवाया था। उन्होंने जगजीत को अवसर दिलाने के लिए शिद्दत से प्रयास किए, क्योंकि वे खुद जगजीत के गायन और संगीत की समझ के मुरीद थे। इसलिए जगजीत ने उनके प्रति हमेशा उपकृत होने का भाव रखा। वे सोचते कि मुंबई में यहाँ कौन किसको पूछता है। ऐसे माहौल में मदन मोहन जैसा चोटी का संगीतकार एक अनजान और गुमनाम कलाकार के लिए अन्य लोगों से बात करता है तो कितनी बड़ी बात है। जब मदन मोहन नहीं रहे तो उनके बेटे संजीव कोहली ने उनको समर्पित एक शाम रखी। इस शाम के बारे में एक साक्षात्कार में खुद संजीव कोहली ने कहा था (साक्षात्कार मैंने नहीं लिया था) -

“

*मैं लता मंगेशकर जी के पास गया। उन्होंने मुझसे कहा कि कोई नया गायक आया है। मदन भैया उसकी बहुत तारीफ़ किया करते थे। मैं समझ गया कि वे जगजीत सिंह के बारे में बात कर रहीं थीं। मैंने तुरंत जगजीत सिंह से संपर्क किया। उन्होंने अपने सब कार्यक्रम निरस्त कर दिए। कार्यक्रम में आए और मेरे पिता के संगीत से सजे अनेक गीत सुनाए। उस शाम स्टेज पर लता मंगेशकर जी थीं, सुरैया थीं और भी अनेक गायक गायिकाएँ थीं। उस शाम के लिए जगजीत ने एक पैसा तक नहीं लिया।*

”

बंबई में भला कौन इस तरह करता है। यह जगजीत सिंह की सदाशयता और इंसानियत का उम्दा उदाहरण है। एक दौर तो ऐसा भी आया, जब जगजीत सिंह फ़िल्मी सितारों की पार्टियों के अनिवार्य अंग बन गए थे। हर बड़ा कलाकार अपने यहाँ होने वाले कार्यक्रमों में जगजीत सिंह को ही बुलाना चाहता था। इनमें बलराज साहनी, राजकपूर, राजेंद्र कुमार, वहीदा रहमान और एच.एस. रवैल जैसे धुरंधर

**एचएमवी (हिज मास्टर्स वॉइस) की पहचान**

शामिल थे। लेकिन इनमें से किसी ने जगजीत सिंह को फ़िल्मों में गाने के लिए अवसर नहीं दिलाया। यह अजीब-सी बात थी।

जाने माने फ़िल्मकार महेश भट्ट की जगजीत सिंह से पहली मुलाक़ात ऐसी ही एक पार्टी में हुई थी। यह पार्टी कबीर बेदी के घर हुई थी। उस समय तो महेश भट्ट जगजीत के लिए बहुत कुछ नहीं कर पाए, लेकिन बाद में इस जोड़ी ने ख़ूब गुल खिलाए। बड़े फ़िल्मी सितारों ने जगजीत सिंह को अधिक सहयोग नहीं किया; इसका जगजीत सिंह को हरदम अफ़सोस बना रहा। संभवतः यही समय था, जब उन्होंने निश्चय किया कि वे अपने बाद आने वाले प्रत्येक नए कलाकार को भरपूर सहयोग देंगे। फ़िल्म उद्योग की इस रुखाई के बावजूद जगजीत सिंह बेहद ख़ामोशी से अपना काम करते रहे।

उन्हें भरोसा था कि एक न एक दिन मंज़िल ज़रूर मिलेगी।

# 4

# ज़िंदगी में चित्रा

दरअसल, मुंबई हिंदुस्तान का ऐसा महानगर है, जिसके दरवाज़े हमेशा सभी धर्मों और संप्रदायों के लिए खुले रहते हैं। शर्त यह है कि आपके अंदर प्रतिभा, संयम और संघर्ष का मिश्रण होना चाहिए। उस ज़माने में भी यही था। पूरब, पश्चिम, उत्तर, दक्षिण - चारों दिशाओं से नौजवान अपना-अपना हुनर लेकर आते और झंडे गाड़ते थे। आज के बुजुर्गों को याद होगा कि उस ज़माने में भारतीय फ़िल्मों ने युवा पीढ़ी पर जैसे जादू कर दिया था। परदे पर नायक-नायिकाओं का अभिनय देखकर घरों से नौजवान भाग जाया करते थे। लड़कियाँ हीरोइन बनने का ख़्वाब पाले अपने परिवारों से चुपचाप चंपत हो जाती थीं। अनेक साल तक उत्तर भारत के परिवारों में यह बड़ी समस्या बनी रही।

घर से भागा हर युवक दिलीप कुमार नहीं बन पाता था और प्रत्येक लड़की वैजयंती माला, नर्गिस, मीना कुमारी या वहीदा रहमान नहीं बन सकती थी। कुछ तो मायानगरी की चमक में खो जाते थे तो कुछ किसी फ़िल्म में एक्स्ट्रा की भूमिका कर लेते और धीरे-धीरे सितारा बनने की चाहत में उमर काट देते। मगर बहुत सारे युवा तो भूखों मरने की स्थिति में आ जाते। उनके पास घर लौटने के लिए किराया भी नहीं होता था। तब वे किसी तरह अपने परिवार के लोगों को चिट्ठी लिखकर अपने बंबई में होने की सूचना देते और उनसे निवेदन करते कि अमुक पते पर मनीऑर्डर भेज दें। परिवारों के सदस्य अपनी नई पीढ़ी को लेने बंबई पहुँच जाते। इस तरह लौट के बुद्धू घर को आए वाले अंदाज़ में सपनों के संसार का समापन होता था। ऐसे में जगजीत सिंह दो बार घर से चुपचाप बंबई गए तो यह कोई असाधारण क़दम नहीं था। लेकिन यह जगजीत की ज़िद और संकल्प ही था कि बंबई की पिच पर वे डटे रहे। हिम्मत नहीं हारी। सच है कि जगजीत सिंह को बंबई की पहली यात्रा में नाकामी मिली थी, लेकिन उसकी वजह प्रतिभा की कमी

नहीं थी। वह रातों-रात अपने हुनर से दुनिया को जीतने का इरादा लेकर निकले युवक की कच्ची भावुक यात्रा थी। पर दूसरी यात्रा में तो जगजीत सिंह वाकई जग जीतने के लिए ही आए थे। शुरुआती संघर्ष के बाद पैर जमाने का अवसर मिल गया था। ऐसे में सितारा कंपनी एचएमवी अगर किसी पर मेहरबान हो जाए तो समझिए लॉटरी लग गई। जगजीत सिंह के साथ ऐसा ही हो रहा था। जगजीत सिंह के जीवन की पटकथा नियति अपने ढंग से ही लिख रही थी। संघर्ष जारी था, मगर सफलताएँ भी मिल रही थीं।

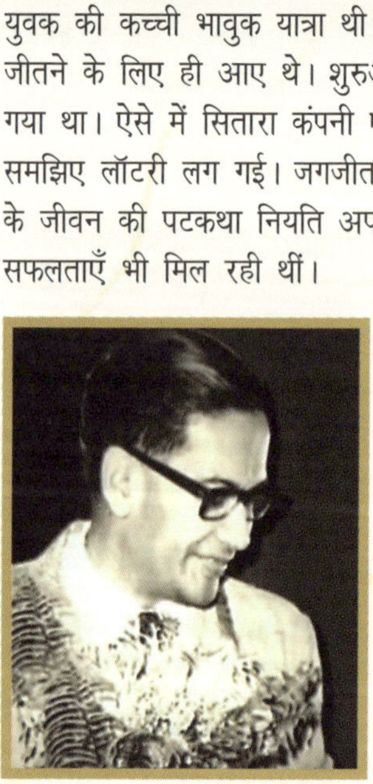

देबू दत्ता

ज़िंदगी के इस मोड़ पर एक दिन जगजीत सिंह की मुलाक़ात बंगाल के एक संगीत प्रेमी देबू प्रसाद दत्ता से हुई। देबू दत्ता दक्षिण बंबई में रहते थे और एक बिस्किट कंपनी में बड़े ओहदे पर थे। संगीत के शौकीन थे। गीत-संगीत की रिकॉर्डिंग के नए-नए उपकरणों की उन्हें जानकारी होती थी। कोई भी नई तकनीक आती तो दत्ताजी उससे अछूते नहीं रहते। उन्होंने अपने ड्राइंग रूम में ही स्टूडियो बना रखा था। बड़े-बड़े फ़नकार जैसे श्याम बेनेगल, वनराज भाटिया और मृणाल सेन तक अपनी फ़िल्मों की

किशोरी चित्रा के दो रूप

डबिंग या स्वर रिकॉर्डिंग के लिए देबू दत्ता के स्टूडियो में आते थे। उस ज़माने में उनके स्टूडियो में स्टीरियो साउंड होता था। फ़िल्मों का पार्श्व संगीत और गीतों को भी इस स्टूडियो में रिकॉर्ड किया आता था। देबू दत्ता असल में कलकत्ता (उन दिनों कोलकाता नहीं कहते थे) के रहने वाले थे और शादीशुदा थे। उनकी पत्नी चित्रा दत्ता भी संगीत की समझ रखती थीं और वे भी कलकत्ता की रहने वाली थीं। चित्रा की माँ भी शास्त्रीय संगीत की अच्छी जानकार थीं।

बंगाल की परंपरा के मुताबिक़ चित्रा भी रवींद्र संगीत बचपन में ही गाने लगी थीं। उनका संगीत से यह प्रेम धीरे-धीरे बढ़ने लगा। जब चित्रा पाँच साल की थीं तो ऑल इंडिया रेडियो पर अपनी संगीत प्रस्तुतियाँ देने लगीं थीं। आवाज़ बेहद मीठी, महीन और एकदम चिड़िया जैसी। उन्हें जो भी सुनता, चित्रा के गायन पर रीझ जाता। चित्रा ने कहीं भी संगीत की बाक़ायदा तालीम हासिल नहीं की थी। वह जो कुछ भी सुनती, उन्हें यथावत याद हो जाता। ठीक किशोर कुमार की तरह। एक बार माँ ने चित्रा को संगीत शिक्षा देने का प्रयास किया था। शुरुआत सा-रे-गा-मा सीखने से हुई थी। लेकिन चित्रा को इतनी सुस्त रफ़्तार अच्छी नहीं लगी और उन्होंने तौबा कर ली। जब वह केवल चौदह बरस की थीं, तो कॉलेज में दाख़िला हो गया था। कॉलेज के संगीत कार्यक्रमों में भी वे बढ़-चढ़ कर हिस्सा लेती थीं। ऐसे ही एक बार कॉलेज के कार्यक्रम में देबू दत्ता ने नृत्य नाटिका में चित्रा का रवींद्र संगीत सुना तो हैरान रह गए। इतनी मधुर आवाज़ उन्होंने कभी नहीं सुनी थी।

**किशोर चित्रा** **शादी के बाद चित्रा**

देबू दत्ता ने चित्रा के कॉलेज से घर का पता लिया। इसके बाद एक दिन वे चित्रा के माता-पिता के पास गए और उनके समक्ष चित्रा से विवाह का प्रस्ताव रख दिया। माता-पिता के लिए यह अजीब-सा प्रस्ताव था। चित्रा तो अभी पढ़ ही रही थीं। पंद्रह-सोलह साल की उमर शादी की तो नहीं होती। फिर सोचा कि लड़का अच्छा है, बंबई में है, कंपनी में बड़ा अफ़सर है। अच्छा कमाता है तो क्या बुरा है। इस तरह माता-पिता ने विवाह प्रस्ताव पर सहमति दे दी। धूमधाम से ब्याह हुआ और सोलह साल की चित्रा देबू प्रसाद दत्ता की पत्नी बन कर बंबई आ गईं। साल भर बाद इस परिवार में ख़ूबसूरत बेटी आ गई। बेटी का नाम रखा गया - मोनिका।

दिन अच्छे बीत रहे थे। देबू दत्ता अपनी बेहद सुंदर और गायिका पत्नी तथा बेटी मोनिका को लेकर बाहर भी जाया करते थे। जब वे दफ़्तर में होते तो मोनिका और संगीत के साथ चित्रा दत्ता का दिन कट जाता। देबू दत्ता और चित्रा के पड़ोस में एक गुजराती परिवार रहता था। संगीत का शौक़ीन था। कभी-कभी उनके घर में संगीत की महफ़िलें सजती थीं। इस दंपत्ति की कोई संतान नहीं थी। इसलिए उन्होंने एक बेटी को गोद लिया था। वह मोनिका के बराबर ही थी। बेटियों की परवरिश ने दोनों परिवारों को जोड़ दिया। दोनों बच्चे भी एक दूसरे के साथ प्रसन्न थे। एक शाम उस परिवार ने संगीत संध्या रखी। चित्रा को भी बुलाया, मगर मोनिका छोटी थी। महफ़िल का मूड न ख़राब हो इस कारण चित्रा उसमें नहीं गईं। छोटे बच्चे अक्सर संगीत कार्यक्रमों में अपने रोने या ज़िद से बाधा पहुँचाते हैं और महफ़िल बदरंग हो जाती है। चित्रा अपनी बालकनी से संगीत सुनती रहीं। अगले दिन वह गुजराती महिला आई और उसने रात को संगीत संध्या में आए कलाकार की तारीफ़ के पुल

तलत महमूद

बाँध दिए। चित्रा को वह अपने फ़्लैट में ले गई और रिकॉर्डिंग सुनवाई। चित्रा को आवाज़ बड़ी भारी लगी। गायन का अंदाज़ भी पसंद नहीं आया। चित्रा ने एक मिनट भी नहीं सुना और कहा कृपया इसे बंद कर दें। ग़ज़ल तो वैसे गाना चाहिए, जैसे तलत महमूद गाते हैं। बताने की ज़रूरत नहीं कि उन दिनों तलत महमूद शिखर पर थे।

तब उस गुजराती महिला ने बताया कि बंबई के नए गायकों में इसका बड़ा नाम हो रहा है। पंजाब से आया है और जगजीत सिंह नाम है। चित्रा चौंकी, "अरे! वह सरदार है। सिख और ग़ज़ल?" चित्रा व्यंग्य से हँस पड़ीं। वह गुजराती महिला बोली कि सिख तो है, लेकिन पगड़ी और दाढ़ी नहीं है। बात आई गई हो गई। दो साल गुज़र गए। इस बीच बिस्किट कंपनी ने देबू दत्ता की पदोन्नति कर दी और रहने के लिए बड़ा फ़्लैट दिया। दक्षिण बंबई की बहुमंज़िली इमारत गुलिस्तां में यह परिवार रहने चला गया। इसी फ़्लैट में देबू दत्ता ने अपना साउंड स्टूडियो बनाया था। दफ़्तर से फ़ुर्सत मिलते ही देबू दत्ता अपने स्टूडियो में डूब जाते थे। इस स्टूडियो में रेडियो के विज्ञापन (जिंगल) भी रिकॉर्ड किए जाते थे और उनका पोस्ट प्रोडक्शन भी होता था। एक दिन जाने-माने कलाकार उदयशंकर के परिवार की सदस्या लक्ष्मीशंकर एक रेडियो विज्ञापन की रिकॉर्डिंग के लिए घर के स्टूडियो में आने वाली थीं। किसी कारण वे नहीं आ सकीं। उस जिंगल के संगीत निर्देशक श्री वैद्यनाथन परेशान हो गए। तब उन्हें चित्रा दत्ता की याद आई। उन्होंने कई बार चित्रा को गाते हुए सुना था। वैद्यनाथन ने देबू दत्ता से पूछा कि क्या वे यह जिंगल गा सकती हैं? देबू दत्ता ने चित्रा से ही पूछने के लिए कहा। वैद्यनाथन ने तब चित्रा के सामने जिंगल गाने का प्रस्ताव रख दिया। चित्रा को क्या आपत्ति हो सकती थी।

वैद्यनाथन ने चित्रा का गायन सुना तो उछल पड़े। बोले, "इतना अच्छा तो लक्ष्मीशंकर भी नहीं गा सकती थीं। आवाज़ और अंदाज़ एकदम अलग और ताज़ा है।"

इसके बाद चित्रा ने जिंगल गाने शुरू कर दिए। क़रीब-क़रीब हर भारतीय भाषा में उन जिंगल का अनुवाद होता था। चित्रा को आवाज़ का जादू बिखेरने का भरपूर अवसर मिल रहा था। उन्हें भारत की जिंगल क्वीन कहा जाने लगा था। जिंगल की दुनिया में उनकी तूती बोल रही थी। वैद्यनाथन ने तो फिर चित्रा के

जिंगल गाती हुईं चित्रा

अलावा किसी अन्य गायक या गायिका को नहीं लिया। देबू दत्ता के स्टूडियो में ही मोहिंदर जीत सिंह भी रिकॉर्डिंग के लिए आया करते थे। उन्हें अपने किसी प्रोजेक्ट के लिए कुछ गीत रिकॉर्ड करने थे। इसके लिए उन्होंने एक दिन देबू दत्ता के स्टूडियो में उभरते हुए कलाकारों को बुलाया। इनमें जसपाल सिंह, सुलक्षणा पंडित, मानस मुखर्जी और जगजीत सिंह जैसे अनेक नाम थे। चित्रा दत्ता की आवाज़ वे पहले ही सुन चुके थे। जब उन्होंने पहली बार चित्रा की आवाज़ सुनी थी तो चौंक गए थे। उन्होंने बिना रिहर्सल या स्वर परीक्षा लिए चित्रा को दो गीतों के लिए अनुबंधित कर लिया। इनमें एक गीत चित्रा को जगजीत सिंह के साथ गाना था। इससे पहले चित्रा की जगजीत सिंह से कोई प्रत्यक्ष मुलाक़ात नहीं हुई थी। हालाँकि जगजीत देबू दत्ता के अच्छे परिचित थे। इसके आगे की कहानी स्वयं चित्रा की ज़बानी। चित्रा कहती हैं -

"

*सारे गायक बैठे थे। इतने में घंटी बजी। मैंने दरवाज़ा खोला तो देखा एक नौजवान खड़ा है। उसे देखकर मोहिंदर जीत सिंह बोले - ओये! अंदर आ जा। वो अंदर आ गया। उसका नंबर आने में थोड़ी देर थी तो वह एक कोने में कालीन पर लेटा और सो गया। रिहर्सल चलती रही। वह सोता रहा। जब सारे आर्टिस्ट गा चुके तो मोहिंदर जीत ने उसे उठाया और कहा कि आ जा। गाना शुरू कर। मुझे बताया गया कि यह लड़का पंजाब से है। जगजीत सिंह नाम है। तो जगजीत ने बाजा (हारमोनियम) उठाया और गाना शुरू कर दिया। एक तो उसकी आवाज़ वैसे ही भारी, फिर सोकर उठा तो डबल भारी। मोहिंदर जीत सिंह मुझसे बोला, तुमको यह डुएट इनके साथ गाना है। मैं तो हक्का-बक्का। मैंने कहा माफ़ करो। इसकी आवाज़ सुनो और मेरी आवाज़ सुनो - एकदम चिड़िया जैसी पतली। मैं इसके स्केल से नहीं गा सकती। मैंने कहा, प्लीज़! यह डुएट-सुएट नहीं होगा मुझसे।*

"

मोहिंदर जीत की उलझन बढ़ गई। वाकई दोनों की आवाज़ की उड़ान और

चरित्र में बहुत अंतर था। तब मोहिंदर ने जगजीत से कहा कि वे अपने स्केल को थोड़ा ऊँचा करें और चित्रा से कहा कि वे अपना स्केल तनिक नीचे लाएँ। इस तरह बीच का एक स्तर लाया गया। लेकिन बहुत प्रयास करने के बाद भी रिकॉर्डिंग नहीं हो पाई। चित्रा को जगजीत की आवाज़ और गायन पसंद नहीं आया था। एक तरह से जगजीत को उन्होंने खारिज़ कर दिया था। लेकिन जब यह रिकॉर्डिंग देबू दत्ता ने सुनी तो उन्हें बहुत अच्छी लगी। इसके बाद दोनों की नियमित मुलाक़ातें होने लगीं। देबू प्रसाद दत्ता अक्सर शेरे पंजाब हॉस्टल जाते और जगजीत को ले आते। फिर दोनों महफ़िल जमाते। दत्ता जी डॉक्यूमेंट्री भी बनाया करते थे। एक बार वे 400 किलोवाट के ट्रांसफ़ार्मर्स पर यांत्रिकी वृत्त चित्र बना रहे थे। उन्होंने जगजीत से इसका पार्श्व संगीत तैयार करने के लिए अनुरोध किया। जगजीत ने इस वृत्त चित्र में लोक संगीत का अद्‌भुत प्रयोग किया और एक नीरस विषय की डॉक्यूमेंट्री में संगीत रस की धार बहा दी। संगीत उस वृत्त चित्र की जान बन गया। देबू दत्ता जगजीत के इस हुनर के प्रशंसक हो गए। इसके बाद देबू दत्ता और जगजीत की दोस्ती परवान चढ़ी। दत्ता हाउस में होने वाली संगीत संध्याओं का जगजीत सिंह नियमित हिस्सा बन गए थे।

**मोनिका के साथ चित्रा**

यहाँ जिज्ञासा स्वाभाविक है कि जिस जगजीत की आवाज़ और गाने को चित्रा ने पहले नापसंद किया था, वह उन्हें कैसे भाने लगा। इसकी भी एक कहानी है। चित्रा बताती हैं -

"

*एक बार मोहिंदर जीत सिंह ने गानों की रिहर्सल घर से बाहर रखी थी। उसमें सारे गायक आए थे। जब रिहर्सल पूरी हो गई तो सब लौटने लगे। मैंने जगजीत से पूछा - कहाँ रहते हो? इन्होंने कहा - अगरी पाड़ा में। शेरे पंजाब हॉस्टल में। यह हॉस्टल मेरे रास्ते में पड़ता था तो मैंने यूँ ही पूछा, अगर आप चाहें तो अपनी गाड़ी से वहाँ छोड़ सकती हूँ। उन्होंने कहा ठीक है। फिर मैंने सोचा कि पहले मैं उतर जाती हूँ। फिर ड्राइवर जाकर इन्हें छोड़ आएगा। जब मैं घर पर उतरी तो लगा कि शिष्टाचार के नाते एक बार चाय के लिए पूछ लेना चाहिए।*

*तो ये मान गए, ऊपर आ गए। मैं चाय बनाने चली गई। वहाँ हारमोनियम रखा था। जब मैं चाय लेकर लौटी तो देखा ये आँखें बंद कर डूब कर गा रहे थे। मैंने सोचा, उस दिन तो मुझे इसका गाना बिलकुल भी अच्छा नहीं लगा था, लेकिन जो आज गा रहे हैं वो कुछ और ही है। जानते हैं कौन-सी ग़ज़ल गा रहे थे। वह थी,* धुआँ उठा था दीवाने के घर से सारी रात। *अपने में खोये... बेख़बर। तो दैट वाज़ द टर्निंग पॉइंट। मैंने उनसे पूछा, यह गाना तुमने बनाया। उसने कहा हाँ! मेरा कंपोजीशन है। कॉलेज के ज़माने में बनाया था। यानी उस समय वो इक्कीस-बाईस साल के रहे होंगे। मैं तो चकित हो गई। मेरी आँखें खुलीं।*

इसके बाद तो चित्रा की नज़र में जगजीत के लिए सम्मान बढ़ गया। चित्रा दत्ता जिंगल इंडस्ट्री में तब तक बहुत बड़ा नाम बन चुका था। उस ज़माने में उनको एक जिंगल के लिए चार-पाँच सौ रुपये मिलते थे। चित्रा ने जगजीत को भी जिंगल गाने के लिए कुछ लोगों से मिलवाया। नए होने के कारण जगजीत सिंह को एक जिंगल के लिए पचास रुपये ही मिलते थे। लेकिन जगजीत को चित्रा का साथ अच्छा लगता था। अब यह जोड़ी क़रीब बीस भाषाओं में उत्पादों के रेडियो विज्ञापन गा रही थी। तीन साल तक यह जोड़ी जिंगल गाती रही। लेकिन जहाँ तक ग़ज़ल का सवाल था तो चित्रा को तलत महमूद की मखमली आवाज़ ही अच्छी लगती थी। इसलिए जगजीत जब भी फ़ुर्सत में होते तो चित्रा की फ़रमाइश पर तलत महमूद के गीत और ग़ज़ल गाते थे।

दरअसल, ज़िंदगी में कई बार घटनाक्रम इतने अचानक और नाटकीय तरीक़े से घटता है कि लगता है नियति ने उसकी पटकथा पहले ही लिख रखी थी। उन पर हमारा नियंत्रण नहीं होता। वे पल आपकी ज़िंदगी में एक के बाद एक आते हैं और देखते ही देखते दुनिया बदल कर रख देते हैं। चित्रा बेटी और पति के साथ ज़िंदगी की बहारों का आनंद ले रही थीं और अपने गायन से भी सुख बटोर रही थीं। किसी चीज़ की कोई कमी नहीं थी। ऐसे में 1968 के अप्रैल महीने में एक दिन अचानक ऐसा तूफ़ान आया, जिसने चित्रा के महकते हुए चमन को रेगिस्तान में बदल दिया। एक सुबह देबू दत्ता एक महिला के साथ

**चित्रा सिंह**

आए। उस महिला का परिचय उन्होंने अपनी सेक्रेटरी के तौर पर करवाया। इसके बाद उन्होंने चित्रा को धमाकेदार अंदाज़ में सूचित किया कि वे इसी सेक्रेटरी से दूसरी शादी करने जा रहे हैं। चित्रा के पाँव तले ज़मीन खिसक गई। कानों में अनगिनत विस्फोट। यह महिला तो एक दिन और भी आई थी और चित्रा ने उसे देबू दत्ता की दोस्त समझ कर अपना घर घुमाया था। पर यह तो दोस्त नहीं, कुछ और ही निकली। चित्रा की आँखों के सामने अँधेरा छा गया। देबू दत्ता उस दिन अपने वकील के साथ आए थे। तलाक़नामा भी वकील के पास ही था। उन्होंने चित्रा को कुछ काग़ज़ दिए और उन पर हस्ताक्षर करने का अनुरोध किया। चित्रा ने एक बार देबू दत्ता की आँखों में झाँका। वे चित्रा से आँखें भी नहीं मिला सके। इसके बाद चित्रा ने वकील को घूरा और ख़ामोशी से तलाक़नामे पर दस्तख़त कर दिए। चित्रा को लगा कि उनकी ज़िंदगी का सूरज अस्त हो चुका है। उनके सामने बेटी मोनिका का चेहरा घूम रहा था। जब उसे पिता की दूसरी शादी के बारे में पता चलेगा तो क्या सोचेगी? वे तो अभी तक देबू दत्ता की पत्नी और मोनिका की माँ बनकर रह रही थीं। अब इस महानगर में उनका कौन है? पेट भरने के लिए क्या करना पड़ेगा। कलकत्ता वापस जाने का तो सवाल ही नहीं उठता था। माँ और पिताजी तो सदमे से ही जान दे देंगे। उन्हें यह ख़बर बताने का कोई प्रश्न ही नहीं था। इन सवालों ने चित्रा को परेशान कर दिया।

भले ही चित्रा के लिए वह पहला दिन था, लेकिन मिस्टर दत्ता कई दिन से इसकी तैयारी में लगे थे। तलाक़ मिलना आसान नहीं होता। अदालती कार्रवाई पूरी होने तक पति-पत्नी को कम से कम एक साल तक अलग रहना ज़रूरी था। देबू दत्ता ने यह तैयारी भी कर रखी थी। चित्रा के लिए एक कमरे का फ़्लैट किराए पर लिया गया था। चित्रा को वहीं जाकर रहना था। बेटी मोनिका के साथ चित्रा उस घर में रहने चली गईं। कमरे में सोफ़ा रखा था। एक तरफ़ डाइनिंग टेबल थी। एक छोटी-सी बालकनी थी। बाथरूम और किचन थी। कोई बेडरूम नहीं था। पहले वाले किराएदार ने किचन में ही सटा कर दो बिस्तर लगाए हुए थे। चित्रा और मोनिका ने तय किया कि किचन का इस्तेमाल वे भी बेडरूम की तरह ही करेंगे। बाथरूम के सामने गलियारे को माँ-बेटी ने किचन के रूप में उपयोग करने का निर्णय लिया। एक कार और ड्राइवर उन्हें दे दिया गया था। मोनिका भी कुछ समझ नहीं पाई थी। माता-पिता के अलग रहने से उसके मन में कुछ आशंकाएँ तो जगी थीं। मगर देबू दत्ता रोज़ रात को खाने के समय आते थे। उन्होंने मोनिका से कहा था कि वह बड़ी हो रही है। पुराने घर में स्टूडियो होने के कारण रात-दिन लोग आते हैं। काम चलता रहता है। इससे उसकी पढ़ाई-लिखाई और प्राइवेसी में बाधा पहुँचेगी। मोनिका पिता को बेहद प्यार करती थी। उसने पापा पर भरोसा कर लिया था। एक दिन वह यूँ ही पापा के घर घूमने चली गई। मोनिका ने देखा उसकी अलमारी पर किसी अन्य

महिला का क़ब्ज़ा हो गया है। उसे समझ में आ गया कि मामला गड़बड़ है। उस घर में माँ की जगह किसी अन्य महिला की मौजूदगी का अर्थ मोनिका को समझ में आ गया था।

चित्रा का यह पुनर्जन्म था। नई ज़िंदगी की शुरुआत। चित्रा ने उस दौर को अपनी ज़िंदगी का सबसे डरावना और मनहूस बताया। दर्द भरे इन लम्हों को उन्होंने कुछ इस तरह याद किया -

*"मुझे अंदाज़ा नहीं था कि हमारी शादी का इस तरह अंत हो सकता है। मेरे लिए तो बहुत बड़ा झटका था। दिन-रात यही सोचती थी कि आख़िर मेरा क़सूर क्या था? अकेले में कभी-कभी रोना भी आता। कलकत्ता में सब कुछ बहुत पीछे छूट गया था। वहाँ लौटकर नहीं जा सकती थी। दिन-रात छोटी-सी बच्ची मोनिका की फ़िक्र लगी रहती। मुंबई जैसे शहर में एक जवान और सुंदर महिला के लिए अकेला रहना कितना कठिन था - अब पता चल रहा था। मेरी बेटी को पिता का प्यार नहीं मिल रहा था। मुझे रोज़ी-रोटी की ख़ातिर काम ढूँढ़ना पड़ेगा। यह सोचकर मेरी रूह काँपने लग जाती। मैं किरच-किरच बिखर गई थी।*

चित्रा को याद आया कि दो तीन महीने पहले एक दिन देबू दत्ता ने कहा था, "मुझको पता है कि तुमको गाना पसंद है। तुम अच्छी गायिका हो। इसलिए गायन में अपनी संभावनाओं को देखो। जहाँ तक बन सकेगा, मैं तुम्हारी मदद करूँगा। आख़िरकार मैं भी अपना जीवन बनाना चाहता हूँ। मैं भी आगे बढ़ना चाहता हूँ।" उनकी यह बात चित्रा को सचमुच समझ में नहीं आई थी। आज उसका मतलब समझ में आ रहा था। देबू दत्ता से अलगाव के बाद स्टूडियो में आने वाले लोग कन्नी काटने लगे थे। वे ऐसा बरताव करने लगे मानो चित्रा से कभी मिले ही नहीं थे। पति के स्टूडियो में जिंगल रिकॉर्ड करने के लिए जो लोग आते थे, उनसे भी काम मिलना क़रीब-क़रीब बंद हो गया। वे बंबई के संसार में एकदम अकेली और असहाय महसूस करने लगी थीं।

इस हाल में एक ही शख़्स था, जो चित्रा को हर हाल में ख़ुश देखना चाहता था। वह था - जगजीत सिंह। नए घर के सारे प्रबंध जगजीत ने दौड़-दौड़ कर किए। वे चित्रा को परेशान नहीं देख सकते थे। इन्हीं दिनों जगजीत ने कुछ मित्र साजिंदों के साथ मिलकर अपना आर्केस्ट्रा समूह बना लिया था। इसका नाम था - रेन बो। इस समूह को कीनिया, युगांडा और तंजानिया से निमंत्रण मिले। जगजीत सिंह गए और चित्रा को भी साथ ले गए। वहाँ अनेक कामयाब स्टेज शो किए। इस समय तक जगजीत की ख़्याति कोई ग़ज़ल गायक की नहीं थी। वे आर्केस्ट्रा में फ़िल्मी गाने भी

गाते थे और उन पर डांस भी करते थे। कुछ डुएट में चित्रा साथ देती थीं और कुछ गीत चित्रा अकेले गाया करती थीं। इस दौरे ने दोनों को और निकट ला दिया। एक दूसरे को समझने का मौक़ा भी मिला। लेकिन जगजीत सिंह दिल की बात होंठों पर नहीं ला सके। इसके बाद यह जोड़ी स्वाजीलैंड (अब एस्वातीनी) गई। जब वहाँ धूम मचाते हुए लौटे तो नए झमेले में पड़ गए। आर्केस्ट्रा के सारे कलाकारों के पासपोर्ट ज़ब्त कर लिए गए। दूरदर्शन और आकाशवाणी के द्वार भी उनके लिए बंद कर दिए गए। दरअसल, उन दिनों दक्षिण अफ़्रीका की रंगभेदी नीतियों के चलते भारत समेत अनेक देशों ने अपनी पाबंदियाँ लगा रखीं थीं। घोषित तौर पर यही कारण बताया गया, पर कहानी असल में सियासी थी।

वर्षों बाद जब गुलज़ार दूरदर्शन के लिए धारावाहिक *मिर्ज़ा ग़ालिब* बना रहे थे तो उन्हें संगीतकार् और गायक के तौर पर सिर्फ़ जगजीत सिंह चाहिए थे और उन पर पाबंदी लगी थी। पूर्व सूचना प्रसारण मंत्री वसंत साठे ने मदद की और तब कहीं उनके पासपोर्ट वापस मिले और दूरदर्शन तथा आकाशवाणी से पाबंदी हट गई। मिर्ज़ा ग़ालिब की कहानी आप इसी पुस्तक में आगे पढ़ेंगे। फिलहाल बढ़ते हैं चित्रा की कहानी पर। बहुत पहले ही चित्रा के मन में जगजीत की जुझारू क्षमता और मानवीय गुणों के प्रति आदर भाव दिखाई देने लगा था। एक दिन वह भी आ पहुँचा, जिसका वक़्त क़िस्मत ने तय कर रखा था। पंजाब ने बंगाल के सामने दिल की बात कह दी। कैसे कही? जगजीत सिंह ने एक साक्षात्कार में इस प्रसंग को संकोच के साथ कुछ इस तरह याद किया था -

> “
>
> *मेरी मुलाक़ात चित्राजी से रिकॉर्डिंग सेशन में हुई। शुरू-शुरू में उनको मैं पसंद नहीं था। मैं तो उनको पसंद करता था। वे सुंदर थीं। फिर हम मिलते रहे। उनको लगा कि आदमी ठीक है। आवाज़ भी ठीक है। धीरे-धीरे रिलेशन्स बन गए। हमने जीवन साथी के रूप में एक दूसरे का चुनाव कर लिया।*
>
> ”

हालाँकि मज़ाक़ के मूड में जगजीत अपने रिश्ते के बारे में दिलचस्प बयानी करते थे। वे बताया करते थे - “असल में एक बार मेरी और दारासिंह की कुश्ती हो रही थी। कुश्ती के दौरान दारासिंह ने मुझे दोनों हाथों से ऊपर उठाया और ज़ोर से फेंका। मैं चित्रा की गोद में जाकर गिरा।”

इसके बाद जगजीत जमकर ठहाका लगाया करते थे। लेकिन चित्रा जगजीत के प्रस्ताव का खुलकर ब्यौरा देती हैं। वे कहती हैं कि प्रपोज तो पंजाब ने ही किया था। एक दिन वे किचन में कुछ बना रही थी तो दरवाज़े पर ठक-ठक हुई। दरवाज़ा खोला तो जगजीत सामने खड़े थे। बहुत बुरा हाल था। बीमार थे। बात करने की स्थिति में

**जगजीत-चित्रा माइक पर**

तक नहीं थे। चित्रा ने उन्हें बैठाया और कहा कि मैं गरम पानी करती हूँ। तुम स्टीम ले लो। जगजीत वहीं एक मूढ़े पर बैठ गए। तौलिया से सिर ढँक कर स्टीम लेने लगे। इससे तुरंत ही जगजीत को आराम मिला। चित्रा किचन में ही सब्ज़ी काट रही थीं। इसके बाद दोनों के बीच कुछ इस तरह संवाद हुआ। चित्रा को पीछे से आवाज़ आई-

"

मैं तुमसे शादी करना चाहता हूँ।
अरे! यह क्या बात हुई - चित्रा को झटका लगा।
क्यों? क्या मैंने कोई ग़लत बात कही?
अरे तुम जानते हो - मैं शादीशुदा हूँ।
हाँ! मगर अब तुम अकेली हो।
तो क्या हुआ?
अरे! अभी तो तलाक़ भी नहीं हुआ।
इसमें क्या समस्या है। मैं तब तक इंतज़ार कर लूँगा।
तुम जानते हो कि मैं एक बेटी की माँ हूँ। वह बड़ी हो रही है।
हाँ! उसके भविष्य के बारे में सोचकर भी मैंने कहा है।
नहीं! यह संभव नहीं है। मैं बेटी के साथ खुश हूँ।

"

**जगजीत और चित्रा एक कार्यक्रम में**

इस तरह बातचीत समाप्त हो गई। दोनों के संबंध सामान्य मित्रता वाले ही बने रहे। चित्रा बताती हैं कि दूसरी शादी के बारे में सोचना तो संभव ही नहीं था। किशोरावस्था में हुई शादी का कड़वा अंत हुआ था। बेटी को सब पता चल गया था। वह क्या सोचती। उसके लिए जगजीत काकू थे। चित्रा की अपने आप से जंग जारी थी। समय पंख लगाकर उड़ता रहा। दो साल बीत गए। चित्रा भी भूल गईं कि कभी जगजीत ने उनसे शादी का प्रस्ताव किया था। हाँ, जगजीत नहीं भूल पाए थे। एक दिन फिर जगजीत ने साहस जुटाया और चित्रा से फ़ैसला लेने का अनुरोध किया। इस बार न जाने क्या हुआ कि चित्रा ने हाँ कर दी। अब शादी कहाँ और कैसे हो - यह एक बड़ी चुनौती थी। दोनों की जेब ख़ाली थी। क्या विडंबना थी। जगजीत सिंह के पिता अभी तक नाराज़ थे। इसलिए परिवार की ओर से किसी के शामिल होने का प्रश्न ही नहीं था।

दूसरी ओर चित्रा ने अपने माता-पिता को पहली शादी के टूटने और औपचारिक तलाक़ होने की ख़बर नहीं दी थी। यह सोचकर कि वे इसे नहीं सहन कर पाएँगे, उन्हें सूचना देने का प्रश्न ही नहीं उठता था। ऐसे में दोनों की मित्र मंडली को ही ब्याह का बंदोबस्त करना था। बजट बहुत थोड़ा था। केवल तीस रुपये में हिंदुस्तान की इस भावी स्टार जोड़ी ने शादी रचा ली। गायक भूपेंद्र को दो मालाएँ लाने का काम सौंपा गया। रेन बो आर्केस्ट्रा के तबला वादक हरीश एक मंदिर में रहते थे। उस मंदिर के पुजारी को उन्होंने बिना दक्षिणा के विवाह संपन्न कराने के

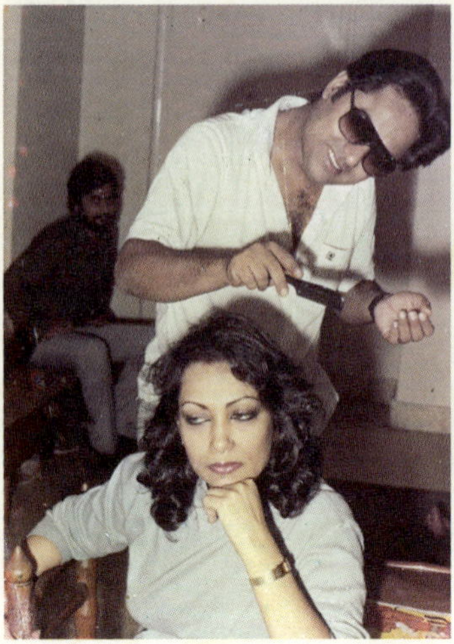

एक दूजे के लिए

लिए मना लिया था। हरीश अपनी जेब से आधा किलो मिठाई लाए थे। पंडितजी ने फेरे लगवाए और पाँच मिनट में सारे संस्कार निपट गए। न कोई बैंड, न बाजा और न बारात। यहाँ तक कि कोई फ़ोटो भी नहीं। चित्रा की बेटी मोनिका के प्रिय जगजीत काकू अब नई भूमिका में उसके सामने थे। मोनिका को इसकी जानकारी खुद जगजीत ने दी। मोनिका को उसके स्कूल विला थेरेसा से जगजीत और चित्रा लेकर आए। फिर उसे एक रेस्टोरेंट में ले गए। उसकी मनपसंद आइसक्रीम खिलाई और यह ख़ुशख़बरी सुनाई। मोनिका कुछ देर तक चुपचाप दोनों को देखती रही। उसके चेहरे पर आशा-निराशा के भाव आते रहे। शायद वह सोच रही होगी कि एक महिला ने उसके पापा को उससे छीन लिया था। अब एक दूसरा पुरुष कहीं उसकी माँ को नहीं छीन ले। उसकी ज़िंदगी में माँ के अलावा था ही कौन?

जगजीत सिंह ज़िंदगी का नया अध्याय शुरू करने से पहले किसी बड़े का आशीर्वाद लेना चाहते थे। इसके लिए उन्होंने चित्रा से परामर्श किया और तय किया कि दोनों देबू दत्ता से आशीर्वाद लेने जाएँगे। चित्रा से तलाक़ के बाद देबू दत्ता दूसरी शादी कर चुके थे। जब जगजीत-चित्रा उनके पास पहुँचे तो उन्होंने प्रसन्नता प्रकट की। हालाँकि दत्ता ने जगजीत से यह भी पूछा कि उन दोनों ने विवाह करने में इतनी देर क्यों की। जगजीत ने उत्तर दिया, सही समय का इंतज़ार था। इसके बाद जगजीत सिंह ने एक बार फिर पत्र लिखकर बड़े भाई साब का आशीर्वाद लिया। परिवार के लोग जगजीत के फ़ैसले पर एक बार फिर खिन्न थे। शादी, वह भी एक बंगालन से और एक बेटी की माँ से। उनकी कुछ समझ में नहीं आया। लेकिन जब जगजीत ने अपनी ज़िंदगी के सारे निर्णय स्वयं ही लेने शुरू कर दिए थे तो कोई क्या कर सकता था। दो अलग-अलग राहों के मुसाफ़िर एक ही कश्ती में सवार हो गए थे। कौन जानता था कि यह जोड़ी आने वाले दिनों में संसार के करोड़ों ग़ज़ल प्रेमियों के दिलों पर राज करेगी। यह 1970 का साल था।

# 5

# संगीत सुर सरिता

जगजीत सिंह और चित्रा की जोड़ी तो बन गई, लेकिन ज़िंदगी की गाड़ी सिर्फ़ जोड़ी बनाने से नहीं चलती। यह सच था कि अब भूखों मरने की नौबत नहीं आने वाली थी मगर कोई ठोस काम भी हाथ में नहीं था। एक दौर ऐसा भी आया था, जब चित्रा ने जगजीत को जिंगल गाने के अवसर दिलाए थे और लोगों से उनकी सिफ़ारिश की थी। अब जगजीत की बारी थी। वे रेडियो विज्ञापनों से भी कहीं ऊपर आसमानी ऊँचाइयों तक चित्रा के साथ उड़ना चाहते थे। विवाह ने एक व्यवस्थित ठहराव तो दिया था, मगर चाहतों को भी पंख लगा दिए थे। इन चाहतों को छोड़ भी दें तो घर गृहस्थी के ख़र्चे बढ़ने लगे थे।

उन दिनों हिंदुस्तान में ग़ज़ल गायन के क्षेत्र में कोई सितारा नाम नहीं था। बेग़म अख़्तर के बाद स्थान रिक्त पड़ा था। तलत महमूद, मोहम्मद रफ़ी और मुकेश भी ग़ज़लें गाते थे, लेकिन उनका मुख्य काम फ़िल्मों में ही गाना था। इसका कारण फ़िल्मों में गायन से अधिक पैसे और प्रसिद्धि मिलती थी। रफ़ी, मुकेश और हेमंत कुमार जैसे दिग्गजों के रहते फ़िल्मों में गायन के मौक़े मिलना आसमान से तारे तोड़कर लाना था। जगजीत ने यह ताड़ लिया था। वे सोचते थे कि ग़ज़ल को महफ़िल से निकाल कर आम आदमी की ज़िंदगी में दाख़िल करना ही इस विधा को और उन्हें एक नई दिशा दे सकता है। केवल औरत से संवाद, शराब और इश्क़िया दास्तानों के परंपरागत ढर्रे पर चलते हुए ग़ज़ल को प्रतिष्ठा नहीं मिलेगी। इसीलिए उन्होंने इस विधा में आम आदमी के सरोकारों को भी स्थान देने का मन बना लिया। वे चाहते थे कि जो रचनाएँ उनके गले से निकलें, उनमें जीवन दर्शन, ज़िंदगी के सुख-दुख, व्यवस्था के प्रति आक्रोश, सामाजिक भेदभाव, सांप्रदायिक कट्टरता और आध्यात्मिक संतोष देने वाली रचनाएँ हों। यही कारण था कि जब उन्होंने सुदर्शन फ़ाक़िर की अमर रचना - *ये दौलत भी ले लो, ये शोहरत भी ले लो, भले छीन लो*

*मुझसे मेरी जवानी, मगर मुझको लौटा दो बचपन का सावन, वो काग़ज़ की कश्ती, वो बारिश का पानी...,* गाई तो वह सदाबहार हो गई। आज आधी सदी के बाद भी यह दिल के तारों को झंकृत कर देती है।

बढ़ते हैं जगजीत-चित्रा के साझा सफ़र पर। शादी के बाद जगजीत सिंह ने कुछ निर्णायक क़दम उठाए। उन्होंने तय किया कि एक तो वे अब ग़ज़ल गायन में ही आगे बढ़ेंगे और दूसरा यह कि किसी दूसरे के गाए फ़िल्मी गीत नहीं गाएँगे न ही उनकी धुनों पर नाचेंगे। पहले रेन बो ऑर्केस्ट्रा के बैनर तले जब कार्यक्रम हुआ करते थे तो जगजीत गाते हुए नृत्य भी करते थे। चित्रा सिंह को उनका मंच पर इस तरह फ़िल्मी गीतों पर नृत्य करना कभी अच्छा नहीं लगता था। मगर अब उन्होंने फ़िल्मी गीत अपने शो में से धीरे-धीरे पूरी तरह समाप्त कर दिए। इस जोड़ी ने अपने दरवाज़े सार्थक, अच्छी और संवेदनशील फ़िल्मों के लिए भी खोल रखे थे। उन्होंने तय किया कि इस तरह की फ़िल्मों में संगीत देने के लिए कम बजट में भी काम करना पड़े तो किया जाएगा। दूसरा निर्णय यह हुआ कि अकेले ग़ज़ल गाने की परंपरा को तोड़कर चित्रा के साथ जोड़ी बनाएँगे। तब तक उनके मित्र राजेंद्र मेहता, नीनाजी से शादी करके भारत में ग़ज़ल गाने वाली पहली जोड़ी बन चुके थे। तीसरा निर्णय जगजीत ने चित्रा के बारे में किया। वे चित्रा को बाक़ायदा ग़ज़ल गायन का प्रशिक्षण देना चाहते थे। चौथा, कठिन और नहीं समझ में आने वाली उर्दू की शास्त्रीय ग़ज़लों से बचेंगे और अंतिम यह कि ग़ज़ल संध्या को आम आदमी के नज़रिए से मनोरंजक बनाएँगे यानी उनमें लतीफ़ों और पंजाबी टप्पे जैसे हल्के-फुल्के तत्व भी शामिल

**चित्रा को निर्देश देते हुए जगजीत**

करेंगे। इन पर अमल भी शुरू हो गया। चित्रा अच्छी शिष्या साबित हो रही थीं और जगजीत सख़्त मिज़ाज गुरु। कुछ-कुछ पंडित छगनलाल की तरह।

चित्रा के सीखने की आदत के बारे में तो आप पिछले अध्याय में पढ़ ही चुके हैं। एक बार सुनकर जस का तस दोहरा देना चित्रा की ख़ास बात थी। जगजीत इसका लाभ लेना चाहते थे। उन्होंने चित्रा को उर्दू सिखाना प्रारंभ कर दिया था। ग़ज़ल गाने के लिए उर्दू और हिंदुस्तानी ज़बान की समझ बहुत ज़रूरी थी। चित्रा को भी यह महसूस होने लगा था कि आर्केस्ट्रा में फ़िल्मी गीत गाने या रेडियो पर विज्ञापनों से ही काम नहीं चलेगा। मायानगरी की मझधार में उन्हें जिस तरह छोड़ दिया गया था, उसके चलते वे अब कुछ नया करके दिखाना चाहती थीं। मगर उसके लिए नया हुनर भी आवश्यक था। इस मामले में उनके जीवनसाथी से बढ़कर कौन समझ सकता था। यह सोचकर चित्रा ने भी खुद को बदलना प्रारंभ कर दिया था। जगजीत भी कुछ ऐसा ही सोचते थे। वे अपने शास्त्रीय संगीत के ज्ञान की बुनियाद पर ग़ज़ल-संसार में दबंगी के साथ प्रवेश करना चाहते थे। चित्रा अपनी गायिकी के इस प्रशिक्षण काल को कुछ इस तरह याद करती हैं -

“

*अगर मैं गाने में कोई ग़लती करती थी तो उनका मुँह बन जाता। मैं दोबारा गाती। तब तक गाती रहती, जब तक कि वे संतुष्ट नहीं हो जाते। फिर जगजीत ने मुझे एकल गायन के लिए प्रेरित किया। इसके दो फ़ायदे हुए। एक तो मेरा आत्मविश्वास बढ़ा कि मैं ग़ज़ल जैसी कठिन विधा भी गा सकती हूँ। दूसरा उन्हें सुविधा हो जाती थी। किसी कार्यक्रम में जब मैं गाती तो उतनी देर उन्हें राहत मिल जाती थी। यह भी होता था कि मेरे साथ डुएट गाने में उन्हें कंप्रोमाइज़ करना पड़ता था। मेरी आवाज़ महीन और बाँसुरी जैसी थी। उनकी भारी। वे शास्त्रीय संगीत का पक्का प्रशिक्षण लेकर मुंबई आए थे और मेरा तो प्रशिक्षण ही शादी के बाद हो रहा था। अकेले गाते समय वे श्रोताओं का मूड पढ़ते हुए किसी मुखड़े या अंतरे को लंबा खींच सकते थे, रोक सकते थे अथवा जल्द समाप्त कर सकते थे। कभी भी बीच में चुटकुला सुना सकते थे। डुएट में मेरे साथ गायन में यह उलझन होती थी। हमारी केमिस्ट्री बनने में थोड़ा समय तो लगा था। मगर बाद में गायन रिश्ते के इस रसायन से वे प्रसन्न रहने लगे थे। वे इसलिए भी मुझसे संतुष्ट थे, क्योंकि जैसा वे चाहते थे, मैं ठीक वैसा ही गा सकती थी। अक्सर वे सीखने आने वाले नए गायकों को टिप्स देते हुए कहते थे कि देखो! जैसा चित्रा ने गाया है, वैसा ही करो। सुनकर मुझे अच्छा लगता कि मेरे गायन पर उनका पूरा ध्यान रहता था।*

”

**ग़ज़ल संध्या में जगजीत और चित्रा**

महानगर मुंबई में इस नई गायक जोड़ी के चर्चे भी होने लगे थे। जगजीत-चित्रा के स्वर में ताज़गी और नया अंदाज़ तो था ही ग़ज़ल प्रेमियों की तलब को शांत करने की क्षमता भी थी। सबसे बड़ी बात जगजीत का अपना आत्मविश्वास था, जो विवाह के बाद कुलाँचें भर रहा था। शादी ने उनको एक परिपक्व पेशेवर की तरह व्यवहार करना सिखाया था। चित्रा का देबू दत्ता के स्टूडियो से संबद्ध रहने का अनुभव भी काम आ रहा था। इन्हीं दिनों दोनों की मुलाक़ात संगीत के एक रसिक बृज नारायण से हुई। वे एक तरह से मुंबई के सांस्कृतिक राजदूत थे और रंग भवन में हर साल ग़ज़ल संध्या का आयोजन करते थे। बृज नारायण ने इस कार्यक्रम में नवविवाहित युगल को आमंत्रित किया।

ग़ज़ल संध्या में जगजीत और चित्रा ने दो-दो ग़ज़लें सुनाईं। संगीत प्रेमियों ने उन्हें सिर पर बिठा लिया। जब कार्यक्रम संपन्न हुआ तो लोग खड़े होकर देर तक तालियाँ बजाते रहे। जगजीत-चित्रा अभिभूत थे। कार्यक्रम के बाद एचएमवी के एक वरिष्ठ अधिकारी जी.एम. जोशी उनसे मिलने आ पहुँचे। स्टेज के पीछे ग्रीन रूम में उनके साथ बातचीत हुई। जोशी उस दिन के गायन से बहुत प्रभावित थे। उन्होंने चित्रा को कंपनी की तरफ़ से एक और नए रिकॉर्ड का न्यौता दे दिया। दोनों के लिए यह लॉटरी लगने जैसा था। उन्हें याद था कि एचएमवी ने पहले ई.पी. की 5000 प्रतियाँ बेचने का कीर्तिमान बनाया था। उस बार लोकप्रियता संशय में थी, क्योंकि सुरेश राजवंशी ने भी उसमें गाया था। इसलिए कहना कठिन था कि संगीत प्रेमियों

ने किसका गायन पसंद किया था। जगजीत सोच रहे थे कि संगीत प्रेमियों के बीच यह नया रिकॉर्ड नई छवि बनाने का अवसर दे सकता है। कंपनी ने कहा कि इस एलबम का संगीत मशहूर संगीतकार ख़य्याम तैयार करेंगे। ख़य्याम भी मान गए। उन दिनों ख़य्याम अपनी फ़िल्मों में संगीत देने के काम में अधिक व्यस्त थे। इसलिए वे रिकॉर्डिंग टालते रहे।

दिन पर दिन बीतते गए। यह अजीब-सी बात थी कि जब भी चित्रा और जगजीत ख़य्याम के पास जाते, वे घंटों बात करते। साथ में लंच और डिनर भी कराते। पर न रिहर्सल की बात करते न ही रिहर्सल होता। चित्रा को इससे बड़ी खीझ होती। एक स्थिति ऐसी आई, जब इस कलाकार युगल को लगा कि इस तरह तो अवसर हाथ से निकल जाएगा, क्योंकि एचएमवी कंपनी जोशी को शीघ्र ही रिटायर करने जा रही थी। जोशी भी चाहते थे कि उनके सेवानिवृत होने से पहले यह नया रिकॉर्ड बाज़ार में आ जाए। बाद में उनके स्थान पर आने वाला अधिकारी यह अनुबंध रद्द भी कर सकता था। इसलिए चित्रा मन ही मन ख़य्याम के व्यवहार से दुखी होती रहीं। उन्हें लगने लगा कि नए कलाकार फ़िल्म इंडस्ट्री के बेहद उपेक्षित प्राणी हैं। कोई संगीतकार शिखर पर हो तो उससे अपनी बात मनवाने की हिम्मत नए कलाकारों में नहीं होती। हताशा के इसी मूड में एक दिन चित्रा ने जगजीत से ही अनुरोध किया कि अब वे खुद नए एलबम का संगीत तैयार करें। जगजीत को भी बात ठीक लगी। दोनों ने जाकर कंपनी में बात की। जगजीत का संगीत तो एचएमवी

**जगजीत स्टूडियो में**

पहले भी दो रिकॉर्ड्स में ले चुकी थी। एक उनका अपना रिकॉर्ड था और दूसरा राजेंद्र मेहता का। इसलिए एचएमवी के लिए इस आग्रह को स्वीकार करने में कोई मुश्किल नहीं थी। जगजीत धुनें तैयार करने के काम में जुट गए। रिहर्सल शुरू हो गया। निर्धारित समय के भीतर ही जगजीत सिंह ने इन चार ग़ज़लों को ट्यून कर दिया। रिकॉर्डिंग हुई। चित्रा की आवाज़। जगजीत का संगीत। रिकॉर्ड जनवरी, 1971 के दूसरे पखवाड़े में बाज़ार में आ गया। इसने भी धूम मचाई। इसमें मोमिन की एक बड़ी मशहूर ग़ज़ल शामिल की गई थी। यह ग़ज़ल थी - *वो जो हममें तुममें क़रार था, तुम्हें याद हो कि न याद हो।* पहले बेग़म अख़्तर ने भी इस ग़ज़ल को गाया था, लेकिन चित्रा ने जब गाया तो उसमें एक नई महक संगीत के जानकारों को आई। जगजीत सिंह का चित्रा को यह पहला अनूठा तोहफ़ा था। जब रिकॉर्ड आ गया तो पति-पत्नी इसे भेंट करने ख़य्याम के पास गए। ख़य्याम तनिक चौंक गए। कहा कुछ नहीं। रिकॉर्ड सुनकर उन्होंने चित्रा की बड़ी तारीफ़ की। जगजीत का संगीत भी उन्हें पसंद आया। इसके बाद ख़य्याम ने दोनों को दावत दी।

जगजीत के इस उपहार से चित्रा भी अत्यंत प्रसन्न थीं। क्यों न होतीं? एक ही रिकॉर्ड ने उन्हें बंबई जैसे शहर में सितारों की श्रेणी में बैठा दिया था। अन्यथा साल भर पहले तो वे अवसाद में थीं और गुमनामी में कहीं खो जाने के हालात बन गए थे। उन्होंने भी जगजीत को एक नायाब भेंट इसी बरस दी। अगस्त महीने में परिवार में एक नन्हा मेहमान बेटे की शक्ल में आया। ज़िंदगी में खुशियों की बहार

**विवेक के साथ चित्रा**

आ गई। बेटे विवेक के आने से जगजीत के चेहरे की ख़ुशी देखते ही बनती थी।

धीरे-धीरे चित्रा ने रेडियो जिंगल भी बढ़ा दिए थे। कुल मिलाकर नव दंपत्ति की आर्थिक स्थिति सुधरने लगी थी। रिकॉर्ड की रॉयल्टी और जिंगल गायन से ठीक-ठाक पैसा मिलने लगा था। बंबई तथा अन्य शहरों से ग़ज़ल समारोहों से आमंत्रण आने लगे, जिनमें पैसे दिए जाते थे और विदेश यात्राओं के अवसर भी मिलने लगे थे। बेटे विवेक के आने के साथ ही परिवार की समृद्धि भी बढ़ रही थी। विवेक के घर का नाम बाबू था। मोनिका अपने नए भाई को बहुत प्यार करती थी। दिन भर गोद में उठाए घूमती। उसे खिलौना मिल गया था। कई बार ऐसा भी होता, जब मोनिका स्कूल में होती और जगजीत घर पर नहीं होते तो जिंगल रिकॉर्ड करने के लिए चित्रा सिंह को स्टूडियो जाना पड़ता। गोद में विवेक सो रहा होता और जिंगल क्वीन चित्रा सिंह सामने माइक पर जिंगल गा रहीं होतीं।

दिन अच्छे कट रहे थे। इसी बीच जगजीत-चित्रा के दो ई.पी. और निकले। इनमें चित्रा सिंह के साथ उनके डुएट थे और सोलो भी थे। एक ई.पी. का नाम था- *सुपर सेवन।* यह भी बेहद लोकप्रिय हुआ। *सुपर सेवन* ने इस जोड़ी में यह भरोसा जगाया कि अगर वे दोनों अपने दम पर भी ग़ज़लों को जन-जन तक पहुँचाना चाहें तो संभव है। *सुपर सेवन* की चार ग़ज़लें बड़ी मक़बूल हुईं थीं। ये थीं - *जब भी आती है तेरी याद, कभी शाम के बाद..., धुआँ उठा था दीवाने के जलते घर से..., उसकी हसरत है, जिसे दिल से मिटा भी न सकूँ...* इस एलबम में ग़ज़लों के चुनाव की वजह से रिकॉर्ड की अधिक बिक्री हुई। जगजीत के चाहने वालों ने पाया कि ग़ज़ल अब महफ़िल से निकलकर अगली कक्षा में जा बैठी थी। जगजीत भी यही चाहते थे कि अब उन्हें महफ़िलों और बर्थ-डे पार्टियों में फ़रमाइशी प्रस्तुतियों के लिए नहीं जाना जाए। ऊपर वाला उनकी इस इच्छा का सम्मान कर रहा था। सिलसिला चलता रहा। जगजीत अब किसी बड़े धमाके का इंतज़ार कर रहे थे।

*द अनफ़ॉर्गेटेबल्स*

एक दिन एचएमवी ने फिर बुलावा भेजा। इस बार वे बड़ा रिकॉर्ड यानी एल.पी. जारी करना चाहते थे। वे चाहते थे कि इसमें जगजीत और चित्रा दोनों ही ग़ज़लें और नज़्में गाएँ। कंपनी

ने इस एलबम के लिए रचनाओं के चुनाव की छूट जगजीत को दी। और जगजीत ने भी अपनी इस भूमिका के साथ पूरा न्याय किया। पति-पत्नी ने इस एलबम की तैयारी में रात-दिन एक कर दिया। इस एलबम के लिए लंबा रिहर्सल चला। जब रिकॉर्डिंग पूरी हुई तो उस दिन घर लौटते समय जगजीत ने चित्रा से कहा कि यह एलबम हमारी तक़दीर बदल सकता है। चित्रा तो पहले दिन से ही इस एलबम को लेकर बड़ी उम्मीदें लिए हुए थीं। इस एलबम को नाम दिया गया - *द अनफ़ॉरगेटेबल्स*। भारत की इस ग़ज़ल गायक जोड़ी का यह पहला धमाकेदार एलबम था। इस एलबम ने जगजीत सिंह-चित्रा सिंह को रातों-रात स्टार बना दिया। दोनों ने इतनी बड़ी कामयाबी के बारे में कभी सपने में भी नहीं सोचा था। दोनों की ख्याति अन्य देशों तक जा पहुँची। जगजीत सिंह इस एलबम का ज़िक्र करते हुए बेहद रोमांचित हो जाते थे। उनके शब्दों में द *अनफ़ॉरगेटेबल्स* की कहानी -

“

*उन दिनों एचएमवी अकेली कंपनी हुआ करती थी। एक दिन उन्होंने कहा, अब आपका नाम हो गया है। तो अब आपका एल.पी. यानी बड़ा रिकॉर्ड निकालेंगे। तब तक मुझे दस साल हो गए थे मुंबई में ग़ज़ल गाते हुए। हमारे छोटे-छोटे ई.पी. तो निकले थे। एल.पी. के क़ाबिल हमें नहीं समझा गया था। इस एल.पी. की पहली नज़्म थी* - बात निकलेगी तो फिर दूर तलक जाएगी। *इसकी एक और ग़ज़ल थी* - सरकती जाए है रुख़ से नक़ाब आहिस्ता आहिस्ता। *सारी ग़ज़लें एक से बढ़कर एक। सभी बहुत पसंद की गईं थीं।*

”

ख़ास बात यह थी कि इस एलबम का कवर डिज़ाइन चित्रा सिंह के पूर्व पति देबू दत्ता ने किया था। एलबमों का नाम तय करने की ज़िम्मेदारी चित्रा पर ही छोड़ दी गई थी। जगजीत मानते थे कि चित्रा उनसे बेहतर नाम दे सकती हैं। इस एलबम के बारे में चित्रा सिंह भी भाव-विह्वल होकर कहती हैं -

“

*उन दिनों किसी नए आर्टिस्ट का एल.पी. निकलना बहुत बड़ी बात थी।* द अनफ़ॉरगेटेबल्स *तो कभी फ़ॉरगेटेबल हुआ ही नहीं। वह ग़ज़ल संगीत के क्षेत्र की एक क्रांतिकारी घटना थी। इस एलबम से संगीत के प्रेमियों को पता चला कि ग़ज़लें इस तरह से भी गाई जा सकती हैं और यह भी कि ग़ज़लों में पश्चिमी वाद्य यंत्रों का भी शास्त्रीय ढंग से इस्तेमाल किया जा सकता है। यह कानों में चुभता भी नहीं है। तो इसी एलबम के बाद हम लोगों को देश-विदेश में पहचाना जाने लगा था।*

”

जगजीत के छोटे भाई करतार सिंह उन दिनों पंजाब के लुधियाना में रहते थे। वे इस एलबम की लोकप्रियता को याद करते हुए बताते हैं -

**करतार सिंह**

“*मुझे तो एक एलबम भाई साब ने दे दी थी, लेकिन मैं शहर के म्यूज़िक स्टोर्स पर कमोबेश रोज़ ही जाया करता था। उनसे पूछता कि अनफ़ॉर्गेटेबल्स है क्या? वे कहते सब बिक गए। दस रिकॉर्ड आए थे। सब निकल गए। फिर मैं दूसरे स्टोर पर जाता। वहाँ पूछता तो वहाँ भी यही हाल था। मुझसे म्यूज़िक स्टोर वाला कहता कि आपको चाहिए क्या तो मैं अगली बार आपके लिए रख लूँगा। मैं उत्तर देता कि नहीं! मेरे पास तो यह एलबम है। फिर वह कहता तो क्यों पूछ रहे हो? क्या आप इनकम टैक्स वाले हो? मैं कहता कि मैं तो यूँ ही पूछ रहा हूँ। जब मैं हर सप्ताह जाकर हर स्टोर वाले से पूछने लगा तो उनसे दोस्ती हो गई। उसके बाद मैंने उनको बताया कि मैं उनका सगा छोटा भाई हूँ तो वे लोग देखते रह गए।*”

जगजीत अपनी क़िस्मत से जो ब्रेक माँग रहे थे, वह उन्हें मिल चुका था। दिलचस्प यह है कि जब हिंदुस्तान में लोग जगजीत-चित्रा के इस एलबम की ग़ज़लों के दीवाने हो रहे थे तो यह जोड़ी उस नज़ारे को देखने के लिए देश में ही नहीं थी। वे लोग कुवैत के शेख़ के निमंत्रण पर संगीत की कुछ प्रस्तुतियों के लिए गए थे। उसके बाद दुबई गए। वहाँ से फ़्रैंकफ़र्ट और लंदन में अपने हुनर से लोगों को दीवाना बनाते हुए यह जोड़ी छह महीने बाद हिंदुस्तान लौटी। भारत की धरती पर क़दम रखते ही उनका ऐसा स्वागत हुआ, जैसा पहले कभी नहीं हुआ था। जगजीत सिंह-चित्रा सिंह अब वाकई स्टार मान लिए गए थे। एचएमवी के प्रबंधकों ने दोनों कलाकारों का अभिनंदन किया और 80,000 रुपये की रॉयल्टी का चैक भेंट किया। पहली बार इतनी बड़ी रक़म आँखों से देखी थी। रॉयल्टी की इस रक़म से जगजीत-चित्रा ने मुंबई में अपना पहला घर ख़रीदा। अपने सपनों का घर।

*अनफ़ॉर्गेटेबल्स* ने ग़ज़ल संसार में एक ख़ामोश क्रांति कर दी थी। फ़िल्म स्टार्स की लोकप्रियता भी इस जोड़ी के आगे फ़ीकी पड़ गई थी। इस संग्रह की ग़ज़लों ने जगजीत-चित्रा को समंदर पार ख्याति दिलाई। ग़ज़ल प्रेमी लोग जन्म दिन पर, शादी की सालगिरह पर अथवा अन्य अवसरों पर इस रिकॉर्ड को भेंट दिया करते

**जगजीत रॉयल्टी और रिकॉर्ड के साथ**

थे। ऑडियो कैसेट भी बेहिसाब बिके। उन दिनों डिजिटल तकनीक नहीं आई थी। जगजीत-चित्रा की जोड़ी हिंदुस्तान के घर-घर में पहचानी जा रही थी। आज़ाद मुल्क में पहली बार ग़ज़ल आम अवाम के ड्राइंग रूम में जा बैठी थी।

*द अनफ़ॉरगेटेबल्स* की लोकप्रियता का आलम कैसा था, इसे याद करते हुए गीतकार-शायर जावेद अख़्तर कहते हैं -

*मुझे याद है कि एक संडे मैं अमिताभ बच्चन के यहाँ गया। तो उन्होंने मुझसे कहा कि मैं आपको एक एलबम सुनाना चाहता हूँ। उन्होंने इस रिकॉर्ड से जो पहली ग़ज़ल सुनाई, वो यही थी कि* बात निकलेगी तो फिर दूर तलक जाएगी। *पहली बार यह आवाज़ सुनी थी। मैंने पूछा कि किसकी आवाज़ है तो अमिताभ बच्चन ने कहा कि यह जगजीत सिंह की आवाज़ है। कमाल की है। तो जगजीत की जो बात निकली सत्तर में वो वाकई फिर दूर तलक गई।*

*अनफ़ॉरगेटेबल्स* की सारी ग़ज़लें एक से बढ़कर एक थीं। जगजीत का चुनाव बेजोड़ था। इनमें से दो रचनाएँ तो जगजीत पहले ही अलग-अलग मंचों पर गा चुके थे। पहली नज़्म थी - *बात निकलेगी तो फिर दूर तलक जाएगी, लोग बेवजह उदासी का सबब पूछेंगे।* इसने जितनी धूम मचाई, उतनी शायद ही किसी अन्य ग़ज़ल या नज़्म ने। क्या विडंबना है कि इसके शायर का नाम कम लोग ही जानते हैं। इस ग़ज़ल के शायर हैं - काफ़ील आज़ार अमरोहवी। इस ग़ज़ल की भी अपनी कहानी है। एक शो में जगजीत सिंह ने बताया -

"

*दरअसल, यह नज़्म एक उर्दू पत्रिका* शमा *में छपी थी। उससे मैंने उतार ली थी। उन दिनों मैं एक एलबम का संगीतकार था। मेरे गायक थे भूपेंद्र। उनकी आवाज़ में यह नज़्म रिकॉर्ड की। किसी वजह से वह एलबम अधूरा ही छोड़ना पड़ा। पूरा नहीं हो पाया। इसके बाद एक फ़िल्म के लिए इस नज़्म को रिकॉर्ड किया गया। इस फ़िल्म का नाम था -* शाशा*। उस फ़िल्म के लेखक थे - अर्जुन देव, जिन्होंने एक ज़माने में* दिल एक मंदिर *जैसी फ़िल्म लिखी थी। किन्हीं कारणों से यह फ़िल्म भी पूरी नहीं हो सकी। लेकिन मैं भी पूरा ढीठ था। ठान लिया था कि इस नज़्म को तो लोगों तक पहुँचाना ही है। तो जब एचएमवी ने मुझे बड़ा यानी एल.पी. रिकॉर्ड करने और उसके लिए रचनाओं का चुनाव करने की छूट दी तो सबसे पहले मैंने इस नज़्म को ही रिकॉर्ड किया। और देखिए! आज यह आप सबकी चहेती नज़्म बनी हुई है। किसी भी कार्यक्रम में इस नज़्म को मुझे सुनाना ही पड़ता है। यह अलग बात है कि इसमें मुझे दस साल लग गए। तब मैं अकेला था। अब हम दो हो गए। यानी* चित्राजी *मेरी ज़िंदगी में आ गईं।*

"

**ज़िंदगी के हमसफ़र**

दूसरी ग़ज़ल अमीर मीनाई की है। यह है - *सरकती जाए है रुख़ से नक़ाब आहिस्ता आहिस्ता।* इस ग़ज़ल की रिकॉर्डिंग में एक नए उपकरण का इस्तेमाल किया गया था। यह एक अफ़्रीकी वाद्य यंत्र था, जिसे हाथ में लेकर बजाया जाता था। इसके अलावा सईद राही की ग़ज़ल - *दोस्त बन बन के मिले मुझको मिटाने वाले* / फ़िराक गोरखपुरी की ग़ज़ल - *रात भी नींद भी कहानी भी, हाय क्या चीज़ है जवानी भी* / तारिक़ बदायूँनी की ग़ज़ल - *इक़ न इक़ शम्मा अँधेरे में जलाए रखिए* / फ़िराक गोरखपुरी की - *बहुत पहले से उन क़दमों की आहट जान लेते हैं, तुझे ए ज़िंदगी हम दूर से पहचान लेते हैं* / ज़िगर मुरादाबादी की ग़ज़ल - *दर्द बढ़कर फ़ुगा न हो जाए, ये ज़मीं आसमां न हो जाए* / सुदर्शन फ़ाक़िर की ग़ज़ल - *किसी रंजिश को हवा दो, कि मैं ज़िंदा हूँ अभी* और कुँअर महेंद्र सिंह बेदी की ग़ज़ल - *आए हैं समझाने लोग, हैं कितने दीवाने लोग* - जैसी ग़ज़लों को क्या कभी भी आप भूल सकते हैं?

इस बेमिसाल एलबम की एक ख़ास बात और थी। एचएमवी ने जगजीत सिंह को संगीत रचना में वाद्य यंत्रों के इस्तेमाल की पूरी छूट दी थी। उन दिनों के भारत में ग़ज़ल-गायन में परंपरागत वाद्य यंत्र ही इस्तेमाल में लाए जाते थे। यानी हारमोनियम, सारंगी और तबला का मिश्रण। द *अनफ़ॉरगेटेबल्स* में जगजीत सिंह ने पाश्चात्य संगीत उपकरणों का भरपूर उपयोग किया। गिटार, पियानो, सैक्सोफ़ोन और वायलिन जैसे वाद्य यंत्रों के सम्मोहित करने वाले शास्त्रीय उपयोग से यह एलबम भारत के ग़ज़ल इतिहास में मील का पत्थर बन गया।

शुरुआत में तो ग़ज़ल के परंपरागत शौकीनों ने पश्चिमी संगीत उपकरणों के उपयोग पर बड़ा ऐतराज़ किया। उन्होंने आरोप लगाया कि जगजीत सिंह ने ग़ज़ल की आत्मा मार डाली है। लेकिन जिसने भी इस एलबम को सुना, उसने इस तरह के आरोपों को ख़ारिज कर दिया। बाद में पता चला कि यह जगजीत की लोकप्रियता से ईर्ष्या करने वाले चंद दिमाग़ों की उपज थी। जगजीत ने अपने समर्थन में सबसे मज़बूत तर्क यह दिया कि भले ही वे पाश्चात्य वाद्य यंत्र हैं, मगर उन्होंने इनका उपयोग तो भारतीय शास्त्रीय संगीत की राग दारी को ध्यान में रखते हुए ही किया है। इसके बाद तो आलोचकों की बोलती बंद हो गई। बल्कि एलबम की बिक्री और बढ़ गई तथा ऑडियो कैसेटों की भारी माँग होने लगी। एक स्थिति तो ऐसी भी आई कि

**जगजीत के पिताजी प्रसन्न मुद्रा में**

एचएमवी कंपनी के लिए कैसेटों की आपूर्ति एक चुनौती बन गई थी। इस बेमिसाल संग्रह से एक बड़ा लाभ और हुआ। द *अनफ़ॉरगेटेबल्स* की ग़ज़लें ऑल इंडिया रेडियो के हर केंद्र पर ज़बरदस्त लोकप्रियता बटोर रहीं थीं। फ़िल्मी गीतों की तरह सड़क चलते लोग उन्हें गुनगुनाने लगे थे। लुधियाना में परिवार के लोग रेडियो पर जगजीत की आवाज़ सुनते तो फ़ख़्र से सीना फूल जाता। पिताजी तो अभी भी रूठे हुए थे, लेकिन ग़ज़लें सुन लेते थे। उनका गुस्सा धीरे-धीरे पिघलने लगा। रेडियो पर जैसे ही जगजीत की ग़ज़ल शुरू होती तो आस-पास बैठे लोगों को चुप करा देते। कहते - *ग़ौर से सुनो। मेरा बेटा गा रहा है। यह उसकी नई ग़ज़ल है।*

इसके बाद साथ बैठे लोग देखते कि पिताजी के आँसू बहने लगे हैं। कोई नहीं समझ पाता कि वे ख़ुशी के आँसू थे या फिर उनका गुस्सा आँसुओं की शक्ल में बह रहा है। चंद रोज़ बाद ही घर के अन्य सदस्यों तथा परिचितों ने देखा कि पिताजी भी दिन-दिन भर जगजीत की ग़ज़लें गुनगुनाने लगे थे। कभी-कभी गाते-गाते ही रोने लगते। एक बेटे के लिए और सच कहा जाए तो एक पिता के लिए इससे अधिक गर्व की बात क्या हो सकती थी। उनका गुस्सा कपूर की तरह उड़ गया था। संभवतया इसी प्रकार की भावनाएँ सदियों पहले गोस्वामी तुलसीदास ने व्यक्त की थीं - *धन्य*

**लुधियाना में परिवार के साथ**

**भाइयों और माता-पिता के साथ जगजीत**

*जनम जग तीतल तासु / पितहि प्रमोद चरित सुनि जासु।।*

यानी उस बेटे का जीवन सफल है, जिसका यश और कीर्ति सुनकर पिता को आनंद और गर्व हो।

संभवतया जगजीत के पिता भी ऐसा ही गर्व अनुभव कर रहे होंगे। कुछ समय ही बीता था कि एक दिन पोस्टमैन आया। पिताजी ने ही दरवाज़ा खोला। पोस्टमैन बोला, "आपका मनीऑर्डर आया है। जगजीत सिंह ने भेजा है।" और सौ-सौ के कुछ नोट पोस्टमैन ने पिताजी के हाथ में रख दिए। इतना कहकर वह तो अपनी साइकल की घंटी बजाता चला गया, लेकिन पिताजी नोट लिए देर तक द्वार पर खड़े रहे। उन्हें लगा जैसे कि उनका जीती आ गया है।

जब होश आया तो पिताजी अंदर गए और माँ के हाथ में रुपये रख दिए। बोले - "जीती ने भेजे हैं।" पिताजी ने कई साल तक अपनी डायरी में मनीऑर्डर की दो-ढाई इंच की उस संदेश पर्ची को सँभाल कर रखा, जिसमें जीती के दस्तख़त भी थे। इसके बाद हर महीने बिना नागा किए जगजीत ने मनीऑर्डर से घर पैसे भेजना शुरू कर दिया था। इस तरह बेटे के रूप में जगजीत ने कर्तव्य निर्वहन प्रारंभ कर दिया था। उनके लिए कर्तव्य से बढ़कर यह सबसे बड़ा धर्म था। उनके सिर से बोझ और अपराध बोध दोनों दूर हो गए थे। जो पिता अँगुली पकड़कर पंडित छगन लाल के यहाँ ले गए थे, उस्ताद जमाल ख़ान के यहाँ ले गए थे और सोहनलाल की दुकान से किस्तों में हारमोनियम ख़रीदकर साइकल के कैरियर पर रखकर घर लाए थे, वे अब अपने प्रयासों का परिणाम देख रहे थे। उन्हें जगजीत पर नाज़ हो चला था और

**जगजीत सास और ससुर के साथ**

जगजीत भी अपने पिता का रोज़ ही तहे दिल से शुक्रिया अदा करते थे। पिताजी ने संगीत नहीं सीखने दिया होता तो राजस्थान सरकार के किसी महकमे में बाबूगीरी कर रहे होते। नियति का खेल इसी को कहते हैं।

*द अनफ़ॉर्गेटेबल्स* की लोकप्रियता सारे भारत में एक जैसी थी। बताने की ज़रूरत नहीं कि चित्रा ने ई.पी. जारी होने के बाद कलकत्ता में माता-पिता को सारी कहानी बता दी थी। वे प्रसन्न थे कि उनकी बेटी ने साहस के साथ ज़िंदगी के मुश्किल हालात से संघर्ष किया था। इसलिए वे बीच-बीच में रिकॉर्ड और संगीत एलबम के बारे में पूछते रहते थे। उधर जगजीत भी इतना साहस तो अब कर ही सकते थे कि पत्नी चित्रा सिंह और बेटे विवेक के साथ लुधियाना जाएँ और माता-पिता का आशीर्वाद लें। चित्रा सिंह ने भी उनके इस फ़ैसले पर मुहर लगा दी। फिर यह स्टार परिवार पिताजी की अनुमति लेकर धड़कते दिल से लुधियाना जा पहुँचा। माता-पिता और भाई बहनों ने दिल खोलकर स्वागत किया। माता-पिता के पैर छुए तो दोनों बाँहों में लेकर बिलख पड़े। जीती भी रुलाई नहीं रोक सके। वह एक बार फिर बच्चा बन गया था। कई दिन बड़े मौज से कटे। जगजीत की माँ और भाई बहनों ने चित्रा पर जमकर प्यार लुटाया।

लुधियाना के बाद यह परिवार कलकत्ता चला गया। चित्रा सिंह के माता-पिता भी अभी तक जगजीत सिंह से नहीं मिले थे। लेकिन अब उनका भी आशीर्वाद लेना ज़रूरी हो गया था। यह परिवार जब कलकत्ता पहुँचा तो सब बेहद प्रसन्न थे। जगजीत सिंह से मिलने के बाद वे बेटी के फ़ैसले पर खुश थे और गर्व कर रहे थे। जगजीत

सिंह ने अपने व्यवहार से सबका दिल जीत लिया था। वे दामाद कम, बेटे अधिक बन गए थे। कलकत्ता के उस परंपरागत बंगाली घर में रोज़ संगीत संध्या जमती और रवींद्र संगीत के अलावा ग़ज़लें और पंजाबी टप्पे भी गूँजते। चित्रा के माता-पिता इस जोड़ी से घंटों ग़ज़लें सुना करते।

चित्रा और जगजीत के लिए वे कभी नहीं भूलने वाले सुनहरे दिन थे।

# 6

# जोड़ी शिखर पर

भजन

ज़िंदगी में ऐसा भी होता है। कभी वे दिन भी हुआ करते थे, जब जगजीत सिंह, राज कपूर और अन्य बड़े सितारों-कलाकारों की महफ़िलों में अपना बाज़ा स्वयं उठाकर जाते थे। ये सितारे घंटों तक गायन का लुत्फ़ उठाते, दाद देते मगर न तो एक पैसा मिलता था और न ही किसी ने फ़िल्मों में काम देने की सोची। हाँ, डिनर मिल जाता था। साथ में कभी-कभार बीयर। अक्सर जगजीत इन महफ़िलों में लोगों का मनोरंजन करते और बोझिल होकर लौटा करते थे। देखते ही देखते वक़्त की चाल बदल गई। अब वही सितारे कतार में लगकर जगजीत सिंह के रिकॉर्ड ख़रीदने लगे थे। उनके लिए अपनी शामें सुरक्षित रखते थे। अब भी वे शाम की महफ़िल में खनकते जाम के साथ अपने घर जगजीत सिंह को सुनना चाहते थे, लेकिन अब जगजीत सिंह उन्हें उपलब्ध नहीं थे। अब तो जगजीत केवल रिकॉर्ड पर ही उनके लिए घरों में उपलब्ध थे। जिस समय ये फ़िल्मी सितारे अपने दोस्तों के साथ संध्या-सत्र में जगजीत सिंह के रिकॉर्ड सुनते, ठीक उसी समय जगजीत और चित्रा बच्चों के साथ शाम को समंदर किनारे किसी ख़ामोश बीच पर कुदरत के इस नज़ारे को देखते और ज़िंदगी की धड़कन को महसूस करते थे।

आगे बढ़ते हैं इस जोड़ी के सफ़र पर। *द अनफ़ॉरगेटेबल्स* की क़ामयाबी के बाद एचएमवी के लिए जगजीत सिंह ख़ास कलाकारों की श्रेणी में आ गए थे। कंपनी के लिए उनकी अहमियत इसलिए भी बढ़ जाती थी कि वे एक चुंबकीय स्वर के स्वामी थे। उनकी आवाज़ में ऐसा जादू था, जिसका अपना नशा होता था। आप रात-रात भर जगजीत को सुन सकते थे। उनको संगीत की बारीक़ समझ थी। पक्के राग पर ग़ज़ल शुरू करते

हुए भी वे उसकी मोहक धुन तैयार करके दे सकते थे। उस दौर के ग़ज़ल गायकों में जगजीत अकेले ऐसे थे, जिनकी बौद्धिक क्षमता का कोई सानी नहीं था। वे उन गीतों, नज़्मों और ग़ज़लों को पलक झपकते ही ताड़ लेते, जो श्रोता जगत पसंद कर सकता था। इसे यूँ भी कह सकते हैं कि उन्हें अपने सुनने वालों की मानसिकता का पूरा अंदाज़ रहता था। तीसरी बात यह कि उनके साथ सितारों वाला अहं भाव नहीं था। वे अपनी ख़ूबियों से बढ़कर एक शानदार इंसान थे। इसलिए उनकी हर बात एचएमवी के आला अफ़सर बेहद गंभीरता से लेते थे। जगजीत भी इस बात को समझते थे। वे यह भी जानते थे कि अगर बंबई आते ही उन्होंने एचएमवी को इस तरह की सलाहें दी होतीं तो कोई नहीं मानता। लेकिन वही कंपनी अब उनकी एक-एक बात पर अत्यंत गंभीरता से ध्यान देती थी। यही ज़िंदगी का फ़लसफ़ा है। जब आप गुमनाम होते हैं तो बहुत सारी ख़्वाहिशें दम तोड़ देती हैं। आपके विचार समाज की प्राथमिकता-सूची में नहीं आते। लेकिन जब आप यश के शिखर पर होते हैं तो आपके इशारे पर वही समाज क़दमों में बिछ जाता है।

तो ऐसे ही माहौल में जगजीत सिंह ने एचएमवी के सामने सूफ़ी कविता के पंजाबी ध्रुवतारे शिव कुमार बटालवी की रचनाओं का रिकॉर्ड निकालने का प्रस्ताव रखा। कंपनी के ऊपर अभी भी पिछले रिकॉर्ड का खुमार था। पंजाब, हरियाणा, जम्मू-कश्मीर, हिमाचल, दिल्ली और पाकिस्तान में शिव कुमार बटालवी का नाम बेहद लोकप्रिय था। इसके अलावा संसार भर में बिखरे बटालवी के दीवाने भी जगजीत के रिकॉर्ड के लिए टूट पड़ने वाले थे। किसी भी सूरत में उन पर तैयार कोई रिकॉर्ड दस हज़ार की संख्या में तो बिकना ही था। एक कारण यह भी था कि भारत में तब तक सूफ़ी संगीत पर किसी गायक ने गंभीर काम नहीं किया था। कुछ गायकों ने इक्का-दुक्का रचनाओं को आध्यात्म जगत के लिए पेश किया था। पर कोई ठोस काम होना अब भी बाक़ी था।

*बिरहा द सुल्तान* एलबम

दरअसल, शिव कुमार बटालवी का रिकॉर्ड निकालने के पीछे एक कहानी और थी। अपनी पढ़ाई के दौरान जगजीत को शिमला में एक समारोह में गाने का अवसर मिला था। वहाँ उन्हें शिव

इमरोज़

कुमार बटालवी को सुनने का मौक़ा मिला था। इसके बाद बटालवी ने जैसे जगजीत पर जादू कर दिया। जगजीत ने उसी समय तय कर लिया था कि जब भी ज़िंदगी में उन्हें अपने गीतों का चुनाव करने की आज़ादी मिलेगी, वे बटालवी की चुनिंदा रचनाएँ गाएँगे।

इसलिए कंपनी के अफ़सरों ने फ़ौरन जगजीत के प्रस्ताव पर हाँ भर दी। जगजीत तैयारी में जुट गए और 1978 में यह रिकॉर्ड भी संगीत प्रेमियों के सामने आ गया। इस एलबम का नाम था- *बिरहा द सुल्तान।* जैसे ही यह रिकॉर्ड मुंबई से बाहर बाज़ार में पहुँचा, तहलका मच गया। अनेक राज्यों में इस सूफ़ियाना संग्रह ने लोगों को झकझोर दिया। पाकिस्तान में भी इसकी बेहद माँग थी। अमेरिका और कैनेडा में तो लोग यह रिकॉर्ड एक दूसरे को तोहफ़े में दिया करते थे। इस रिकॉर्ड का कवर डिज़ाइन जाने-माने चित्रकार इमरोज़ ने किया था। इमरोज़ की प्रगाढ़ मित्र और पंजाबी लेखिका अमृता प्रीतम ने शिव कुमार बटालवी की कविताओं के बारे में एक बार कहा था कि उनके शब्दों में जैसे सारी दुनिया का दर्द समा गया है। उनकी रचनाओं में पंजाब की धरती के पेड़-पौधे, वहाँ के रीति-रिवाज, परंपराएँ, संस्कार और लोक शैली पूरी तीव्रता से मुखरित होती है। अफ़सोस! बटालवी केवल छत्तीस बरस की आयु में इस लोक से विदा हो गए। *बिरहा द सुल्तान* इस विलक्षण रचनाकार को जगजीत सिंह की अपनी श्रद्धांजलि थी।

इस संग्रह की एक-एक रचना जगजीत के पिता ने रिकॉर्ड सुन-सुन कर कंठस्थ कर ली थी। वे दिन-दिन भर इसकी रचनाएँ गाते रहते। एक तो शिवकुमार बटालवी की रचनाएँ और दूसरा गाने वाला उनका अपना बेटा। पिता आनंद के भवसागर में डूब जाते। यह संयोग है कि उन्हें शिवकुमार बटालवी की जो रचनाएँ बेहद पसंद थीं, वे जगजीत सिंह को भी उतनी ही पसंद थीं। इनमें से दो कमाल की हैं।

ये हैं - *मैनूं तेरा शबाब ले बैठा/रंग गोरा गुलाब लै बैठा/किन्नी बीती ते किन्नी बाक़ी है/मैनूं इहो हिसाब लै बैठा...*, इसके अलावा एक और ज़बरदस्त रचना थी *- माई नी माई/मैं इक शिकरा यार बनाया/मेरे गीतां दे नैणां विच/बिरहों दी रड़क पवे/अद्धी अद्धी रातीं उठ्ठ/रोण मोए मितरां नूं/माए सानूं नींद न पवे...* घर के लोग मज़ाक़ में कहने लगे थे, जगजीत के सारे पाप धुल गए। वैसे बात तो सही थी। जगजीत की माँ जैसे ही घर के रिकॉर्ड प्लेयर पर अथवा आकाशवाणी से शिव कुमार बटालवी की यह रचना अपने बेटे के स्वर में सुनतीं, उनके आँसू झरने लगते।

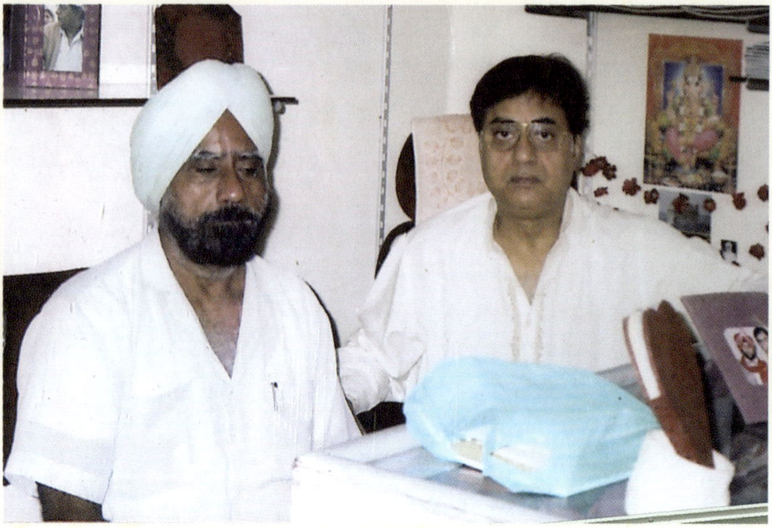

**बड़े भाई जसवंत सिंह के साथ जगजीत सिंह**

एक कारण तो यह था कि यह गीत उन्हें भाव-विह्वल बना देता था, दूसरी वजह बेटे की गायिकी पर ख़ुशी के आँसुओं का उमड़ना था। माँ का दिल हरदम अपने जीती से मिलने के लिए तड़पता रहता। जगजीत सिंह तक माँ के भाव उनके बड़े भाई जसवंत सिंह के ज़रिए संप्रेषित होते तो जगजीत सिंह भी अपने को नहीं रोक पाते। ऐसे ही एक दिन फ़ोन पर जगजीत सिंह और उनके बड़े भाई जसवंत सिंह के बीच औपचारिक अभिवादन के बाद कुछ इस तरह संवाद हुआ -

*और क्या हाल है जीत?*

*ठीक हूँ वीरजी। आप बोलो। पिताजी और माँ कैसी हैं?*

*अच्छी हैं। तुझे याद करती रहती हैं। दिन भर रेडियो चलता रहता है। तेरी ग़ज़ल सुनने के लिए।*

*लेकिन घर पर तो ग्रामोफ़ोन है। रिकॉर्ड पर मेरी आवाज़ तो कभी भी सुन सकते हैं।*

*वह तो ठीक है, लेकिन पड़ोसियों को भी तो बताना होता है कि जीत रेडियो पर गा रहा है। वैसे तेरा नया रिकॉर्ड गज़ब का है।*

*नया कौन-सा? नया तो अभी कोई आया नहीं।*

*अरे वही शिव कुमार बटालवी वाला -* बिरहा द सुल्तान।

*अच्छा! मगर उसे तो आए बहुत दिन हो गए।*

*हाँ, मगर उसके बाद तो कोई नया नहीं आया न? जब कोई नया आएगा तो यह पुराना हो जाएगा। माँ उसे सुन-सुन कर बहुत रोती हैं।*

*ओह! वो मैंने बहुत दिल से गाया है वीरजी।*

*हाँ वही तो।* माई नी माई, मैं इक शिकरा यार बनाया *तो रिकॉर्ड पर घंटों सुनती हैं। बार-बार सुनती हैं और आँसू बहाती हैं। इसी तरह एक और रिकॉर्ड सुनकर वो रोया करती हैं।*

*वो कौन-सा वीरजी?*

*वो जो है न...* मिट्टी दा बाबा नइयो बोलदा नइयो चालदा...

*हाँ वीर जी। वह गीत ही ऐसा है। जब मैंने सुना था पहली बार तो मैं भी बहुत रोया था। अभी भी अक्सर गाते-गाते दिल भर आता है।*

यह था हिंदुस्तान के करोड़ों दिलों पर राज करने वाले जगजीत सिंह का दिल। माता-पिता का दिल जीतने के सुख से बड़ा उनके लिए कुछ भी नहीं था।

इन्हीं दिनों जगजीत सिंह ने एक नायाब प्रयोग किया था। इस प्रयोग से ग़ज़ल को साहित्य की बंद किताबों से निकाल कर उन्होंने आम आदमी के हाथ में रख दिया था। उन दिनों ग़ज़ल के ऑडियो कैसेट आया करते थे। डिज़िटल तकनीक के दौर में इस कैसेट-युग को हम भूल गए हैं। मगर इन कैसेटों को ख़रीदने और ख़ाली कैसेटों में मनपसंद गीत-ग़ज़लें भरवाने का अपना अलग सुख होता था। उसका अपना अलग बाज़ार था। जगजीत-चित्रा इन कैसेटों के कवर का डिज़ाइन और एलबम के शीर्षक का चुनाव बहुत सावधानी से करते थे। अधिकतर शीर्षकों पर अंतिम निर्णय का अधिकार चित्रा सिंह के पास होता था। ग़ज़लें कौन-सी होंगी - यह फ़ैसला जगजीत सिंह खुद करते थे। इसके अलावा जगजीत कैसेट के कवर के साथ कुछ पन्ने जुड़वाते थे। इन पन्नों पर पूरी ग़ज़ल शायर के नाम के साथ लिखी होती थी। जिस ग़ज़ल में उर्दू के कठिन शब्द होते थे, उनका सरल हिंदी अनुवाद भी नीचे लिखा होता था। इससे पहले यह काम किसी अन्य ग़ज़ल गायक ने नहीं किया था। कोई ग़ज़ल प्रेमी संगीत सुनता तो साथ में कैसेट पर लिखी हुई ग़ज़ल भी देखता था। इस तरह उसे अर्थ समझ में आ जाता और ग़ज़ल भी याद हो जाती। जगजीत सिंह जानते थे कि साल दर साल उर्दू जानकारों की तादाद कम होती जा रही है और आम आदमी तक ग़ज़ल पहुँचाने के लिए एक-एक शब्द उसकी समझ में भी आना ज़रूरी है। श्रोता के इस मनोविज्ञान को समझने वाले आज कितने गायक हैं?

ग़ज़ल की किताबें चाहे लोगों ने नहीं ख़रीदी हों, मगर मैंने देखा है कि आज भी जगजीत के कैसेट लोगों की संगीत लायब्रेरी में सहेज कर रखे हुए हैं। जब

महफ़िलों में किसी ग़ज़ल पर कोई बहस छिड़ती है तो लोग कैसेट कवर निकालकर शंका-समाधान कर लेते हैं। उर्दू के लेखक, शायर और अफ़सानानिगार भाषा को लेकर आज भी संवेदनशील नहीं हैं, मगर चालीस बरस पहले जगजीत सिंह के इस तरह के प्रयोगों ने उर्दू को आम अवाम के बीच खोई प्रतिष्ठा लौटाने का काम बड़ी आसानी से कर दिया था। वे ग़ज़लों के चुनाव में सावधान रहते थे और अपेक्षाकृत सरल उर्दू वाली रचनाओं को अधिक पसंद करते थे। इसका एक कारण यह भी था कि उस दौर में संगीत में दिलचस्पी रखने वाले नौजवानों ने अपने कॉलेज या स्कूल की पढ़ाई में उर्दू नहीं पढ़ी थी। उर्दू माध्यम में पढ़ाई धीरे-धीरे समाप्त हो गई थी। इसलिए जगजीत सिंह चाहते थे कि वे जिन नज़्मों, गीतों और ग़ज़लों को कंपोज़ करें या गाएँ, उनमें उर्दू के हल्के-फुल्के और रोज़मर्रा की ज़िंदगी में बोले जाने वाले अल्फ़ाज़ ही हों। दूसरी ओर वे ग़ज़ल गायन में परंपरागत वाद्यों का इस्तेमाल करने के पक्ष में नहीं थे। इस मामले में ग़ज़ल के जानकारों ने बेग़म अख़्तर को मानक मान लिया था। जगजीत सिंह नौजवानों को आकर्षित करने वाली धुनें बनाते थे और पश्चिमी वाद्य यंत्र को काम में लाते थे। संभवतया उसके पीछे कारोबारी मंशा यह भी रही होगी कि जवां पीढ़ी एक बार जगजीत पर लट्टू हो जाए तो कम से कम तीस-चालीस बरस के लिए जगजीत के रिकॉर्ड और कैसेट का एक प्रशंसक पक्का हो जाता था। आप कह सकते हैं कि जगजीत ग़ज़ल के खेत में अपने चाहने वालों के बीज बो रहे थे। उनकी फ़सल ऐसी थी, जो ज़िंदगी भर काटी जा सकती थी। एक बार जगजीत ने ग़ज़ल के क्षेत्र में अपने आधुनिक वाद्यों के प्रयोगों पर आलोचकों को कुछ इस तरह संतुष्ट किया था -

"*मैं ग़ज़ल के संगीत पक्ष में प्रयोग करता हूँ। यह लोकप्रिय है। आम अवाम तक पहुँचाने में अगर मेरे प्रयोग सहायता करते हैं, तो इसमें किसी को आपत्ति क्यों होनी चाहिए? बेग़म अख़्तर की अपनी शैली थी। उनका ज़माना अलग था। उनको पूरा सम्मान देते हुए मैं कहना चाहता हूँ कि क्या ग़ज़ल गायन की यह इकलौती शैली है? जो लोग ऐसा मानते हैं तो माफ़ कीजिए, मैं उनसे सहमत नहीं हूँ। एक ही समय में ग़ज़ल गायन की अनेक शैलियाँ हो सकती हैं। जो ग़ज़ल प्रेमियों को अधिक पसंद आए, वही शैली बन जाती है।*"

**चित्रा-जगजीत के एक से बढ़कर एक रिकॉर्ड्स**

जगजीत की बात काफ़ी हद तक सच थी। बहरहाल, हम लौटते हैं, जगजीत -चित्रा की ग़ज़ल गंगा की ओर। *बिरहा द सुलतान* के बाद अगले दस बरस में जगजीत-चित्रा के सोलह एलबम आए। सभी एक से बढ़कर एक। एलबम आते रहे, धूम मचाते रहे। जगजीत-चित्रा की जोड़ी लोकप्रियता के नए कीर्तिमान स्थापित कर रही थी। जितनी क़ामयाब हिंदुस्तान में, उससे अधिक समंदर पार। क्या अफ़्रीका और क्या यूरोप, क्या एशिया और क्या पश्चिम। जगजीत के गले का जादू करोड़ों ग़ज़ल प्रेमियों के सिर चढ़ कर बोल रहा था। लगातार यात्राओं के कारण जगजीत को पक्के रियाज़ का अवसर ही नहीं मिल पाता था।

मगर उनकी याददाश्त विलक्षण थी। यद्यपि वे जब घर होते तो किसी नई रचना पर काम करते हुए उसका पूर्वाभ्यास यानी रिहर्सल करते थे, मगर जब किसी शहर या देश में प्रस्तुति देनी होती थी तो कोई रिहर्सल ही नहीं होती थी। अपने आप पर उनके भरोसे का यह शानदार नमूना है। हाँ, चित्रा के साथ उनका विचित्र तालमेल था। कहाँ चित्रा को चुप रहना है अथवा कहाँ दोहराना है, यह चित्रा उनकी आँखों में झाँक कर जान लेती थीं। *चित्रा कहती हैं – "रिहर्सल तो बिलकुल नहीं करते थे। जब कोई गीत या ग़ज़ल कंपोज़ करनी होती तो बाजा लेकर बैठ जाते। मैं खाना बना रही हूँ या बच्चों को नहला रही हूँ या घर की साफ़-सफ़ाई में लगी हूँ तो सुनती रहती थी। बीच-बीच में वे मुझे बुला लेते थे। पूछते, गाना कैसा लग रहा है? धुन कैसी है? किस तरह के बदलाव की ज़रूरत है। अगर मैंने नए सिरे से किसी धुन को बनाने की सलाह दी तो उसका सम्मान करते थे। धुन बदल देते थे। हाँ, यदि कोई*

*कहे कि हम प्रॉपर रिहर्सल करते थे तो वह हमारे बीच कभी नहीं हुई। स्टेज पर भी जगजीत ही सब सँभालते थे। मैं क्या सँभालती। मैं तो बहुत जल्दी नर्वस हो जाती थी। आज भी ऐसी ही हूँ। स्टेज पर जाकर धुन भूल जाना, शब्द भूल जाना मेरी आदत थी। उनको तो धुन याद करने की ज़रूरत ही नहीं थी। क्योंकि वे तो उनकी अपनी कंपोज़ीशन है। आप यक़ीन नहीं करेंगे, कई बार तो ऐसा भी हुआ है कि चलते शो में स्टेज पर कोई श्रोता आता था और एकदम नया गीत दे जाता था। वे एक नज़र देखते थे। उसमें अगर कुछ अच्छा लगा तो उसी समय धुन कंपोज करके उस नए गीत को गा देते थे। उनको कुछ अचानक लिखा मिल जाए और उनके दिल को छू जाए तो वो तुरंत धुन तैयार करके गा सकते थे। वे समझते थे कि कवि क्या कहना चाह रहा है। वे संगीतकार अवश्य थे, लेकिन शब्दों के महत्त्व पर उनका ज़ोर रहता था। उनकी धुन या संगीत कभी भी गीत पर हावी नहीं होता था। जैसा कि आजकल होने लगा है। गुलज़ार साहब ने कई बार कहा है कि जगजीत जब भी गाता है तो उसके हर शब्द का नया मतलब होता था। गुलज़ार साहब यह भी कहते हैं कि जगजीत जब स्टूडियो में जाता है तो एक लाइन गाने के बाद चित्रा को देखा करता था। यानी आँखों ही आँखों में सवाल होता था कि ठीक है न? चित्रा ने अगर नहीं में सिर हिला दिया तो वह धुन रद्द हो जाती। जब तक कोई धुन मुझे पसंद नहीं आती, तब तक वो फ़ाइनल नहीं करते थे। गुलज़ार साहब का यह ऑब्ज़र्वेशन बिलकुल ठीक है। आज जब नए कलाकार ये क़िस्से सुनते हैं तो उन्हें बड़ा ताज्जुब होता है।"*

बढ़ते हैं इन एलबमों के सफ़र पर। हर एलबम की एक-एक ग़ज़ल का ज़िक्र तो मुमकिन नहीं है, लेकिन उन एलबमों के बारे में थोड़ा विस्तार से जानना ज़रूरी है, जिन्होंने जगजीत सिंह को ग़ज़ल की दुनिया का महानायक बनाया। इस क्रम में

**जगजीत के साथ निदा फ़ाज़ली**

1979 में जगजीत सिंह का *कम अलाइव* आया। इसमें उन्होंने कुछ अद्भुत प्रयोग किए थे। उन्होंने इस संग्रह की सारी ग़ज़लें रिकॉर्ड कर लीं। इसके बाद उसके संपादन के दरम्यान दर्शकों की वाह-वाह, तालियाँ और दाद का अनूठे अंदाज़ में मिश्रण किया। इससे ऐसा लगा मानो जगजीत सिंह किसी कार्यक्रम में गा रहे हैं। जगजीत के साथ लंबे समय तक साउंड इंजीनियर रहे दमन सूद इस प्रयोग को नायाब और दर्शक की मानसिकता को पढ़ने वाला बताते हैं। यह प्रयोग भी लोगों को लुभा गया। कारण यह था कि जब जगजीत किसी ग़ज़ल को नए अंदाज़ में गाते या कोई बेजोड़ अंतरे पर आते तो तालियाँ गड़गड़ाने लगती थीं। वास्तव में सुनने वाला व्यक्ति भी उसी समय वाह-वाह कर रहा होता या तालियाँ बजा रहा होता था। उसे यह लगता कि उसकी तारीफ़ भी सही वक़्त पर दिल से निकली है, क्योंकि सैकड़ों सुनने वाले भी उसी समय तारीफ़ कर रहे हैं। अपने संगीत या ग़ज़ल की समझ पर उसका आत्म विश्वास और बढ़ जाता। देखा जाए तो जगजीत सिंह श्रोता मनोविज्ञान के अच्छे जानकार थे।

***कम अलाइव* एलबम**

*कम अलाइव* संकलन की सारी ग़ज़लें एक से बढ़कर एक थीं, लेकिन आपको याद दिलाने के लिए कुछ का ज़िक्र यहाँ करता हूँ। इसकी कोहिनूर ग़ज़ल निदा फ़ाज़ली की कलम से निकली थी -

*दुनिया जिसे कहते हैं जादू का खिलौना है/मिल जाए तो मिट्टी है, खो जाए तो सोना है।* इसके अलावा - *कोई पास आया सवेरे सवेरे/मुझे आज़माया सवेरे सवेरे/कटी रात सारी मेरी मैक़दे में/खुदा याद आया सवेरे सवेरे।* *कम अलाइव* में ही एक नग़मा था - *मेरी तन्हाइयों! तुम्हीं लगा लो मुझको सीने से, के मैं घबरा गया हूँ इस तरह रो रो के जीने से।* राग भैरवी में गाया यह नग़मा आपको अकेलेपन के चरम पर ले जाता है। इसके अलावा दो पंजाबी गीत भी इसमें थे। ये थे - *चरखा मेरा रंग ला* और *ढ़ाई दिन न जवानी नाल चल्दी, कुरती मलमल दी।* इससे आप अंदाज़ लगा सकते हैं कि जगजीत अगर किसी एलबम को ग़ज़लों के भार से दबते-देखते तो मूड हल्का करने के लिए एक-दो पंजाबी गीत भी शामिल कर दिया करते थे।

**अस्सी के दशक में धूम मचाने वाला एलबम**

अनेक चाहने वाले तो एलबम या ऑडियो कैसेट ख़रीदते वक़्त पहले यह देखते थे कि इस संग्रह में पंजाबी गीत या लोकगीत कौन-सा है।

*कम अलाइव* के अगले साल यानी 1980 में जगजीत का एक अनूठा संग्रह आया। जगजीत की संगीत यात्रा में मील का पत्थर। इसका नाम था *ए माइल स्टोन।* इस संग्रह के बाद तो जगजीत को निर्विवाद रूप से शिखर सितारा मान लिया गया। इस एलबम की सर्वाधिक लोकप्रिय गज़ल क़तील शिफ़ाई की थी - *मिलकर जुदा हुए तो न सोया करेंगे हम, इक दूसरे की याद में रोया करेंगे हम।* इसके अलावा कुछ अन्य ग़ज़लें भी बेहद लोकप्रिय हुई थीं। सभी ग़ज़लें क़तील शिफ़ाई की ही थीं, जो बेहद मक़बूल हुई थीं - *पहले तो अपने दिल की रज़ा जान जाइए/फिर जो निग़ाहे यार कहे, मान जाइए।* चित्रा सिंह की एकल ग़ज़ल - *परेशां रात सारी है, सितारों तुम तो सो जाओ...*, भी लोगों की ज़बान पर ख़ूब चढ़ी और जगजीत के स्वर में - *सदमा तो है मुझे भी कि तुझसे जुदा हूँ मैं।* क़तील शिफ़ाई अब इस दुनिया में नहीं हैं। जब तक वे जीवित थे, कहा करते थे कि जगजीत के गले में ख़ुदा बसता है।

अक्सर यह देखा गया है कि जवानी के दिनों में जिन सितारा शख़्सियतों को अपने अस्तित्व के लिए बेहद संघर्ष करना पड़ा, वे बाद की नस्लों को आगे बढ़ने देने में रुचि नहीं दिखाते न ही उनका मार्गदर्शन करते हैं। वे अपने से आगे किसी को बढ़ने देना नहीं चाहते। या तो कोई असुरक्षा बोध उनके भीतर पनप जाता है अथवा उन्हें लगता है कि नई पीढ़ी को भी उतना ही संघर्ष करना चाहिए, जितना उन्होंने किया है। जगजीत सिंह इसका अपवाद थे। उन्होंने आने वाले कलाकारों-गायकों को हमेशा प्रोत्साहित किया। उनके लिए जितनी मदद बन पड़ी, वह की। हालाँकि जब वे संघर्ष कर रहे थे तो किसी नामी सितारे ने उनकी सहायता नहीं की थी। शाम की पार्टियों में उन्होंने जगजीत को एक साधारण गवैया ही समझ लिया था। जगजीत और चित्रा दोनों को यह बात कचोटती थी। नए साथियों को लेकर वे इसी वजह से सारी उमर सकारात्मक दृष्टिकोण अपनाते रहे। जब वे 1980 में यश के शिखर की ओर बढ़ रहे थे, तो भी नए गायकों के लिए चिंतित रहते थे। उन दिनों उन्होंने उस

दौर के एक नए गायक तलत अजीज़ के एलबम को संगीत दिया। इसका नाम था - *जगजीत प्रजेंट्स तलत अजीज़।* यह एलबम बना और इसकी धुनें बहुत मधुर थीं। तलत अजीज़ हैदराबाद के रहने वाले थे और उनके घर ही जगजीत सिंह ने उनको सुना था। जगजीत ने ही तलत को बंबई आने की सलाह दी थी। जगजीत सिंह के उस रूप को तलत अजीज़ कृतज्ञ भाव से याद करते हैं। वे कहते हैं -

"*उनका जो नेचर था, वो अद्भुत था। एकदम सिंपल। नए लोगों को लेकर कोई गुरूर नहीं था। वे जो ग़ज़ल की धुन को इतनी सिंपल बना देते थे कि जो भी ऑडिएंस में उनको सुनता था उसको लगता था कि ये जो गा रहे हैं, वो मेरे लिए गा रहे हैं। उनकी उर्दू शानदार थी। उर्दू उच्चारण इतना प्रवाह में होता था कि सुनने वाला दंग रह जाता था। इसके अलावा वे संपूर्ण संगीतकार थे और म्यूज़िकल अरेंजमेंट बहुत अच्छा करते थे। जैसे कि गाना तो हमने कंपोज़ कर लिया तो उसमें जो इंटरल्यूड आता है, इंट्रो आता है, वो खुद कंपोज़ करते थे फिर बाक़ायदा नोटेशन लिखकर म्यूज़ीशियन को देते थे। उसे बताते थे कि भई ये तुम्हारा पीस है। लिख लो। तो आज इतनी समझ किसको है?*"

इस समय तक जगजीत ने देखा कि कुछ अच्छे नए गायक आए हैं, लेकिन उन्हें ब्रेक नहीं मिल रहा है। चूँकि वे खुद भी उन्हीं के बीच में से निकलकर आए थे; इसलिए क़रीब-क़रीब प्रत्येक कलाकार की प्रतिभा से परिचित थे। जगजीत ने इन सारे गायकों को एकत्रित किया और महीनों तक उनके साथ तैयारी करते रहे। बाद में यह एलबम आया, जिसमें नई और ताज़ा आवाज़ों को सुनकर लोग चौंक उठे। इसका नाम था - *टैलेंट्स ऑफ़ एटीज़।*

चित्रा सिंह इसकी कहानी कुछ इस तरह बताती हैं - "जो हम लोगों ने देखा था कि पुराने लोग हमें आगे नहीं आने देना चाहते थे। माहौल ऐसा था कि नए को आगे नहीं आने देना है। और अच्छा गाता हो तो बिलकुल ही नहीं। वी हैव सफ़र्ड पर्सनली। तो जगजीत ने देखा कि यह तो बहुत ग़लत है। उन्होंने फिर ये डिसाइड किया कि नए लोगों में से छह-आठ लोगों को चुनकर उनको ट्रेंड करके उनकी आवाज़ के हिसाब से कंपोज़ किया जाए और फिर इस तरह यह एलबम बाज़ार में आया।"

ज़रा इस एलबम की ग़ज़लें सुनिए। आप चौंक उठेंगे। इसकी धुनें झकझोर

**नए गायकों का संग्रह द ब्राइटेस्ट टेलेंट ऑफ़ एटीज़**

देती हैं। इनमें राही मासूम रज़ा की लिखी और अशोक खोसला की गाई ग़ज़ल आज भी उतनी ही कर्णप्रिय और दिल से निकली लगती है। यह ग़ज़ल है - *अज़नबी शहर में अज़नबी रास्ते, मेरी तन्हाई पर मुस्कराते रहे, मैं बहुत देर तक यूँ ही चलता रहा, तुम बहुत देर तक याद आते रहे*। इसी तरह सईद राही की लिखी और घनश्याम वासवानी की गाई ग़ज़ल - *अपने ख़्वाबों को तेरी आँख में जलता देखूँ/मेरी हसरत है, तुझे नींद में चलता देखूँ*। सईद राही की लिखी और विनोद सहगल और सीमा शर्मा की गाई - *कोई पैग़ाम न दुआ कोई/किस क़दर हमसे है ख़फ़ा कोई...*, दलीप ताहिर की लिखी और सीमा शर्मा की गाई - *लौट कर कोई न आया शाम तक/संग था मेरा ही साया शाम तक*। जुनैद अख़्तर की गाई और सईद राही की लिखी - *ये रात, ये हवाएँ, ये प्यार का ज़माना/ऐसे में तुम करोगे किस बात का बहाना...*, शहरयार की लिखी सुमिता चक्रवर्ती के स्वर में - *फिर दर्द उठा दिल में और आँख भी नम है...*, उल्लेखनीय हैं। लेकिन इस एलबम में कोरस प्रयोग के साथ जगजीत और चित्रा ने एक बेमिसाल रचना को स्वर दिया था। यह रचना थी - *हममें ही थी न कोई बात, याद न तुमको आ सके/तुमने हमें भुला दिया, हम न तुम्हें भुला सके*। यह ग़ज़ल हफ़ीज़ जालंधरी ने लिखी थी, जो हिंदुस्तान का बँटवारा होने पर पाकिस्तान जा बसे थे। संदर्भ के तौर पर बता दूँ कि

**द ब्राइटेस्ट टेलेंट ऑफ़ एटीज़ एलबम**

लाहौर से जम्मू आकर बसे शायर जगन्नाथ आज़ाद ने पाकिस्तान का पहला क़ौमी तराना लिखा था, लेकिन कुछ समय बाद उन्हें पाकिस्तान छोड़ना पड़ा था। उसके बाद पाकिस्तान का क़ौमी तराना बदला गया। नया तराना इन्हीं हफ़ीज़ जालंधरी ने लिखा था। इस रचना की धुन में जगजीत की कल्पनाशीलता अविस्मरणीय है।

जगजीत सिंह इस संग्रह की सफलता से बहुत ख़ुश थे। अनेक कलाकारों को एक ऐसा प्लेटफ़ॉर्म मिला था, जिसके आधार पर वे अपनी जीवन नैया को आगे बढ़ा सकते थे। इनमें से एक अशोक खोसला एलबम के बारे में कहते हैं -

"

*जगजीतजी ने मुझे टेलेंट ऑफ़ एटीज़ में अवसर दिया था। उनके पास मेरा नाम कहीं से पहुँचा था। उनका संदेश आया कि मुझसे मिलो। मगर मेरी हिम्मत ही नहीं पड़ी कि उनसे मिलने का हौसला जुटाता। उनका इतना बड़ा नाम था और मैं तो एक गुमनाम-सा नौजवान ही था। डर के मारे मेरी हिम्मत ही नहीं हुई। लेकिन एक दिन किसी स्टूडियो में वे अचानक मिल गए। मेरा नाम सुनते ही बोले कि अरे मैंने तो तुमको संदेश भेजा था। तुम आए नहीं। अब मैं क्या बोलता। भारत का महानतम ग़ज़ल गायक सामने था। मेरी तो आवाज़ ही नहीं निकली। वे समझ गए और बोले कि तुम्हारी आवाज़ मैंने सुन ली है और तुम मेरे एलबम में गा रहे हो। कल से रिहर्सल पर आ जाओ। तो इस तरह उन्होंने मेरे गायन की परवरिश की। नए कलाकारों को कौन मौक़ा देता है, लेकिन इसी हिंदुस्तान में एक महान आदमी ऐसा भी था, जो कलाकारों को खोजता था और उन्हें अवसर देता था।*

"

इसके बाद 1980 में एक और एलबम ने लोगों का ध्यान खींचा। इसका नाम था - *मैं और मेरी तन्हाई*। अगले बरस यानी 1981 में ही एचएमवी ने लाइव एट बेंबले संगीत के चाहने वालों को भेंट किया। इसमें जगजीत सिंह ने इब्नेइंशा की कर्णप्रिय सदाबहार ग़ज़ल गाई थी - *कल चौदहवीं की रात थी, शब भर रहा चर्चा तेरा...*, इसके अलावा जगजीत और चित्रा सिंह की गाई वाज़िद अली शाह की एक नायाब ठुमरी - *बाबुल मोरा नैहर छूटो जाए...*, बहुत पसंद की गई थी। यह रचना हालाँकि बाद में एक फ़िल्म में भी ली गई थी। उसकी कहानी फ़िल्मों वाले अध्याय में पढ़िएगा। इस एलबम में जगजीत सिंह ने अपना सर्वाधिक पसंदीदा पंजाबी गीत -

*सौण दा महीना* भी गाया था। यह गीत चमनलाल चमन ने लिखा था। इस तरह जगजीत सिंह ने अपनी मातृभाषा पंजाबी का एक तरह से क़र्ज़ उतारने की कोशिश की थी।

वास्तव में जगजीत सिंह का संगीत और गायन भारतीय ग़ज़ल संसार और फ़िल्म इंडस्ट्री में ताज़ा हवा के झोंके की तरह आया था। उन दिनों भारतीय सिनेमा में मधुर संगीत उतार पर था। पश्चिमी वाद्ययंत्रों का शोर बढ़ रहा था। एक-दो बार तो कोई फ़िल्मी गीत आपको अच्छा लग सकता था। मगर उसमें स्थाई माधुर्य की कमी थी। जगजीत सिंह अब उस ड्राइविंग सीट पर जा बैठे थे, जहाँ से वे भारतीय संगीत की दिशा फिर मधुरता की ओर मोड़ सकते थे। लेकिन अब वे अपनी प्रतिभा का इस्तेमाल फ़िल्मों के लिए कम, ग़ज़लों के लिए अधिक करना चाहते थे। वे अपनी इच्छा के अनुसार जीवन की दिशा तय करने के लिए स्वतंत्र थे।

भारतीय ग़ज़ल संसार को एक नया शहंशाह मिल गया था।

7

# आग़ोश में इंद्रधनुष

555
555

नियति जब किसी पर मेहरबान होती है तो वह भरपूर देती है। झोली भर देती है। मगर देने से पहले यह भी सुनिश्चित कर लेती है कि जिसे दे रही है, वह सुपात्र है अथवा नहीं। इस दृष्टि से जगजीत सिंह ने अपने आपको खरा साबित किया था। मायानगरी बंबई ने उनका समर्पण, लगन, त्याग और तपस्या देखी थी। इस कारण प्रतिफल देने में भी यह उद्योग नगरी कंजूसी नहीं बरत रही थी। जगजीत सिंह मन ही मन अपनी नियति का आभार मानते थे। उन्हें जो भी अवसर मिल रहे थे, उन्हें वे पूरी तरह भुना रहे थे। साथ ही वे अपनी ओर से भारतीय संगीत का ख़ज़ाना भी भरते जा रहे थे। देखा जाए तो यह इकतरफ़ा व्यापार नहीं था। अपनी ओर से जगजीत सिंह समाज और देश की मिट्टी का क़र्ज़ भी चुकाते जा रहे थे।

बहरहाल! जगजीत सिंह की जीवन यात्रा पर आगे बढ़ते हैं। एक बार फिर 1981 उनके लिए आसमानी छलाँग लगाने का अवसर लेकर आया ...और उन्होंने इस साल भी अपने चाहने वालों को निराश नहीं किया। वैसे तो इस गायक दंपत्ति को दो तीन बार समंदर पार सुर गंगा बहाने का मौक़ा मिला था, लेकिन अंतरराष्ट्रीय स्तर पर एक बड़ी धमाकेदार प्रस्तुति का इंतज़ार था। आख़िरकार 1981 में यह भी अवसर भी मिल गया।

जगजीत को लंदन के अल्बर्ट हॉल में अपनी प्रस्तुति देने का निमंत्रण मिला। अल्बर्ट हॉल का निमंत्रण आज किसी के लिए भी गर्व की बात हो सकती है। इस गायक दंपत्ति ने अल्बर्ट हॉल में अपने हुनर के जो शानदार जलवे बिखेरे, वे आज भी उनके सहयोगियों की आँखों के सामने दृश्यमान हैं। इन पलों को याद करते हुए वह प्रफुल्लित हो उठते हैं। दशकों तक जगजीत के साथ गिटार सहयोगी रहे क्लेरेंस पीटरसन अस्सी साल की उमर पार करने के बाद भी उस क्षण को ऐसे

**क्लेरेंस पीटरसन**

याद करते हैं, मानो कल ही की बात हो। वे बताते हैं -

> *जगजीत साब का पहला प्रोग्राम था लंदन में। अल्बर्ट हॉल में। तो आप यक़ीन नहीं करेंगे कि जगजीत को सुनने के लिए उनके चाहने वाले दूर-दूर से आए थे। बर्मिंघम से आए थे। लेस्टर से आए थे। उन्हें टिकट ही नहीं मिल पाया। वे निराश वापस लौट गए। आपको बताऊँ अल्बर्ट हॉल की कैपेसिटी 6000 लोगों की है। वहाँ दो दिन लगातार शो रखे गए थे। दोनों दिन के सारे टिकट एडवांस में बुक हो चुके थे। जो लोग उसी दिन टिकट ख़रीदने की इच्छा लेकर आए, वे ख़ाली हाथ लौटे। जगजीत-चित्रा का यह अब तक का सबसे हिट कार्यक्रम था। आज भी मैं उन दो दिनों की याद करता हूँ तो रोमांचित हो जाता हूँ। ऐसा कोई दूसरा कलाकार हिंदुस्तान को कभी नहीं मिलेगा...*

और बोलते-बोलते पीटरसन भावुक होकर रोने लगे। अल्बर्ट हॉल के इस शो की रिकॉर्डिंग भी एक एलबम की शक्ल में सामने आई थी। इसका नाम था - *लाइव एट रॉयल एल्बर्ट हॉल।* हिंदुस्तान के लोग इस एलबम के दीवाने हो गए। जगजीत के स्थाई साउंड इंजीनियर दमन सूद याद करते हैं कि जगजीत के इस शो की रिकॉर्डिंग और मिक्सिंग लंदन में हुई थी। कुल 180 मिनट की रिकॉर्डिंग थी। इसे संपादित कर 80 मिनट में समेटना कोई आसान काम नहीं था। अगर यह रिकॉर्डिंग जगजीत सिंह जैसे कलाकार की हो तो उलझन और बढ़ जाती थी। कौन-सा हिस्सा छोड़ें और कौन-सा शामिल करें यह निर्णय करना बेहद कठिन था। ऐसे में जगजीत सिंह खुद

**दमन सूद**

लगातार स्टूडियो में बैठते थे। सुबह से शाम हो जाती और शाम से फिर सुबह हो जाती। जगजीत तभी घर जाते, जब काम ख़त्म हो जाता। अल्बर्ट हॉल की रिकॉर्डिंग के मामले में भी ऐसा ही हुआ था। उन्होंने लंबी मैराथन सिटिंग की और खुद संपादन कराया। दमन सूद के मुताबिक़ संपादन की इतनी बारीक़ समझ उन्होंने किसी अन्य कलाकार में नहीं देखी। इसकी एक ग़ज़ल में जगजीत-चित्रा के स्वरों की कशिश बेजोड़ थी। यह ग़ज़ल थी - *सुनते हैं कि मिल जाती है, हर चीज़ दुआ से/इक रोज़ तुम्हें माँग के देखेंगे ख़ुदा से।* इसमें रिकॉर्डिंग तो कमाल है ही संपादन का हुनर भी कम नहीं था। खुद जगजीत सिंह अल्बर्ट हॉल के इस प्रदर्शन को यादगार मानते रहे। उन्होंने एक बार कहा था - *"इन दो शो के टिकट सिर्फ़ तीन घंटे में बिक गए थे। वे भी एडवांस में। मैंने इसकी रिकॉर्डिंग के लिए 3000 पौंड का भुगतान किया था। यह ऐतिहासिक था।"*

जगजीत और चित्रा के लिए अब विदेश यात्राएँ कुछ इस तरह हो गई थीं, जैसे कोई अपने दफ़्तर से रोज़ घर आए-जाए। एक पाँव विदेश में ही रहता था। लगता था कोई ग़ज़ल सम्राट चक्रवर्ती मिशन पर जग को जीतने निकल पड़ा है। आए दिन होने वाली इन यात्राओं को जगजीत ने भी इसी अंदाज़ में याद किया। उन्होंने कहा - *"इसके बाद हम क़रीब-क़रीब हर साल दो साल में लंदन जाते रहे। शो और निजी कार्यक्रम प्रस्तुत करते रहे। हर बार वैसा ही अनुभव रहता था। सबसे पहले मैं और चित्रा 1978 में अमेरिका के न्यू यॉर्क और उसके आसपास के शहरों में गए। कैनेडा के टोरंटो भी गए। इसके बाद 1980 में फिर अमेरिका गए। एक लंबी श्रृंखला थी। उस दौरान हमने कोई 24 शो किए। लौटकर आए तो वेस्ट इंडीज़ गए। त्रिनिदाद*

**एक कार्यक्रम में सम्मान**

*और टोबेगो गए। वहाँ 14 शो किए। वेस्टइंडीज़ में तो उन दिनों हम लोग एक तरह से संगीत के देवता की तरह मान लिए गए थे। मुझे लोगों का यह प्यार देखकर बड़ा अटपटा लगा करता था। वहाँ के रेडियो स्टेशनों ने हमारी यात्रा के कई दिन पहले से दिन-दिन भर ग़ज़लें प्रसारित करना शुरू कर दिया था। एक बार तो अमेरिका के एक किनारे से दूसरे किनारे तक सड़क के रास्ते एक बड़ी वेन में साजिंदों के साथ रास्ते भर कार्यक्रम पेश करते सफ़र का लुत्फ़ उठाते गए। जहाँ भी जाते, शो करते और आगे बढ़ जाते। हमारे सहयोगियों ने इस यात्रा को बहुत एन्जॉय किया। सबसे ज़्यादा हमारे शो 1987 में हुए। अमेरिका में क़रीब ढाई महीने में 42 शो। यानी क़रीब-क़रीब हर दूसरे दिन एक कार्यक्रम। वह बड़ी मस्त यात्रा थी।"*

बच्चे भी बड़े हो रहे थे। ऐसे में उनको भी साथ रखा जाता था। यह ध्यान रखा जाता था कि उनकी पढ़ाई में बाधा नहीं पहुँचे। जब उनके स्कूल या कॉलेज की छुट्टियाँ होतीं तभी इन यात्राओं की योजना बनाई जाती थी। चित्रा याद करती हैं -

"

*बाबू (बेटा विवेक) जवान हो रहा था। वह भी हमारे साथ अच्छा महसूस करता था। संगीत में भी उसकी दिलचस्पी बचपन से ही थी। तो ख़ासकर अप्रैल से जून तक हम लोग विदेशों में अपने शो करते थे। साल भर तक जो भी निमंत्रण आया करते थे, वे इन दिनों के लिए स्थगित कर दिए जाते थे। संसार के आधे से अधिक देश तो बाबू ने हमारे साथ इस तरह की यात्राओं के दौरान ही देख लिए थे। उसका पाँचवाँ जन्मदिन हमने लंदन में मनाया था, हम वहाँ*

*अनफ़ॉरगेटेबल्स पूरा करने के बाद गए थे। वहाँ से पूर्वी अफ़्रीका गए। विवेक बचपन से ही पापा को बड़े ध्यान से गाते हुए देखा करता था। उसे भी देख सुनकर संगीत की बारीक़ समझ पैदा हो गई थी। शायद हम दोनों का ही असर था। कभी-कभी उसे कोई धुन अच्छी नहीं लगती तो पापा को टोकता था, यह अच्छा नहीं लग रहा है। पापा इसे ठीक करो। और पापा उसमें तब तक सुधार करते रहते, जब तक कि बाबू संतुष्ट नहीं हो जाता।*

बाबू दोस्तों में बेहद लोकप्रिय था। पिता की तरह वह भी दोस्तों का बड़ा ख़याल रखता था। वह अत्यंत संवेदनशील, भावुक, नरम दिल, सबको चाहने वाला और सबका चहेता था। जगजीत सिंह के छोटे भाई करतार सिंह से भी उसकी गाढ़ी छनती थी। दादा-दादी उसे बहुत प्यार करते थे। इसी तरह नाना-नानी का भी वह लाड़ला था। जब भी वह लुधियाना जाता तो दादा से देर तक बातें किया करता था। वह अपने पिता के बचपन और उनके जीवन के बारे में ढेरों सवाल करता था। वह अपने दादा जी का संघर्ष और उस दौर के गुलाम हिंदुस्तान की बातें जानना पसंद करता था। आमतौर पर जगजीत सिंह के पिताजी अपनी नियमित ज़िंदगी से कोई समझौता नहीं करते थे। देर शाम तय समय पर खाना खाकर सोने चले जाते थे, लेकिन जब तक बाबू वहाँ रहता तो दादा और पोते की बातें आधी-आधी रात तक चलती रहतीं। दादा और दादी इसी बात पर संतोष करते कि जगजीत अगर मुंबई में है तो उसका अंश उनके पास है। यह ज़िंदगी का सच है। मूल से अधिक सूद प्यारा होता है। अफ़सोस कि आज के हिंदुस्तान में पीढ़ियों के बीच इस तरह का संवाद

**लंदन स्थित रॉयल अल्बर्ट हॉल**

धीरे-धीरे सिकुड़ता जा रहा है। दादा-दादी, नाना-नानी के साथ नई नस्लों का संवाद बिखर-सा गया है। सामाजिक टूटन के एक तक़लीफ़देह अहसास के साथ हम सब जी रहे हैं।

ख़ैर हम आगे बढ़ते हैं। अल्बर्ट हॉल के एलबम की रिकॉर्ड क़ामयाबी के बाद 1983 में नया संकलन - *द लेटेस्ट* आया। इसमें जगजीत और चित्रा ने सुदर्शन फ़ाकिर की रचनाओं को स्वर दिया था। सुदर्शन फ़ाकिर और जगजीत की दोस्ती चालीस साल से भी अधिक समय तक चली। सुदर्शन फ़ाकिर ने स्वयं इस बात को स्वीकार किया है कि जगजीत सिंह ने उनकी रचनाओं को जिस तरह गाया, वैसा कोई अन्य गायक नहीं गा सकता था। बक़ौल सुदर्शन फ़ाकिर -

*"कोई रिकॉर्डिंग हो जाने के बाद जब सारे सहयोगी उस संकलन या किसी ग़ज़ल विशेष पर चर्चा करते और तारीफ़ करते थे तो जगजीत भी उसमें शामिल हो जाते थे। मगर हम सब उनके चेहरे को देखकर समझ जाते थे कि उनके दिमाग़ में कुछ अलग ही चल रहा है। अगले दिन हम पाते कि सुबह से जगजीत स्टूडियो में हैं और उसी ग़ज़ल को दोबारा रिकॉर्ड कर रहे हैं, जिसे एक दिन पहले रिकॉर्ड कर चुके थे। वे संपूर्णता चाहते थे। जब तक उनके अंदर से आवाज़ नहीं आती, वे राहत की साँस नहीं लेते थे।"*

इस एलबम में सारी रचनाएँ सुदर्शन फ़ाकिर की थीं। इनमें एक नज़्म थी - *ये दौलत भी ले लो, ये शोहरत भी ले लो/भले छीन लो मुझसे मेरी जवानी/मगर मुझको लौटा दो बचपन का सावन, वो काग़ज़ की कश्ती, वो बारिश का पानी...*, इसके अलावा - *शायद मैं ज़िंदगी की सहर ले के आ गया/क़ातिल को आज अपने ही घर ले के आ गया* और *उस मोड़ से शुरू करें, फिर ये ज़िंदगी/हर शै जहाँ हसीन थी, हम तुम थे अज़नबी...*, *तेरी आँखों में हमने क्या देखा/कभी क़ातिल कभी खुदा देखा...*, *बड़ी हसीन रात थी...* और *ज़िंदगी तुझको जिया है, कोई अफ़सोस नहीं...* भी बहुत पसंद की गई थीं। लेटेस्ट जगजीत के सदाबहार संग्रहों में से एक है और आज भी काफ़ी सुना जाता है। इस संकलन ने भारत में आकाशवाणी पर एक तरह फ़रमाइशी ग़ज़लों का सिलसिला शुरू कर दिया। इसके अलावा हिंदी फ़िल्मों में अरसे से टूटी अच्छी ग़ज़ल परंपरा को फिर स्थापित किया। पुराने दौर में मदनमोहन ने अपने संगीत और साहिर लुधियानवी तथा मजरूह सुल्तानपुरी ने अपनी कलम से

**जगजीत-चित्रा के शो के टिकट**

ग़ज़लों का स्तर बनाकर रखा था। जगजीत युग आया तो एक बार फिर परदे पर उत्कृष्ट ग़ज़लें नज़र आने लगीं।

इसके बाद 1985 में आए - *एक्सटेसीज़* ने भी धमाल किया। इसकी ग़ज़लें आज तक ग़ज़ल प्रेमी गुनगुनाते हैं। इनमें बेकल उत्साही की ग़ज़ल - *जब से हम तबाह हो गए, तुम जहाँपनाह हो गए/हुस्न पर निखार आ गया, आईने सियाह हो गए...,* बहुत मक़बूल हुई। यह जगजीत सिंह और चित्रा सिंह की युगल ग़ज़ल थी। बाक़ी ग़ज़लों में सईद राही की दो ग़ज़लें - *पसीने पसीने हुए जा रहे हो, ये बोलो कहाँ से चले आ रहे हो...* और *मेरे जैसे बन जाओगे, जब इश्क़ तुम्हें हो जाएगा...,* बड़ी मीठी रचनाएँ कही जा सकती हैं। रईस अख़्तर की ग़ज़ल - *हमको दुश्मन की निग़ाहों से न देखा कीजे, प्यार ही प्यार हैं हम, हम पे भरोसा कीजे...,* तो चित्रा ने इतनी कमाल की गाई है कि इसे आप चित्रा सिंह की दस श्रेष्ठ ग़ज़लों में से एक मान सकते हैं। इसी एलबम में इब्राहिम अश्क़ की ग़ज़ल - *इक नज़र देख के हम जान गए हैं, आप क्या चीज़ हैं पहचान गए हैं...,* भी अद्‍भुत है। और मदन पाल की रचना - *जवाँ है रात साक़िया शराब ला शराब ला...,* मदहोश बना देने के लिए पर्याप्त है। दो साल बाद ही यानी 1987 में जगजीत के तीन एलबम आए - *अ साउंड अफ़ेयर, इकोज़* तथा *ब्लैक मैज़िक।* हर एलबम की तरह *अ साउंड अफ़ेयर* की रचनाओं के चुनाव में जगजीत ने कमाल किया था। कुछ नमूने देखिए, शाहिद मीर की ग़ज़ल - *ऐ ख़ुदा रेत के सहरा को समंदर कर दे...,* फ़िराक गोरखपुरी की - *ये*

**विवेक, जगजीत और चित्रा**

*तो नहीं के ग़म नहीं, हाँ मेरी आँख नम नहीं...*, सईद राही की - *आँख से आँख मिला, बात बनाता क्यों है...* और राणा शहरी की - *मंज़िल न दे, चराग़ न दे, हौसला तो दे...*, कमाल की रचनाएँ हैं। अद्भुत सृजन और सुरों का अनूठा संगम। राणा शहरी हरदम अत्यंत भावुक होकर जगजीत को याद करते रहे। एक बार दिल्ली के सीरीफ़ोर्ट ऑडिटोरियम में उनका गायन चल रहा था। हॉल ठसाठस भरा था। सुई पटक सन्नाटा था। जगजीत राणा सहरी की ग़ज़ल गा रहे थे। जैसे ही उन्होंने ग़ज़ल समाप्त की, हॉल तालियों की गड़गड़ाहट से देर तक गूँजता रहा। राणा कहते हैं -

"

*जब तालियों का शोर थमा तो जगजीत की भारी आवाज़ सुनाई दी। वे कह रहे थे कि अभी आपने जिस ग़ज़ल पर इतनी देर तक तालियाँ बजाई हैं और जिसके लिए मुझे प्रशंसा दी है। वास्तव में उसका हक़दार मैं नहीं हूँ, बल्कि इस हॉल में मौजूद एक शख़्स है। उनका नाम है राणा सहरी और उन्हीं की कलम से यह शानदार ग़ज़ल निकली है। राणा सहरी जी कृपया अपने स्थान पर खड़े हो जाएँ। मैं खड़ा हो गया और ग़ज़ल के शौक़ीनों की तालियों की गड़गड़ाहट से हॉल एक बार फिर देर तक गूँजता रहा। रचनाकारों के प्रति यह बड़प्पन और सम्मान का भाव जगजीत सिंह ही दिखा सकते थे।*

"

*अ साउंड अफ़ेयर* में उन्होंने परंपरा तोड़ते हुए अंत में कोई पंजाबी गीत नहीं दिया था। कुछ समाचार पत्रों में जगजीत के एलबमों की नियमित समीक्षा प्रकाशित होती थी। इनमें से एक समीक्षा मैंने पढ़ी थी। उसमें कहा गया था कि *अ साउंड*

*अफ़ेयर* में कोई पंजाबी लोकगीत ही नहीं है। वैसे जगजीत सिंह स्वयं भी चाहते थे कि उनके कार्यक्रम में श्रोताओं की भागीदारी हो। इसके लिए पंजाबी लोकगीत गाते-गाते वे खुद उठ खड़े होते और थिरकने लगते थे। इसके बाद तो आप कल्पना ही नहीं कर सकते कि क्या होता था। श्रोता उठ-उठ कर स्टेज के नीचे या ऊपर आ जाते, थोड़ी देर लोकगीत की धुन पर नृत्य करते और लौट जाते। शायद ही किसी अन्य ग़ज़ल गायक के कार्यक्रम में ऐसा होता हो।

इसी साल आया दो कैसेटों का एक संयुक्त संग्रह *ईकोज़* संगीत प्रेमियों के लिए तोहफ़े से कम नहीं था। इसमें कुल बारह रचनाओं को स्थान मिला था। सभी एक से बढ़कर एक थीं। मसलन सलीम कौसर की ग़ज़ल - *मैं ख़याल हूँ किसी और का, मुझे सोचता कोई और है...*, निदा फ़ाज़ली की - *सफ़र में धूप तो होगी, तुम चल सको तो चलो...*, शादाब की - *हुज़ूर आपका भी एहतराम करता चलूँ, इधर से गुज़रा था, सोचा सलाम करता चलूँ...*, मुज़फ़्फ़र वारसी की - *शोला हूँ भड़कने की गुज़ारिश नहीं करता, सच मुँह से निकल जाता है, कोशिश नहीं करता...*, बसीम बरेलवी की ग़ज़ल - *मैं चाहता भी यही था, वो बेवफ़ा निकले, उसे समझने का कोई तो सिलसिला निकले...* और तस्लीम फ़ाज़ली की ग़ज़ल - *आप को भूल जाएँ हम*। इस बार जगजीत ने *अ साउंड अफ़ेयर* वाली भूल नहीं की। उन्होंने पंजाबी लोकगीत *बोलियाँ* को अंत में शामिल किया। यह लोकगीत ग़ैर-पंजाबी इलाक़ों में भी काफी पसंद किया गया।

अगले साल यानी 1988 में *पेशंस* में एक बार फिर सुदर्शन फ़ाक़िर चमके। उनकी तीन रचनाएँ इस एलबम में शामिल थीं। जगजीत की आवाज़ में - *पत्थर के खुदा, पत्थर के सनम...* तो अद्भुत थी और दूसरी चित्रा के साथ - *अगर हम कहें और वो मुस्करा दें...*, यादग़ार ग़ज़लों में से एक है। इसके अलावा इसी संग्रह में बेखुद देहलवी की ग़ज़ल - *मय पिलाकर आपका क्या जाएगा...*, बड़ी कर्णप्रिय है। इन्हें ख़ूब पसंद किया गया।

**बियोंड टाइम**

इसी बरस बाज़ार में ऐतिहासिक *बियोंड टाइम* भी आया था। दरअसल,

***अ साउंड अफ़ेयर* का कैसेट और रिकॉर्ड**

*बियोंड टाइम* हिंदुस्तान का पहला डिज़िटल एलबम है, जिसकी रिकॉर्डिंग लंदन के जैक़ब स्टूडियो में हुई थी। इस एलबम ने भारतीय ग़ज़ल संसार में जैसे क्रांति कर दी थी। इस एलबम का पूरा दल इसके लिए पंद्रह दिन तक लंदन में था। इसका पूरा ख़र्च एचएमवी ने उठाया था, जो 1985 के बाद सारेगामा के नाम से जानी जाती है। *बियोंड टाइम* के संगीत और डिज़िटल असर ने लोगों को चमत्कृत कर दिया। लोग हैरान व सम्मोहित थे और जगजीत के पीछे कुछ-कुछ पागलपन की हद तक दीवाने हो गए थे। फ़िल्मों के गीत भी इतने लोकप्रिय नहीं थे, जितनी जगजीत-चित्रा की गाई ग़ज़लें। इसके पीछे एक बात और थी कि भारतीय हिंदी फ़िल्मों का संगीत उन दिनों संक्रमण काल से गुज़र रहा था। दर्शक नए दौर के संगीत से बड़ी जल्दी ऊब जाते थे। ऐसे में *बियोंड टाइम* की कुछ ग़ज़लें धमाकेदार थीं और भारत के आम आदमी के अपने दिल की आवाज़ बन कर देश में गूँज रही थीं। इनमें कुछ ग़ज़लें थीं - नज़ीर बाक़री की - *अपनी आँखों के समंदर में उतर जाने दे...*, राहत इंदौरी की - *लोग हर मोड़ पे रुक रुक के सँभलते क्यों हैं, इतना डरते हैं तो फिर घर से निकलते क्यों हैं..., झूठी सच्ची आस पे जीना, कब तक आख़िर, आख़िर कब तक...*, सुदर्शन फ़ाकिर की - *सामने है जो उसे लोग बुरा कहते हैं, जिसको देखा ही नहीं, उसको ख़ुदा कहते हैं...*, तथा नज़ीर बनारसी की - *ये करें और वो करें, ऐसा करें, वैसा करें/ ज़िंदगी दो दिन की है, दो दिन में हम क्या क्या करें* और इशरत आफ़रीन की - *अपनी आग को ज़िंदा रखना कितना मुश्किल है, पत्थर बीच आईना रखना कितना मुश्किल है।* इस एलबम में रोनू मजूमदार की बाँसुरी के सुर जगजीत के भाव बनकर उभरे थे। रोनू मजूमदार याद करते हैं कि लंदन में इस

बेजोड़ संग्रह की रिकॉर्डिंग, मिक्सिंग और मास्टरिंग में जगजीत सिंह किस क़दर डूब गए थे। रोनू कहते हैं -

"

*जब हम* 'अपनी आग को ज़िंदा रखना कितना मुश्किल है...,' *रिकॉर्ड कर रहे थे, तो उन्हें लगा कि इस ग़ज़ल में जो तड़प, कसक, दर्द और अपने अंदर की आग है, वह बाँसुरी के ज़रिए बेहतर प्रकट हो सकती है तो उन्होंने सिर्फ़ इसी एक ग़ज़ल के लिए मेरे साथ लंबी बैठक और रिहर्सल की, ताकि बाँसुरी ठीक वही भाव दे सके जो इशरत आफ़रीन ने अपनी कलम से व्यक्त किए हैं या फिर वो जिस तरह इसे अपना स्वर देने वाले हैं। कमाल के थे जगजीत सिंह। सब कुछ जानते थे वे। मैंने बहुत साल उनके साथ गुज़ारे है। एक सिंगर के रूप में ऐसा कॉम्बिनेशन दुर्लभ है। लफ़्ज़ों की समझ, सुर का पक्का ज्ञान और शास्त्रीय संगीत का बैक ग्राउंड - यह सब एक ही कलाकार में देखने को मिलता था। उसका नाम है जगजीत सिंह।*

"

जगजीत के ग़ज़ल सफ़र के साथ-साथ भारतीय ग़ज़ल भी अपने नए पड़ावों पर पहुँच रही थी। यह वह दौर था, जब संगीत कारोबार में अनेक कंपनियाँ बाज़ार में उतर चुकी थीं। हर कंपनी की ख़्वाहिश होती थी कि जगजीत-चित्रा की जोड़ी उनके लिए गाए। जगजीत ने भी अपनी ओर से किसी को निराश नहीं किया। सन् 1989 में डिजायर्स वेस्टन कंपोनेंट्स लिमिटेड की ओर से संगीत प्रेमियों के लिए जारी किया गया था। मदन पाल की लिखी इस एलबम की दो ग़ज़लें बहुत लोकप्रिय हुई - जगजीत सिंह की आवाज़ में - *दिन आ गए शबाब के, आँचल सँभालिए* और चित्रा सिंह की आवाज़ में - *जब नाम तेरा प्यार से लिखती हैं अँगुलियाँ, मेरी तरफ़ जमाने की उठती हैं अँगुलियाँ।*

इसी बीच दो बड़ी घटनाएँ जगजीत और चित्रा की ज़िंदगी में घटीं। एक तो दूरदर्शन पर गुलज़ार का लिखा और डायरेक्ट किया शाहकार *मिर्ज़ा ग़ालिब* परदे पर आया और दूसरा एक भयानक हादसा था, जिसने इस युगल को तोड़ कर रख दिया। इस युगल ने इकलौते बेटे विवेक को हमेशा के लिए खो दिया। (इन दोनों पर इसी पुस्तक में अलग-अलग अध्यायों में आप आगे पढ़ेंगे) *डिजायर्स* के बाद *समवन समव्हेयर* एलबम आया और एक बार फिर इसने चोटी के पायदान पर क़दम रखा। इसकी रिकॉर्डिंग तो विवेक के निधन से पहले हो चुकी थी। मगर इस दुर्घटना के

कारण कंपनी ने बाज़ार में नहीं उतारा था। इस संग्रह की सबसे मक़बूल ग़ज़ल थी - *आदमी आदमी को क्या देगा, जो भी देगा, वही खुदा देगा/मेरा क़ातिल ही मेरा मुंसिफ़ है, क्या मेरे हक़ में फ़ैसला देगा।* विवेक के इस लोक से जाने के बाद पहला एलबम था - *मन जीते जगजीत।* इसमें गुरबानी का संकलन था। एकदम अलग मूड। इसी कड़ी में एक अलग अंदाज़ का संग्रह *होप* 1991 में संगीत प्रेमियों के घरों में गूँज रहा था। इसकी एक ग़ज़ल में दर्द की अभिव्यक्ति चरम पर थी। यह निदा फ़ाज़ली की ग़ज़ल थी - *अब कोई खुशी है न कोई ग़म रुलाने वाला/उसको रुख़सत तो किया था, मुझे मालूम न था/सारा घर ले गया, घर छोड़ के जाने वाला/इक मुसाफ़िर के सफ़र जैसी है सबकी दुनिया/कोई जल्दी में कोई देर से जाने वाला।*

इसके बाद *विज़न्स* और *कहकशां* आए। *कहकशां* दरअसल, दूरदर्शन के लिए ग़ज़ल के सफ़र पर तैयार धारावाहिक था। इसमें अलग-अलग शायरों की रचनाएँ जगजीत ने गाई और कंपोज़ की थीं। इसका निर्माण अली सरदार ज़ाफ़री ने किया था और निर्देशक जलाल आग़ा थे। इनमें हसरत मोहानी, मजाज़ लखनवी, फ़िराक गोरखपुरी, मख़दून, जिगर मुरादाबादी और जोश मलीहाबादी की ग़ज़लें शामिल की गईं थीं। जोश मलीहाबादी की एक रचना तो कमाल थी - *बोल इकतारे झनझन, सारे इंसां मेरे प्यारे, सारी धरती मेरा आँगन।* इस संग्रह में चित्रा सिंह की आवाज़ में हसरत मोहानी की एक ग़ज़ल थी - *अब तो उठ सकता नहीं, आँखों से बारे इंतज़ार।* यह विवेक की मृत्यु से पहले रिकॉर्ड की गई थी। इसके बाद चित्रा ने नहीं गाया। आप इसे चित्रा की आख़िरी ग़ज़ल मान सकते हैं। *विज़न्स* में राणा सहरी की एक ग़ज़ल का ज़िक्र यहाँ आवश्यक है - *कोई दोस्त है न रक़ीब है, तेरा शहर कितना अजीब है।* इसी में वसीम बरेलवी की रचना - *आपको देख कर देखता रह गया, आते आते मेरा नाम सा रह गया, झूठ वाले कहीं के कहीं बढ़ गए और मैं था कि सच बोलता रह गया।* इसके बाद 1992 में भारत के ग़ज़ल प्रेमियों ने संगीत का अप्रतिम और

अनूठा प्रयोग देखा। सुर साम्राज्ञी लता मंगेशकर और जगजीत का संयुक्त ग़ज़ल संग्रह – *सजदा* – सामने आया। *सजदा* के बारे में विस्तृत विवरण आप 'अँधेरे में सूरज' वाले अध्याय में पढ़ सकते हैं।

इसके बाद 1992 में *इनसर्च* आया। फिर एक बार नए मूड का संग्रह। इसमें निदा फ़ाज़ली की ग़ज़ल – *जब किसी से कोई गिला रखना, सामने अपने आईना रखना...,* ज़िंदगी की हक़ीक़त बयान करती है। *इनसर्च* के बाद *इन-साइट* (1993) की बारी थी। इसमें सारी आठ रचनाएँ निदा फ़ाज़ली की थीं। एक रचना – *गरज बरस प्यासी धरती पर फिर पानी दे मौला...,* तो अद्भुत और बेजोड़ थी। इसके अलावा दोहे भी ख़ासे पसंद किए गए।

अगले अठारह साल तक जगजीत सिंह की संगीत यात्रा जारी रही। एलबम आते रहे। धूम मचाते रहे। लेकिन एकदम नई रचनाएँ अब कम होती जा रही थीं। पुराने संग्रहों से ही लेकर उन्हें नए रूप में ढालकर पेश करने का काम अधिक हुआ। असल में विवेक के जाने के बाद जगजीत खुद भी अपने आप को ढो ही रहे थे। इसलिए बाद के इन संग्रहों का केवल नाम और साल यहाँ दिया जा रहा है, जिससे आप उनके सफ़र की निरंतरता का आकलन कर सकें। इसके बावजूद इस दरम्यान आईं कुछ नई ग़ज़लों का ज़िक्र भी है। अनेक रचनाएँ तो जगजीत के गले से ऐसी फूटीं, जिनका किसी न किसी रूप में विवेक की याद से रिश्ता होता था। इस कारण उनके बारे में विवेक वाले अध्याय में आपको विस्तृत विवरण मिलेगा। अपने आप को व्यस्त रखने के लिए एक टूटा आदमी क्या-क्या नहीं करता रहा। अकेले थके शरीर और मन को लेकर जगजीत गाते रहे। आख़िर गृहस्थी भी तो चलानी थी। एलबम निकलते रहे। मगर इन दिनों उनकी आवाज़ में एक ख़ास तरह की मिठास, नरमी और कोमलता ने घर बना लिया था।

इस कड़ी गें नए एलबम *फ़ेस टु फ़ेस* (1994) *क्राय फ़ॉर क्राय* (1995) *यूनिक* और *मिराज़* (1996) जगजीत को एक नए अंदाज़ में सामने लेकर आए थे। जगजीत अब सामाजिक और राष्ट्रीय सरोकारों को लेकर अतिरिक्त संवेदनशील हो गए थे। उन पर बाज़ार का कोई दबाव नहीं था। *फ़ेस टु फ़ेस* में आठ रचनाएँ शामिल की गई थीं। दाग़ देहलवी और अमीर मीनाई की ग़ज़ल – *तुमने बदले हमसे गिन गिन के लिए, हमने क्या चाहा था इस दिन के लिए* और *प्यार का पहला ख़त लिखने में वक़्त तो लगता है* बहुत पसंद की गई थीं। *क्राय फ़ॉर क्राय* इस मामले में एक महत्त्वपूर्ण मोड़ पर खड़ा हुआ एलबम था। ख़लील धनतेजवी की नज़्म – *अब मैं राशन की क़तारों में नज़र आता हूँ, अपने खेतों से बिछड़ने की सज़ा पाता हूँ* – महँगाई से परेशान नज़्म है। सुदर्शन फ़ाकिर की ग़ज़ल – *आज के दौर में ऐ दोस्त! ये मंज़र क्यूँ है, ज़ख़्म हर सर पे, हर इक हाथ में पत्थर क्यों है* – सांप्रदायिकता पर

गहरी चोट करती है। तालिब की रचना - *कभी आँसू, कभी ख़ुशी बेची, हम ग़रीबों ने बेक़सी बेची* - आम आदमी की मुश्किलों का प्रतिनिधित्व करती है तो नंदलाल पाठक का एक गीत बेमिसाल है। इसमें एक बच्चा अपनी माँ से सवाल करता है - *माँ सुनाओ मुझे वो कहानी, जिसमें राजा न हो न हो रानी / जो हमारी तुम्हारी कथा हो, जो सभी के हृदय की व्यथा हो।* चूँकि यह गीत एक बच्चे के दिल की आवाज़ है इसलिए इसे सिजारॉय ने गाया। इनके अलावा नवाज़ देवबंदी की ग़ज़ल भी भूख़ से जूझते बच्चों और एक माँ की मज़बूरी की करुण कहानी है - *वो रुलाकर हँस न पाया देर तक, जब मैं रोकर मुस्कराया देर तक / भूखे बच्चों की तसल्ली के लिए, माँ ने फिर पानी पकाया देर तक।* इस संग्रह की आख़िरी नज़्म इक़बाल की लिखी है। यह एक बच्चे की दुआ है, जो इस पूरे उप महाद्वीप में चर्चित है - *लब पे आती है दुआ, बन के तमन्ना मेरी, ज़िंदगी शम्मा की सूरत हो ख़ुदाया मेरी।* इसकी परंपरागत धुन छोड़कर जगजीत ने एक नए अंदाज़ में इसे पेश किया है। इसे भी सिज़ारॉय और अन्य गायकों ने मिलकर गाया है। यह एलबम एक समृद्ध संकलन है। *मिराज़* में निदा फ़ाज़ली की एक ग़ज़ल अच्छी थी - *अपनी मर्ज़ी से कहाँ अपने सफ़र के हम हैं, रुख़ हवाओं का जिधर का, उधर के हम हैं।* यह ख़ूबसूरत रचना एक टेलिविज़न धारावाहिक *सैलाब* की शीर्षक ग़ज़ल थी। क्या ही संयोग था कि जिन तलत अजीज़ ने जगजीत सिंह के संगीत निर्देशन में अपनी पेशेवर पारी की शुरुआत की थी, उन्ही तलत अजीज़ के संगीत निर्देशन में जगजीत सिंह ने इस ग़ज़ल को गाया था। इसके अलावा शाहिद कबीर की रचना - *मैं न हिंदू न मुसलमान, मुझे जीने दो / दोस्ती है मेरा ईमान, मुझे जीने दो* और साबिर दत्त की रचना - *एक बिरहमन ने कहा है कि ये साल अच्छा है* बहुत पसंद की गई थी। इस संकलन में सभी नौ ग़ज़लें जगजीत सिंह की आवाज़ में थीं। चित्रा सिंह ने तो विवेक के देहांत के बाद गाना ही बंद कर दिया था। यूनिक टिप्स इंडस्ट्रीज़ प्राइवेट लिमिटेड ने यह जारी किया था। इसमें नौ रचनाएँ थीं और सभी जगजीत सिंह के स्वर में थीं। कैफ़ भोपाली की दो रचनाएँ - *तेरा चेहरा कितना सुहाना लगता है* और *कौन आएगा यहाँ, कोई न आया होगा,* बहुत मक़बूल हुई थीं।

जावेद अख़्तर

सिलसिला चलता रहा। *लव इज़ ब्लाइंड* (1997) वीनस ने जारी किया। इस एलबम में रियाज़ ख़ैराबादी की

ग़ज़ल - *वो कौन है दुनिया में जिसे ग़म नहीं होता, किस घर में ख़ुशी होती है, मातम नहीं होता* और नदीम परमार की ग़ज़ल *चाक जिगर के सी लेते हैं, जैसे भी हो जी लेते हैं* और वली आसी की ग़ज़ल - *समझते थे मगर फिर भी रखीं न दूरियाँ हमने, चिराग़ों को जलाने में जला लीं अँगुलियाँ हमने* - ग़ज़ल के शौक़ीनों को बहुत पसंद आई थीं। *सिलसिले* (1998) एचएमवी ने जारी किया था। इस एलबम में सारी रचनाएँ जावेद अख़्तर की थीं। सभी रचनाएँ खुद जगजीत सिंह के दिल के क़रीब थीं। वैसे तो यह पूरा एलबम ही संगीत प्रेमियों को बहुत भाया था, लेकिन *सच ये है, बेकार हमें ग़म होता है, जो चाहा था, दुनिया में कम होता है* और *दर्द के फूल भी खिलते हैं, बिखर जाते हैं, ज़ख़्म कैसे भी हों कुछ रोज़ में भर जाते हैं* - लाजवाब थीं। जगजीत ने इन्हें डूबकर गाया था। जावेद अख़्तर कहते हैं -

> *जगजीत सिंह की आवाज़ में एक जादू था। उसकी आवाज़ का नशा जिसको एक बार हो गया, वो कभी उतरा नहीं। वो अपनी ही आवाज़ थे। वे किसी आवाज़ की गूँज नहीं थे और अपना ही अंदाज़ लेकर आए थे।*

इसके अगले साल यानी 1999 में सोनी म्यूज़िक ने जगजीत सिंह और गुलज़ार के साथ *मरासिम* जारी किया। *मरासिम* में सारी रचनाएँ गुलज़ार की थीं। इसकी ख़ास बात थी कि जगजीत सिंह के गायन के बीच-बीच में सम्मोहित करने वाली गुलज़ार की अपनी आवाज़ भी अलफ़ाज़ का जादू बिखेरती है। इसकी क़रीब-क़रीब सारी रचनाएँ लोकप्रिय हुईं। इनमें - *हाथ छूटे भी तो रिश्ते नहीं छूटा करते, वक़्त की शाख़ से लम्हे नहीं टूटा करते...*, और *एक पुराना मौसम लौटा, याद भरी पुरवाई भी, ऐसा तो कम ही होता है वो भी हों, तन्हाई भी...*, तथा *शाम से आँख में नमी सी है, आज फिर आपकी कमी सी है...*, ने लोगों के दिलों पर दस्तक दी। इसके बाद *दिल कहीं, होश कहीं* और *नई दिशा* एलबम भी इसी साल आए। *दिल कहीं, होश कहीं* में जगजीत सिंह ने सिर्फ़ एक गीत गाया था। संदर्भ के तौर पर इस गीत का ज़िक्र इसलिए आवश्यक है, क्योंकि इसमें जगजीत के साथ लता मंगेशकर और

**बशीर बद्र**

आशा भोंसले ने भी गाया था। यह उनका एलबम नहीं था मगर एक दिलचस्प और दुर्लभ गायक संयोग के कारण इसे याद रखना ज़रूरी है। गीत वाकई बहुत मीठा है - *जब तुम सामने आ जाते हो, क्या जानिए क्या हो जाता है...*, *नई दिशा* में भी जगजीत सिंह के साथ शंकर महादेवन और अलका याग्निक भी थे। इसमें जगजीत सिंह का गाया एक गीत - *आओ फिर से दिया जलाएँ...*, बहुत कर्णप्रिय है। अगले साल सन् 2000 में जगजीत सिंह ने तीन एलबम संगीत प्रेमियों को भेंट किए। ये थे - *आईना, अ-जर्नी* और *सहर*। *सहर* में उन्होंने आठ ग़ज़लों को स्वर दिया था। इनमें बशीर बद्र की ग़ज़ल - *मुझसे बिछड़ के खुश रहते हो, मेरी तरह तुम भी झूठे हो...* और नवाज़ देवबंदी की - *तेरे आने की जब ख़बर महके, तेरी ख़ुशबू से सारा घर महके...*, ग़ज़ल प्रेमियों के लिए अनमोल तोहफ़ा थीं। अगले दो वर्षों में जगजीत के पाँच संकलन आए। *डिफ़रेंट स्ट्रोक्स, सोज़* और *लाइफ़ स्टोरी* (2001) तथा *फ़ॉरगेट मी नॉट* और *संवेदना* (2002)।

डिफ़रेंट स्ट्रोक्स वाकई डिफ़रेंट था और शास्त्रीय संगीत तथा परंपरागत ग़ज़ल के प्रशंसकों के लिए एक धरोहर से कम नहीं है। इसमें उन्होंने *बाबुल मोरा...*, पक्के शास्त्रीय अंदाज़ में डूब कर गाया था। ख़ास बात यह थी कि इसमें तबले की मध्यम थाप के साथ हारमोनियम पर अरसे बाद जगजीत सिंह को सुनना चौंकाता था। इसके अलावा - *करत रार देखो मुरार, मोरे संग लिपट अनाड़ी/ देखो बनवारी तेरी यारी* तथा *ए रे बाजूबंद खुल खुल जाए...*, की कंपोजीशन बेमिसाल थी। इसे गाने के दौरान जगजीत ने श्रोताओं को एक ताल और तीन ताल के बारे में भी समझाया है, जो संगीत प्रेमियों की समझ को बढ़ाता है। इस एलबम में - *अपनी गरज पकर लीनी बैयाँ मोरी...* और *नज़रे करम फ़रमाओ, दाता के गुन गाओ...*, विलक्षण संगीत रचना है। ऐसी ही एक बंदिश - *कहा करूँ देखो गारी दे तू कन्हाई रे/ देखो मोरी नरम कलाई बल खाई रे...*, राग बागेश्वरी में यह तराना जगजीत सिंह की ओर से भारतीय शास्त्रीय संगीत प्रेमियों के लिए एक धरोहर से कम नहीं है। इसका

**अ साउंड अफ़ेयर का कैसेट कवर**

*संवेदना सेन्सिटीविटी*

विवरण अलग से जगजीत के शास्त्रीय संगीत वाले अध्याय में पढ़िएगा। *सोज़* में एक बार फिर जगजीत सिंह और जावेद अख़्तर की जोड़ी ने कमाल किया। इस संकलन की सारी नौ रचनाएँ जावेद अख़्तर की कलम से निकलीं। सभी एक से बढ़कर एक। किसी एक का नाम लेना भी संभव नहीं। *लाइफ़ स्टोरी* तो नाम से ही स्पष्ट है। यह एलबम जगजीत के सफ़रनामे का है। इसमें जगजीत सिंह ने अपने पूरे जीवन की दास्तान सुनाई है। यात्रा के तमाम पड़ावों की ग़ज़लें इस कहानी के साथ बहती रहती हैं। जगजीत सिंह के बारे में जानकारी देने वाला यह नायाब कोहिनूर एलबम है। *फ़ॉरगेट मी नॉट* भी शानदार एलबम है।

इसमें अधिकतर ग़ज़लें कँवर मोहिंदर सिंह बेदी की हैं। इनमें एक ग़ज़ल - *तुम हमारे नहीं तो क्या ग़म है, हम तुम्हारे तो हैं, ये क्या कम है...*, एक बार फिर अस्सी के दशक वाले जगजीत सिंह की याद दिलाती है। जिन लोगों ने कँवर मोहिंदर सिंह बेदी के बारे में कम सुना हो, उनके लिए बता दूँ उनकी ग़ज़लें और नज़्में हिंदुस्तान और पाकिस्तान में समान रूप से पसंद की जाती थीं। वे सांप्रदायिक सद्भाव और सभी मज़हबों के लिए समान नजरिया रखते थे।

*संवेदना* पूर्व प्रधानमंत्री अटलबिहारी वाजपेयी के गीतों और कविताओं का संकलन है। अटलबिहारी वाजपेयी ने एक कार्यक्रम में जगजीत सिंह के सम्मान में कहा था -

"

*जगजीत सिंह ने मुझे वाणी दी है। मैं उनका प्रशंसक रहा हूँ। आप उन्हीं के मुँह से मेरे शब्द इस एलबम में सुनेंगे। कभी मैं उनको सुनने के लिए भीड़ में शामिल हुआ करता था।*

"

*क्लोज़ टु माय हार्ट* (2003) *मुंतज़िर* (2004) *बेस्ट ऑफ़ जगजीत ऐंड चित्रा*

और *तुम तो नहीं हो* (2005) और *कोई बात चले* (2006) संग्रह गुलज़ार के साथ था। *इंतिहा* (2009) में उन्होंने आज के जाने-माने शायर आलोक श्रीवास्तव की पहली ग़ज़ल को स्वर दिया और वह अमर हो गई। यह ग़ज़ल थी - *मंज़िलें क्या हैं रास्ता क्या है/हौसला हो तो फ़ासला क्या है।* आलोक श्रीवास्तव रुँधे गले से कहते हैं कि जगजीत सिंह ने उनकी लिखी जिस ग़ज़ल को गाया, वह बहुत पसंद की गई। इसके बाद जगजीत के दो आख़िरी एलबम आए 2012 में। एक था *तेरा बयान ग़ालिब* और दूसरा *द मास्टर ऐंड हिज़ मैजिक।* ये दोनों संग्रह जगजीत सिंह के इस जग से विदा हो जाने के बाद आए। गुलज़ार *तेरा बयान ग़ालिब* की कहानी बताते हुए भावुक हो जाते हैं। वे कहते हैं -

"

> *जगजीत सिंह चाहते थे कि एक एलबम* तेरा बयान ग़ालिब *के नाम से जारी हो, जिसमें मिर्ज़ा ग़ालिब की वे ग़ज़लें शामिल की जाएँ, जो जगजीत ने नहीं गाई हों। इसमें वे चाहते थे कि मैं ग़ालिब के ख़त पढ़ूँ। तो हम यह काम कर ही रहे थे कि अचानक वे चले गए। बाद में वो एलबम आया, लेकिन मजबूरी थी कि उसमें फिर पुरानी ग़ज़लें ही शामिल करनी पड़ीं।*

"

यह एलबम एक अनूठा प्रयोग था और सलीम आरिफ़ के निर्देशन में निकला था। इसमें एलबम में ग़ालिब के कुछ ख़तों को शामिल किया गया था और स्वर खुद गुलज़ार ने दिया था।

४

# परदे पर पारी

मायानगरी में आने वाले हर कलाकार का सपना होता है कि वो रुपहले परदे पर अपनी चमक दिखाए। लेकिन कितने नौजवान इसे साकार कर पाते हैं। कोई अभिनेता बनने के लिए आता है तो डायरेक्टर बन जाता है। कोई गायक बनने के लिए आता है तो अभिनेता बन जाता है। किसी की ख़्वाहिश कहानी लिखने की होती है तो गीतकार बन जाता है। अर्थात् मुंबई अपने ढंग से हर कलाकार की परीक्षा लेती है। जो खरा उतरता है, उसे काम देती है। न केवल काम देती है, बल्कि उसे सिर पर बिठाती है। लाखों युवक सपने लेकर आते हैं, मगर सबके सपने पूरे नहीं होते। अपनी-अपनी इच्छा के मुताबिक़ आसमान कहाँ मिलता है। जगजीत सिंह भी अल्हड़ उमर या कहें कि जवानी के जोश में घर छोड़कर मुंबई भागे थे। पहली बार मुंबई ने अड़ियल घोड़े की तरह दुलत्ती मारकर गिरा दिया था। दूसरी बार तो घुड़सवारी की पक्की तैयारी करके गए थे। इस बार मुंबई को उन्हें गिराने का मौक़ा ही नहीं मिला। अलबत्ता संघर्ष करते हुए सिफ़र से शिखर तक जा पहुँचे। पर इसमें संदेह नहीं कि वे फ़िल्मों में गायक बनने के लिए ही आए थे। मोहम्मद रफ़ी और तलत महमूद की तरह। उनके गाने गाकर स्कूल के दिनों में वे पब्लिक से सिक्के बटोरा करते थे। उस समय कौन जानता था कि यह लड़का फ़िल्मी गायक नहीं बनकर ग़ज़लों में क्रांति करेगा और एक दिन मोहम्मद रफ़ी, लता मंगेशकर और और आशा भोंसले के लिए भी संगीत रचेगा।

यह सच है कि संघर्ष काल में उन्हें *अमन* नामक फ़िल्म में छोटी-सी भूमिका मिली थी - एक्स्ट्रा कलाकार की। इसके बाद उनके

अजीत मर्चेंट

भीतर का अभिनेता मर गया। वे इस निष्कर्ष पर पहुँच चुके थे कि अभिनेता बनने के लक्षण उनमें नहीं हैं और वे एक क्रेज़ी महत्त्वाकांक्षी नौजवान नहीं थे, जो केवल परदे पर दिखने के लिए सारे समझौते करने के लिए तैयार हो जाते हैं। संघर्ष के इन्हीं दिनों में जगजीत को गुजराती फ़िल्म बहुरूपी में गायन का अवसर मिला। फ़िल्म में गायन के लिए उन्होंने ख़ास तौर पर गुजराती सीखी। गुजराती उच्चारण के साथ भी उन्होंने न्याय किया। लेकिन यह कम बजट वाली प्रादेशिक फ़िल्म थी, जो उनकी परदे की पारी की औपचारिक शुरुआत नहीं मानी जा सकती थी। इसके बाद 1970 में एक और गुजराती फ़िल्म प्रदर्शित हुई। इस फ़िल्म का नाम था - *धरती न छोडूँ।* इसमें सुमन कल्याणपुर के साथ उन्होंने गीत गाए थे। एक गीत बहुत लोकप्रिय हुआ था - *घनश्याम नयन माँ।* यह भजन बेनी भाई पुरोहित ने लिखा था और संगीतकार थे - अजीत मर्चेंट।

लेकिन हम जगजीत की एक ऐतिहासिक शुरुआत करते हैं - *आलमआरा* से। आप जानते हैं कि यह भारत की पहली बोलती फ़िल्म थी और 1931 में प्रदर्शित हुई थी। इसके निर्देशक थे - आर्देशर ईरानी। अफ़सोस! इस ऐतिहासिक फ़िल्म के प्रिंट और सारी फुटेज अग्निकांड में स्वाहा हो गई। इस तरह हिंदुस्तान की पहली बोलती फ़िल्म का अब कोई रिकॉर्ड हमारे किसी आर्काइव में नहीं है। आग के प्रकोप से कुछ फ़ोटो बच गए थे और फ़िल्म की दो-चार रीलें भी न जाने कैसे बची रह गई थीं। इन सबको समेट कर छोटी-सी संगीत फ़िल्म तैयार की गई। मक़सद यही था कि आने वाली पीढ़ियों को कम से कम भारतीय सिनेमा के उस अद्‌भुत दस्तावेज़ से परिचित कराया जाए। इस फ़िल्म के लिए कैफ़ी आज़मी ने लंबा गीत लिखा। संगीत निर्देशक तथा गायक थे - जगजीत सिंह। इसमें *आलमआरा* की पूरी कहानी उस एक लंबे गीत में कही गई थी। तकनीकी तौर पर भले ही आप इसे परदे पर जगजीत का सफ़र नहीं मानें पर जिस गायक ने हिंदुस्तान के सिनेमा इतिहास में एक अनूठा अध्याय जोड़ने वाली फ़िल्म से जुड़ी कहानी से शुरुआत की हो, उसे आप किसी फ़िल्म में मिले सुनहरे अवसर से कम नहीं मान सकते। आज कम लोग ही अतीत के इस तथ्य को जानते

शायर कैफ़ी आज़मी के साथ जगजीत-चित्रा

हैं। इस डॉक्यूड्रामा का नाम था - *दास्तान-ए-आलमआरा।*

आपको कहीं अवसर मिले तो जगजीत सिंह की आवाज़ में इस रिकॉर्डिंग को सुनने का अवसर मत छोड़िए। फ़िल्म के संगीत और जगजीत सिंह के गायन से गीत के रचयिता कैफ़ी आज़मी बेहद ख़ुश हुए थे। इन्हीं दिनों एक फ़िल्म आई - *आविष्कार।* यह फ़िल्म 1973 में आई थी और इसके निर्माता निर्देशक प्रस्तुतकर्ता बासु भट्टाचार्य थे। संगीत निर्देशक कनु रॉय थे। इसमें जगजीत-चित्रा को वाज़िद अली शाह की अमर रचना ठुमरी - *बाबुल मोरा नैहर छूटो हि जाए...,* गाने का अवसर मिला था। यह उनके ग़ज़ल संग्रह *द अनफ़ॉरगेटेबल्स* से भी पहले की बात है। दिलचस्प यह है कि जिस दिन इसकी रिकॉर्डिंग होनी थी, उस दिन बासु दा ने इस जोड़ी से कहा कि वे रात में घर नहीं जाएँगे। स्टूडियो में इस दंपत्ति के रुकने का बंदोबस्त किया गया। जगजीत कहते हैं -

**बासु भट्टाचार्य**

"

*उस दिन बासु भट्टाचार्य ने घर नहीं जाने दिया। कहा, आप लोग यहीं सोएँगे। फिर रात दो बजे उठाया और इस ठुमरी की रिकॉर्डिंग की। उनका कहना था कि सुबह की नींद के बाद की भारी आवाज़ चाहिए। इसलिए हमने इसकी रिकॉर्डिंग तड़के करवाई।*

"

फ़िल्म बड़ी ख़ूबसूरत बनी थी, लेकिन ठुमरी उससे भी अधिक पसंद की गई। बासु दा का यह प्रयोग ज़बरदस्त था। जगजीत सिंह सोच रहे थे कि अगर फ़िल्मों में इस तरह शास्त्रीय संगीत पर आधारित रचनाओं के गायन का अवसर मिलता रहा तो उनके लिए सबसे अलग पहचान बनाना आसान हो जाएगा। दो बरस बाद यानी 1975 में एक फ़िल्म आई - *क़िस्सा कुर्सी का।* हालाँकि यह 1977 में सिनेमा घरों प्रदर्शित हुई। इसे अमृत नाहटा ने बनाया था। यह कम बजट में बनी एक राजनीतिक पृष्ठभूमि वाली फ़िल्म थी और तत्कालीन प्रधानमंत्री इंदिरा गाँधी द्वारा लगाए गए आपातकाल के संदर्भ में बनाई गई थी। जगजीत को इस फ़िल्म में भी संगीत देने और पार्श्वगायन का अवसर मिला। उन्होंने इस फ़िल्म में अपने

**राजिंदर सिंह बेदी**

**मोहम्मद रफ़ी**

संगीत से फ़िल्म इंडस्ट्री का ध्यान खींचा। जगजीत सिंह एक तरह से फ़िल्म इंडस्ट्री में संगीतकार की तरह स्थापित हो चुके थे। इसके बाद 1977 में एक फ़िल्म और बनी - *अपनी धरती अपना देश।* इसमें जगजीत सिंह के संगीत निर्देशन में मोहम्मद रफ़ी ने भी एक गीत गाया था। अफ़सोस! यह फ़िल्म रिलीज़ नहीं हो पाई। मगर मोहम्मद रफ़ी की आवाज़ में बिस्मिल लुधियानवी का गीत - *वतन के ज़र्रे ज़र्रे पर अब हक़ हमारा होगा, नए सिरे से अब सही ढंग से धन बँटवारा होगा* गीत बहुत मधुर और देशभक्ति से ओतप्रोत है। इसे आपको सुनने का मौक़ा मिले तो मत छोड़िए। फ़िल्म के निर्देशक थे उर्दू के मशहूर अफ़साना निग़ार राजिंदर सिंह बेदी। इस फ़िल्म में जगजीत सिंह ने उस गीत का संगीत निर्देशन किया, जो उनके चहेते मोहम्मद रफ़ी ने गाया था और जिस अमर गायक के गीत स्कूल के दिनों में गाकर वे तारीफ़ बटोरा करते थे। जिस दिन इस गीत की रिकॉर्डिंग हुई, उस दिन जगजीत सिंह ने मोहम्मद रफ़ी को यह प्रसंग सुनाया था। शायद ही किसी को जानकारी हो कि इस फ़िल्म के रिलीज़ नहीं होने का क्या कारण है।

तीन-चार साल ही बीते थे कि 1981 में जगजीत सिंह ने अपने संगीत के जादू से समूचे फ़िल्म संसार को सम्मोहित कर दिया। उस साल एक फ़िल्म आई थी - *प्रेमगीत।* फ़िल्म के निर्देशक सुदेश इस्सर थे। इसमें इंदीवर के गीतों ने कमाल किया था। मगर एक गीत तो आज भी मंत्रमुग्ध कर देता है। यह गीत है - *होंठों से छू लो तुम मेरा गीत अमर कर दो।* पहले इस गीत की धुन इंदीवर ने खुद बनाई थी, लेकिन वह जगजीत सिंह के मुताबिक़ मुशायरों में पढ़ने वाला अंदाज़ था। वह वास्तव में कोई धुन थी ही नहीं। ऐसी धुन फ़िल्म में नहीं चलती। उन्होंने इंदीवर को

गीतकार इंदीवर

मनाया। फिर वह धुन सामने आई, जिसने इस गीत को अमर बना दिया। इस गीत में जगजीत सिंह ने आमतौर पर फ़िल्मों में कम इस्तेमाल होने वाले राग समीरिया को आधार बनाया था। यह प्रयोग जगजीत सिंह ही कर सकते थे। इसके अलावा फ़िल्म दो गीत बड़े मीठे थे। दोनों ही इंदीवर ने लिखे थे। जगजीत के साजों से निकले हुए। एक गीत था, *आओ मिल जाएँ हम सुगंध और सुमन की तरह, एक हो जाएँ चलो जान और बदन की तरह।* यह गीत सुरेश वाडेकर और अनुराधा पौंडवाल ने गाया था। इसमें शिवरंजनी और पहाड़ी रागों का अद्भुत इस्तेमाल था। दूसरा गीत था - *देख लो आवाज़ देकर पास अपने पाओगे, आओगे तन्हा मगर तन्हा नहीं तुम जाओगे। प्रेम गीत* अगर चली तो इसके पीछे जगजीत सिंह का मधुर संगीत ही था। यह फ़िल्म व्यक्तिगत रूप से जगजीत सिंह के लिए बड़ी उपलब्धि लेकर आई थी। उनके संगीत निर्देशन में आशा भोंसले ने दो गीत गाए थे।

जगजीत सिंह ने कॉलेज के ज़माने में फ़िल्म *काला पानी* देखी थी। इस फ़िल्म में आशा भोंसले की आवाज़ में एक मुजरा फ़िल्म के परदे पर आया था। यह था - *नज़र लागी राजा तोरे बंगले पर।* जब जगजीत सिंह ने इसे पहली बार सुना तो दिन-दिन भर इसे गुनगुनाते रहते थे। उसके बाद नियति ने उन्हें यह अवसर दिया कि वे उसी गायिका को अपने संगीत निर्देशन में गाता हुआ देख रहे थे। अब उनकी ख़्वाहिश थी कि सुर साम्राज्ञी लता मंगेशकर उनके संगीत निर्देशन में गाएँ। पिछले अध्याय में आप पढ़ चुके हैं कि यह अवसर उन्हें आगे मिल गया, जब उन्होंने *सजदा* एलबम जारी किया।

*प्रेमगीत* के संगीत से संघर्ष के दिनों के साथी महेश भट्ट बेहद प्रसन्न थे। वे उन दिनों अपनी फ़िल्म *अर्थ* की तैयारी कर रहे थे। इस फ़िल्म का संगीत देने के लिए उन्हें जगजीत-चित्रा की जोड़ी से बेहतर कोई और नज़र नहीं आया। उन्होंने जगजीत से संपर्क किया। जगजीत महेश भट्ट को कैसे इनकार कर सकते थे। उन्होंने डूब कर फ़िल्म की धुनें बनाईं और गीत भी गाए। इस फ़िल्म के ज़रिए बड़े परदे पर ग़ज़ल के नए रूप को प्रतिष्ठा मिली। फ़िल्म में चार गीत और ग़ज़लें जगजीत ने और एक चित्रा ने गाई थीं। जगजीत सिंह की आवाज़ में - *झुकी झुकी सी नज़र बेक़रार है*

*कि नहीं और तुम इतना जो मुस्करा रहे हो, क्या ग़म है जिसको छिपा रहे हो।* महेश भट्ट उस दौर को याद करते हैं। कहते हैं -

*जब हमने अर्थ की कहानी सोची तो जिस तरह सोचा कि कैफ़ी साब ही इसे लिख सकते हैं या इसकी एक्ट्रेस शबाना आज़मी या स्मिता पाटिल ही हो सकती हैं। उसी तरह जगजीत सिंह का नाम आया ज़ेहन में कि इसका संगीत तो जगजीत साब ही कर सकते हैं। उस फ़िल्म में राज किरण का जो किरदार है, वह एक ग़ज़ल गायक का ही है। तो इस तरह हमारी मुलाक़ातें बढ़ीं। कैफ़ी साब और मेरा बड़ा अनोखा कॉम्बिनेशन था। मैं अपना ख़याल उनसे शेयर करता था। सुबह तक वो गीत की शक़्ल में तैयार होता था तो फिर हम जगजीत को बुलाते थे। जगजीत आते थे और हारमोनियम पर देखते ही देखते धुन बन जाती थी। कभी ऐसा नहीं हुआ कि उस धुन को स्वीकार नहीं किया गया हो। फ़िल्म बनी। तो एक दिन मैं शाम को कहीं गया था। घर लौटा तो जगजीत अपनी छोटी-सी गाड़ी फ़िएट से टिका इंतज़ार क़र रहा था।*

इसके बाद महेश भट्ट और जगजीत के बीच कुछ इस तरह संवाद हुआ -

"अरे! जगजीत। तुम यहाँ सड़क पर खड़े क्या कर रहे हो?"

"कुछ नहीं! बस आपसे मिलने आया था।"

"मुझसे? तो फिर अंदर आ जाते। कुछ चाय-वाय पीते।"

"नहीं! मुझे पता था कि आप आते ही होंगे। आपको बताने आया था कि कल मैं और चित्रा *अर्थ* देख आए।"

"अरे वाह! कैसी बनी है? कुछ बात बनती है। चलेगी या पिटेगी।"

"भट्ट साब! तुसी ग्रेट हो। कमाल की फ़िल्म बनी है। आपको हम दोनों का बहुत-बहुत शुक्रिया।"

"अरे जगजीत! इसमें शुक्रिया की क्या बात है। शुक्रिया तो मुझे आप दोनों का करना था कि आप लोगों के संगीत और स्वर ने फ़िल्म में जान डाल दी।"

"नहीं नहीं। आपने तो हमें एक ऐसी फ़िल्म का हिस्सा बनाया, जो हमारी

ज़िंदगी की यादग़ार फ़िल्म रहेगी। यह तो माइलस्टोन फ़िल्म है।"

और महेश भट्ट कहते हैं कि उनकी कही बात सच साबित हो गई। आज भी जब *अर्थ* की बात चलती है, उसके संगीत और गीत की चर्चा चलती है तो जगजीत सिंह की याद आती है। भले ही वो अब नहीं हैं, लेकिन वो पूरी तरह आपसे जुड़े रहते हैं। उनका संगीत सुरूर पूरी तरह एग्जिट नहीं होता है। फ़िल्म *अर्थ* का एक अनुभव चित्रा भी बताती हैं। उन्होंने कहा - "उनकी आवाज़ जो थी, सो रिच, सो हैवी कि आपने देखा होगा कि इस फ़िल्म के हीरो थे - राज किरण। उनकी अपनी आवाज़ के साथ इनकी आवाज़ इस तरह मिल गई कि जब राज किरण के मुँह से ये गाना आता था तो इट लुक्स बिलीवेबल कि हाँ ऐसा होगा। राज किरण ही गा रहा होगा।"

लोगों के दिलो-दिमाग़ पर *अर्थ* की धुनों ने क़ब्ज़ा कर लिया था। संगीत विशेषज्ञ पंकज राग ने अपने शोध ग्रंथ *धुनों की यात्रा* में लिखा -

"

> अर्थ *का संगीत नब्बे के दशक की लोकप्रिय ग़ज़ल लहर का फ़िल्मों में आया, यह सफल विस्तार था और* अर्थ *की आधुनिक ग़ज़लों में लोकप्रिय तत्वों का समावेश था, जो इन्हें पुराने संभ्रांत परिवेश से पृथक नई अर्थ व्यवस्था में पनप रहे नए संभ्रांत वर्ग और मध्यमवर्ग की बदली अभिरुचि के अनुरूप बनाता था।*

"

संगीत के शौकीन अभी *अर्थ* के मधुर संगीत के नशे में ही डूबे थे कि जगजीत और चित्रा की जोड़ी ने एक और धमाका किया। राष्ट्रीय फ़िल्म विकास निगम की

जगजीत और कुलदीप

वित्तीय मदद से निदेशक रमन कुमार ने फ़िल्म *साथ-साथ* का निर्माण किया। इस फ़िल्म के गीत जावेद अख़्तर ने लिखे थे और संगीत निर्देशक कुलदीप सिंह थे। रमन कुमार पुणे फ़िल्म इंस्टीट्यूट से स्नातक थे और यह उनकी पहली फ़िल्म थी। वे चाहते थे कि जगजीत और चित्रा इस फ़िल्म के गीतों को अपना स्वर दें, लेकिन चूँकि ये दोनों अब बड़े सितारे बन चुके थे। इसलिए रमन कुमार उनसे बात करने में हिचक रहे थे। एक दिन दोस्तों ने कहा कि एक बार जगजीत सिंह से पूछने में हर्ज़ क्या है? अधिक से अधिक इनकार ही करेंगे। उनसे नहीं पूछने पर भी वे कौन से मिल जाने वाले हैं। रमन कुमार को बात जम गई। उन्होंने जगजीत सिंह के पास जाना तय कर लिया। इसी बीच एक दिन शाम को इसी फ़िल्म के संगीत निर्देशक कुलदीप सिंह से बात हुई। कुलदीप सिंह ने समस्या हल कर दी। उन्होंने रमन कुमार से कहा कि जगजीत सिंह उनके अच्छे दोस्त हैं और वे न नहीं करेंगे। एक दिन दोनों जगजीत सिंह के पास जा पहुँचे। कुलदीप सिंह को देखते ही जगजीत सिंह उछल पड़े। तपाक से गले मिले। इसके बाद दोनों के बीच कुछ इस तरह संवाद हुआ -

"और सुना भई! बड़े दिन में याद आई।"

"यार! अब तेरे पास वक़्त कहाँ। बड़ा आदमी हो गया है।"

"अरे छोड़ो भी। तेरे लिए वक़्त नहीं दूँगा। मुंबई में रहना है मुझे।"

"अच्छा सुन! तुझे याद है कि गेलॉर्ड के सामने की महफ़िलों में मैंने एक वादा किया था।"

"अरे यार! मैं तो कब से उस वादे के पूरा होने का इंतज़ार कर रहा हूँ। कब मेरा कुलदीप फ़िल्म में संगीत देगा और कब मैं गाऊँगा।"

"तो समझ ले! अब मौक़ा आ गया।"

"ओये। मुबारक़ हो। कौन-सी फ़िल्म है।"

"रमन कुमार मेरे साथ आए हैं। इन्हीं की फ़िल्म है।"

"अरे वाह! देर से आए, पर अच्छी ख़बर लाए।"

"संगीत एकदम अलग होगा।"

"जब तू संगीत देगा, तो अलग ही होगा।"

"और उसमें तुझे और चित्रा दोनों को गाना है।"

"वो तो पंद्रह साल पहले ही तय हो गया था।"

दरअसल, कुलदीप सिंह जगजीत के संघर्ष के उन्हीं दिनों के साथी थे, जब वे लोग गेलॉर्ड के सामने एक नुक्कड़ पर रोज़ चाय पीने के लिए एकत्रित होते थे। एक

दूसरे को काम मिलने पर मदद का वादा करते थे। वहीं एक दिन कुलदीप ने कहा था कि अगर उन्हें किसी फ़िल्म में संगीत देने का अवसर मिला तो गाने जगजीत ही गाएँगे। इस बीच जगजीत सिंह स्टार बन गए, लेकिन उन्हें कुलदीप का वादा याद रहा। जगजीत के हाँ करते ही रमन कुमार की बाँछें खिल गईं। फिर भी उन्हें एक झिझक थी। चूँकि फ़िल्म राष्ट्रीय फ़िल्म विकास निगम के पैसे से बन रही थी; इसलिए बजट बहुत सीमित था। उन्होंने सोचा कि जगजीत से एक बार उनकी फ़ीस के बारे में तय कर लेना ठीक रहेगा। उन्होंने जगजीत सिंह से कहा कि इस फ़िल्म को एनएफ़डीसी फ़ंड कर रहा है। जगजीत ने ताड़ लिया और उन्हें रोक कर बोले, "क्या मैंने तुमसे पैसे के लिए कुछ कहा है?" रमन हैरत से उनको देखते रहे। वे सोच रहे थे कि जगजीत जैसे कलाकार इसीलिए बड़े बनते हैं, क्योंकि उनका दिल बहुत बड़ा होता है। जगजीत और चित्रा ने स्टूडियो में रिहर्सल शुरू कर दी। यह वही स्टूडियो था, जिसमें *अर्थ* के गीतों की रिकॉर्डिंग भी हुई थी। दोनों फ़िल्में कमोबेश आगे-पीछे ही रिलीज़ हुई थीं। इसलिए अक्सर ऐसा होता था कि एक गीत *अर्थ* का रिकॉर्ड होता था तो उसके बाद दूसरा गीत *साथ साथ* का रिकॉर्ड होता था। *साथ साथ* फ़िल्म बनी। अपने संगीत से जगजीत और चित्रा की जोड़ी ने धूम मचा दी। फ़ारुख़ शेख़ और दीप्ति नवल की जोड़ी पर जगजीत-चित्रा की आवाज़ का मेल शानदार था।

जावेद अख़्तर ने सारे गीत एक से बढ़कर एक लिखे थे। याद करिए - *ये तेरा घर, ये मेरा घर, किसी को देखना हो ग़र, पहले आके माँग ले, तेरी नज़र, मेरी नज़र, ये घर बहुत हसीन है* और एक ग़ज़ल *तुमको देखा तो ये ख़याल आया, ज़िंदगी धूप तुम घना साया, हम जिसे गुनगुना नहीं सकते, वक़्त ने ऐसा गीत क्यों गाया।* उस दौर के हर नौजवान के दिल की धड़कन बन गई थी। इस फ़िल्म के बाद जगजीत सिंह की पहचान एक ऐसे संगीतकार और गायक की हो गई थी, जो केवल पैसे के लिए काम नहीं करता था। बस गीत और कहानी अच्छी लगनी चाहिए। यदि कोई उभरती हुई प्रतिभा हो, उसमें दम हो तो जगजीत सिंह आधी रात को उसके लिए काम करते थे। जो संघर्ष उन्होंने देखा था, वह नई प्रतिभाओं को क्यों देखना चाहिए - यह उनका सोच था। जगजीत सिंह की असल चिंता तो यह थी कि फ़िल्म संगीत के स्तर में जिस तरह से गिरावट आ रही है, उस पर रोक लगनी चाहिए। पैसा तो वे ग़ज़ल संसार से कमा ही रहे थे।

बढ़ते हैं जगजीत के फ़िल्मी सफ़र पर। अगले साल 1983 में शत्रुघ्न सिन्हा की फ़िल्म *कालका* में जगजीत सिंह को एक बार फिर संगीत देने और अपने गले का जादू दिखाने का अवसर मिला। यह फ़िल्म बिहार के कोयला मजदूरों पर केंद्रित थी। फ़िल्म तो उतनी नहीं चली, जितना संगीत। सत्यनारायण की लिखी एक शास्त्रीय रचना जगजीत के संगीत और स्वर में परदे पर कमाल कर गई। यह रचना थी - *कैसे कैसे रंग दिखाए कारी रतिया...* इसके अलावा लोक धुन पर एक रचना - *दरोगा जी से*

*कहियो, सिपहिया करे चोरी...,* भी बहुत पसंद किया गया। यह लोक रचना बिहार में लोकप्रिय लौंडा नाच शैली में पेश की गई थी। इस शैली में लड़के लड़कियों की पोशाक पहनकर गाते और नृत्य करते हैं।

जगजीत सिंह और चित्रा सिंह की जोड़ी अब तक संगीतकार के रूप में भी स्थापित हो चुकी थी। यद्यपि जगजीत अपने ग़ज़ल जगत से बाहर नहीं निकलना चाहते थे, इसलिए फ़िल्मों में उन्होंने अपने आपको सीमित ही रखा। वे लोक संगीत का उपयोग करते थे और ख़ालिस शास्त्रीय संगीत का भी। मगर न जाने क्या बात थी कि उनके गले से निकली प्रत्येक रचना संगीत के आम शौक़ीन को भी लुभाती थी। वह शास्त्रीय लगती ही नहीं थी। आप कोई भी कंपोजीशन देख लीजिए, ऐसा ही पाएँगे। इस कारण शास्त्रीय संगीत के जानकार श्रोताओं को भी शिकायत नहीं होती थी। अनेक बरस उनके ख़ज़ाने से हर साल फ़िल्म संगीत भी झरता रहा। इनमें कुछ फ़िल्मों के नाम यहाँ दिए जा रहे हैं। इन फ़िल्मों में या तो जगजीत ने गाने गाए हैं या फिर उनमें संगीत भी दिया। ख़ास हैं -

- *एक थी रीता* (1971)
- *कामना* (1971)
- *बंसी बिरजू* (1972)
- *त्यागपत्र* (1978)
- *सुखी परिवार* (1979)
- *एक बार कहो* (1980)
- *तुम लौट आओ* (1983)
- *ज़ुल्फ़ के साए* (1983)
- *लौंग दा लश्कारा* (1983)
- *भावना और रावण* (1984)
- *फिर आई बरसात* (1985)
- *ज्वाला* (1986)
- *आशियाना* (1986)
- *राही* (1987)
- *आज* (1987)
- *अपने बेगाने* (1988)
- *दूसरा क़ानून* (1988)
- *जिस्म का रिश्ता*(1988)
- *यादों का बाज़ार* (1988)
- *बिल्लू बादशाह* (1989)
- *क़ानून की आवाज़* (1989)
- *खुदाई* (1991)
- *मेहँदी शगना दी* (1991)
- *नरगिस* (1992)
- *दिया जले सारी रात* (1992) और
- *खलनायक* (1993)

फ़िल्म *यादों का बाज़ार* में जगजीत सिंह का गाया डॉक्टर राही मासूम रज़ा का गीत - *हम तो हैं परदेस, देस में निकला होगा चाँद...,* बहुत पसंद किया गया था। फ़िल्म *खलनायक* जगजीत सिंह के कॉलेज के दिनों के साथी और बाद में मुंबई संघर्ष काल के साथी सुभाष घई ने बनाई थी। इस फ़िल्म में जगजीत ने आनंद बक्शी का

लिखा और लक्ष्मीकांत प्यारे लाल के संगीत से सजा एक गीत गाया था - *माँ तुझे सलाम! तेरे बच्चे प्यारे तुझको रावण हों या राम।* दस साल बाद 2003 में सुभाष घई की लिखी फ़िल्म *जॉगर्स पार्क* में भी उन्होंने ज़मीर काज़मी का लिखा एक गीत गाया था - *बड़ी नाज़ुक है ये मंज़िल।* इसका संगीत तबुन सूत्रधार ने दिया था। सुभाष घई जगजीत सिंह के बारे में कहते हैं -

*मैं जगजीत सिंह को कॉलेज के दिनों से जानता हूँ। हम पंजाब यूनिवर्सिटी में थे। मैं अपने नाटक लिखता था, उनका निर्देशन करता था और अभिनय भी करता था। जगजीतजी आते थे शास्त्रीय संगीत की प्रतियोगिताओं में। वे शास्त्रीय संगीत के गायक थे। उन्होंने बहुत से अवार्ड जीते। हमारी वहाँ से दोस्ती हुई। हम यूथ फ़ेस्टिवल में मिलते थे। पूरी रात गीत संगीत चलता था। उसके बाद हमारी मुलाक़ात अचानक बंबई में हुई। गेलॉर्ड में। उसने कहा कि मैं यहाँ सिंगर बनने आया हूँ। मैंने बोला कि मैं एक्टर बनने आया हूँ। चलो, दोनों संघर्ष करते हैं। फिर हम रोज़ मिला करते थे और अपने दुखड़े रोते थे। फिर वे इतने बड़े ग़ज़ल गायक बन गए। मैं डायरेक्टर बन गया। लेकिन हमारी दोस्ती कभी टूटी नहीं, कभी छूटी नहीं। असल बात तो यह है कि जगजीत सिंह जो बनता है, वह ऐसे ही नहीं बन जाता। भाग्य होता है, लेकिन थोड़ी मात्रा में। उससे ज़्यादा पुरुषार्थ और उससे ज़्यादा टैलेंट और पैशन होना बहुत ज़रूरी है। सबने उसको कहा कि तुम प्लेबैक सिंगर नहीं बन सकते, क्योंकि तुम तो क्लासिकल सिंगर हो। लेकिन आप उसके संकल्प को देखिए कि वह ग़ज़ल का बादशाह बना और सदियों तक बादशाह रहेगा।*

जगजीत की फ़िल्में आती रहीं। *मम्मो* नाम की फ़िल्म 1993 में आई थी। इसके बाद *तेजस्विनी* (1994), *दुश्मन* (1998), *सरफ़रोश* और *भोपाल एक्सप्रेस* (1999), *तरक़ीब* (2000), *देहम, तुम बिन* और *काला डोरिया* (2001), *वध, हम हैं प्यार में* और *लीला* (2002), फ़िल्म *लीला* के गीत गुलज़ार ने लिखे थे। इनमें से दो बेहद लोकप्रिय हुए थे। एक तो *जाग के काटी सारी रैना* और दूसरा - *तेरे ख़याल की आबोहवा में जीते हैं।* इसके बाद 2003 में आई *धूप, आपको पहले भी*

**जगजीत सिंह साउंड स्टुडियो में**

*कहीं देखा है* और *पिंजर।* फ़िल्म *पिंजर* भारत विभाजन की पृष्ठभूमि पर बनी बेजोड़ फ़िल्म है। यह जानी-मानी लेखिका अमृता प्रीतम की कहानी पर बनाई गई थी। इसमें गुलज़ार की लिखी और जगजीत की गाई ग़ज़ल - *हाथ छूटे भी तो रिश्ते नहीं छूटा करते, वक़्त की शाख़ से लम्हे नहीं टूटा करते...,* सुनते हुए दिल भर आता है। संगीतकार उत्तम सिंह और निर्देशक चंद्र प्रकाश द्विवेदी थे। इसके बाद 2004 में, *स्टॉप, देस* हो या *परदेस* और *वीरज़ारा।* इनमें *वीरज़ारा* का एक युगल गीत ऐतिहासिक है। यह गीत जगजीत सिंह और लता मंगेशकर ने गाया है। इसके बोल हैं - *तुम पास आ रहे हो।* गीत जावेद अख़्तर का लिखा हुआ है, लेकिन इसका संगीत मदनमोहन ने दिया है। ग़ज़लों के बेजोड़ संगीतकार मदनमोहन का निधन तो 14 जुलाई, 1975 को मुंबई में हो गया था। लेकिन उनकी कुछ धुनें ऐसी भी थीं, जिनका किसी भी फ़िल्म में इस्तेमाल नहीं हो सका था।

उनकी मृत्यु के तीन दशक बाद इनमें से कुछ धुनों को यश चोपड़ा ने अपनी फ़िल्म *वीरज़ारा* में पेश किया था। कुछ गीतों की धुनें मदन मोहन के साथ उनके सुपुत्र संजीव कोहली ने भी तैयार की थीं। लता मंगेशकर के अनुसार मदनमोहन जगजीत सिंह को बहुत पसंद करते थे। इसलिए जब *वीरज़ारा* के लिए गायकों का चुनाव किया गया तो सबसे पहले जगजीत सिंह का नाम तय किया गया। हालाँकि माँग को देखते हुए फ़िल्म में कोई दस गायकों ने अपनी आवाज़ दी थी। इस फ़िल्म ने दुनिया भर में क़ामयाबी के झंडे गाड़े।

जगजीत सिंह ग़ज़लों की दुनिया से बचे समय का इस्तेमाल अपनी पसंद की फ़िल्मों में संगीत देकर अथवा गाकर करते थे। एक कारण यह भी था कि ग़ज़ल में उतना पैसा नहीं मिलता था। एक बार आप शिखर पर पहुँच जाते हैं तो ख़र्चे भी उसी हिसाब से बढ़ जाते हैं। उनमें कटौती करना आसान नहीं होता। इसके अलावा बच्चों के ख़र्च भी बढ़ते हैं। इसलिए जगजीत ने फ़िल्मों का निमंत्रण ठुकराया नहीं। अलबत्ता उन्होंने गुणवत्ता के मामले में कोई समझौता नहीं किया। फ़िल्मों की इस कड़ी में...

- *कसक, चौसर, अनोखे शहीद, बाबा दीपसिंह* और *शिखर* फ़िल्में आईं (2005)
- *उमर* और *बाबुल* (2006)
- *पूरब, कहानी गुड़िया की* और *प्यार करे दिस* (2007)
- *ब्लैक ऐंड वाइट, चैतन्य महाप्रभु* और *सत् श्री अकाल* (2008)
- *फ़िराक* (2009)
- *लाइफ़ एक्सप्रेस, मालिक एक, खाप, शाहरुख़ बोला ख़ूबसूरत है तू, गाँधी टु हिटलर* (2010)
- *द ग्रीन चिक, ख़ुशियाँ* और *महाराणा प्रताप* और *बंदूक* (2011)

फ़िल्मों की इस सूची में चित्रा सिंह-जगजीत सिंह के संगीत निर्देशन में सजी फ़िल्में हैं और दोनों की गाई रचनाओं वाली फ़िल्में भी हैं। कुछ ऐसी भी फ़िल्में हैं, जो पूरी तरह फ़ीचर फ़िल्मों की श्रेणी में नहीं रखी जा सकतीं। इस तरह देखें तो इस जोड़ी ने फ़िल्म संसार को अपने मधुर संगीत की जो सौग़ात दी है, वह अनमोल धरोहर की तरह हमारे बीच सुरक्षित है। जगजीत ने कभी नहीं सोचा होगा कि बचपन से जिन महान गायकों के गीत गाकर बड़े हुए, एक दिन वे भी उनके संगीत निर्देशन में गाएँगे। जगजीत सिंह ने अपनी ओर से फ़िल्मों से कभी विदाई नहीं ली, लेकिन जिस तरह का संगीत दिनों-दिन फ़िल्मों में बढ़ रहा था, उससे वे ख़ुश नहीं थे। आख़िरकार वे आए तो फ़िल्मों के लिए ही थे। अपने फ़िल्मी सफ़र पर जगजीत कहते हैं -

"

*फ़िल्में मैंने छोड़ी नहीं, फ़िल्म इंडस्ट्री ने मुझे छोड़ दिया। क्योंकि जिस तरह का संगीत देना हमने शुरू किया था जैसे* प्रेम गीत, साथ साथ। *बाद में उस तरह के विषय नहीं आते थे। उस चक्कर में दो-चार ग़लत फ़िल्में साइन कर लीं। तो वो ट्रेक ही ग़लत हो गया। मैंने फिर उस ट्रेक को ही छोड़ दिया। दूसरी बात यह भी है कि फ़िल्म में सबको संतुष्ट करना पड़ता है। पहले प्रोड्यूसर जो पैसा लगा रहा*

*है, उसे सैटिसफ़ाई करना पड़ेगा। फिर जो डायरेक्टर है, उसकी मर्ज़ी का करना पड़ेगा। इसके बाद फ़िल्म की सिचुएशन से मैच करना पड़ेगा। सबसे मुश्किल काम है कि फ़िल्म के हीरो और हीरोइन को भी संतुष्ट होना चाहिए। इसके बाद अगर डांस डायरेक्टर है तो उसे भी आपके संगीत से प्रसन्न होना चाहिए। तो यहाँ आज़ादी नहीं है। पूरी टीम को संतुष्ट करना पड़ता है। यह आसान काम नहीं है। पर हम जो अपने ग़ज़ल एलबम बनाते हैं, उसमें हमें पूरी आज़ादी होती है। हमें सिर्फ़ अपने आपको संतुष्ट करना पड़ता है।*

99

चित्रा सिंह का भी यही मानना है कि किसी कलाकार के मुंबई आने का मक़सद ही यही होता है कि उसे फ़िल्मों में अवसर मिले। चाहे वह पंजाब से आए, राजस्थान से आए, दिल्ली से आए या बंगाल से आए। मुंबई में सबको अवसर देने की क्षमता है। तो कोई भी क्या इस तरह से फ़िल्मों को छोड़ना चाहता है? शेखर सुमन के साथ सोनी टीवी के एक कार्यक्रम में जगजीत सिंह ने स्पष्ट कहा था – "मैं जब बंबई आया था तो ग़ज़लों के लिए नहीं आया था। फ़िल्मों के लिए आया था। लेकिन मैं म्यूज़िक सीख़ कर आया था, ग़ज़लें सीखकर आया था। मतलब ज़बान सीखकर आया था और मेरी जो वॉइस है, जो मेरी रेंज है, वो अलग तरह की है। इट डज़न्ट गो विथ फ़िल्म सॉन्ग; इसलिए मुझे खुद यह महसूस हुआ कि आई शुड नॉट वेस्ट माय टाइम। इसके बाद मैंने ग़ज़लों की तरफ़ ध्यान दिया। इट वाज़ अ स्लो प्रोसेस। लेकिन धीरे-धीरे स्टेज़ कार्यक्रमों और एचएमवी के रिकॉर्ड्स से जब मेरा नाम हुआ ग़ज़लों में तो कुछ प्रोड्यूसर्स ने सबसे पहले ध्यान दिया। जैसे महेश भट्ट। उन्होंने सोचा कि इनको लेना चाहिए। पहले तो *अर्थ* फ़िल्म में जो पार्ट था, राजकिरण का, वो महेश भट्ट मुझसे कराना चाहते थे। उन्होंने कहा कि यू प्ले द रोल। लेकिन मैंने एक्टिंग के लिए मना कर दिया। इस तरह मेरा ग़ज़ल का सफ़र शुरू हो गया।"

बाद में पत्रकार तवलीन सिंह के साथ एक दिन एक जीवन कार्यक्रम में उन्होंने स्वीकार किया था कि उनकी आवाज़ फ़िल्मों के लिए अनुकूल नहीं थी। इसलिए उन्होंने धीरे-धीरे फ़िल्मों से अपने क़दम वापस खींच लिए। देखा जाए तो जगजीत के संगीत निर्देशन में जो फ़िल्में बनीं, उनमें से भले ही कुछ बॉक्स ऑफ़िस पर क़ामयाब न रही हों, लेकिन उनका संगीत पक्ष सराहा गया और गीत पसंद किए गए। यह सुनकर कि फ़िल्म का संगीत निर्देशन जगजीत दे रहे हैं, बड़े-बड़े स्टार भी प्रसन्न हो जाते थे। इन कलाकारों में अमिताभ बच्चन, धर्मेंद्र, जया भादुड़ी, नसीरुद्दीन शाह, डिम्पल कपाड़िया, ओम पुरी, स्मिता पाटिल, शबाना आज़मी, शत्रुघ्न सिन्हा, शाहरुख़ खान, राज बब्बर, विद्या सिन्हा और संजय दत्त जैसे अनेक कलाकार जगजीत के संगीत के दीवाने थे। इसी तरह सुभाष घई और महेश भट्ट से लेकर अनुभव सिन्हा तक जैसे निर्देशक जगजीत को बतौर संगीत निर्देशक लेने में गर्व अनुभव करते थे।

संगीत के विशद जानकार पंकज राग अपने विस्तृत शोध में जगजीत सिंह के फ़िल्म संगीत के बारे में लिखते हैं कि नब्बे के दशक को फ़िल्म संगीत की घटती मधुरता और बढ़ते शोर का पर्याय माना गया है। अर्थ व्यवस्था के खुलेपन और बाज़ारवाद की प्रवृत्तियों का बड़ा असर यह भी था कि फ़िल्म संगीत भी इस व्यवस्था में मुनाफ़ा कमाने वाले उत्पाद की शक़्ल लेने लगा था। अधिकतर फ़िल्मों का संगीत अब तड़क-भड़क की बीट्स और हंगामे के साथ क्षणिक आनंद प्रदान करने की ओर जाने लगा था और संवेदना के स्तर पर स्थायी प्रभाव छोड़ने वाला संगीत अब मुख्य धारा से अलग हो चुका था। इसी दशक में कुछ हद तक ग़ैर फ़िल्मी ग़ज़लों के एक बदले स्वरूप की ताज़ा लहर आई। जगजीत सिंह जैसे गायकों ने ग़ज़ल की परंपरागत प्रस्तुति से अलग हटकर उनका सरस, सम्मोहक और मधुर संगीत प्रस्तुत किया। इस ग़ैर फ़िल्मी लहर का असर फ़िल्म संगीत पर भी पड़ा। जगजीत सिंह, वनराज भाटिया जैसे अनेक संगीतकारों ने निश्चित रूप से इस दशक में अपनी समानांतर धारा का सूत्रपात किया, परंतु लोकप्रिय होने के बावजूद यह धारा व्यावसायिक सिनेमा की बीट प्रधान संगीत धारा के आगे दबी रही।

धारा पर इसी दबाव का ज़िक्र जगजीत सिंह अक्सर किया करते थे।

# ९

# सलाम !
# मिर्ज़ा ग़ालिब

कामयाबियों के शिखर पर किसी भी कलाकार के लिए पहुँचना आसान नहीं होता। हर इंसान उस पर पहुँचता भी नहीं। उसके लिए कड़ी मेहनत, समर्पण, पक्का इरादा और असाधारण प्रतिभा के अलावा अंदरूनी ज़िद का भी बड़ा हाथ होता है। अगर कोई उस शिखर बिंदु पर पहुँच भी जाए तो उस पर लगातार बने रहना; वहाँ पहुँचने से भी बड़ी चुनौती होती है। इसके लिए उस कलाकार को लगातार उम्दा प्रदर्शन करते रहना होता है। लेकिन जगजीत सिंह ने कभी सफलता की इन चोटियों के बारे में परवाह नहीं की। वे अवाम के दिलों में इतनी गहराई तक जा बैठे थे कि वह हज़ार शिखरों से भी ऊँची थी। इसके बावजूद जगजीत सिंह हरदम अपने गायन और संगीत में कुछ न कुछ नयापन देते रहते थे। यह प्रयोगधर्मिता ही उन्हें सबसे अलग और विशिष्ट बनाती थी। उन्होंने अपने ग़ज़ल गायन और संगीत की बारीक़ समझ से अब तक सबसे अलग स्थान बना लिया था। वे ग़ज़ल को आधुनिक भारत में उस मुक़ाम तक ले जाना चाहते थे, जहाँ से वह अवाम के दिलों में धड़कने लगती है। जिस ग़ज़ल को बेग़म अख़्तर ने एक आभिजात्य और विशिष्ट वर्ग के ड्राइंग रूम अथवा चुनिंदा बुद्धिजीवियों और मुरीदों की महफ़िल में छोड़ा था। जगजीत उसे वहाँ से निकालना चाहते थे। जगजीत की नियति ने उनकी यह मंशा समझ ली थी; इसलिए वह उन्हें अपने ढंग से आगे ले जाने का काम कर रही थी।

उन दिनों हिंदुस्तान में छोटे परदे यानी टेलिविज़न की लोकप्रियता दिनों दिन बढ़ रही थी। रचनात्मक, साहित्यिक और सांस्कृतिक स्तर पर कुछ नया करने वाले कल्पनाशील लोग दूरदर्शन के ज़रिए अपने हौसलों और उड़ानों को पंख लगा चुके थे। तत्कालीन प्रधानमंत्री इंदिरा गांधी ने इस परदे पर रंगीन प्रसारण की घोषणा लाल क़िले की प्राचीर से की थी। इसके बाद इस छोटे परदे पर श्रेष्ठ धारावाहिकों के निर्माण का

एक सिलसिला शुरू हो गया था। *बीवी नातियों वाली, हम लोग, रामायण, महाभारत, बुनियाद* और *तमस* जैसे धारावाहिकों ने दर्शकों का दिल लूट लिया था। इस कड़ी में दूरदर्शन ने 1988 में शिरोमणि शायर मिर्ज़ा ग़ालिब के जीवन और उनकी शायरी के बारे में धारावाहिक तैयार कराने का निर्णय लिया। इसके लिए जाने-माने गीतकार और शायर गुलज़ार से बेहतर कोई दूसरा नाम नहीं हो सकता था। गुलज़ार ने भी आमंत्रण को चुनौती की तरह स्वीकार किया। मिर्ज़ा ग़ालिब की ज़िंदगी और उनकी पोइट्री पर गहन शोध के काम में उनकी सहायता बेजोड़ शायर कैफ़ी आज़मी ने की। मिर्ज़ा ग़ालिब के केंद्रीय पात्र के रूप में उन्होंने अभिनेता नसीरुद्दीन शाह का चुनाव कर लिया था।

नसीरुद्दीन शाह ने एक टेलिविज़न साक्षात्कार में बताया था कि वे जब पुणे के फ़िल्म इंस्टीटयूट में पढ़ते थे तो उन्हें जानकारी मिली थी कि गुलज़ार मिर्ज़ा ग़ालिब पर एक फ़िल्म बना रहे हैं। इस फ़िल्म में ग़ालिब की भूमिका के लिए उन्होंने अभिनेता संजीव कुमार का चुनाव कर लिया है। नसीरुद्दीन शाह ने तब गुलज़ार को एक चिट्ठी लिखी। इस चिट्ठी में उन्होंने लिखा कि एक गुजराती अभिनेता मिर्ज़ा ग़ालिब के क़िरदार के साथ न्याय नहीं कर पाएगा। नसीर ने इस भूमिका के लिए अपनी वक़ालत की थी। चिट्ठी भेजकर नसीर भूल गए। फ़िल्म निर्माण की बात भी आई-गई हो गई। उस फ़िल्म का निर्माण नहीं हुआ। इसके बाद नसीर फ़िल्मों में अपना भविष्य खोजने लगे। मुंबई में उन्हें कुछ बरस बीत गए तो एक दिन गुलज़ार का संदेश मिला। सारा काम छोड़कर नसीर गुलज़ार से मिलने जा पहुँचे। यह मुलाक़ात *मिर्ज़ा ग़ालिब* धारावाहिक के लिए उनकी केंद्रीय भूमिका लेकर आई थी।

इसके बाद गुलज़ार के सामने मिर्ज़ा ग़ालिब की शायरी को तरन्नुम में पढ़ने तथा उसके लिए संगीत तैयार करने का कठिन काम था। वे जानते थे कि अभिनय और पटकथा के अलावा गायन तथा संगीत ही इस धारावाहिक की जान होगी। इसलिए वे इन तत्वों पर कोई समझौता नहीं करना चाहते थे। गुलज़ार के ज़ेहन में संगीत और गायन के लिए एक ही नाम उभरा - जगजीत सिंह। जगजीत सिंह तब तक हिंदी ग़ज़ल संसार में उसकी पुनःप्रतिष्ठा अपने अंदाज़ में कर चुके थे। बासु भट्टाचार्य की फ़िल्म *आविष्कार* में *बाबुल मोरा नैहर छूटो हि जाए...,* की अपार लोकप्रियता के बाद *अर्थ* और *साथ साथ* फ़िल्मों के मधुर संगीत और उनमें जगजीत-चित्रा के पार्श्व गायन ने भारतीय सिनेमा और संगीत के चाहने वालों को मंत्रमुग्ध कर दिया था। गुलज़ार के मन में जगजीत सिंह के चुनाव को लेकर कोई दुविधा नहीं थी। जगजीत सिंह, गुलज़ार के छोटे भाई त्रिलोचन सिंह के अच्छे दोस्त थे। वे ऑल इंडिया रेडियो, दिल्ली में अँगरेज़ी और उर्दू के समाचार वाचक थे। इस वजह से जगजीत सिंह गुलज़ार को बड़े भाई जैसा ही सम्मान देते थे। संघर्ष के दौर में जगजीत को गुलज़ार ने बहुत मानसिक संबल दिया था। जगजीत जब भी परेशानियों का सामना कर रहे होते या तनाव में होते तो अपने इस बड़े भाई के पास जाकर

**मिर्ज़ा ग़ालिब**

बैठ जाते। वे गुलज़ार के साथ सुख-दुख बाँटते थे। गुलज़ार भी उनके आने से खुश होते। दरअसल, मायानगरी की अपनी एक समस्या है। वक़्त काटने के लिए शाम की महफ़िलों के लिए आपको अनेक आदमी मिल जाएँगे। लेकिन आपके दर्द और तक़लीफ़ को नरम फुहारों से ठंडक देने वाला शायद एक भी इंसान इस मायानगरी में नहीं मिले। जगजीत सिंह को गुलज़ार के पास आकर हमेशा सुरक्षित ठंडी छाँव का अहसास होता था। गुलज़ार भी इस निश्छल और बाल सुलभ मासूमियत से भरे छोटे भाई को बहुत लाड़ करते थे। जब भी जाते तो दोनों की बैठक घंटों चलती थी। उस दौर में पाकिस्तान के अत्यंत प्रतिष्ठित ग़ज़ल गायक मेंहदी हसन की गाई और फैज़ अहमद फैज़ की लिखी ग़ज़ल बहुत मक़बूल हुई थी। यह थी – *गुलों में रंग भरे बाद-ए-नौबहार चले/चले भी आओ के गुलशन का कारोबार चले...*, जगजीत सिंह इस ग़ज़ल को डूबकर गाया करते थे। गुलज़ार को उनका यह अंदाज़ बहुत भाता था। उन्हें जगजीत सिंह की पक्की शास्त्रीय संगीत समझ पर भी भरोसा था और उनकी आवाज़ के प्रशंसक तो वे पहले से ही थे। एक दिन जगजीत और गुलज़ार की इस धारावाहिक के बारे में लंबी बैठक जमी। धारावाहिक के संगीत और गायन शैली को लेकर गुलज़ार का अपना दृष्टिकोण था। उनके तर्कों और शर्तों ने जगजीत सिंह को बड़ी उलझन में डाल दिया। घर लौटकर देर तक जगजीत सिंह इस पर विचार करते रहे।

असल में गुलज़ार मिर्ज़ा ग़ालिब के काल खंड में प्रचलित साज़ इस्तेमाल करना चाहते थे। जगजीत सिंह के समक्ष उनकी शर्त यह थी कि वे आज के वाद्य वृंद से

पूरी तरह परहेज करें। जगजीत को विचार के तौर पर तो यह ठीक लग रहा था, मगर डर था कि वह कितना लोकप्रिय हो सकेगा। वे सोचते थे कि उनके संगीत और ग़ज़लों की पहचान तो आधुनिक और परदेसी वाद्य यंत्रों के इस्तेमाल के कारण ही है। उन्होंने अपने तरीक़े से गुलज़ार को यह बात समझाने की बहुत कोशिश की, पर गुलज़ार टस से मस नहीं हुए। जगजीत ने यह भी कहा कि एक तो मिर्ज़ा ग़ालिब की रचनाओं की भाषा सौ बरस पुरानी उर्दू और फ़ारसी से प्रभावित है। बेहद कठिन है। अगर संगीत भी उतना ही पुराना होगा तो आज की पीढ़ी कैसे पसंद करेगी। गुलज़ार इस तर्क से सहमत थे पर वे संपूर्णता और काल खंड से कोई समझौता नहीं करना चाहते थे। परदे पर मिर्ज़ा ग़ालिब को लोग देखें तो इसका मतलब उस ज़माने का हिंदुस्तान नज़र आए। दूसरी बात गुलज़ार ने जगजीत से कही कि उन्हें ध्यान रखना होगा कि मिर्ज़ा ग़ालिब शास्त्रीय संगीत के जानकार और गायक नहीं थे। वो सिर्फ़ शब्द सितारे थे। हाँ यह ज़रूर था कि वे अन्य शायरों की तरह तरन्नुम में गाते थे। तो मिर्ज़ा ग़ालिब की अपनी नज़्म जब परदे पर उनके गले से निकले तो ऐसा नहीं लगे कि कोई गवैया इसे परदे पर अपना स्वर दे रहा है। जैसे भारतीय फ़िल्मों में नायक परदे पर गाना गाते हैं, वैसा नहीं चाहिए। गुलज़ार से इसी मुलाक़ात के दरम्यान जगजीत को याद आया कि जब फ़िल्म *प्रेम गीत* बन रही थी तो एक गीत - *होंठों से छू लो तुम, मेरा गीत अमर कर दो...*, के शायर इंदीवर से भी इसी बात पर देर तक बहस हुई थी। इंदीवर इसे मुशायरे के सुर में गवाना चाहते थे, लेकिन जगजीत सिंह अड़ गए थे। उनका कहना था कि मुशायरे की धुन फ़िल्म के परदे पर नहीं चलेगी। अंततः उनकी यह बात मानी गई और गीत ने लोकप्रियता के रिकॉर्ड बनाए थे। लेकिन जगजीत सिंह के तमाम तर्क गुलज़ार ने खारिज़ कर दिए। गुलज़ार को लोकप्रियता से अधिक शास्त्रीयता और प्रामाणिकता की चिंता थी। जगजीत सिंह को हथियार डालने पड़े। गुलज़ार की शर्तों पर ग़ालिब को गाना बेहद कठिन था। मगर जगजीत भी चुनौती स्वीकार कर चुके थे। एक बार जब उन्होंने ठान लिया तो गुलज़ार के मिर्ज़ा ग़ालिब भी परदे पर वैसे ही आए, जैसा गुलज़ार चाहते थे।

जगजीत से इस बारे में अपनी बातचीत को लेकर गुलज़ार ने कहा - "मिर्ज़ा ग़ालिब की ग़ज़ल और किसी के हाथ में सौंपी भी नहीं जा सकती थी। पहले जगजीत को मुझसे शिकायत थी कि इसमें ऑर्केस्ट्रा नहीं है। मैंने कहा कि भाई मैं इसमें इलेक्ट्रॉनिक वाद्य नहीं डालना चाहता। मैं वो चाहता हूँ, जो परदे पर दिखा सकूँ और परदे पर दिखाना है तो मिर्ज़ा ग़ालिब के ज़माने के वाद्य यंत्र ही इसमें हो सकते हैं। तो पहले ये जनाब मुझसे थोड़े-से ख़फ़ा थे। लेकिन मैंने तो उस पर ध्यान नहीं दिया। दूसरी बात यह थी कि जगजीत सिंह की आवाज़ परदे पर मिर्ज़ा ग़ालिब की भूमिका निभा रहे नसीरुद्दीन शाह के साथ इतनी मेल खाती थी कि जब वे बात करते थे और अपनी ग़ज़ल तरन्नुम में गाते थे तो लगता ही नहीं था कि ये दो व्यक्तियों की अलग

अलग आवाज़ें हैं। तीसरी बात यह थी कि जिसको कहते हैं - सिंगिंग टु ए पॉइंट। ए पॉइंट यानी एक मक़सद या एक सिचुएशन। उसके लिए गाना। जैसे अब यह है कि *ज़ुल्मत कदे में मेरे शबे ग़म का जोश है...,* यह पहले भी गाई गई है अभी भी गाते हैं। लेकिन यह सिचुएशन पर है कि 1857 गुज़र गया है और बहादुर शाह ज़फ़र अकेला खड़ा हुआ है लाल क़िले में। हर तरफ़ ज़ुल्मत है। तो वहाँ यह गाना एक पॉइंट हो जाता है। उसका एक मक़सद है। उसका एक मूड है। एक डायरेक्शन मिल जाता है। एक दिशा मिल जाती है कि जो आप कंपोज़ कर रहे हैं, उसका एक मक़सद है, मूड है। मिर्ज़ा ग़ालिब की सारी ग़ज़लों का आप देखेंगे - एक मूड है। यह बहुत बड़ा चैलेंज था। यह सिवाय जगजीत के और कोई नहीं कर सकता था। बड़े आराम से उसने यह काम किया। फ़ौरन सिचुएशन के मुताबिक़ बदल जाता था। इस मिर्ज़ा ग़ालिब में केवल तीन लोग थे। एक तो नसीर... कमाल के एक्टर, दूसरे जगजीत कमाल के कंपोजर और गायक और तीसरे खुद मिर्ज़ा ग़ालिब।" गुलज़ार कहते हैं -

"

*ग़ज़ल हर शख़्स नहीं गा सकता। हर ग़ज़ल का एक मिज़ाज होता है और जगजीत को मैं कहता था कि ग़ज़ल के उस मिज़ाज का वो कस्टोडियन था। मैं कहता था कि ग़ालिब तुमको कह के गए थे कि मिज़ाज छोड़ के जा रहा हूँ। तुम जरा ग़ज़ल को सँभाल लेना और अक्सर उनका परिचय कराते समय भी मैं कहा करता था कि यह है ग़ज़ल जीत सिंह। तो बड़ी बात ये है या यूँ कहूँ कि मैं ज़्यादा तो म्यूज़िक के बारे में नहीं जानता, लेकिन यह ज़रूर जानता हूँ, क्योंकि ग़ज़ल पढ़ी है, सुनी है तो कई बार मुझे लगा, गुस्ताख़ी माफ़! अब उन्होंने लता जी के साथ एलबम किया तो लता जी तो एक ही हैं, जो सदी में एक ही बार होती हैं, लेकिन ग़ज़ल का शेर कहते हुए लता जी की गायकी उनसे बेहतर हो सकती है, लेकिन वह ग़ज़ल का शेर नहीं लगता। वही शेर जगजीत सिंह गाते हैं तो वो ग़ज़ल का शेर लगता है। गायकी का दोष हो, ऊपर हो या नीचे हो, पास-पास हो, लेकिन वो ग़ज़ल का शेर लगता है, ये मिज़ाज की बात है। हृदयनाथजी ने ग़ालिब कंपोज किया। कमाल की गायकी और बड़े कमाल की रिकॉर्डिंग। लेकिन वह ग़ज़ल नहीं लगती। जानने वाले गुणी लोग मुझे माफ़ करें, लेकिन मुझे ऐसा लगता है। मेरी वही फ़ीलिंग थी। दूसरी जगह मेरा ध्यान ही नहीं गया, मिर्जा ग़ालिब की ग़ज़ल किसी और को सौंपी भी नहीं जा सकती थी कंपोज करने के लिए।*

दूसरी ओर स्वयं जगजीत सिंह भी *मिर्ज़ा ग़ालिब* के उस दौर को याद करते हुए कहते थे - "गुलज़ार साब ने मुझको सिलेक्ट किया। *मिर्ज़ा ग़ालिब* सीरियल में म्यूज़िक के लिए और गाने के लिए। हर ग़ज़ल मिर्ज़ा ग़ालिब की लिखी हुई थी। तो उनकी हर ग़ज़ल के हिसाब से उसकी सिचुएशन के हिसाब से म्यूज़िक दिया गया। आप देखेंगे कि *मिर्ज़ा ग़ालिब* सीरियल के म्यूज़िक में सब कुछ सीधा-सादा सा है। संगीत अत्यंत कम है। मैंने मिर्ज़ा ग़ालिब की ग़ज़लों को ग़ालिब बन के गाया। जगजीत सिंह बन के नहीं गाया।"

और खुद मिर्ज़ा ग़ालिब यानी नसीरुद्दीन शाह ने जगजीत सिंह को पाकिस्तान के एक शो में कुछ इस तरह याद किया -

*दरअसल, गुलज़ार भाई के सिर पर सेहरा बँधना चाहिए। मुझे ग़ालिब को समझने की जितनी ज़रूरत थी, वह सब उनकी स्क्रिप्ट में था। कमाल की स्क्रिप्ट थी। एकदम परफ़ेक्ट। और मिर्ज़ा ग़ालिब की जो ग़ज़लें थीं, उनका जब मैं रियाज़ करता था, उनमें कई तो ऐसी थीं, जिनमें कोई बैकग्राउंड म्यूज़िक नहीं था। तो उसमें लिप सिंक्रोनाइजेशन जो होता है, उसको पकड़ना मुश्किल था। मुझे उन दिनों बहुत बड़ा सबक़ मिला कि उसमें गाने वाले की जो साँस होती है, उस पर ध्यान देना चाहिए। जगजीत भाई जब गाते थे तो मैं उनकी साँस पर ध्यान देता था। जहाँ जगजीत भाई साँस लेते थे, वहीं मैं भी साँस लेता था और जगजीत भाई भी मेरा ख़याल रखते थे। इसलिए कई जगह ऐसा लगता है कि वह ग़ज़ल मैंने गाई थी। जब कभी मुझसे लोग पूछते हैं कि मिर्ज़ा ग़ालिब की ग़ज़लें आपने गाई हैं तो (हँसते हुए) मैं कह देता हूँ कि हाँ मैंने ही गाईं है। जगजीत भाई बेजोड़ कंपोजर और सिंगर थे।*

धारावाहिक का प्रसारण पूरा हुआ। हिंदुस्तान के अलावा भारतीय उपमहाद्वीप के अनेक देशों में इसकी लोकप्रियता ने नए कीर्तिमान स्थापित किए। पाकिस्तान, बांग्लादेश, श्रीलंका, नेपाल तथा अनेक देशों में इस धारावाहिक के बाद जगजीत सिंह को लोग पागलपन की हद तक चाहने लगे। पाकिस्तान और बांग्लादेश

**गुलज़ार के साथ लेखक राजेश बादल**

में तो इस धारावाहिक की लोकप्रियता का आलम यह था कि उन दिनों लोगों ने अपने-अपने घरों की छतों पर प्रसारण छतरियाँ ख़रीद कर लगानी शुरू कर दी थीं। उस दौरान एक छतरी के लिए पाकिस्तान में बीस से पच्चीस हज़ार रुपये ख़र्च करने पड़ते थे। दिलचस्प तो यह था कि कोई भी खुले तौर पर यह नहीं कहता था कि उसने *मिर्ज़ा ग़ालिब* देखने के लिए ही छतरी लगवाई है। पर सब हक़ीक़त से वाक़िफ़ थे। परदे के पीछे पाकिस्तान और भारत दोनों देशों की सरकारें भी उन दिनों संबंधों की बेहतरी चाहती थीं। भारतीय प्रधानमंत्री राजीव गाँधी और पाकिस्तानी प्रधानमंत्री बेनज़ीर भुट्टो दोनों ही व्यक्तिगत तौर पर इसके लिए प्रयास कर रहे थे। *मिर्ज़ा ग़ालिब* धारावाहिक ने रिश्तों में सद्भाव के फूल बिखेरे थे। इसके अलावा कैनेडा, अमेरिका, ऑस्ट्रेलिया और अनेक अफ़्रीक़ी देशों में लोग इस धारावाहिक के दीवाने हो गए थे। जब 2004 में जगजीत सिंह पाकिस्तान गए तो वहाँ अनेक चाहने वालों ने उनसे यह क़िस्सा बयान किया। ख़ुद परवेज़ मुशर्रफ़ ने जगजीत सिंह से मिर्ज़ा ग़ालिब धारावाहिक में उनके संगीत और गायन की तारीफ़ की थी।

गुलज़ार के धारावाहिक से पहले 1954 में सोहराब मोदी ने मिनर्वा मूवी टोन के बैनर तले फ़िल्म *मिर्ज़ा ग़ालिब* का निर्माण किया था। उस फ़िल्म में संगीत गुलाम मोहम्मद ने दिया था। भारत भूषण - निग़ार और सुरैया ने इस फ़िल्म में कमाल किया था। पाकिस्तान के लोग भारत भूषण के दीवाने हो गए थे, लेकिन गुलज़ार के मिर्ज़ा ग़ालिब ने पुरानी फ़िल्म की छवि से एकदम अलग नए अंदाज़ में धारावाहिक रचा था। पुरानी फ़िल्म तो पूरी तरह क़रीब तीन घंटे का ड्रामा थी। उस फ़िल्म की शुरुआत में ही एक टिप्पणी के ज़रिए स्पष्ट कर दिया गया था कि फ़िल्म में कुछ पात्रों और घटनाओं को गढ़ा गया है। इसलिए इसे ग़ालिब की असल ज़िंदगी की

**पाकिस्तान में जगजीत सिंह एक साक्षात्कार के दौरान**

हूबहू दास्तान नहीं समझा जाए। यानी वह एक काल्पनिक क़िस्से जैसी थी। उस फ़िल्म की कहानी राजिंदर सिंह बेदी और सआदत हसन मंटो ने लिखी थी। संदर्भ के तौर पर बताना चाहूँगा कि जब सोहराब मोदी वाली फ़िल्म दिखाई जाने लगी तो कुछ आलोचकों को उसमें काल्पनिक घटनाओं और पात्रों को जोड़ा जाना पसंद नहीं आया। उन्होंने प्रधानमंत्री जवाहर लाल नेहरू के पास इसकी शिकायत की। प्रधानमंत्री ने सेन्सर बोर्ड को इसकी जाँच का निर्देश दिया। सोहराब मोदी को पूछताछ के लिए बुलाया गया। उनसे कहा गया कि जब मिर्ज़ा ग़ालिब के जीवन की एक-एक घटना की प्रामाणिक जानकारी उपलब्ध है तो उन्होंने इसे क़िस्से में क्यों तब्दील किया? उनसे कहा गया कि इस कहानी को ही कहीं दर्शकों ने असली मान लिया गया तो यह मिर्ज़ा ग़ालिब की ज़िंदगी के साथ छेड़छाड़ मानी जाएगी। सोहराब मोदी ने इसे ईमानदारी से स्वीकार किया। तब सेन्सर बोर्ड ने फ़िल्म शुरू होने से पहले परदे पर एक घोषणा (डिस्क्लेमर) देने का निर्देश दिया। इसके बाद यह फ़िल्म प्रदर्शन के लिए दोबारा जारी की गई। दिलचस्प यह है कि ख़ुद सोहराब मोदी ने विविध भारती के कार्यक्रम *अनुगूँज* में एक साक्षात्कार के दौरान इसका खुलासा किया था। यह अलग बात है कि फ़िल्म को सालाना फ़िल्म समारोह में स्वर्ण और रजत दोनों सम्मान दिए गए। यह एक ऐसा रिकॉर्ड है, जो आज तक बरक़रार है। उस फ़िल्म में ग़ालिब की ग़ज़लों के अलावा शक़ील बदायूँनी से भी गीत लिखवाए गए थे। यक़ीनन ग़ुलाम मोहम्मद ने मोहम्मद रफ़ी, तलत महमूद और सुरैया जैसे बेजोड़ गायकों की आवाज़ के ज़रिए मधुर संगीत को जन्म दिया था पर उन्होंने तो पूरे ऑर्केस्ट्रा का इस्तेमाल किया था। प्रसंग के तौर पर यह जानकारी ज़रूरी है कि बाद में सआदत हसन मंटो

*ग़ालिब से गुलज़ार* कार्यक्रम का दुर्लभ चित्र

और निग़ार पाकिस्तान चले गए थे।

दूसरी तरफ़ गुलज़ार का धारावाहिक *मिर्ज़ा ग़ालिब* था। इसमें कहानी की शुद्धता और शास्त्रीयता पर पूरा ध्यान दिया गया था। गुलज़ार, नसीरुद्दीन शाह और जगजीत सिंह ने तो एक तरह से असली मिर्ज़ा ग़ालिब को परदे पर उकेरा था। तीन घंटे का ड्रामा न होकर यह अनेक घंटों में पसरी मिर्ज़ा ग़ालिब की कहानी थी। गुलज़ार और क़ैफ़ी आज़मी के प्रामाणिक शोध ने इसे मिर्ज़ा की ज़िंदगी का प्रामाणिक दस्तावेज़ बना दिया था। जगजीत सिंह को धारावाहिक बन जाने के बाद समझ में आया कि गुलज़ार उस दौर के वाद्य यंत्रों का चुनाव करने के मामले में इतने पूर्वाग्रही क्यों थे। एक कहानी, दूसरा संगीत, तीसरा उस ज़माने की ड्रेस तथा शहर की पृष्ठभूमि और चौथा सौ फ़ीसदी मिर्ज़ा ग़ालिब की रचनाओं के इस्तेमाल से यह केवल एक टेलिविज़न धारावाहिक नहीं है, बल्कि यह मिर्ज़ा की ज़िंदगी पर पक्का शोध परक अध्याय है। भविष्य में जब भी उन पर कोई विश्वविद्यालय रिसर्च कराएगा तो यक़ीनन इस धारावाहिक को देखे बिना काम शुरू नहीं हो पाएगा। इस धारावाहिक के प्रसारण के अनेक वर्षों बाद जगजीत सिंह पाकिस्तान गए तो लोगों ने कहा कि अब भी उनके ज़ेहन में इसी धारावाहिक का संगीत गूँजता है। पुराना कुछ भी याद नहीं आता। इसी तरह नसीरुद्दीन शाह जब पाकिस्तान गए, तो लोगों ने उनसे कहा कि जबसे उनको मिर्ज़ा ग़ालिब के रूप में देखा है, भारत भूषण का रूप ही विलुप्त हो गया है। मिर्ज़ा ग़ालिब संभवतः अकेला धारावाहिक है, जिसके कुछ अंशों का पाकिस्तान के सरकारी टेलिविज़न पर भी प्रसारण हुआ था। इस धारावाहिक के प्रसारण के बाद जगजीत सिंह और चित्रा सिंह की जोड़ी पाकिस्तान में सुपरस्टार जोड़ी की तरह लोकप्रिय हो

गई थी। एक धारावाहिक की गुणवत्ता को लेकर इससे बड़ा प्रमाण पत्र और क्या हो सकता है। हिंदुस्तान के धारावाहिकों में यह मील का पत्थर साबित हुआ। इसने दूरदर्शन की प्रतिष्ठा बढ़ाने का काम किया था। उन दिनों मध्यपूर्व के अनेक देशों में दूरदर्शन नियमित रूप से देखा जाता था।

*मिर्ज़ा ग़ालिब* के एपिसोड जब अंतिम चरण में थे तो इन्हीं दिनों दिलचस्प वाक़या हुआ। एक दिन गुलज़ार ने जगजीत को भोजन पर बुलाया। महफ़िल जम गई। *मिर्ज़ा ग़ालिब* की कामयाबी के लिए गुलज़ार ने जगजीत को मुबारक़बाद दी और जगजीत ने गुलज़ार को। चलने लगे तो जगजीत सिंह के मुताबिक़ गुलज़ार ने उनसे कहा - “भई! अब इसका ऑडियो एलबम जारी करना है। तो अब तुम मेरी बंदिश से आज़ाद हो। चूँकि यह ऑडियो एलबम केवल सुनने वाले माध्यम पर होगा; इसलिए अब तुम इसका संगीत अलग से कंपोज़ कर सकते हो। वाद्यों के बारे में मेरी सख़्ती केवल टेलिविज़न पर थी। वह देखा जाने वाला माध्यम था। उसमें मेरा मानना था कि जो वाद्य यंत्र परदे पर दिखाई दें, उसी की गूँज कान में भी पड़नी चाहिए। सुनने वाले माध्यम में आप स्वतंत्र हैं। आप इस धारावाहिक का संगीत दोबारा कंपोज़ कर सकते हैं।”

इसके बाद जगजीत ने दूसरा संगीत तैयार किया। पर क्या ही मज़ेदार बात थी कि जगजीत सिंह पहले जिन वाद्यों का उपयोग करने के लिए गुलज़ार से घंटों बहस किया करते थे, उनमें से अनेक वाद्यों का उपयोग उन्होंने बाद में जारी ऑडियो एलबम में भी नहीं किया। उन्हें धारावाहिक का परंपरागत सादा संगीत ही अब अच्छा लगने लगा था। आज भी मिर्ज़ा ग़ालिब का संगीत ग़ज़ल संसार के अध्यापकों और छात्रों के लिए एक पाठ से कम नहीं है। खेद की बात है कि इस अनमोल ख़ज़ाने पर संगीत विश्वविद्यालयों ने भी आज तक कोई शोध का काम नहीं कराया है। आप इस धारावाहिक की कोई भी रचना ले लें। अगर आपने मिर्ज़ा ग़ालिब की ज़िंदगी के बारे में पढ़ा है, तो उसका संगीत भी आधी कहानी बयान कर देता है। इस धारावाहिक में वैसे तो जगजीत और चित्रा सिंह के अलावा विनोद सहगल और भूपेंद्र ने भी अपना स्वर दिया था। मगर जगजीत सिंह ने तो कमाल ही कर दिया था। उनकी गाई

**मिर्ज़ा ग़ालिब के रूप में नसीरुद्दीन शाह**

सारी दस ग़ज़लें बेहद मक़बूल हुईं। चित्रा सिंह ने पाँच ग़ज़लों को स्वर दिया और विनोद सहगल का हुनर दो ग़ज़लों में संगीत के चाहने वालों तक आया। संगीतकार और जगजीत के दोस्त कुलदीप सिंह कहते हैं -

> *यह जगजीत का ही हुनर था कि वह पुराने और परंपरागत वाद्य यंत्रों के स्थान पर पाश्चात्य वाद्य यंत्रों को ग़ज़ल में लेकर आता है और ग़ज़लें घर-घर में लोकप्रिय हो जाती हैं। वही जगजीत जब एक बार फिर मिर्ज़ा ग़ालिब में उस दौर के पुराने संगीत उपकरणों का ही उपयोग करता है तो भी वह कालजयी संगीतकार बन जाता है। यह चमत्कार कोई दूसरा संगीतकार नहीं कर सकता था।*

कुलदीप सिंह की बात में दम है। एक बार मिर्ज़ा ग़ालिब की ग़ज़लें सुन लीजिए। सब कुछ साफ़ हो जाता है। मिसाल के तौर पर कुछ ग़ज़लों को याद करना उचित होगा। जगजीत सिंह ने जिन ग़ज़लों को अपना स्वर दिया, उनमें से कुछ हैं -

- *आह को चाहिए इक उम्र असर होने तक, कौन जीता है तेरी ज़ुल्फ़ के सर होने तक...*
- *कबसे हूँ क्या बताऊँ जहाने ख़राब में, शब हाय हिज्र को भी रखूँ ग़र हिसाब में...*
- *हज़ारों ख़्वाहिशें ऐसीं कि हर ख़्वाहिश पे दम निकले, बहुत निकले मेरे अरमां, लेकिन फिर भी कम निकले...*
- *वो फ़िराक और वो विसाल कहाँ, वो शब-ओ-रोज़ माह-ओ-साल कहाँ...*
- *बाज़ीचा-ए-अतफाल है दुनिया मेरे आगे, होता है शब-ओ-रोज़ तमाशा मेरे आगे...*
- *दिल ही तो है न संगो ख़िश्त, दर्द से भर न आए क्यों, रोएँगे हम हज़ार बार कोई हमें सताए क्यों...*
- *उनके देखे से जो आ जाती है मुँह पर रौनक़, वो समझते हैं कि बीमार का हाल अच्छा है...*
- *सब कहाँ कुछ लाला-ओ-गुल में नुमायाँ हो गए, खाक़ में क्या सूरते होंगी के पिन्हां हो गए...*

चित्रा सिंह की इन ग़ज़लों को आप सारी सारी रात बिना रुके सुन सकते हैं -

- *इश्क़ मुझको नहीं, वहशत ही सही, मेरी वहशत तेरी, शोहरत ही सही...*
- *दिल ही तो है न संगो ख़िश्त, दर्द से भर न आए क्यों, रोएँगे हम हज़ार*

**एक कार्यक्रम में मुरली मनोहर जोशी और गुलज़ार के साथ जगजीत सिंह**

*बार, कोई हमें सताए क्यों...*

- *ये न थी हमारी क़िस्मत के विसाले यार होता, अगर और जीते रहते, यही इंतज़ार होता...*
- *किसी को दे के दिल कोई नवा संचे फ़ुग़ाँ क्यों हो, न हो जब दिल ही सीने में तो फिर मुँह में ज़बाँ क्यूँ हो...*

जगजीत और चित्रा के स्वरों में भी एक ग़ज़ल इस धारावाहिक में थी। यह थी -

- *दिल-ए-नादां तुझे हुआ क्या है, आख़िर इस दर्द की दवा क्या है...*

इसके अलावा विनोद सहगल के स्वर में -

- *कोई दिन ग़र ज़िंदगानी और है, अपने जी में हमने ठानी और है...*

परदे पर एक फ़क़ीर को गाते हुए देख कर दर्शक अभिभूत थे। दर्शक ही नहीं, खुद मिर्ज़ा ग़ालिब यानी नसीरुद्दीन शाह भी उस फ़क़ीर को गाते हुए देखकर भाव-विह्वल हो गए थे। उस दृश्य को जिस तरह फ़िल्माया गया, वह छोटे परदे पर कमाल के दृश्यों में शामिल हो गया। उसे कोई नहीं भूल सकता। दरअसल, मिर्ज़ा ग़ालिब ने जगजीत सिंह की छवि और लोकप्रियता दोनों में इज़ाफ़ा किया था। वे शोहरत की उन बुलंदियों पर जा बैठे थे, जहाँ पहुँचने के बारे में कोई दूसरा ग़ज़ल गायक आज भी सोच नहीं सकता।

हिंदुस्तान की ग़ज़ल को इतनी बड़ी प्रतिष्ठा पहले कभी नहीं मिली थी।

# 10

# अँधेरे में सूरज

वह 28 जुलाई, 1990 की भयानक काली रात थी। घर में चित्रा थीं। बेटी मोनिका भी उन दिनों अपने पति जहाँगीर के साथ घर में रह रही थी। वह क़रीब साल भर पहले ही बेटे की माँ बनी थी। ठीक तरह से उसकी देखभाल हो सके, इसलिए वह माँ के घर आ गई थी। चित्रा के माता-पिता यानी मोनिका के नाना-नानी भी कोलकाता से मुंबई आ गए थे और जगजीत-चित्रा के घर में ही रह रहे थे। नानी ने मोनिका के बेटे की परवरिश का ज़िम्मा ले लिया था। उस रात वह मोनिका के साथ ही अलग कमरे में सो रही थीं। जगजीत-चित्रा शाम को दुबई के अब्दुल रहमान बुख़ातिर की ओर से आयोजित संगीत कार्यक्रम में आमंत्रित थे। जगजीत उसके लिए शाम को ही चले गए थे। पहले वे अपनी एक पंजाबी फ़िल्म का संगीत देने स्टूडियो गए। उसके बाद वहीं से बुख़ातिर की महफ़िल में चले गए थे।

चित्रा को बुखार होने के कारण वे साथ नहीं गई थीं और उस रात घर पर ही थीं। मुंबई की ऐसी महफ़िलें तड़के तीन-चार बजे तक चला करती थीं। जगजीत तब तक लौटे नहीं थे। बेटा विवेक अपने मित्रों के साथ गया था। घर के बाक़ी सदस्य डिनर के बाद पहले पहर की गहरी नींद में ही थे। क़रीब ढाई बजे का वक़्त रहा होगा। अचानक लैंडलाइन फ़ोन पर घंटी आई। उन दिनों मोबाइल फ़ोन नहीं होते थे। अक्सर चित्रा-जगजीत के चाहने वाले रात-बिरात शराब के नशे में इस तरह फ़ोन कर दिया करते थे। इसलिए सिंह दंपत्ति ने बेवक़्त आने वाले कॉल्स अटेंड करना बंद कर दिया था। सो चित्रा ने फ़ोन नहीं उठाया। घंटी फिर आई। आती रही। लगातार। बार-बार...

बुखार से पीड़ित चित्रा झुँझलाते हुए उठीं। फ़ोन उठाया। उधर से पुलिस के किसी कर्मचारी का फ़ोन था,

"आप चित्रा सिंह बोल रही हैं। आपका बेटा अस्पताल में है। उसका बड़ा एक्सीडेंट हुआ है। आप तुरंत आइए।"

चित्रा के पैरों तले ज़मीन खिसक गई। आँखों के सामने अँधेरा छा गया। फ़ोन हाथ से छूट गया। धम्म से गिर पड़ीं। होश आया तो मोनिका के पति जहाँगीर को जगाया। उसे अस्पताल भेजा और खुद जगजीत से संपर्क करने की कोशिश करने लगीं। कई जगह फ़ोन लगाया। रात तीन बजे कौन फ़ोन उठाता। निराश चित्रा टैक्सी बुलाकर जाने की तैयारी कर ही रहीं थीं कि दरवाज़े पर घंटी बजी। खोला तो सामने वाले ने कहा,

"आप तैयार हो जाइए। हम आपको लेने आए हैं।" तैयार क्या होना था। जैसी थीं, घर में जितने रुपये पड़े थे, पर्स में ठूँसे और चल पड़ीं। साथ में मोनिका भी थी। गाड़ी तेज़ भाग रही थी। लेकिन चित्रा के सामने भाग रही थीं - बाबू के जन्म से लेकर अब तक की कहानियाँ।

उन्हें अंदर ही अंदर डर लग रहा था।

एक आशंका और भय हर सेकेंड विकराल होता जा रहा था।

अस्पताल पहुँचे।

सब कुछ ख़त्म हो चुका था।

विवेक हमेशा के लिए वहाँ चला गया था, जहाँ से लौटकर

कोई नहीं आता।

इधर चित्रा निकलीं, उधर जगजीत घर पहुँचे।

कपड़े बदल ही रहे थे कि जहाँगीर का फ़ोन आया। उसने कहा,

"अस्पताल आइए। बाबू का एक्सीडेंट हुआ है।"

जगजीत पर जैसे बिजली गिरी। उन्होंने पूछा,

"अब कैसा है। मैं आ रहा हूँ।"

जहाँगीर ने कहा,

"वो हमको छोड़कर चला गया।"

जगजीत सन्न रह गए। काटो तो ख़ून नहीं।

ज़िंदगी का चिराग़ बुझ गया था।

जैसे थे, उसी हाल में अस्पताल भागे।

जगजीत-चित्रा की दुनिया लुट चुकी थी।

घर में सन्नाटे का एक विकराल प्रेत पसर गया था।

कोई किसी से बात नहीं कर रहा था। सब कुछ किरच-किरच बिखर गया था।

परिवार के सारे लोग विवेक के जन्म से ही उसे देख रहे थे। किसी को अभी भी भरोसा नहीं हो रहा था कि लाड़ला बाबू अब नहीं रहा। लगता था कि कहीं बाहर गया है और चंद रोज़ में लौटकर आ जाएगा। जगजीत के परिवार के लोग भी मुंबई पहुँचे थे, लेकिन अब क्या हो सकता था। परिवार के सारे सदस्य दिन भर एक दूसरे की आँखों में झाँकते रहते। मीलों तक वीराना दिखाई देता। जिस घर से एक दिन पहले तक चुटकुले और कहकहे सुनाई देते थे, रियाज़ के सुर गूँजा करते थे, किचन में विवेक की मनुहार पर नाना प्रकार के व्यंजन बनते थे; सब कुछ मुर्दाघर में तब्दील हो गया था। टेलिफ़ोन की घंटी अब भी बजती थी। पर उससे डर लगने लगा था। कोई उठाता नहीं था। हर घंटी से मृत्यु संदेश सुनाई देता था। तानपूरे पर धूल चढ़ने लगी। चित्रा गूँगी हो गईं। उनका खाना-पीना छूट गया। जगजीत ख़ामोश हो गए। ऐसी चुप्पी, जो सबको भयानक लगती थी, लेकिन जिसे तोड़ने का साहस कोई नहीं जुटा पाता था। इकलौते जवान बेटे का जाना सबके लिए बड़ा तकलीफ़देह था।

अगले दिन के समाचार पत्रों ने तो जगजीत और उनके परिवार को ही इस हादसे के लिए कठघरे में खड़ा कर दिया था। इसे ग़ैर ज़िम्मेदार पत्रकारिता का नमूना माना जा सकता था। किसी ने सच का पता लगाने की कोशिश तक नहीं की। बेहद शर्मनाक। रात दो बजे के बाद अगर कोई दुर्घटना होती है तो वह अमीरज़ादा ही होगा और शराब के नशे में धुत्त होगा - समाचार-पत्रों के रिपोर्टरों ने इसे आधार मानकर बेसिर-पैर की कहानियाँ प्रकाशित की थीं। चित्रा-जगजीत से पूछने एक भी पत्रकार नहीं आया कि आख़िर दुर्घटना कैसे हुई थी। ग़लत ख़बर ने कितना सामाजिक, पारिवारिक नुक़सान पहुँचाया; यह चित्रा, जगजीत और मोनिका के अलावा कोई नहीं जानता था। चित्रा और जगजीत तो अपना विवेक खो बैठे थे। तब बेटी मोनिका ने मोर्चा सँभाला। वह घर की सबसे सयानी, ज़िम्मेदार और परिपक्व महिला के रूप में सामने आई। अपने बेटे को झूलाघर में डाला और मामले की तह तक जाकर सच्चाई सामने लाने में जुट गई। दिन भर भटकती। कभी पुलिस के दफ़्तरों में तो कभी फ़ॉरेन्सिक जाँच की प्रयोगशाला में। कभी अख़बारों के कार्यालयों में तो कभी विवेक के दोस्तों के चक्कर काटती।

आख़िरकार सात-आठ महीने बाद वह सच सामने लेकर आई। असल कहानी कुछ और ही निकली। अख़बारों ने छापा था कि विवेक बाइक पर था और नशे में था। हुआ यह था कि वह चार पहिया वाहन में था। बाइक पर नहीं। विवेक अपने एक दोस्त के घर रात के भोजन पर गया था। साथ में दो मित्र और भी थे। वहाँ से

जिप्सी में घर लौटे थे। विवेक घर पहुँचकर कपड़े भी नहीं बदल पाया कि फ़ोन आया कि उनके एक दोस्त का एक्सीडेंट हो गया है। दुर्घटना स्थल भी पास में ही था और फ़ोन करने वाले ने विवेक से कहा कि वह तुरंत आ जाए। दोस्त को अस्पताल लेकर चलना है। विवेक मित्र साईं राज बहुतुले के साथ जिप्सी लेकर चल पड़ा। विवेक ही ड्राइव कर रहा था। इमरजेंसी थी, तो रफ़्तार तेज़ ही थी। मरीन ड्राइव के पास बिजली के खंभे को ठीक करने का काम चल रहा था। कर्मचारी सीढ़ी वाली क्रेन रात को बीच सड़क पर ही छोड़ कर चले गए थे। उसके आगे ख़तरे का निशान वाला कोई रेडियम संकेत या चेतावनी वाला बोर्ड नहीं लगा था। चूँकि बिजली के खंभे को लगाने का काम चल रहा था; इसलिए वहाँ रोशनी भी नहीं थी। तेज़ रफ़्तार जिप्सी अँधेरे में बीच सड़क पर खड़ी इस सीढ़ी वाली क्रेन से सीधे जा टकराई। विवेक ने घटनास्थल पर ही दम तोड़ दिया और दोस्त बहुतुले गंभीर रूप से घायल हो गया। महीनों बाद वह ठीक हुआ। अन्य दोस्तों को भी चोटें आई थीं। ज़ाहिर है, विवेक का हत्यारा कोई था, तो वह क्रेन। मोनिका ने महीनों तक अपनी गहरी तहक़ीक़ात से यह पता लगाया। आसपास के निवासियों ने क्रेन से टकराने का सबूत दिया, जो टक्कर की ज़ोरदार आवाज़ सुन वहाँ आ गए थे। उनके बयानों का सत्यापन पुलिस से कराया। मुंबई महानगर पालिका ने भी बाद में यह तथ्य मान लिया; आठ महीने बाद फ़ॉरेन्सिक रिपोर्ट आई। उसमें विवेक के नशे में नहीं होने की बात की पुष्टि हुई। इसके बाद भी अख़बारों में मामले के सच पर कोई रिपोर्ट प्रकाशित नहीं हुई।

कई साल बाद जगजीत के घर आने वाली सड़क का नाम विवेक सिंह के नाम पर रखा गया, लेकिन उससे क्या होता है। चित्रा-जगजीत को बेवजह लंबे समय तक सामाजिक-मानसिक संत्रास भुगतना पड़ा। मोनिका ने एक साक्षात्कार में अपना दर्द बयान किया। उसने कहा -

“*अख़बारों ने मेरे भाई की छवि को बहुत नुक़सान पहुँचाया। मेरी माँ सदमे से कभी उबर नहीं पाईं। पापा तो छह महीने तक ज़िंदा लाश की तरह थे। मेरे लिए तो अपने स्वर्गीय भाई को इस झूठे आरोप से मुक्त कराना ही अकेला मक़सद रह गया था। मेरी समझ में नहीं आया कि रात दो बजे की दुर्घटना के बारे में सुबह पाँच बजे प्रकाशित अख़बार बिना जाने कैसे लिख सकते थे कि मेरा भाई शराब के नशे में था। बाद में यह झूठ निकला। क्या पत्रकारों को ऐसा करना चाहिए?*”

मोनिका अपने प्यारे छोटे भाई को बेपनाह चाहती थी। चंद रोज़ बाद रक्षाबंधन का पर्व था। किसको राखी बाँधती? त्यौहार आया। मोनिका ने भाई बाबू की तस्वीर को राखी बाँधी। हम और आप चाहें तो भरोसा नहीं करें, लेकिन मोनिका दावा करती रही कि विवेक की आत्मा से उसका साक्षात्कार होता रहा है और अपनी दुर्घटना की सच्ची कहानी खुद विवेक ने ही उसे सुनाई थी। संदर्भ के तौर पर बता दें कि मोनिका अलौकिक शक्तियों में आस्था रखती थी। उसने उन पर काफ़ी शोध किया था। विवेक के मामले में लगातार महीनों तक व्यस्त रहने के कारण मोनिका क़रीब साल भर नवजात बेटे की परवरिश तक ढंग से नहीं कर पाई।

दिन, सप्ताह और महीने बीतते गए। उस घर से न अब संगीत की आवाज़ आती थी न कोई कहीं आता-जाता था। विवेक अपने साथ जैसे समूचे घर की धड़कन ले गया था। जगजीत और चित्रा आमने-सामने बैठे भी घंटों शून्य में ताकते रहते थे। विवेक के कमरे में जाने की हिम्मत किसी की नहीं होती थी। कभी विवेक की तस्वीरों का एलबम उठाकर कोई देखना चाहता तो दो-चार मिनट से अधिक देख नहीं पाता। आँसुओं की धार लग जाती। कभी-कभी अहसास होता कि बाबू घर में घूम रहा है। कभी उसके कपड़ों से खुशबू आती, तो कभी उसके चहलक़दमी करने की आहट मिलती। सब चौंक जाते। चित्रा ने धीरे-धीरे अपने को आध्यात्म से जोड़ लिया। अपने को उसकी शरण में डाल दिया, जो सर्वशक्तिमान है। जिसने विवेक के रूप में लगभग दो दशक खुशियों की सौग़ात दी और बाद में उसी सर्व शक्तिमान ने परिवार को वीरानी के इस बियाबान में छोड़ दिया था। चित्रा के पास उसकी सत्ता के सामने सिर झुकाने के अलावा कोई रास्ता नहीं था। उन्हें जन्म से लेकर बाबू से जुड़ी एक-एक घटना याद आया करती थी। मृत्यु से कुछ समय पहले से बाबू चित्रा सिंह के लिए एक ताक़त भी बन गया था। वह उनका सलाहकार और क़दम-क़दम पर मददगार साबित हो रहा था। दूसरी तरफ़ जगजीत सिंह को तनिक संतोष होता कि चित्रा ने अपने को आध्यात्मिक दुनिया का बाशिंदा बना लिया है। क्योंकि न तो उनका ढाँढस चित्रा का दुख कम करने वाला था और न ही वे खुद इस हालत में थे। मिलने वाले आते, दोस्त आते, सहयोगी साजिंदे आ जाते। घंटों बैठे रहते। जगजीत के मुँह से बोल नहीं फूटते।

एक दिन यूँ ही बैठे थे कि ऐसा लगा मानो बाबू कह रहा हो - *"पापा! संगीत तो आपकी आत्मा में बसता है। क्यों अपने को मार रहे हो। अब मैं तो लौटकर नहीं आ सकता। आप माँ का ध्यान रखो। घर भी तो चलाना है।"*

उस दिन महीनों बाद पहली बार तानपूरा उठाया। आलाप लिया ही था कि लगा विवेक कह रहा है - *"पापा! यह गड़बड़ है। ठीक करो।"*

जगजीत ने घबराकर इधर-उधर देखा और तानपूरा उठा कर एक तरफ़ रख दिया और फूट-फूट कर रो पड़े। हादसे ने उन्हें निचोड़ दिया था।

**तानपूरे पर रियाज़ करते हुए जगजीत**

चित्रा और मोनिका दूर बैठीं उन्हें तानपूरे पर बैठा देख रही थीं। पल भर के लिए उन्हें संतोष हुआ था कि जगजीत अपने कवच से बाहर निकलने की कोशिश कर रहे हैं। पर अगले ही पल जैसे ही उन्हें रोते देखा तो एकदम सन्नाटा छा गया। जगजीत की हिचकियाँ नहीं थम रही थीं।

चंद रोज़ बीते। फिर एक दिन जगजीत ने अपने आप से सवाल किया, जीत! ऐसा कब तक चलेगा?

अब तो बैंक बैलेंस भी तलहटी में जाने लगा था। घर की गाड़ी भी तो खींचनी है। साजिंदों के घर चूल्हा कैसे जलेगा?

एक बार फिर दोपहर बाद तानपूरा उठाया। रियाज़ शुरू कर दिया। इस बार थोड़ी देर तक चला। गुरबानी का कोई शबद गा रहे थे। गाते जाएँ, रोते जाएँ, गाते जाएँ, रोते जाएँ... फिर एक बारगी ऐसा लगा कि विवेक की आवाज़ आई,

*"हाँ पापा! यह अच्छा है। इसे रिकॉर्ड करा लो।"*

जगजीत ने चौंक कर इधर-उधर देखा। हवा का तेज़ झोंका क़रीब से निकल गया। विवेक के आफ़्टर शेव की खुशबू छोड़ता हुआ। बेटे ने पास कर दिया जगजीत ने सोचा। आख़िर विवेक ही तो था, जो उनका सबसे बड़ा आलोचक था। जगजीत के गाने में गड़बड़ निकालने की हिम्मत कौन कर सकता था। सिर्फ़ विवेक। वह जगजीत की ऐसी कमज़ोरी पकड़ता था, जिस पर खुद जगजीत का ध्यान तक नहीं गया होता। जगजीत को लगा कि विवेक की यही इच्छा है तो अगला रिकॉर्ड गुरबानी का निकालेंगे। चित्रा सिंह और बेटी मोनिका को बताया तो उन्हें बड़ी राहत मिली। चलो! जगजीत कुछ तो बोले। जिस जोड़ी के स्वर को सुनने के लिए हज़ारों लोग दीवाने थे, उसी जोड़ी के लिए एक दूसरे के बोल दुर्लभ हो गए थे। आपस में बातचीत एकदम सिकुड़ गई थी। *मन जीते जगजीत* का रिकॉर्ड जारी हुआ तो सिर्फ़ और सिर्फ़ विवेक की वजह से। जगजीत को अंदर तक संतोष हुआ कि उन्होंने बेटे की ख़्वाहिश पूरी की है। ग़ज़ल प्रेमियों ने जगजीत को एक बार फिर देखा तो राहत मिली। घर में बंद थे तो चाहने वाले बेचैन थे। पर वे क्या कर सकते थे। जगजीत का ग़म दूर करने का उनके पास कोई उपाय नहीं था। कितना तकलीफ़देह होता है, जब आप किसी अपने का दुख नहीं बाँट पाएँ।

जगजीत ने नए सिरे से शुरुआत की थी। पर अब पहले वाली बात नहीं थी। लाख कोशिश करते मगर ध्यान केंद्रित नहीं कर पाते। निढाल, थके-थके नज़र आते थे। जैसे अपनी ही लाश का बोझ उठाए हुए हों। मिलने वाले सब समझते थे। कोई क्या कहता। मन ही मन चाहने वाले भी प्रार्थना करते कि जगजीत एक बार फिर सामान्य हो जाएँ और ग़ज़ल संसार की सेवा करें। एक दिन जगजीत ने खुद को समेटा और एचएमवी से आग्रह किया कि वे विवेक की याद में एक एलबम जारी करना चाहते हैं। कंपनी तो यही चाहती थी कि जगजीत पुरानी दुनिया में लौट आएँ। इसके बाद *समवन समव्हेयर* एलबम तैयार हुआ। इसकी आठ ग़ज़लें तो पहले से ही रिकॉर्ड करके रखीं हुईं थीं। वे सारी ग़ज़लें विवेक के सामने ही तैयार हुई थीं। ऐसा लगता था कि जैसे विवेक अपने लिए ही रिकॉर्ड करा कर गया था। इसमें शमीम करहानी की लिखी एक ग़ज़ल - *फ़ासला तो है मगर कोई फ़ासला नहीं, मुझसे तुम जुदा सही, दिल से तो जुदा नहीं...*, दिल को छूने वाली रचना थी। शमीम करहानी की अन्य रचनाएँ भी इसमें शामिल की गई थीं। इसके अलावा सुदर्शन फ़ाकिर की दो ग़ज़लें बहुत मार्मिक बन पड़ी थीं। ये थीं - *आदमी आदमी को क्या देगा, जो भी*

*देगा, वही ख़ुदा देगा...*, और *मेरे दुख की कोई दवा न करो, मुझको मुझसे अभी जुदा न करो*। इन ग़ज़लों के अलावा इस एलबम में फ़ना निज़ामी, ऐयाज़ झाँसवी, मुज़फ़्फ़र वारसी और फ़ैयाज़ अहमद फ़ैयाज़ तथा फ़ना निज़ामी की एक संयुक्त रचना भी शामिल की गई थी।

इस एलबम का परिचय जगजीत और चित्रा ने कुछ इस प्रकार दिया था - "हम यह एलबम अपने प्यारे इकलौते बेटे विवेक की याद में जारी कर रहे हैं, जो

जगजीत *समवन-समव्हेयर* एलबम के विमोचन कार्यक्रम में प्रस्तुति देते हुए

केवल 18 साल की उमर में हमको छोड़कर चला गया था। विवेक ने अपने जन्म के साथ ही हमारी ज़िंदगी को ख़ुशियों से भर दिया था। उसे हम प्यार से बाबू कहते थे। उसने हमें सब कुछ दिया। बचपन से ही उसे संगीत और सुर की विलक्षण समझ थी। बाबू को ड्रम बजाने का बड़ा शौक था। हमारे गायन और संगीत संयोजन के बारे में वह हमेशा रचनात्मक सुझाव देता था। इस दोहरे एलबम की ग़ज़लों के रिकॉर्ड करने पर काम चल ही रहा था कि अचानक वह हमें छोड़ कर चला गया। कुछ तो हम पहले रिकॉर्ड कर चुके थे। हम नहीं जानते कि ये ग़ज़लें उसके स्तर तक पहुँचीं हैं या नहीं।"

जब *समवन-समव्हेयर* जारी हुआ और गाँव-गाँव के म्यूज़िक स्टोर्स तक पहुँचा तो संगीत के शौकीनों को भरोसा ही नहीं हुआ। जंगल में आग की तरह यह ख़बर फ़ैल गई कि जगजीत-चित्रा ने फिर गाना शुरू कर दिया है। *समवन समव्हेयर* की रिकॉर्ड तोड़ बिक्री हुई। उन दिनों म्यूज़िक स्टोर्स वाले एक एलबम बचाकर रखते थे। जब ऑरिजिनल एलबम समाप्त हो जाते तो उस एक एलबम से ख़ाली कैसेट में भरकर ग़ज़ल प्रेमियों को दे देते। इससे उनको अतिरिक्त आमदनी तो होती थी पर जगजीत के मुरीदों को निराश नहीं होना पड़ता था। हाँ, इससे कंपनी को अवश्य ही घाटा हुआ होगा। चूँकि इसके बाद चित्रा सिंह ने अपने आप को गायन से पूरी तरह अलग कर लिया था; इसलिए जगजीत भी आधे-अधूरे मन से ही गाते थे। इसके अलावा और कोई रास्ता भी नहीं था। एचएमवी कंपनी ने इस दरम्यान जगजीत के दुख को कम करने की बहुत कोशिश की। जगजीत अक्सर उसके प्रमुख संजीव कोहली से मिलते थे। घंटों बात करते थे। संजीव समझते थे कि जगजीत को इस समय भावनात्मक सहयोग की आवश्यकता है। वे कई बार काम छोड़कर जगजीत के साथ वक़्त बिताते थे।

एक दिन बातों ही बातों में चर्चा चल निकली कि *सज़दा* का काम बड़े दिनों से अधूरा पड़ा है। क्यों न उसे पूरा किया जाए। दरअसल, लता मंगेशकर के साथ एक संयुक्त संग्रह निकालने की तैयारियाँ शुरू हो गई थीं। *सज़दा* इसी संग्रह का नाम था। पहले तो लता जी तैयार नहीं हुईं थीं। वे जगजीत सिंह को गायक के तौर पर तो पसंद करती थीं, लेकिन उनके संगीत निर्देशन में ग़ज़ल गाने के लिए अपने को बहुत सहज नहीं पा रही थीं। अपने को तैयार करने में उन्हें दो साल लग गए। जगजीत सिंह के लिए यह अच्छी ख़बर थी। लेकिन इसी बीच यह हादसा हो गया। विवेक की मौत के बाद जगजीत सब कुछ भूल-सा गए। जब संजीव कोहली ने उन्हें याद दिलाया तो जगजीत को लगा कि यह अधूरा काम भी पूरा कर लेना ही ठीक होगा। असल में जिस दिन लता मंगेशकर ने इस एलबम के लिए अपनी स्वीकृति दी थी, उस दिन विवेक भी अपने पिता के साथ लता मंगेशकर से मिलने गया था। विवेक ने लता जी के पैर छुए तो उन्होंने आशीर्वाद दिया था। विवेक ने उस मुलाक़ात में कई लतीफ़े

सुनाए, जो लता जी को पसंद आए थे। जब उसका निधन हुआ तो लता मंगेशकर ने व्यक्तिगत रूप से संवेदना प्रकट की थी।

जगजीत सिंह से बात करने के बाद एक दिन संजीव कोहली लता जी से मिलने गए। लता जी से उन्होंने कहा कि इस समय जगजीत को संबल की ज़रूरत है। अगर *सज़दा* शीघ्र पूरा हो जाए, तो जगजीत खुद को व्यस्त रखने का ज़रिया ढूँढ़ लेंगे। लता मंगेशकर ने पूरे सहयोग का वादा किया। इस तरह *सज़दा* 1992 में लोगों के सामने आया। इसमें जगजीत सिंह की चार ग़ज़लें, लता मंगेशकर की आवाज़ में आठ ग़ज़लें और दोनों के युगल स्वरों में चार ग़ज़लें थीं। सज़दा की तो सारी रचनाएँ एक से बढ़कर एक थीं। जगजीत ने इस एलबम के बारे में एक साक्षात्कार में कहा -

> "*मेरी ज़िंदगी की पच्चीस साल की मेहनत का फल मुझको मिल रहा है। संसार की सबसे बड़ी गायिका ने मेरे संगीत निर्देशन में गाया है। बचपन से ही जिस दिलनशीं आवाज़ को हम सज़दा किया करते थे, मेरे लिए इंतहाई फ़ख़ की बात है कि आज वही आवाज़ मेरे अंदाज़ को नवाजेगी। इसमें कुछ ग़ज़लें मेरी भी हैं।*"

एलबम एक बड़े भव्य समारोह में जारी किया गया। कार्यक्रम में भारतीय फ़िल्म और संगीत जगत के क़रीब-क़रीब सारे सितारे मौजूद थे। चित्रा सिंह भी सफ़ेद साड़ी में इस कार्यक्रम में गईं थीं। *सज़दा* एलबम उनके ही हाथों जारी हुआ था। संभवतया यह कार्यक्रम उनका जगजीत सिंह के साथ अंतिम सार्वजनिक कार्यक्रम है। इसमें उनसे कुछ बोलने की आशा की जाती थी, लेकिन चित्रा ऐसा नहीं कर सकीं। *सज़दा* में निदा फ़ाज़ली की कलम से निकली और लता मंगेशकर और जगजीत सिंह की गाई नायाब ग़ज़ल थी - *हर तरफ़, हर जगह, बेशुमार आदमी/फिर भी तन्हाइयों का शिकार आदमी, सुबह से शाम तक बोझ ढोता*

**द बेस्ट ऑफ़ *सज़दा* एलबम का कवर**

**आध्यात्मिक जगजीत**

*हुआ, अपनी ही लाश का खुद मज़ार आदमी।* इसके अलावा इस संग्रह की बाक़ी ग़ज़लें भी बहुत पसंद की गई थीं। इन ग़ज़लों का भी कुछ विवरण यहाँ ज़रूरी है। इनमें क़तील शिफ़ाई की एक रचना लता ने गाई थी – *दर्द से मेरा दामन भर दे या अल्ला, फिर चाहे दीवाना कर दे या अल्ला...*, शाहिद कबीर की रचना जगजीत और लता के युगल स्वरों में थी – *ग़म का ख़ज़ाना तेरा भी है मेरा भी, ये नज़राना तेरा भी है, मेरा भी...*, और अहमद नदीम काज़मी की ग़ज़ल – *किसको क़ातिल मैं कहूँ किसको मसीहा समझूँ, सब यहाँ दोस्त ही बैठे हैं, किसे क्या समझूँ...*, बहुत लोकप्रिय हुई थीं। सज़दा की लोकप्रियता से लता मंगेशकर प्रसन्न थीं और जगजीत की तो पच्चीस बरस पुरानी साध पूरी हो गई थी।

इसके बाद जगजीत के सुर-संगीत की धारा एक तरह से आध्यात्मिक हो गई। उन्होंने पाया कि आध्यात्मिक और रुहानी रचनाएँ उन्हें अधिक शांति देती हैं। शायद इसी वजह से आने वाले वर्षों में उन्होंने धार्मिक एलबमों की क़तार लगा दी। एक नज़र इन संग्रहों पर – *हे गोविंद, हे गोपाल* (1991), *चिराग़* (1993), *हरे कृष्णा* (1995), *गुरु गोविंद सिंह* (1998), *हे राम और साँवरा* (1999), *जय सिया राम, कीर्तन* और *ओम* (2000), *हरिओम ततात* (2003), *भजन* (2004), *जीवन क्या है* (2005), *कबीर* (2006), *करुणा* (2007), *आरोग्य मंत्र, भजन उपहार* तथा *गायत्री मंत्र* (2008) और *कृष्णा भजन* तथा *अमृतांजलि* (2009)।

इन सारे संकलनों की ख़ास बात यह थी कि वे जगजीत की आत्मा से निकले हुए महसूस होते थे।

जगजीत अब अपने आपको बदल रहे थे। उन्होंने जन-कल्याण के काम में लगी संस्थाओं के लिए निःशुल्क गायन प्रारंभ कर दिया था। वे अक्सर अपने एलबमों की रॉयल्टी दान कर देते थे। एक मशहूर अस्पताल में विवेक के नाम पर एक वार्ड बनवाया। उसके लिए भी दान दिया। वे अपने लिए उतने ही पैसे रखते थे, जितने घर चलाने के लिए ज़रूरी होते थे। जगजीत में आए इस परिवर्तन के बाद भी लोग उनके दीवाने थे। जगजीत के शो का नाम सुनते ही खिंचे चले आते थे। जगजीत भी उनका प्यार और आदर देखते हुए पूरी कोशिश करते थे कि वे संतुष्ट हो जाएँ। मगर वास्तविकता यही थी कि संगीत अब उनके भीतर शांति का एक ज़रिया बन चुका था। घर की दाल-रोटी चलती रहे, इससे अधिक वे कमाना ही नहीं चाहते थे। किसके लिए कमाते। वे कभी-कभी सोचते, इस मायानगरी में क्या लेकर आए थे? इस महानगर ने उन्हें वह सब दिया, जो उनकी कल्पना से परे था। इसके बाद उसी महानगर ने सब कुछ छीन लिया। विवेक चला गया, तो अब उनके पास बचा ही क्या था? जिसने उनकी झोली भर दी, उसी ने वापस ख़ाली कर दी। वे सोचते। लगातार सोचते। फिर अपने शरीर की मशीन को इतना थका देते कि रात को बिस्तर पर जाते ही ढेर हो जाएँ। मगर ऐसा भी नहीं होता था। अक्सर तो रातें करवट बदलते ही कटतीं। कभी-कभार एकाध झपकी लगती तो सपने में विवेक ही विवेक दिखाई देता। नींद उचट जाती तो फिर आँखों के सामने विवेक का चेहरा नाचता रहता। कभी अपने आप को कटघरे में खड़ा कर लेते तो कभी अपनी क़िस्मत से सवाल करते। आख़िर किस अपराध की सजा

उसने दी थी। जगजीत-चित्रा के अपने-अपने परिवारों में भी दिन-रात विवेक की ही चर्चा होती रहती। दोनों परिवारों के लोग महीनों तक सदमे से बाहर नहीं निकल पाए। नाना-नानी का वह मज़बूत सहारा बन गया था। जब जब जगजीत-चित्रा अपनी रिकॉर्डिंग या शो के लिए बाहर होते तो नाना-नानी की पूरी देखभाल वही करता था। उधर दादा-दादी भी साथ बिताए दिनों को याद करते तो चाचा करतार सिंह भी रुँधे गले से अपने प्यारे भतीजे और दोस्त विवेक की यादों में डूबे रहते। जयपुर में ताऊ जसवंत सिंह तो उसकी एक-एक बात दिन में दस-दस बार दोहराते थे। जगजीत कभी-कभी अपने परिवार से फ़ोन पर कुछ दिन नहीं बतिया पाते तो यह ज़िम्मेदारी भी विवेक ने सँभाल ली थी। वह फ़ोन पर एक-एक करके सभी से बात करता था। दादा-दादी को सेहत का ध्यान रखने की हिदायत देता था। घर में जगजीत से ज़्यादा विवेक ने जगह बना ली थी।

दरअसल, जगजीत सिंह की दुनिया के सारे रंग उड़ चुके थे। वे अपने में सिमटे हुए थे।

चित्रा अपने आध्यात्म संसार में जा बैठी थीं। मोनिका-जहाँगीर अपने परिवार को व्यवस्थित करने में लग गए। हर सदस्य अपने-अपने अकेलेपन को ढो रहा था। जगजीत को घर में विवेक ही विवेक दिखता था। वे अपने को यात्राओं में उलझा कर रखने लगे। वक़्त से मारा, ज़िंदगी से हारा, जगजीत था बेचारा। उनके पास आख़िरी वर्षों में अपने चाहने वालों को देने के लिए सचमुच कुछ नया नहीं रह गया था। वे अपने को दोहराए जा रहे थे। लेकिन अपने यश का दोहराया जाना कोई बहुत अच्छी बात नहीं होती। जगजीत इसे समझते थे, लेकिन उनके पास इसके सिवा कोई चारा नहीं था।

जाने-माने गीतकार और शायर जावेद अख़्तर कहते हैं -

> *वे बेजोड़ थे। मुझे याद नहीं आता कि दुनिया में कोई ऐसा दूसरा शख़्स होगा, जिसका पहला एलबम सत्तर के दशक में आया हो, अब तक यानी क़रीब-क़रीब पैंतालीस-पचास साल तक गाया हो और जिसका एक भी एलबम पसंद नहीं किया गया हो। उनके हर एलबम को चाहने वालों ने पसंद किया।*

विवेक के जाते ही जगजीत का संसार एक विकराल रेगिस्तान में तब्दील हो गया था।

# 11

# ज़िंदगी की जंग

*ज़िंदगी... कैसी है पहेली हाय...*
*कभी ये हँसाए, कभी ये रुलाए...*

आनंद फ़िल्म का यह गीत वाकई हक़ीक़त बयान करता है। किसी की समझ में नहीं आने वाली पहेली। सेहत के जानकार बड़े संयम-नियम से रहने की नसीहतें दिया करते हैं। जो उनकी सलाह पर सारी उमर चलते हैं, वे अचानक एक दिन देखते ही देखते अलविदा बोल कर चले जाते हैं। दूसरी तरफ़ ऐसे लोग भी देखे जाते हैं, जो स्वस्थ रहने के सारे फ़ॉर्मूलों की पुड़िया बनाकर ताले में बंद कर देते हैं और ऐश के साथ नब्बे और सौ बरस तक जीते हैं। मैं चिकित्सकों का कोई उपहास नहीं करना चाहता। उनके प्रति पूरे सम्मान के साथ कहना चाहता हूँ कि यह देखा गया है कि जिसने सारी उमर सुपाड़ी तक नहीं खाई, वह अचानक कैन्सर से मर गया। एक महिला जिसने सारी ज़िंदगी लहसुन-प्याज को हाथ तक नहीं लगाया, वह लिवर सिरोसिस से फटाफट चली गई। महाकाल का यह रहस्य कोई आज तक नहीं समझ सका। ऐसे में कुछ लोग यह सोचते हैं कि जब अपने हाथ में कुछ है ही नहीं तो क्यों न ज़िंदगी के सारे रंगों का आनंद लेकर ऊपर वाले के दरबार में हाज़िरी लगाई जाए। जीवन जीने का यह भी एक अंदाज़ है। फिर भी कुछ ऐसे इंसान होते हैं, जो सारी उमर संघर्ष करते रहते हैं, दूसरों पर अपने हुनर की दौलत लुटाते रहते हैं, खुद फ़क़ीर की तरह जीते हैं और नियति उन पर कोई रहम नहीं करती। ग़ज़ल शिरोमणि जगजीत सिंह की कहानी भी कुछ ऐसी ही रही। जवान बेटे की मौत ने तोड़ दिया था। उसके बाद वे अकेलेपन के ख़ोल में बंद हो गए थे। शांति की खोज में तमाम टोटके भी आज़माते रहे। दान-पुण्य किया, खुद चाहे मुश्किल में पड़ जाएँ, लेकिन दूसरों के लिए तिज़ोरी खोल कर रखते रहे। मगर कुछ काम नहीं आया। मन का रेगिस्तान फैलता जा रहा था। साल दर साल और विकराल। ऐसे में वह यमदूत कब चुपके से शरीर के अंदर दाख़िल हो गया कि पता ही नहीं चला। चौदह-पंद्रह बरस तक छिपा बैठा रहा और जगजीत अपने वीराने में उसे देख भी नहीं पाए।

अशोक भल्ला

वह 24 जनवरी, 1998 की मनहूस रात थी। जगजीत सिंह पंजाब के लुधियाना में थे। अपने ख़ास दोस्त अशोक भल्ला के बेटे की शादी में गए थे।

शादी की पार्टी देर रात तक चलती रही। जगजीत ने उस मूड की एकाध ग़ज़ल भी गाई। दोस्त का आग्रह कैसे टाल सकते थे। लेकिन अंदर ही अंदर अच्छा नहीं लग रहा था। कुछ थकावट और भारीपन भी महसूस हो रहा था। लेकिन चाहने वाले पीछा ही नहीं छोड़ रहे थे। कभी ऑटोग्राफ़ के बहाने तो कभी साथ तस्वीर उतरवाने के बहाने। किसी भी सेलिब्रिटी के साथ यह बड़ी उलझन होती है। प्रशंसक उसे एक ऐसी अमर आत्मा समझ लेते हैं, जिसे कोई तक़लीफ़ ही नहीं होती। थोड़ी देर बाद जगजीत कुछ-कुछ खीझने लगे। वे ख़ामोशी से अकेले बैठना या लेटना चाहते थे। अनमने भाव से कुछ दीवानों को रुख़सत किया तो फिर दो-चार आ गए। उनको विदा किया तो फिर दो-चार आ गए। जगजीत के चेहरे पर बेचैनी पढ़ी जा सकती थी। कड़ाके की सर्दी में उन्हें पसीना आ रहा था। घबराहट भी हो रही थी। थोड़ी देर बाद अचानक सीने में दर्द उठा। वे तड़प उठे। सीने को दबाए हुए थे। उसी हालत में धम्म से बैठ गए। अशोक भल्ला ने उनकी हालत देखी तो झटका लगा। वे तुरंत लुधियाना के क्रिश्चियन मेडिकल कॉलेज लेकर भागे। डॉक्टर कार्लटन ने ताबड़तोड़ इलाज शुरू कर दिया। ब्लडप्रेशर उछलकर आसमान पर जा पहुँचा था। उन्हें पहला हार्ट अटैक आया था। रात को ही मुंबई में चित्रा सिंह और परिवार को सूचित किया गया। सुबह होते-होते चित्रा और परिवार के लोग अस्पताल में जगजीत के पास पहुँच चुके थे। जगजीत ने उन सबको देखा तो राहत की साँस ली। दो दिन मेडिकल कॉलेज में भर्ती रहे। इस दौरान हिंदुस्तान भर में यह ख़बर जंगल में आग की तरह फैल चुकी थी। पूरा देश जगजीत के लिए दुआएँ करता रहा। तीसरे दिन उन्हें दिल्ली के एस्कॉर्ट्स अस्पताल में दाख़िल किया गया। दिल्ली में डॉक्टर संजय चुघ और डॉक्टर अशोक सेठ की देख-रेख में उनका इलाज चलता रहा।

उन दिनों एस्कॉर्ट्स में ही देश के जाने-माने हृदयरोग विशेषज्ञ डॉक्टर युगल मिश्रा भी पदस्थ थे। डॉक्टर मिश्रा बताते हैं कि जगजीत सिंह एक बेहद अनुशासित मरीज़ थे। वे शांत रहते थे, लेकिन कभी-कभी अपने चुटकुलों से डॉक्टरों और सेवा

में लगे लोगों को हँसा देते थे। इसी बीच आठ फ़रवरी आ पहुँची। जगजीत का सत्तरवाँ जन्मदिन। परिवार के लोग और दोस्त जन्मदिन की पार्टी में जगजीत का साथ चाहते थे। बड़ी मुश्किल से डॉक्टरों ने केवल पार्टी के लिए अस्पताल छोड़ने की अनुमति दी। पार्टी के बाद एक ईमानदार मरीज़ की तरह फिर जगजीत अस्पताल में लौट आए। इलाज चलता रहा। जब डॉक्टर संतुष्ट हो गए तो उन्होंने छुट्टी दे दी। अस्पताल से चलने लगे तो चिकित्सकों ने सख़्त निर्देश दिए - सिगरेट को हाथ नहीं लगाएँगे, शराब नहीं पिएँगे और हवाई यात्रा तो बिलकुल ही नहीं करेंगे। आज्ञाकारी मरीज़ की तरह जगजीत ने उन हिदायतों को मानने का वादा किया और मुंबई जाने का फ़ैसला किया। शायद उन्हें लग रहा होगा कि मुंबई की जीवन शैली में वे ढल जाएँगे और डॉक्टर्स की हिदायतों पर पूरी तरह अमल हो पाएगा। दो-तीन महीने बाद उन्होंने तय किया कि वे देहरादून जाएँगे। एक सुबह जगजीत सिंह सड़क मार्ग से देहरादून के लिए रवाना हो गए। देहरादून में उनके ख़ास दोस्त वैद्य बालेंदु प्रकाश रहते थे। जगजीत सिंह चाहते थे कि वे कुछ समय वैद्यजी की देख-रेख में बिताएँ। शायद वे सोच रहे थे कि मुंबई में रहते हुए डॉक्टर्स की नसीहतों पर शायद पूरी तरह अमल नहीं हो पाए। देहरादून में आबो-हवा भी बदल जाएगी और उत्तराखंड के प्राकृतिक वातावरण में वैद्यजी की देख-रेख में कुछ सेहत में सुधार हो जाएगा। वैद्य वालेंदु प्रकाश उस दिन को याद करते हुए कहते हैं कि उन्हें मुझ पर बहुत विश्वास था। प्रेम भी था। जब वे दिल्ली पहुँच गए तो दिल्ली से फ़ोन आया। फ़ोन पर दोनों के बीच कुछ इस तरह संवाद हुआ। जगजीत सिंह बोले -

"वैद्यजी! क्या हाल हैं?"

"अच्छा हूँ जी। भगवान की कृपा है। आप कैसे हैं?"

"मैं भी चंगा हूँ। मुझे क्या होना है। वो तो डॉक्टर कहते हैं कि मैं बीमार हूँ।"

"अरे! क्या हुआ? सब ठीक तो हैं न?"

"अरे वैद्यजी। जिसके पास आप जैसा दोस्त हो तो उसे क्या हो सकता है। डॉक्टर कहते हैं कि मुझे कुछ दिन देहरादून में वैद्यजी के साथ रहना चाहिए।"

"वाह! मेरे लिए इससे अच्छी बात क्या हो सकती है। आ जाओ आप।"

"आ जाऊँ? मैनेज तो कर लोगे न?"

"मेरे पास टीन का मकान है जी। आगे प्लास्टिक की छत वाला कमरा है। मुंबई जैसी सुविधाएँ तो नहीं हैं। लेकिन आपको दिक़्क़त भी नहीं होगी। मैं तो मैनेज कर ही लूँगा।"

"अरे! क्या बात करते हो। आप भी तो रह रहे हो न? आपके दिल में बहुत जगह है मेरे लिए।"

"जी, धन्यवाद। फिर तो आप आ ही जाओ।"

"ठीक है। शाम का खाना साथ ही खाएँगे।"

"जी आइए। स्वागत है।"

वैद्यजी कहते हैं -

*वो फिर उसी दिन देर शाम मेरे पास आ गए। वे यहाँ तीन सप्ताह रहे। मेरी निगरानी में। शुरू-शुरू में चलने-फिरने में समस्या थी, लेकिन धीरे-धीरे सब ठीक हो गया। असल में आयुर्वेद चिकित्सा प्रणाली में सुबह उठना पड़ता है और जगजीत की शैली थी कि रात देर तक जागते थे। पहले दिन वे नौ बजे सोकर उठे। फिर वैद्यजी के साथ घूमने गए। जंगल का एक रास्ता था। चार किलोमीटर रोज़ पैदल चलते थे। फिर दवाएँ लेते थे और आराम करते थे। उन दिनों पूरी तरह से उन्होंने परहेज किया। शाकाहारी भोजन। शराब को तो हाथ भी नहीं लगाया। सिगरेट पीना भी छोड़ दिया था। हल्का-फुल्का व्यायाम करते थे। शास्त्रीय संगीत सुनते थे और मेरे साथ घने जंगल का आनंद लेते थे। जब यहाँ से गए तो एकदम ठीक होकर ही गए थे।*

वैद्यजी ने अपनी निगरानी में उनकी दिनचर्या नियमित कर दी थी। वैद्य बालेंदु प्रकाश से जगजीत की दोस्ती कई बरस पहले हुई थी। जगजीत मेरठ में अपना एक कार्यक्रम पेश करने गए थे। वहाँ किसी ने वैद्यजी की तारीफ़ की तो वे सड़क के रास्ते उनसे मिलने के लिए देहरादून चले गए थे। यह मुलाक़ात धीरे-धीरे दोस्ती में बदल गई। वैद्यजी चित्रा की माँ का इलाज करने मुंबई भी गए थे। इसके बाद वे ठीक हो गई थीं।

इसके बाद वैद्यजी और जगजीत सिंह के रिश्ते गहराते गए। अलबत्ता वैद्यजी ने यह तो माना कि जगजीत कभी-कभी सेहत को लेकर लापरवाह दिखाई देते थे। जब कभी शाम को किसी शो के बाद वैद्यजी के साथ गपशप कर रहे होते तो एक तरह से अपने साथ ही मज़ाक़ करते थे। वे अपने लिवर को ही संबोधित करते हुए कहते - "ले भाई लिवर! कमज़ोर हो गया है, तो थोड़ी-सी दारू पी ले।" कभी अपने फेफड़े को संबोधित करते हुए कहते - "हाँ, अब लंग्स को दिक़्क़त है, तो

ले भाई सिगरेट पी ले।" कभी कहते - "अच्छा डायबिटीज़ हो गई है, तो ले भाई तनिक-सी मिठाई खा ले।"

फिर अचानक संजीदा हो जाते। बोलते - "वैद्यजी! जब तक चल रहा है चलने देते हैं। जब कुछ हो जाएगा तो सीधे आपके पास आ जाऊँगा और फिर सब कुछ छोड़ दूँगा।" मुंबई पहुँचे तो दवा खाने से लेकर भोजन का मेन्यू और नींद का वक़्त सब कुछ तय कर लिया था। कुछ समय तो यह अत्यंत नियमित रूप से यह चला। वे एक आज्ञाकारी बालक की तरह सारे परहेज़ मानते रहे। तबियत सुधरती गई तो धीरे-धीरे शहर में निकलने लगे। वे भूलते जा रहे थे कि एक बार दिल का दौरा पड़ चुका है। एक-एक करके डॉक्टर्स की तीनों सलाहें भंग हो गईं। सिगरेट शुरू हो गई, कभी-कभार ड्रिंक्स भी हो जाती और हवाई यात्राएँ भी प्रारंभ हो गईं। चित्रा की अपनी तबियत भी ठीक नहीं रहती थी।

दिन, महीने और साल गुज़रते रहे। जगजीत सिंह स्वास्थ्य को लेकर उदासीन होते गए। रोज़मर्रा के तनाव भी कम नहीं थे। इसी दरम्यान दिल्ली के एस्कॉर्ट्स अस्पताल में उन्हें एक बार फिर आना पड़ा। डॉक्टर संजय चुघ अब भारत में रेडियल एंजियोप्लास्टी करने वाले इकलौते डॉक्टर थे। वे 1997 में फ़्रांस से इसका प्रशिक्षण लेकर लौटे थे। जगजीत ने उनसे 2007 में संपर्क किया। डॉक्टर चुघ ने उन्हें रेडियल एंजियोप्लास्टी की सलाह दी। इससे पहले मुंबई में उनकी एंजियोप्लास्टी हो चुकी थी। रेडियल एंजियोप्लास्टी कलाई से की जाती है, जबकि सामान्य एंजियोप्लास्टी जाँघ से जाती है। डॉक्टर चुघ इन दिनों जयपुर में हैं। वे बताते हैं -

"

*जगजीत एक ज़िंदादिल इंसान थे और बहुत कोऑपरेटिव पेशेंट थे। उन्होंने रेडियल सर्जरी कराई और अगली रात वे गुड़गाँव में मेरे साथ ही डिनर कर रहे थे। इसके बाद उनसे अच्छी मित्रता हो गई। जब कभी किसी कार्यक्रम अथवा शो के लिए उन्हें आमंत्रण भेजता था तो जगजीत हरदम आ जाते थे। एक भी ऐसा अवसर नहीं आया, जब जगजीत ने कोई मजबूरी बताई हो या इनकार किया हो। इतना ही नहीं, उन्होंने कभी अपने कार्यक्रम के लिए एक पैसे की पेशेवर फ़ीस नहीं ली। वे यारों के यार थे।*

"

**ठीक होने के बाद डॉ. संजय चुघ की टीम के साथ जगजीत-चित्रा**

इसी बीच जगजीत-चित्रा की ज़िंदगी में एक और तूफ़ान आया। बेटी मोनिका की पारिवारिक ज़िंदगी बिखर गई। पति से मतभेदों के चलते मोनिका को अलगाव का सामना करना पड़ा। देखा जाए तो मोनिका ने ही भाई विवेक की मृत्यु के बाद माता-पिता को सँभाला था। जगजीत-चित्रा काफ़ी हद तक उस पर निर्भर रहने लगे थे। लेकिन कम आयु में उसका दाम्पत्य बिखरने से मोनिका अवसाद में चली गई। एक तरह से माँ की कहानी दोहराई जा रही थी। इसके बाद मोनिका ने एक और विवाह किया। उसका भी दुखद अंत हुआ। मोनिका एकदम अकेली हो चुकी थी। कुछ समय ही बीता था कि 2009 की एक मनहूस सुबह मोनिका ने भी अपने आपको ऊपर वाले के हवाले कर दिया। मोनिका के निधन के बाद उसके दोनों बेटों अरमान और उमर की ज़िम्मेदारी नानी यानी चित्रा पर आ गई।

जगजीत और चित्रा की ज़िंदगी में एक बार फिर सन्नाटा छा गया था। वे तो पहले ही टूटे हुए थे। बेटी के रूप में एक सहारा बचा था। नियति ने वह भी छीन लिया था। ज़िंदगी रौद्र रूप दिखा रही थी। दोनों अकेले में बैठे सोचते कि आख़िर उनकी क्या ग़लती है, जो इतनी कठोर सज़ा मिल रही है। कैसे भूल सकते थे, जब विवेक का एक्सीडेंट हुआ था तो मोनिका ने प्रचार माध्यमों का डटकर मुक़ाबला किया था। जगजीत ने मोनिका के बच्चों के साथ अपने को व्यस्त रखने का ज़रिया खोज लिया। अरमान और उमर भी नाना के साथ हिल-मिल गए। वक़्त तो लगा, पर बच्चों ने घर के बोझिल वातावरण को काफ़ी हद तक सामान्य बना दिया था।

मोनिका के जाने के बाद परिवार पूरी तरह सँभल भी नहीं पाया था कि एक बार फिर जगजीत सिंह को अस्पताल में भर्ती होना पड़ा। उन्हें ख़ून गाढ़ा होने की

**एक कार्यक्रम के दौरान जगजीत थिरकते हुए**

शिकायत शुरू हो गई थी। कंबाला हिल हार्ट रिसर्च सेंटर में लंबे समय तक ख़ून को पतला करने का इलाज होता रहा। इस इलाज के बाद जगजीत और चित्रा भी अंदर ही अंदर टूटने लगे थे। उन्हें लगने लगा था कि ज़िंदगी की शाम ढलने लगी है। लेकिन दोनों ही कोशिश करते थे कि इस दुख को एक दूसरे के सामने प्रकट नहीं किया जाए। चित्रा समझती थीं कि दर्द को व्यक्त करने से कुछ नहीं होगा। बेहतर यही है कि अपने को दोनों मजबूत बनाए रखें। जगजीत भी अंदर ही अंदर ग़म पीते रहते। उन्हें लगता कि चित्रा कहीं मनोदशा भाँप नहीं लें। वे एक तरह से ख़ुश होने का अभिनय किया करते थे। अपने परिवार के सदस्यों से भी वे अपने तनाव या दुख को नहीं बताते थे। बाद की संगीत प्रस्तुतियों में जगजीत अक्सर अकेले ही गाते गाते खड़े हो जाते और थिरकने लगते। उनको ऐसा करते देखकर हॉल में मौजूद संगीत रसिक भी उनके साथ डांस करने लगते। कुल मिलाकर माहौल एकदम मस्ती का बन जाता। पर यह भी एक तरह से दिखावा था।

जैसे ही आयोजन संपन्न होता, यह ग़ज़ल सम्राट ग्रीन रूम या वाशरूम में जाकर अंदर से दरवाज़ा बंद कर फूट-फूट कर रोता। उन्हें हर युवक-युवती में विवेक और मोनिका दिखाई देते थे। वे क्या करते। मजबूर, असहाय और अंदर से टूटा हुआ पिता अपने आप पर कैसे क़ाबू करता। मंच पर आँसू बहाकर वे अगले दिन अख़बारों की ख़बर नहीं बनना चाहते थे। लेकिन अब उन्हें लगने लगा था कि शो नियंत्रित करना चाहिए। संवेदनशील और भावुक कर देने वाली ग़ज़लों को गाते-गाते उनका गला रुँधने लगता था। उनके सहयोगी यह विवशता पकड़ लेते। जगजीत तो रुक जाते और साजिंदे तब तक संगीत जारी रखते, जब तक कि वे अपने पर

क़ाबू नहीं पा लेते। यह स्थिति अच्छी नहीं थी। इसलिए वे अब कार्यक्रम धीरे-धीरे कम करते जा रहे थे। फिर भी न-न करते उनकी डायरी मार्च, 2012 तक की तारीख़ों से भर चुकी थी। इससे आगे की तारीख़ें किसी को नहीं दे रहे थे। कोई ज़्यादा आग्रह करता या किसी की सिफ़ारिश लगवाता तो कहते कि जनवरी, 2012 में अगली तारीख़ पक्की कर देंगे। नियति उन्हें यह झूठ बोलने पर मजबूर कर रही थी, क्योंकि अगला साल उनकी ज़िंदगी के खाते से अपने अकाउंट में वह पहले ही ट्रांसफ़र कर चुकी थी।

फ़रवरी, 2011 आ पहुँची थी। आठ फ़रवरी को जन्म दिन पर जगजीत ने चाहने वालों के सामने ऐलान किया कि वे सत्तरवें साल में सत्तर प्रस्तुतियाँ देंगे। यानी एक महीने में क़रीब छह शो। सेहत को देखते हुए यह बहुत कठिन लक्ष्य था। शुभचिंतकों ने उन्हें बहुत समझाने का प्रयास किया, लेकिन जगजीत ने एक नहीं सुनी। फ़रवरी के बाद एक शो में जगजीत ने कहा - "आय एम सेवन्टी ईयर ओल्ड नाउ। द व्होल इयर इज़ गोइंग टु बी सेलिब्रेटेड एज़ माय सेवेंटी इयर्स बर्थ डे। इट स्टार्टेड इन द मंथ ऑफ़ फ़रवरी ऐंड आई हेव कमिटिड सेवंटी कन्सर्ट्स इन दिस वन ईयर।"

फ़रवरी से अक्टूबर तक जगजीत के शो चलते रहे। हर जगह सुपरहिट। बड़े से बड़े हॉल को भरने के लिए जगजीत सिंह का नाम ही काफ़ी था। जगजीत के शो प्रबंधक कुलदीप देसाई तक उनसे कहते कि बस करो! बहुत मेहनत कर रहे हो। तबियत के लिए ठीक नहीं है। कुलदीप याद करते हुए कहते हैं -

“

*जहाँ तक मुझे याद है कि सत्तर में से अड़तालीस शो जगजीत कर चुके थे। मुंबई के नेहरू सेंटर में 16 सितंबर को शो किया था। अगले दिन दिल्ली के सीरीफ़ोर्ट ऑडिटोरियम में हमने शो किया। उसके अगले दिन यानी 18 सितंबर को हम करनाल गए। वहाँ शानदार कार्यक्रम हुआ। लेकिन वहाँ भयंकर हालात थे। अगर आप गाने के लिए मुँह खोलो तो दस-पंद्रह कीड़े मुँह में चले जाते थे। एक दिन पहले वहाँ जमकर पानी गिरा था। कीड़ों के कारण हम लोग बैठ नहीं पा रहे थे। ऐसे मुश्किल हाल में भी जगजीत ने पूरे तीन घंटे परफ़ॉर्म किया। वो उस दिन के हालात में डेढ़ घंटे भी गाते तो कोई उनको पूछने वाला नहीं था। लेकिन जगजीत सबकी चिंता करते थे। कहते थे कि अगर मेरे*

*नाम से लोग आए हैं। टिकट बिके हैं तो पूरा शो होना चाहिए। उसके अगले दिन हम सड़क मार्ग से देहरादून गए। बीस सितंबर को हमने देहरादून में परफ़ॉर्म किया। इक्कीस को हम वापस आए। तो आप कह सकते हैं कि वे आख़िरी साँस तक गाते ही रहे। और एक बात मैं बताना चाहूँगा कि वे ऐसे एकमात्र आर्टिस्ट हैं, जिनके नाम 82 एलबम जारी करने का रिकॉर्ड है। इसी तरह एक ही ऑडिटोरियम सीरी फ़ोर्ट में सबसे अधिक शो करने का रिकॉर्ड भी जगजीत के नाम पर है। मैंने जो कैलकुलेट किया है, वहाँ के मैनेजर से सारा रिकॉर्ड चेक करने के बाद। उन्होंने 200 शो वहाँ के ऑडिटोरियम में किए। दुनिया में किसी अन्य कलाकार ने कभी भी एक सभागार में इतने शो नहीं किए।*

देहरादून का वह शो सुपरहिट रहा था। उस शो में जगजीत को बेटे विवेक की बहुत याद आई। मंच पर आँखें बंद किए वे छह मिनट तक सिर्फ़ यह गाते रहे - *चिट्ठी न कोई संदेश, जाने वो कौन-सा देश, जहाँ तुम चले गए, इस दिल पे लगा कर ठेस, कहाँ तुम चले गए...*

जगजीत गाते रहे... सुनने वाले आँसू बहाते रहे... देर तक।

इक्कीस सितंबर को जगजीत सिंह और उनके सहयोगी मुंबई आ गए। तेईस सितंबर को पाकिस्तान के जाने-माने ग़ज़ल गायक गुलाम अली के साथ

**गुलाम अली के साथ**

एक शो पहले ही तय था। सारी टिकटें बिक चुकी थीं। उसी शाम उन्होंने गुलाम अली के साथ मीडिया को अपने शो के बारे में बताया। गुलाम अली कहते हैं -

> *उस दिन हमने प्रेस कान्फ्रेंस की थी। पत्रकारों को उन्होंने ख़ूब हँसाया। उनकी आदत थी हरदम हँसते रहना और हँसाते रहना। जोक्स सुनाते रहना। अफ़सोस कि हमारा वह शो नहीं हो पाया। हमें अगले दिन ख़बर मिली कि जगजीत अस्पताल में दाख़िल हैं तो हम उनके लिए दुआ करते रहे। अद्‌भुत और कमाल के सिंगर थे। उनको तो भूलना मुश्किल है।*

संयुक्त पत्रकार वार्ता के बाद वे सीधे घर पहुँचे और चित्रा को लेकर लीलावती अस्पताल गए। चित्रा उस दिन अस्वस्थ थीं। वहाँ से लौटकर आए तो देर तक चित्रा से बतियाते रहे। उस शाम दोनों ने विवेक और मोनिका को याद किया। बाईस सितंबर की सुबह छोटे भाई करतार सिंह ने सुबह जगजीत को फ़ोन किया। परिवार के लोगों की कुशलता पूछने के बाद दोनों भाइयों में कुछ इस तरह संवाद हुआ -

"हाँ जी! कैसे हो?"

"अच्छा हूँ। उधर सब ठीक है?"

"हाँ, जी। सब ठीक है। अब दिल्ली कब आ रहे हो?"

"चार अक्टूबर को। दिल्ली के छतरपुर मंदिर में एक कार्यक्रम के लिए आना है। उस दौरान मिलेंगे और गपशप करेंगे।"

"मंदिर में? आप तो इस तरह के धार्मिक कार्यक्रमों में नहीं गाते। फिर इस मंदिर में?"

"हाँ। सच है। नहीं गाता लेकिन इस बार आऊँगा और मंदिर में भजन भी गाऊँगा।"

"ठीक है। वैसे भजन, शबद और नातें भी आपसे सुनते हुए अच्छा लगता है।"

"अच्छा है। फिर चार को मिलते हैं।"

"जी बहुत अच्छा। मिलेंगे।"

इस बातचीत से लगता है कि जगजीत सिंह जीवन के आख़िरी दिनों में धार्मिक प्रवृत्ति के होते जा रहे थे। बाईस सितंबर की रात जगजीत सिंह ने थोड़ा रियाज़ किया। फिर डिनर करते समय चित्रा से हल्की-फुल्की बातें कीं और सोने चले गए। एक झपकी आई। फिर नींद टूट गई। चित्रा से बोले - "बहुत बेचैनी हो रही है।"

चित्रा को लगा कि पेट की कुछ गड़बड़ है। शायद एसिडिटी या गैस के कारण हो। उन्होंने टेबलेट दी। जगजीत ने फिर सोने की कोशिश की। लेकिन आराम नहीं मिला। तनिक देर बाद चित्रा से बोले - "मेरा सिर फटा जा रहा है।"

यह कहते-कहते ही वे बेहोशी में चले गए। चित्रा को अब कुछ गड़बड़ लगा। उन्होंने मोनिका के बेटे अरमान को उठाया। अरमान ने अपने कुछ दोस्तों को बुलाया और आधी रात के बाद लीलावती अस्पताल पहुँचे। बड़ी देर तक कोई डॉक्टर ही नहीं मिला। जब तक डॉक्टर आए, तब तक ब्रेन हेमरेज का हमला हो चुका था। डॉक्टर्स पूरी कोशिश करते रहे, लेकिन जगजीत होश में नहीं आए। गुलज़ार उस मनहूस दिन को याद करते हैं - *"शाम को ज़रा देर से ख़बर मिली कि हॉस्पिटल में हैं। पता किया फ़ोन से। तो ख़बर मिली कि कुछ हुआ है। दूसरे दिन, तीसरे दिन भी जब कोमा में ही रहे तो डर लगने लगा। कुछ गड़बड़ है। डॉक्टर्स वर आल्सो फ़ाइटिंग। कुछ पता नहीं लग रहा था।"*

दिन बीतते गए। जगजीत की बेहोशी नहीं टूटी। देश-विदेश में उनके चाहने वाले दुआ करते रहते - मंदिरों में, मस्जिदों में, गुरुद्वारों में जगजीत के लिए प्रार्थना करने वालों का ताँता लगा रहता। परिवार के लोग भी आ पहुँचे थे। चित्रा के लिए वे दिन बहुत तनाव भरे थे। एक-एक पल पहाड़ जैसा कट रहा था। वे कहती हैं -

*"18 दिन कोमा में थे वो। ऑल थ्रू दोज़ एटीन डेज़ डॉक्टर्स, स्पेशलिस्ट्स सब हमें यही दिलासा देते रहे कि एनी डे, एनी टाइम ही केन कम आउट और ऐसे इन्सीडेंट्स पहले भी हुए थे। उसी हॉस्पिटल में। अलग फ़्लोर में एक औरत तीन साल से कोमा में थी। वो बाहर आ गई। फिर न्यूज़ पेपर में हमने पढ़ा कि मरीन ड्राइव में कोई महिला कोमा में थी ग्यारह साल तक ऐंड शी कम आउट ऑफ़ इट। तो वो सब सुन-सुन कर लगता था कि हमारे साथ भी ऐसा ही होगा। डॉक्टर्स भी कह रहे थे कि सब ठीक है। आई डोंट नो दैट वेदर दे हेव बीन काइंड और अनकाइंड बिकॉज़ इस तरह से दिलासा आप किसी को दिलाओ, उसकी उम्मीदों को जगा दो और फिर एकदम धमाके से गिरा दो... क्या कर सकते हैं, यही ज़िंदगी है।"*

10 अक्टूबर, 2011 को जगजीत सिंह करोड़ों चाहने वालों को बिलखता छोड़कर अनंत यात्रा पर जा चुके थे।

सारी उमर ज़िंदगी के गीत सुनाने वाला जगजीत जाते समय किसी से पल भर बोल भी नहीं सका।

सारे जग को जीतकर चला गया जगजीत।

देस-परदेस, पूरब-पश्चिम, उत्तर-दक्षिण चारों दिशाओं में मातम पसर गया।

उस सारे दिन हवा में एक ही नाम तैरता रहा। जिसे भी पहली सूचना मिलती,

वह यक़ीन नहीं करता। दो-चार सूत्रों से पुष्टि करता।

आम आदमी से लेकर राष्ट्रपति, प्रधानमंत्री और समूची सत्ता-सियासत जगजीत के ग़म में डूबी थी। राजस्थान के श्रीगंगानगर में तो न जाने कितने घरों में उस दिन चूल्हा नहीं जला। श्रीगंगानगर के लोगों ने अपने लाड़ले जगजीत को ऐसी श्रद्धांजलि दी, जैसी कि संसार में किसी को नहीं मिली होगी। पूरे ज़िले में सौ से अधिक शोक सभाएँ हुईं। इनमें आठ से दस हज़ार लोग होते थे। एक शोक सभा में खुद शंकराचार्य जी उपस्थित थे। लोग ट्रैक्टरों पर, जीपों पर और बसों में भरकर श्रीगंगानगर आते थे। क्या ऐसी विदाई अब तक किसी को मिली होगी? हिंदुस्तान, पाकिस्तान, बांग्लादेश, नेपाल, श्रीलंका, भूटान और म्यांमार से लेकर, ऑस्ट्रेलिया, अफ़्रीका और यूरोप के तमाम देशों में फैले ग़ज़ल के प्रशंसक स्तब्ध थे। संयुक्त राज्य अमेरिका तो जगजीत का एक तरह से दूसरा घर था।

करोड़ों चाहने वाले आँसू बहा रहे थे।

संसार में कौन-सा ऐसा देश था, जहाँ जगजीत के निधन पर मातम नहीं छाया हो?

सोशल मीडिया, अख़बार, टीवी चैनल और तमाम रेडियो स्टेशन कई दिन शोक में डूबे रहे।

भारत के इतिहास में किसी ग़ज़ल गायक को इतना मान-सम्मान, प्यार, दुलार और अपनापन नहीं मिला।

गुरुजी ने सच ही कहा था - यह सारे जग को जीतेगा।

वाकई जीती ने जग को जीत लिया था। एक कलाकार के लिए अनगिनत अनमोल आँसू धरती पर टपके। यही जगजीत के गायन और संगीत को उनका सलाम और श्रद्धांजलि थी। उन्हें भारत रत्न नहीं मिला। हम हिंदुस्तानी इतने क्रूर हैं कि किसी को जीते जी अपनी सेवाओं के मूल्यांकन का सुख नहीं लेने देते। यही हमारे कलेजे की फाँस है। टीस होती है, मगर फिर लगता है कि जगजीत तो जग का रत्न था। भारत रत्न उसके लिए कोई मायने नहीं रखता। मिल जाए तो भी क्या...?

आप हमारे दिलों में हमेशा धड़कते रहेंगे।

**अलविदा जगजीत!**

# 12

# घोड़ों से प्यार

बहुत-से लोग इन दिनों जगजीत सिंह को गहराई से जानने समझने का दावा करते हैं। उनके शास्त्रीय संगीत के ज्ञान पर चर्चा करते हैं, एक संगीतकार के तौर पर उनके योगदान का मूल्यांकन करते हैं, उनके ग़ज़ल गायन की बात करते हैं और उनके अंदर छिपे एक बेहतरीन इंसान की बात करते हैं। मगर कम लोग ही यह जानकारी रखते हैं कि जगजीत सिंह को घोड़ों से भी बहुत प्यार था। क़रीब पच्चीस साल तक घोड़ों से उनका प्रगाढ़ रिश्ता रहा। रेसकोर्स में उनके अपने घोड़े थे और वे अक्सर जीतते भी थे। जगजीत को जब भी समय मिलता, वे महालक्ष्मी रेसकोर्स पहुँच जाते और घंटों वहाँ बिताया करते। अपने इस शौक के बारे में एक साक्षात्कार में जगजीत सिंह ने बताया था,

*"उन दिनों मैं अगरीपाड़ा में रहता था। वहाँ कुछ लोग रहते थे। वे रेसकोर्स जाया करते थे। घोड़ों पर दाँव लगाया करते थे। धीरे-धीरे उनके साथ हमने जाना भी शुरू कर दिया। हमने भी उन पर दाँव लगाना शुरू कर दिया। इधर जब ग़ज़लों से कुछ पैसे आने शुरू हो गए तो हमने घोड़े भी ख़रीद लिए। अपनी रेसिंग शुरू कर दी। आज मेरे पास छह सात घोड़े हैं। भागते हैं। अच्छा लगता है। असल में एक बात और है, जो मुझे ठंडक देती है। इनके पास आकर मैं कुछ समय के लिए म्यूज़िक से ब्रेक का अनुभव करता हूँ। मेरे घोड़ों की ज़बान अलग है। मैं उनकी बात समझता हूँ और वे मेरी। यहाँ आकर मेरे शरीर की बैटरी चार्ज हो जाती है। हालाँकि इनके पास रोज़ आना तो मुमकिन नहीं होता। लेकिन जब भी मैं मुंबई में होता हूँ तो यहाँ आने का कोई मौक़ा नहीं छोड़ता। वे मेरे सच्चे हम-दम हैं।"*

**जगजीत अपने घोड़े के साथ**

दशकों तक जगजीत के एलबमों के साउंड इंजीनियर रहे दमन सूद कहते हैं, *"उनके तीन ही ठिकाने होते थे। पहला उनका घर। अगर घर पर नहीं मिलते, तो मेरे यहाँ मिल जाते थे। स्टूडियो में। तीसरा ठिकाना उनका होता था रेसकोर्स, जहाँ उनके अपने घोड़े होते थे। सुबह-सुबह रेसकोर्स जाते थे। सैर करते थे। चाय पीते थे। घोड़ों पर दाँव लगाने वालों से बात करते थे। घोड़ों के साथ समय पास करते थे। एक बार एक रेस के दौरान उनका घोड़ा जीत गया। वह भी बहुत अच्छे भाव पर। जीतने से जगजीत इतने जोश में आ गए कि चिल्लाने लगे। उसके बाद जब घर पहुँचे तो आवाज़ ही चली गई। कितने ही उपाय कर लिए। गले से आवाज़ ही नहीं निकले। अब ये घबरा गए। एक महीना रेस्ट किया। शायद आवाज़ आ जाए। थोड़ी-थोड़ी लौटी तो रियाज़ करें तो वॉइस क्रेक होने लगी। मैंने पूछा कि यह तेरी आवाज़ को क्या हो गया? वो बोले यार! ग़लती हो गई। घोड़ा जीता तो जोश आया। मैं चिल्ला दिया। तो तीन महीने तक उनके शो नहीं हुए। अब जो आर्टिस्ट रोज़ शो करता हो, रोज़-रोज़ गाता हो वो अगर तीन महीने नहीं गाए तो अंदाज़ लगाओ कि क्या हालत होगी। वो नर्वस हो गए। उन्हें लगा कि उनका करियर अब ख़त्म हो गया। तो इसी बीच एक दिन लता मंगेशकर को मालूम पड़ गया कि जगजीत की तो आवाज़ चली गई। एक दिन वो मेरे स्टूडियो आईं तो मुझसे पूछा। फिर बोलीं, उनको बोलो कि मेरे से संपर्क कर लें। मेरे साथ भी एक बार ऐसा हुआ था। मैं उनको नुस्ख़ा बता दूँगी। मैंने उसको बोला तो वो लता के पास गया। नुस्ख़ा काम कर गया। आवाज़ वापस आ गई। इसलिए लता का हमेशा शुक्रगुज़ार रहा। तो घोड़ों से उनको इतना प्यार था कि सब भूल जाते थे।"*

मगन सिंह

जगजीत सिंह के घोड़ों के प्रशिक्षक मगन सिंह शिद्दत से जगजीत सिंह के इस प्यार को याद करते हैं। वे बताते हैं कि उन्हें अपने घोड़ों से इतना लगाव था कि उनके अनेक घोड़ों के नाम पर अनेक ग़ज़ल एलबमों के नाम रखे गए। जैसे एक घोड़े का नाम था - *ग़ज़ल किंग*। इसने तो जगजीत सिंह के निधन से ठीक पहले ही एक रेस जीती थी। जिस रात जगजीत को ब्रेन हेमरेज हुआ उसके अगले दिन राजस्थान रॉयल ने रेस जीती। एक अन्य घोड़े का नाम था - ब्लैक मैजिक। मगन सिंह कहते हैं -

"

*अँगरेज़ी में एक कहावत है कि रेसिंग इज़ द स्पोर्ट ऑफ़ किंग्स। ऐंड दैट इज़ द रीज़न यू आर डूइंग वेल। आफ़्टर ऑल यू आर किंग ऑफ़ ग़ज़ल्स। वैसे जगजीत जी घोड़ों के बारे में काफ़ी जानते थे। ही टेक्स अ कीन इंटरेस्ट इन टु इट। ही लव्स हॉर्सेज।*

"

मगन सिंह से जगजीत सिंह की मुलाक़ात भी बड़ी दिलचस्प थी। एक कार्यक्रम में जगजीत सिंह ने मगन सिंह से अपने पुराने रिश्ते के बारे में बताया था -

जगजीत अपने घोड़े के साथ रेस कोर्स में

"दरअसल, मगन सिंह के पिता जी बड़े मशहूर जॉकी थे। मैं उनसे घोड़ों के बारे में टिप्स लेने जाया करता था। वहाँ मगन सिंह होते थे। छोटे बच्चे थे। चौथी या पाँचवीं में पढ़ते थे शायद। बाद में कई बरस बाद इनके डैडी को घोड़ों की ट्रेनिंग का लायसेंस मिल गया। तो ट्रेनिंग के लिए ओनर भी चाहिए था। फिर किसी तरह घोड़े ख़रीदे। इसके बाद यह सिलसिला चल निकला।"

जगजीत सिंह के कुछ घोड़े पुणे और जयपुर में भी थे। जगजीत सिंह के इस जहाँ से विदाई लेने के बाद रेसकोर्स से जुड़े लोग सदमे में थे। जगजीत सिंह की याद अक्षुण्ण बनाए रखने के लिए हर साल उनके जन्म दिन के आसपास एक बड़ी रेस आयोजित की जाती है। उसे हम कहते हैं - डॉक्टर जगजीत सिंह ट्रिब्यूट मिलियन। चित्रा सिंह का भी इसमें सक्रिय सहयोग रहता है। रेस जीतने वाले को दस लाख रुपये दिए जाते हैं। अब कोशिश की जा रही है कि जगजीत सिंह की याद को रेसकोर्स में स्थाई बनाने के लिए कोई स्मारक बनाया जाए। इसके प्रयास भी किए जा रहे हैं।

# 13

# इंसानियत का मज़हब

किसी-किसी की ज़िंदगी में इतना संघर्ष होता है कि बाद में वह मुश्किल दौर बड़ा सामान्य लगने लगता है। निजी असफलताएँ और कारोबारी झटके रोज़मर्रा का हिस्सा बन जाते हैं। मिर्ज़ा ग़ालिब ने शायद ऐसी ही किसी मनःस्थिति में लिखा था - *रंज का ख़ूंगर हुआ इंसां तो मिट जाता है रंज, मुश्किलें मुझ पर पड़ी इतनी कि आसां हो गईं।* प्रतीत होता है कि जगजीत सिंह के अवचेतन में भी कुछ इसी तरह के विचार जीवन दर्शन बन कर घुल गए थे। इसी वजह से वे अपने दुख-दर्द और सारी दुनिया के दुख-दर्द में कोई फ़र्क़ महसूस नहीं करते थे। ग़र्दिश के दिनों में किसी ने उनकी मदद क्यों नहीं की या कोई उनके कठिनाई भरे दिनों में काम क्यों नहीं आया, वे यह विचार भी नहीं करते थे। लेकिन उनके अपने संपर्क का कोई भी व्यक्ति परेशान हो अथवा कोई मुसीबतज़दा हो तो दिल खोल कर सहायता करने से भी नहीं चूकते थे। संभवतया जगजीत सिंह यह मानने लगे थे कि यदि वे किसी की सहायता के लिए सक्षम नहीं होते तो यह काम कैसे कर सकते थे। जो भी उनके सामने याचक बन कर आता रहा, कभी निराश होकर नहीं लौटा। जब आप उनसे जुड़े रहे लोगों से बात करते हैं तो पता चलता है कि जगजीत सिंह सिर्फ़ एक प्रोफ़ेशनल ग़ज़ल गायक ही नहीं थे। आप ऐतराज़ कर सकते हैं कि उन्होंने तो महत्त्वपूर्ण रचनाओं को केवल स्वर दिया था। लेकिन इन रचनाओं का चुनाव तो अन्य गायक भी कर सकते थे। उन्हें भी यह छूट प्राप्त थी। असल में जिसका हृदय निर्मल हो, नज़र, नीयत और मंशा साफ़ हो, वही आम इंसान से ऊपर उठकर सबके दिलों पर राज करता है।

जगजीत सिंह इंसानियत के उन तमाम गुणों से भरपूर थे, जो आजकल समाज से विलुप्त होते जा रहे हैं। वे अनेक अवसरों पर सार्वजनिक रूप से यह कह चुके थे कि उनके लिए सबसे बड़ा धर्म इंसानियत का है। वे मंदिर जाते थे तो गुरुद्वारे में

**पूरी तरह आध्यात्मिक रंग में रंगे जगजीत**

भी अरदास के लिए जाते थे। मस्जिद में मत्था टेकते थे तो गिरजा घर में भी प्रार्थना करते थे। हाँ, ऐसा करना किसी नियमित कर्तव्य की तरह उनकी दिनचर्या में शामिल नहीं था। उन्होंने पाकिस्तान में एक पत्रकार से बातचीत में कहा था – *"मज़हब जो है, वो मेरी नज़र में एक जीवन शैली है। वह आपको सिखाता है कि जीना कैसे है। मैं तो यही व्याख्या करता हूँ। यह मंदिर जाना, घंटी बजाना, टीका लगाना, आरती करना ये तो सारे रीति-रिवाज़ हैं। ज़िंदगी में ये इतने ज़रूरी नहीं हैं। ज़रूरी तो यह है कि आप जिस मज़हब को भी मानें, उसके सिद्धांतों, आदर्शों और शिक्षाओं को अमल में ला रहे हैं या नहीं। अगर आप उनका पालन नहीं कर रहे हैं तो आपके मज़हबी होने का कोई फ़ायदा नहीं है। मैं तो सब धर्मों को मानता हूँ। उनकी शिक्षाओं पर अमल करने की कोशिश करता हूँ। कैसे जीना चाहिए, यह मज़हब ही तो बताता है।"*

ज़िंदगी जीने की यह कितनी अद्भुत और सुंदर व्याख्या है। एकदम आसान शब्दों में कह दी गई। जगजीत सिंह ने शाहिद कबीर की एक रचना में इंसानियत के अपने दर्शन को डूबकर गाया है –

*मैं न हिंदू न मुसलमान, मुझे जीने दो /*
*दोस्ती है मेरा ईमान, मुझे जीने दो /*
*सबके दुख-दर्द को अपना समझकर जीना,*
*बस यही है मेरा अरमान, मुझे जीने दो /*

क्या आप इंसानियत के धर्म से ओतप्रोत इस रचना को भूल पाएँगे –

*कोई हिंदू, कोई मुस्लिम, कोई ईसाई है /*
*सबने इंसान नहीं बनने की क़सम खाई है /*

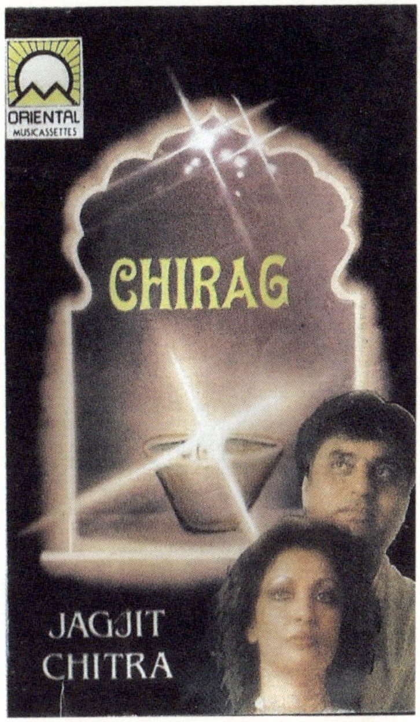


*चिराग़ :* **तारीफ़ उस ख़ुदा की**

इस रचना को सुनकर ऐसा लगता है मानो कोई फ़रिश्ता समूची मानवता को यह संदेश दे रहा है। इस बेजोड़ फ़नकार के बारे में जाने-माने शायर और गीतकार जावेद अख़्तर भीगे मन से कहते हैं - "कम लोगों को यह मालूम है कि जगजीत सिंह ने अपनी ज़िंदगी में कितने लोगों की मदद की, कितने लोगों को सहारा दिया, कितनी चैरिटी की है। और बड़ी बात यह कि उसकी ज़बान से कभी नहीं निकलता था कि मैंने ये किया। वह अपनी नेकी को छिपा कर रखता था। उसके अंदर सभी के लिए इतनी मोहब्बत और अपनाइयत थी कि बता नहीं सकता। बहुत उम्दा आदमी था।"

जगजीत सिंह जितनी उदारता से अपने परिवार वालों के काम आते थे, अपने दोस्तों, परिचितों और शुभचिंतकों के आड़े वक़्त में भी उसी तरह खड़े रहते थे। यही कारण है कि इस लोक को अलविदा कहने के इतने बरस बीत जाने के बाद भी जगजीत सिंह को लोग दिल की गहराइयों से सम्मान देते हैं। उमर के अस्सी बसंत पार कर चुके क्लेरेंस पीटरसन जगजीत सिंह के दशकों तक जगजीत सिंह के सहयोगी रहे। उनसे जगजीत के बारे में बस एक सवाल कर लीजिए, आँसुओं की धार लग जाती है। वे कहते हैं - "दिल का राजा था। अभी भी, आज भी मैं उसके लिए रो रहा हूँ। ऐसा आदमी अब कभी नहीं मिलेगा मुझे। उसने मुझे यह घर ख़रीदकर दे दिया, जिसमें हम आज रह रहे हैं। मेरे पास क्या था। कुछ भी नहीं था। लेकिन सिर्फ़ मेरे लिए ही नहीं किया, उसने सभी के लिए किया। उसका दिल कोई नहीं छू सकता। एकदम राजा था।"

जगजीत सिंह के संघर्ष के समकालीन साथी और प्रसिद्ध फ़िल्मकार सुभाष घई कहते हैं - *"उन्होंने सबका दिल जीता। वे कभी कॉन्ट्रोवर्सिअल नहीं रहे। हम लोग तो फिर भी शो बिज़नेस में हैं। कुछ राइवल्स भी होते हैं तो कुछ जेलस भी होते हैं, लेकिन उनके प्रति सभी की सद्भावना थी। मैंने यह भी देखा कि वह कभी भी पैसे के पीछे नहीं भागते थे, जबकि आज की दुनिया में सिवाय पैसे के कुछ है नहीं। यहाँ तो आपसे बात करने के लिए पैसे लेते हैं। कुछ ऐसे चेरिटेबल ट्रस्ट थे, जो समय-समय पर मुझे अप्रोच करते थे कि हम पैसा नहीं दे सकते। लेकिन जगजीत*

*सिंह को चाहिए तो मैं फ़ोन करता था कि जगजीत! इनके पास पैसे नहीं हैं। ये पैसे इकट्ठे करना चाहते हैं तुम्हारी आवाज़ से। तो जगजीत जाता था। उनसे कोई पैसा नहीं लेता था। इसने बहुत से चेरिटेबल ट्रस्ट के लिए फ़्री काम किया है। यह महानता थी उसकी।"*

कम लोग ही यह जानते होंगे कि जगजीत सिंह ने *'हे! राम'* नाम से एक एलबम रिकॉर्ड किया था तो उसका तीन-चौथाई हिस्सा खुद जगजीत सिंह ने लिखा था। थोड़ा-सा भाग उनके पुराने दोस्त सुदर्शन फ़ाक़िर ने लिखा था। लेकिन एलबम पर सभी रचनाओं में सुदर्शन फ़ाक़िर का ही नाम गया था। यह एलबम सुपर हिट हुआ। बेस्ट सेलर की श्रेणी में आया। कंपनी ने इसकी रॉयल्टी जगजीत सिंह को भेजी, जो उन दिनों क़रीब दस लाख रुपये होती थी। तीस बरस पहले यह रक़म बहुत बड़ी मानी जाती थी। लेकिन जगजीत सिंह ने कहा कि इसके रचनाकार सुदर्शन फ़ाक़िर हैं। रॉयल्टी के असल हक़दार वे ही हैं। उनको ही यह रक़म मिलनी चाहिए। दरअसल, असल कहानी यह थी कि सुदर्शन फ़ाक़िर उन दिनों अपना घर बना रहे थे। उसके लिए आर्थिक संकट से जूझ रहे थे। जगजीत सिंह यह बात जानते थे। अगर जगजीत सीधे सहायता करना चाहते तो वे स्वीकार नहीं करते। बड़े स्वाभिमानी थे। इसलिए उन्होंने यह फ़ॉर्मूला निकाला था। आज के ज़माने में कोई ऐसा करता है? चित्रा सिंह उनके इस गुण को याद करते हुए कहती हैं -

*"मुझे लगा करता था कि ज़िंदगी में परेशानी या बुरा वक़्त कभी भी बोलकर नहीं आता। इसलिए मुश्किल दिनों के लिए कुछ पैसा बचाकर रखना चाहिए। मैं उनसे कहती भी थी, लेकिन मुसीबतज़दा लोगों के काम आना जगजीत की आदत बन गई थी। यह आदत उन्हें अपने पिताजी से मिली थी, जो हमेशा एक परोपकारी और दयालु प्रकृति के इंसान थे। उनका यह गुण बेटे में भी आया। मैं आपको कह सकती हूँ कि जबसे हम लोगों की वित्तीय हालत ठीक हुई, कुछ पैसे हाथ में आने लगे तो जगजीत जी की आर्थिक सहायता से कम से कम दस परिवार पल रहे थे। सालों-साल यह सिलसिला चलता रहा।"*

जगजीत के छोटे भाई करतार सिंह भी इसका समर्थन करते हैं। वे कहते हैं - *"हमारे पिताजी का स्वभाव दानी था। भले ही हमारे घर में समस्या हो। खाने को नहीं हो। लेकिन अगर कोई भूखा आ जाए तो पिताजी न नहीं कह सकते थे। कोई ज़रूरतमंद आ जाए। उसे पैसे चाहिए हों तो वे मना नहीं कर सकते थे। चाहे घर में छोटी-छोटी बात के लिए पैसे का प्रॉब्लम हो। बिलकुल यही स्वभाव जगजीत भाई का था। वे भी किसी परेशान व्यक्ति को इंकार कर ही नहीं सकते थे। कुछ लोग हैं, जिनकी जानकारी में यह सब है, पर अनगिनत लोग ऐसे हैं, जिन्हें भाई ने मदद की और भूल गए। हम भी उन्हें नहीं जानते।"*

**एक कार्यक्रम में छोटे भाई करतार सिंह के परिवार के साथ**

करतार सिंह को एक बार दिल्ली में अपने कारोबार के लिए सहायता की आवश्यकता थी। जगजीत ने बिना किसी हिचक के मदद की। जब करतार सिंह पढ़ते थे तो जगजीत की साफ़ हिदायत थी कि भाई! पिताजी से कुछ नहीं लेना। बड़े भाई से कुछ नहीं लेना। सारी मदद मैं करूँगा। करतार पचास रुपये माँगते थे तो सौ रुपये मिलते थे। एक हज़ार रुपये की ज़रूरत होती तो दो हज़ार मिलते थे। जगजीत तो करतार को मुंबई में रखकर गायक बनाना चाहते थे। लेकिन माता-पिता की सेवा करने के कारण करतार मुंबई नहीं जा सके। दिल्ली में करतार सिंह ने एक रेस्टोरेंट खोला तो उसके पीछे जगजीत सिंह का बड़ा योगदान था। करतार सिंह के तीन बच्चे हैं। जगजीत चाहते थे कि उनकी पढ़ाई विदेश में हो। बड़े बेटे करन के लिए उन्होंने आग्रह किया तो करतार ने हाथ खड़े कर दिए। बोले, इतना पैसा नहीं है। मैं अफ़ोर्ड नहीं कर सकता। जगजीत ने उसका एमिटी विश्वविद्यालय में दाख़िला कराया। चार साल के पाठ्यक्रम में उसे दो साल अमेरिका के शिकागो में पढ़ना था। दो साल का पूरा ख़र्च जगजीत सिंह ने उठाया। इन दिनों करन वहीं पर है और एप्पल के साथ काम कर रहा है, लेकिन वह अपने प्रिय ताऊजी को हरदम याद रखता है। करतार की बेटी रश्मीत ने लंदन में कॉमर्स से स्नातक डिग्री हासिल की और छोटे बेटे रिपुदमन सिंह के लिए भी जो कर सकते थे किया। रिपुदमन की पढ़ाई चल ही रही थी कि जगजीत अपने आख़िरी सफ़र पर चले गए। उपकृत करतार अत्यंत कृतज्ञ होकर कहते हैं,

"ऐसा भाई क़िस्मत से ही मिलता है। भगवान सबको ऐसा भाई दे।"

परिवार के अलावा सगे-संबंधियों में भी ऐसा कौन था, जिसके लिए उन्होंने

**जसवंत सिंह और उनका परिवार**

नहीं किया। जगजीत सिंह के बड़े भाई जसवंत सिंह कहते हैं,

*"जगजीत परिवार के लोगों के प्रति बड़ा संवेदनशील था। उन्हें परेशानी में नहीं देख सकता था। एक बार की बात है कि हमारे एक रिश्तेदार मुंबई गए। उनकी बेटी का इलाज होना था। बहुत निकट के संबंधी नहीं थे। बेटी का इलाज थोड़ा महँगा था। रिश्तेदार आर्थिक संकट में थे। क्या करें। कहाँ जाएँ। एक दिन उन्हें जीती की याद आई। पर वे झिझकते रहे कि इतना बड़ा आदमी है। पता नहीं सहायता करेगा भी या नहीं। फिर भी वे एक दिन जीती के पास पहुँच ही गए। जीती ने तुरंत पचास हज़ार रुपये निकाल कर दे दिए। इलाज हो गया और उनकी बेटी की जान बच गई तो जीती की बदौलत। उनकी ज़िंदगी में जगजीत किसी ईश्वर से कम नहीं थे। आज भी कभी मिलते हैं तो उस घटना का ज़िक्र करना नहीं भूलते। तो जीती का नेचर ही ऐसा था। वह किसी को दुख में देख ही नहीं सकता था।"*

जसवंत सिंह बताते हैं कि उनके दोनों बेटे शोरूम खोलना चाहते थे। जसवंत सिंह के पास रिटायरमेंट से मिला पैसा था। यह पर्याप्त नहीं था। जगजीत ने बाक़ी पैसे लगाए और दोनों के शोरूम खुल गए। यह मदद लाखों रुपये में थी। जगजीत सिंह की बड़ी बहन के बेटे की छोटी-सी मैकेनिक शॉप थी। जगजीत ने उसे नई बोलेरो ख़रीदकर दी, जिससे वह गाड़ी टैक्सी में चलाकर आर्थिक स्थिति बेहतर बना सके। कुछ समय तो ठीक चला। बाद में बोलेरो दुर्घटनाग्रस्त हो गई। जगजीत ने तब एक नया ट्रक ख़रीदकर भांजे को दिया।

जगजीत सिंह की यात्राओं के प्रबंधक और बरसों तक सचिव की भूमिका निभाने वाले कुलदीप देसाई बताते हैं -

*"मेरे परिचितों में से किसी एक की बेटी का ब्याह तय हो गया था। शायद भँवरलाल नाम था उनका। तो वे जगजीत सिंह का कार्यक्रम कराना चाहते थे। शादी के लिए दो-तीन लाख रुपये की ज़रूरत थी। अगर वे जगजीत का शो कराते तो इतना लाभ उनको आसानी से हो सकता था या हो सकता है कि न भी होता। तो वे आए। मैं वहीं बैठा हुआ था। जगजीत ने उनसे कुछ नहीं कहा। एक हफ़्ते बाद मुझे और उसे बुलाया कि वह शो के लिए आवश्यक तकनीकी प्रबंध कर लें। जब वह घर से जाने लगा, तो बेटी की शादी के लिए जगजीत ने मिठाई का एक पैकेट शुभकामनाओं के तौर पर दिया। घर जाकर उसने मिठाई का डिब्बा खोला तो दंग रह गया। उसमें एक पैकेट में दो लाख रुपये रखे हुए थे। बाद में बॉस ने मुझसे कहा कि उस शहर में दो लाख रुपये का मुनाफ़ा उसे मेरा शो कराने से नहीं होता। बेटी की शादी के लिए उनकी मुश्किलें और बढ़ जाती।"*

जगजीत सिंह का यह एक ऐसा मानवीय रूप था, जिसकी संगीत प्रेमियों को जानकारी नहीं है। वर्षों तक जगजीत का आयुर्वेदिक पद्धति से इलाज करने वाले वैद्य और दोस्त बालेंदु प्रकाश के अनुसार,

*"जगजीत जी कहते थे, वैद्यजी जब तक जगजीत सिंह आपके साथ है, आपको कुछ भी सोचने की ज़रूरत नहीं है। जब कभी मुझे चिकित्सा अनुसंधान के काम को आगे बढ़ाने के लिए पैसे की आवश्यकता होती थी तो वे कहीं भी होते, उनका चेक आ जाया करता था। एक शहर से एक चेक आ रहा है तो दूसरे शहर से दूसरा चेक भेज दिया करते थे। कभी रिसर्च के लिए तो कभी मरीज़ों के इलाज के लिए। उन्होंने तो 1998 में हमारे फ़ाउंडेशन के लिए एक शो दिल्ली के सीरी फ़ोर्ट ऑडिटोरियम में किया था। कहते थे, वैद्यजी किसी भी क़ीमत पर काम रुकना नहीं चाहिए। एक घटना तो मेरे आँखों के सामने की है। मैं मुंबई में उनके घर में बैठा था कि उनका एक पुराना कर्मचारी आया। बेटी के ब्याह का कार्ड लेकर उन्हें निमंत्रित करने आया था। जगजीत जी बहुत प्रसन्न हुए। उससे बोले कि मैं अवश्य आऊँगा। मेरे लायक़ कुछ काम हो तो बताओ। उसने कहा नहीं सर, बस आपको आकर वर-वधू को आशीर्वाद देना है। तो बोले कि वो तो मैं आऊँगा ही, मगर झिझको नहीं। कुछ मदद चाहिए हो तो बोल दो। उसने कहा साब सब हो जाएगा। आज किसी को 20,000 देना ज़रूरी है। मेरा पैसा कल या परसों आएगा। यही ज़रूरत है। इतनी मदद मुझे मिल जाए तो बड़ी कृपा होगी। जगजीत बोले, अच्छा तू बैठ। मैं अभी आया। अंदर गए। पाँच मिनट बाद आए तो खुद हाथ में एक प्लेट में मिठाई लेकर आए। दूसरे हाथ में पचास हज़ार रुपये की गड्डी थी। कहने लगे, शादी की अच्छी ख़बर सुनाई। मुँह मीठा करो और यह रख लो। उसने देखा तो चौंका। बोला साहब! बहुत हैं यह तो। जगजीत जी कहने लगे अरे बीस तो तेरे हैं। बाक़ी मेरे। मैं भी तो उसके बाप जैसा हूँ। बेटी की शादी धूमधाम से करना। लड़की की शादी है।*

*चार लोग आएँगे तो ख़र्चा होता ही है। वह कर्मचारी फूट-फूट कर रोने लगा। उसने जगजीत के पैर छुए। कहा, साब। आप मेरे लिए भगवान से कम नहीं हो। मैंने देखा कि जगजीतजी के भी आँसू भर आए थे। मैंने तो बड़े-बड़े रईस देखे हैं, लेकिन दिलदार तो एक ही था और वह था - जगजीत सिंह। वो जिसकी मदद करते थे तो दोनों हाथों से, खुले हाथों से करते थे। उनके यहाँ जितने भी ड्राइवर काम करते थे, वो दूर-दूर से आते थे। जगजीतजी ने सबको मुंबई में एक-एक घर उनके लिए लेकर दिया। ऐसा कोई इंसान करता है। मुझे तो उनके स्वभाव से जीवन भर के लिए यही सीख मिली कि जिसकी परेशानी में मदद करनी है तो उसको माँगने की ज़रूरत नहीं पड़नी चाहिए। अगर उसने माँगा और फिर आपने सहायता की तो वह मदद किस काम की?"*

जगजीत के एलबमों के क़रीब पच्चीस वर्षों तक साउंड इंजीनियर रहे दमन सूद भावुक होकर यादों में खो जाते हैं। वे बताते हैं -

*"जगजीत सिंह बहुत पैसा दान करते थे। कई बार तो किसी को पता ही नहीं चलता था। वे चुपचाप ज़रूरतमंद के लिए अपनी थैली खोल देते थे। उन्होंने ज़िंदगी भर अनगिनत लोगों का भला किया। कभी ऐसा भी हुआ कि मैं बोलता था - प्रभु यीशु पर कुछ रचनाएँ रिकॉर्ड करनी हैं। तो वे करते थे। उस दरम्यान कोई भी शो आ जाए, कितना ही पैसा मिलने वाला हो, वे मना कर देते थे। रिकॉर्डिंग के बाद जब मैं उनकी फ़ीस देने की कोशिश करता तो साफ़ मना कर देते थे। कहते थे, परमेश्वर के लिए कोई पैसा लेता है क्या। सब कुछ उसी का तो दिया हुआ है। तो यह रूप था उनका। वो देते थे, तो उनको मिलता था। बरक़त थी उनके हाथ में। कितने ही धार्मिक एलबम उन्होंने एक ही आग्रह पर गाए और एक पैसा भी नहीं लिया। मुझे सबकी जानकारी है। इस तरह के लोग आजकल कहाँ मिलते हैं। जगजीत वाकई महान थे।"*

जगजीत सिंह के एक और सहयोगी अभिनव उपाध्याय पर्कशन बजाते थे। वे शुरुआत में जगजीत सिंह की टीम में शामिल होने के लिए काम माँगने गए। उनके हाथ में चोट थी और उन्हें पैसे की सख़्त आवश्यकता थी। जगजीत उन दिनों अपने एलबम *कहकशां* की रिकॉर्डिंग कर रहे थे। अभिनव उपाध्याय की ज़रूरत सिर्फ़ दो-चार दिन का काम मिलने से हल हो जाती। जगजीत ने उनको अगले दिन स्टूडियो बुलाया। जब उन्होंने अभिनव के हाथ की चोट देखी तो कहा तो कुछ नहीं। बस उन्हें रोज़ आने के लिए कह दिया करते थे। दो दिन की जगह अभिनव दो महीने लगातार जाते रहे। उन्हें दो महीने का भुगतान मिला। तब तक अभिनव उपाध्याय का हाथ पूरी तरह ठीक हो चुका था। इसके बाद अभिनव उनकी टीम का अभिन्न अंग बन गए। अभिनव आज भी जगजीत को याद करके भाव-विह्वल हो जाते हैं।

जगजीत के एक मित्र जसबीर सिंह मुंबई के वाशी इलाक़े में एक मशहूर रेस्टोरेंट चिनाब के मालिक हैं। वे याद करते हैं,

*"उन दिनों मेरी जगजीत सिंह से जान पहचान नहीं थी। लेकिन मैं उनका दीवाना था। अपने रेस्टोरेंट में जगजीत की गाई ग़ज़लें ही बजाया करता था। मेरी बड़ी ख़्वाहिश थी - काश! जगजीत सिंह एक बार मेरे रेस्टोरेंट में खाने पर आएँ। इन्हीं दिनों वाशी में ही जगजीत का कार्यक्रम तय हुआ। किसी परिचित ने मुझसे संपर्क किया। पूछा कि क्या मैं शो के सह आयोजकों में शामिल होना चाहूँगा। मैंने तुरंत हाँ कर दी। मैं मन ही मन ही मन बहुत प्रसन्न हो रहा था कि जगजीत सिंह से साक्षात मिलने का अवसर मिल रहा था। शो में मेरे रेस्टोरेंट का बैनर लगा था। मध्यांतर में सभी सह-आयोजकों से जगजीत को मिलवाया गया। मैंने उसी दौरान अपने रेस्टोरेंट में डिनर के लिए उन्हें आमंत्रित कर दिया। लेकिन आयोजकों ने किसी अन्य रेस्टोरेंट में उन्हें ले जाने का पक्का कर लिया था। मगर जगजीत ने मेरा आग्रह तुरंत मंजूर कर लिया। मैं तो हैरान हो गया। कितनी आसानी से एक बड़े कलाकार ने मेरे न्यौते को मंजूर कर लिया था। कार्यक्रम ख़त्म होने के बाद वे मेरे साथ रेस्टोरेंट पहुँचे तो मेरे सारे कर्मचारी और वहाँ आए गेस्ट भौंचक्के रह गए। शानदार डिनर हुआ।"*

इसके साथ ही जसबीर और जगजीत के क़रीब बारह साल चलने वाले रिश्ते की नींव पड़ गई। एक दिन जसबीर सिंह से जगजीत ने पूछा कि यह जगह इतनी शांत और बेहतरीन है। यहाँ का खाना बहुत लजीज़ है, लेकिन इसकी पहचान मुंबई में क्यों नहीं है? जसबीर सिंह के पास इसका कोई ठोस उत्तर नहीं था। शायद वे अपने रेस्टोरेंट की मार्केटिंग ढंग से नहीं कर पा रहे थे। इसके बाद जगजीत ने जसबीर से कहा कि क्या वे किसी चैनल वाले को जानते हैं? जसबीर ने याद किया कि एक रेडियो चैनल के सीईओ रेस्टोरेंट में नियमित रूप से आया करते हैं। जगजीत सिंह ने जसबीर से कहा कि उनसे बात करो। क्या वे इस रेस्टोरेंट से मेरे गायन का सीधा प्रसारण करेंगे? जसबीर ने सीईओ से बात की। वे जगजीत सिंह का नाम सुनते ही उछल पड़े। जसबीर सिंह ने रेस्टोरेंट में *एन ईवनिंग विद जगजीत* करने का ऐलान कर दिया। अगले दिन चैनल की टीम ने तीन घंटे तक जगजीत के कार्यक्रम का सीधा प्रसारण किया। इस कार्यक्रम के बीच-बीच में जगजीत ने रेस्टोरेंट का नाम लेते हुए कहा था कि इसका भोजन बहुत अच्छा है। मैं यहाँ नियमित आता हूँ। जसबीर बड़ी दुविधा में थे। इस तरह तो किसी रेस्टोरेंट ने आज तक किसी कलाकार के ज़रिए अपना प्रमोशन नहीं कराया। जगजीत सिंह कहीं रेस्टोरेंट का प्रचार करने के लिए मँहगी फ़ीस नहीं माँग लें। बहरहाल कार्यक्रम हुआ और बहुत शानदार रहा। बाद में धन्यवाद देते हुए जसबीर जगजीत से फ़ीस के बारे में पूछने ही वाले थे कि जगजीत ने ताड़ लिया। उन्होंने जसबीर सिंह का हाथ दबाया और कहा - "हमारा

प्यार का रिश्ता है। मेरी तरफ़ से अपने दोस्त को एक छोटा-सा तोहफ़ा है।"

अगले दिन तो कमाल ही हो गया। रेस्टोरेंट में भोजन के लिए आने वालों की कतार लग गई। इतनी लंबी लाइन लगी कि उन्हें नियंत्रित करने के लिए लाठीचार्ज की नौबत आ गई। जसबीर कहते हैं कि पापाजी मेरे लिए सब कुछ थे (जगजीत उनसे बीस साल बड़े थे और जसबीर उन्हें पापाजी ही कहते थे)। इसके बाद तो यह रेस्टोरेंट पूरे इलाक़े में बेहद मशहूर हो गया। जसबीर सिंह जगजीत का उपकार कभी नहीं भूल सकते। क्या ऐसे रिश्तों की आज आप कल्पना कर सकते हैं? जसबीर के पास जगजीत की दयालुता के ढेरों क़िस्से हैं। वे बताते हैं कि अक्सर जगजीत उन्हें फ़ोन करते कि आज क्या कर रहे हो? जसबीर कहते, बताइए पापाजी। ख़ाली हूँ। फिर दोनों गाड़ी में निकल पड़ते। गाड़ी में बहुत सारे लिफ़ाफ़े रखे होते। उनमें दस-बीस हज़ार से लेकर लाख रुपये या इससे भी अधिक होते। जगजीत कुछ ज़रूरतमंदों की नियमित मदद करते थे। वे दिन भर जसबीर को लेकर घूमते और उन ज़रूरतमंदों को घर जाकर लिफ़ाफ़े देकर आते। किसी को इसकी कानोंकान ख़बर नहीं होती। अब बताइए इस सेंटाक्लॉज को क्या नाम दिया जाए? लगता है कि देवदूत या फ़रिश्ता शब्द जगजीत जैसे लोगों के लिए ही गढ़ा गया होगा।

इस तरह नए-नए रिश्ते गढ़ने की कला में जगजीत सिंह पारंगत थे। इन रिश्तों को वे निभाते भी थे। हाँ, यह बात अवश्य थी कि नया कोई रिश्ता बनाने से पहले वे अच्छी तरह परख लेते थे। जब स्वयं संतुष्ट हो जाते थे, तभी आगे बढ़ते थे। आप कितने ही संबंध बना लीजिए। सबसे मुश्किल तो उनको निस्वार्थ बचाए रखना होता है। आम तौर पर हम लोग ज़िंदगी में जिसकी मदद करते हैं, वह अगर कभी धोखा दे तो फिर उससे मुँह मोड़ लेते हैं। लेकिन जगजीत की डिक्शनरी से मुँह मोड़ लेने वाला मुहावरा ग़ायब था। उनका जीवन दर्शन अपेक्षाओं पर आधारित नहीं था। बड़ी बात तो यह थी कि वे किसी से सहायता की उम्मीद करते ही नहीं थे, तो किसी के मुँह मोड़ने का सवाल ही नहीं उठता। उन्हें वास्तव में ज़रूरतमंद लोगों की सहायता में सुख मिलता था। यह आदत लोगों में कम ही दिखाई देती है। लेकिन जगजीत सिंह तो इस तरह की मानवीय संवेदनाओं से ऊपर उठ चुके थे।

आज हम देखते हैं कि अपने ही प्रोफ़ेशन में कोई क़ाबिल पेशेवर उठता दिखाई देता है तो उसके आगे बढ़ने में अपने साथी ही काँटे बिछाते हैं। उससे असुरक्षित महसूस करने लगते हैं और उसका नुक़सान करने की साज़िशें रचते हैं। जब हम जगजीत सिंह के सफ़र का समग्र मूल्यांकन करते हैं तो पाते हैं कि उन्हें अपने काम में वरिष्ठ कलाकारों से सहयोग नहीं मिला। उन्होंने खुद ही अपना रास्ता बनाया। जब वे इतने सक्षम हो गए कि नए कलाकारों की सहायता कर सकें तो उन्होंने न जाने कितने कलाकारों को आगे बढ़ाया और उन्हें अवसर दिए। ये कलाकार और गायक आज भी जगजीत सिंह के इस उपकार को याद रखते हैं। तलत अजीज़ कहते हैं,

"वे बड़े दिलदार आदमी थे। मैं जानता हूँ, ऐसे कितने लोग हैं चाहे वो उनके म्यूज़ीशियन हों या साथी रहे हों या फिर कोई ज़रूरतमंद होता था तो वे उसकी सहायता करते थे। किसी को भी कानों-कान ख़बर तक नहीं होती थी। यहाँ तक कि चित्राजी को भी पता नहीं चलता। कितनी बड़ी बात थी। एक म्यूज़ीशियन थे। नाम तो नहीं लूँगा। उनका बुरा वक़्त आया। जगजीत को यह पता चल गया तो उन्होंने उनके लिए छोटी-सी आइसक्रीम फ़ैक्टरी खुलवा दी, जिससे उनकी फ़ैमिली की आमदनी के लिए एक नियमित ज़रिया बन जाए। तो इंसान के तौर पर ऐसी ख़ूबी कहीं देखने को मिलती है आज?"

तलत अजीज़ आगे बताते हैं - "वह हैदराबाद आए थे, चित्रा जी के साथ। मैं और मेरे माता-पिता उनसे मिलने होटल गए। अपने घर खाने का निमंत्रण दिया। पिताजी उन्हें लेने गए। सहजता देखिए कि यह महान गायक जोड़ी मेरे घर भोजन करने आ गई। घर पर ही मैंने चार-पाँच ग़ज़लें मेहदी हसन की शैली में गाईं। उन्हें बहुत पसंद आईं, लेकिन साथ ही कहा कि अपना अलग अंदाज़ विकसित करो। साल भर बाद मैं मुंबई गया। जगजीत और चित्राजी से मिला और अपने एक एलबम के लिए सहायता माँगी। जगजीत ने भरपूर मदद की। मेरा पहला एलबम *तलत अजीज़ विद जगजीत सिंह* उनके ही संगीत निर्देशन में जारी हुआ। तो आप कह सकते हैं कि मेरी आवाज़ लाखों-करोड़ों संगीत प्रेमियों तक जगजीत सिंह की वजह से ही पहुँची।

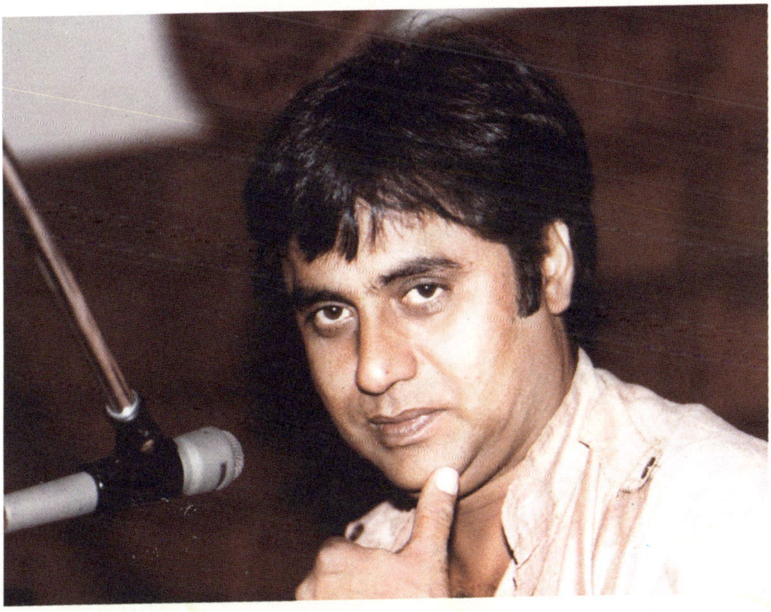

**नए कलाकारों का संरक्षक**

*टेलेंट ऑफ़ एटीज* के एक और ग़ज़ल गायक अशोक खोसला जगजीत को अत्यंत भावुक होकर याद करते हैं। वे कहते हैं - "जगजीत साब जितने अच्छे कलाकार थे, जितने अच्छे फ़नकार थे, उससे बढ़कर वह बहुत अच्छे इंसान थे। लोगों की दिल खोलकर मदद करते थे। आप किसी से भी पूछिए, सब यही कहेंगे। मैं अपनी बताता हूँ। एक दिन मैंने फ़ोन किया तो बोले आजकल कहाँ हो, क्या कर रहे हो तो मैंने बताया कि पुणे के क़रीब एक ओल्ड एज होम बनाया है। सुनकर बहुत खुश हुए। बोले, मुझे ले चलो वहाँ पर। तो एक दिन मैं उनको ले गया। वहाँ घूम कर सब देखा और वहाँ रहने वालों से मिले तो उनकी आँखों में आँसू आ गए। जब वहाँ चक्कर लगा रहे थे तो बगल का एक प्लॉट ख़ाली दिखाई दिया। मुझसे बोले, अशोक! तुम कल के रोज़ अपने ओल्ड एज होम का विस्तार करोगे। उस समय यह प्लॉट मिले या नहीं मिले। तुम इसको फ़ौरन ख़रीद लो। मैंने कहा कि इसके लिए तो फ़ंड का इंतज़ाम करना पड़ेगा। अभी तो मेरे पास इतना पैसा नहीं है। तो बोले चिंता मत करो। पैसा मैं देता हूँ। तुम प्लॉट ख़रीद लो। उन्होंने मदद की। हमने ज़मीन ख़रीदी। वहाँ बिल्डिंग बन गई। जहाँ सिर्फ़ 35 लोग रहते थे, अब नई बिल्डिंग बन जाने से 100 लोग रहने लगे। आल थैंक्स टु जगजीत सिंह। उनका दिल बड़ा उदार था और सबके प्रति प्यार से भरा हुआ था।"

गायक रूप कुमार राठौर कहते हैं - "ग़ज़लों के मायने हमने जगजीत से समझे हैं। उनके सहयोग से मेरे अनेक एलबम निकले हैं। उनकी सत्तरवीं सालगिरह पर कार्यक्रम चल रहा था। मैं श्रोताओं में था। उस कार्यक्रम में उन्होंने मुझे आमंत्रित

**घनश्याम का वह एलबम जिसे जगजीत ने रिलीज़ किया**

किया और गायन का न्यौता दिया। यह कहना बड़ी बात नहीं होगी कि आज के कमोबेश हर ग़ज़ल गायक को रोज़ी-रोटी जगजीत साहब की बदौलत ही मिल रही है। हम सभी उनके अहसानमंद हैं।"

एक और ग़ज़ल गायक घनश्याम वासवानी को उन्होंने *टेलेंट ऑफ़ एटीज़* में मौक़ा दिया था। वे याद करते हैं - "उन दिनों मैं शौकिया गाता था। मुंबई के एक सरकारी कॉलेज में क़ानून की पढ़ाई कर रहा था। एक दिन वहाँ गायन प्रतियोगिता में निर्णायक के तौर पर जगजीत-चित्रा आए। मेरा गायन सुनने के बाद उन्होंने मुझे बुलाया। कहने लगे कि मेहनत करो। तुम्हारी आवाज़ पर पकड़ है। आगे जाओगे। मैंने संकोच में कहा कि इस ग़ज़ल गायन से घर का गुज़ारा कैसे होगा तो बोले कि मैं तुम्हारी मदद करूँगा। ऐसा कोई आज कहता है? उन्होंने फिर एलबम निकाला। यह बहुत लोकप्रिय हुआ।"

एक और कमाल के गायक हैं - विनोद सहगल। जगजीत ने उनको भी भरपूर अवसर दिया था। *टेलेंट ऑफ़ एटीज़* में उनकी आवाज़ भी हमें सुनाई देती है। विनोद अपनी संगीत यात्रा से जगजीत के रिश्ते को कुछ इस तरह जोड़ते हैं -

"जगजीतजी के तबला वादक थे - हरीश वानकर। उनके सहयोग से ही मैं जगजीतजी से मिला। हालाँकि मुझे झिझक थी कि जो खुद सिंगर हो, वो दूसरे की मदद क्यों करेगा? हरीश भाई ने कहा कि तुम उन्हें नहीं जानते, वह दिल का राजा है। और वाकई। जब मिला तो उसके कुछ दिन बाद ही उन्होंने मुझे स्टेज पर चान्स दे दिया। इसके बाद उनके संगीत निर्देशन में आई फ़िल्म *रावण* का थीम सॉन्ग भी मैंने ही गाया। *टेलेंट ऑफ़ एटीज़* में उन्होंने मेरी दो ग़ज़लें रिकॉर्ड कीं। इसके बाद 1984 में जगजीत ने मेरा पूरा एलबम ही निकाल दिया। नाम था - *जगजीत सिंह प्रजेंट्स विनोद सहगल*। कैसे कहूँ कि अपने नाम के साथ उनका नाम जुड़ा देखकर अद्भुत खुशी मिलती थी। इसके बाद भी उनसे संपर्क बना रहा। उन्होंने दूरदर्शन पर प्रसारित गुलज़ार के ऐतिहासिक धारावाहिक *मिर्ज़ा ग़ालिब* में भी मुझे गायन का मौक़ा दिया। मैं उनका उपकार जीवन भर नहीं भूल सकता।"

ज़िंदगी के आख़िरी दिनों तक वे समाज को अपना सर्वस्व देने का प्रयास करते रहे। लुधियाना के डॉक्टर केवल धीर बताते हैं -

"हम क़रीब-क़रीब पचास बरस से लुधियाना के बेजोड़ शायर साहिर लुधियानवी के नाम पर जश्न-ए-साहिर करते आ रहे हैं। दस-पंद्रह साल से इस आयोजन में आर्थिक दिक़्क़तें आ रही हैं। मैं 2011 में लंदन गया। वहाँ जगजीत और मेरे एक साझा दोस्त थे - चमन लाल चमन। वे अच्छे शायर भी थे और ब्रिटेन में जगजीत के शो-प्रबंधन में सहायक भी। तो उनके साथ चर्चा में एक दिन जश्न-ए-साहिर का ज़िक्र आया। मैंने कार्यक्रम के आयोजन में आ रही परेशानियों का ज़िक्र किया।

**डॉ. केवल धीर, राजेश बादल और चमन लाल चमन (क्रम बाएँ से दाएँ)**

चमन जी बोले, "अरे साहिर तो जगजीत के पसंदीदा शायर हैं। लुधियाना के थे और जगजीत का भी इस शहर से गहरा नाता है। तो मैं उससे बात करता हूँ। उन्होंने तुरंत जगजीत को फ़ोन लगाया और मेरे बारे में बताया। साथ ही समस्या का ब्यौरा भी दे दिया। जगजीत सिंह ने तपाक से कहा कि मैं डॉक्टर धीर को जानता हूँ। उनसे कहिए कि फ़ंड की चिंता नहीं करें। अगले कार्यक्रम में मैं आऊँगा और गाऊँगा। इसका फ़ंड जुटाना मेरी ज़िम्मेदारी है और मैं इतनी व्यवस्था कर दूँगा कि डॉक्टर धीर को आगे भी कभी परेशानी नहीं आएगी। इसके बाद चमन लाल चमन ने मेरी बात कराई। उन्होंने पंजाबी में ही कहा कि मैं दो-चार दिन में मुंबई पहुँच जाऊँगा। तो हम मुंबई में मिलकर बात करते हैं। आपको कोई मुश्किल नहीं आएगी। साहिर साब के लिए हम सब मिलकर करेंगे। मैं ख़ुश हो गया। मैं अगले दिन की फ़्लाइट टिकट देख ही रहा था कि ख़बर आई कि जगजीतजी अस्पताल में भर्ती हैं। मैंने सोचा कि चलो! अस्पताल से छुट्टी हो जाए, फिर मिलने जाऊँगा। इसके बाद तो वे लौट कर ही नहीं आए। आज सोचता हूँ कि भले ही यह अवसर नहीं आया, लेकिन क्या जगजीत की शक्ल में मुझे कोई देवदूत नहीं मिला था।"

जगजीत सिंह के उपकार संसार में बिखरी अनगिनत कथाओं के बारे में हमें जानकारी नहीं है। लेकिन दिल पर हाथ रखकर सोचिए कि जो उदाहरण हमारे सामने आए हैं, क्या वे उन्हें आसमान से उतरा एक फ़रिश्ता नहीं बनाते?

# 14

# जन जन का जगजीत

Gills
Holding Ltd

क़रीब पैंतालीस साल पुरानी बात है। मैं उन दिनों आकाशवाणी के एक क्षेत्रीय केंद्र के साथ अनुबंधित उद्घोषक के तौर पर काम कर रहा था। उन दिनों चौबीस घंटे प्रसारण करने वाली व्यवस्था नहीं होती थी। प्रादेशिक और क्षेत्रीय केंद्र सुबह साढ़े छह बजे से साढ़े नौ बजे तक, दोपहर साढ़े बारह बजे से ढाई बजे तक और शाम साढ़े पाँच बजे से रात साढ़े दस बजे तक तीन सभाओं में प्रसारण किया करते थे। उसमें अन्य कार्यक्रमों के अलावा सुगम संगीत का भी कार्यक्रम होता था। इस कार्यक्रम में ग़ज़लें प्रसारित की जाती थीं। हम लोगों को घूमने वाले काले रिकॉर्ड के ज़रिए श्रोताओं तक गीत-संगीत पहुँचाना होता था। एक दिन नया रिकॉर्ड आया। यह जगजीत सिंह का *द अनफ़ॉरगेटेबल्स* रिकॉर्ड था। आमतौर पर किसी नए रिकॉर्ड को प्रसारित करने से पहले सुनने की परंपरा थी। लायब्रेरी अधिकारी अरुण दुबे ने यह रिकॉर्ड सुना। वे तो दीवाने हो गए। जो भी एनाउन्सर उन्हें मिलता, उन्हें वे यह रिकॉर्ड ले जाकर सुनाते। मैंने भी सुना। एक दो क्या उसकी तो सारी ग़ज़लें एक से बढ़कर एक थीं।

जगजीत सिंह के साथ मेरा पहला रिश्ता इसी एलबम ने जोड़ा। इसके बाद तो मैं जैसे जगजीत सिंह का दीवाना हो गया था। उस छोटे-से शहर में दो या तीन दुकानें थीं, जो टेप रिकॉर्डर बेचा करती थीं। वे एक टेप रिकॉर्डर ख़रीदने पर एक ऑडियो कैसेट मुफ़्त भी देती थीं। मैंने थोड़े-थोड़े रुपये बचाकर 450 रुपये में एक सस्ता टेप रिकॉर्डर ख़रीदा। मेरे पास पूरे पैसे नहीं थे। दुकानदार भला था और रेडियो में मेरे कार्यक्रम सुनता रहता था। इसलिए किश्तों में उसने यह अद्भुत यंत्र मुझे दे दिया। उन दिनों टेप रिकॉर्डर को छोटे शहरों में बड़ी हैरत से देखा जाता था। साथ में जगजीत-चित्रा के

एक एलबम का ऑडियो कैसेट उपहार में मिला। कैसेट का नाम *लेटेस्ट* था। उसमें सुदर्शन फ़ाकि़र की रचना - *ये दौलत भी ले लो, ये शोहरत भी ले लो भले छीन लो मुझसे मेरी जवानी/मगर मुझको लौटा दो बचपन का सावन, वो काग़ज़ की कश्ती, वो बारिश का पानी...* सुनने को मिली। एक बार, दो बार, और न जाने कितनी बार सुनी। संतोष ही नहीं होता था हर बार लगता कि एक बार और सुन लो। मेरी तो जैसे लॉटरी लग गई थी। दिन-दिन भर जगजीत सिंह को सुनता रहता था। दूसरों को भी सुनाया करता। कहने में कोई संकोच नहीं कि जगजीत-चित्रा का जादू मेरे सिर चढ़ कर बोल रहा था। जिन-जिन दोस्तों और परिचितों को जगजीत की ग़ज़लें सुनाता, वह भी इस जोड़ी का दीवाना हो जाता। उन दिनों नई कैसेट ख़रीदकर म्यूज़िक स्टोर्स में मन चाहे गीत-ग़ज़ल रिकॉर्ड कराने का प्रचलन था। लंबे समय तक मैं इसी तरह जगजीत की ग़ज़लों का संकलन करता रहा। तब से लेकर आज तक जगजीत का कोई भी एलबम मैंने नहीं छोड़ा। आज भी मेरे पास सारे ऑडियो कैसेट सुरक्षित हैं।

इसी बीच एक वह भाग्यशाली दिन भी आया था, जब मुझे जगजीत से रूबरू होने का सुअवसर मिला। उन दिनों मैं इंदौर के समाचार-पत्र *नई दुनिया* में सह-संपादक था। तब जगजीत आए थे। मैंने अपना परिचय दिया। अपने दीवानेपन के क़िस्से सुनाए। जगजीत सुनते रहे। मुस्कराते रहे। कुछ नहीं बोले। मैंने उनका साक्षात्कार लिया था। बाद में दुबारा मुलाक़ात हुई तो उन्होंने उस साक्षात्कार की तारीफ़ की। उन्हें सब याद रहता था। नाम और चेहरा भी। इसके बाद 1985 में मुझे जयपुर जाकर एक राष्ट्रीय समाचार-पत्र *नवभारत टाइम्स* प्रारंभ करने का मौक़ा मिला। जयपुर प्रवास के दिनों में उनसे दो-तीन मुलाक़ातें हुईं। जयपुर उनके पसंदीदा शहरों में से एक था। मिलते ही उन्होंने पहचाना, अरे! आप तो इंदौर में थे। यहाँ कैसे? मैंने बताया कि अब *नवभारत टाइम्स* ज्वॉइन कर लिया है। उन्होंने मुझे शुभकामनाएँ दीं। इसके साथ ही जयपुर के उस कार्यक्रम में आने का न्यौता दिया। फिर 1991 से 2005 के बीच दो बार भोपाल प्रवास के दिनों में भेंट हुई। अच्छी व अविस्मरणीय। भोपाल से दिल्ली जाकर बसा तो वहाँ भी मिलता रहा। दो या तीन बार। आख़िरी बार मैंने कैमरे पर एक लंबे साक्षात्कार का अनुरोध किया। उस समय मैं राज्य सभा टेलिविज़न में कार्यकारी निदेशक था और चैनल जल्द ही शुरू होने वाला था। अपनी विशेष बायोपिक श्रंखला के लिए उनका साक्षात्कार रिकॉर्ड करना चाहता था। उन्होंने निमंत्रण तुरंत स्वीकार कर लिया, लेकिन बोले,

*"अभी तो जा रहा हूँ। बहुत ज़रूरी न हो तो अगली बार रिकॉर्ड कर लें। दिल्ली तो आता ही रहता हूँ।"*

उनका वादा था। पिछले सारे वादे निभाए थे। इसलिए मैंने ज़िद भी नहीं की।

**सदाबहार जगजीत**

लेकिन इस बार गए तो कभी नहीं लौटे। हमेशा-हमेशा के लिए चले गए। कलेजे में फाँस की तरह अब तक चुभ रहा है। उस दिन ज़िद करके साक्षात्कार क्यों रिकॉर्ड नहीं किया।

लेकिन जितनी भी मुलाक़ातों को मैं याद कर पाता हूँ, उनमें जगजीत से चर्चाओं के अनेक सिलसिले हैं। टुकड़ों-टुकड़ों में उन्होंने अलग-अलग स्थानों पर मेरे अनेक सवालों के उत्तर दिए। सबसे ज़्यादा मैं उनसे एक ही सवाल अलग-अलग अंदाज़ में पूछा करता था। सवाल यह था, "जगजीत सिंह आम अवाम के दिलों की धड़कन कैसे बनता है। वह जन जन का जगजीत किस प्रक्रिया से गुज़रकर बना है।" जगजीत मेरे इस सवाल पर मुस्कराते थे। कहते थे, "आपका वही सवाल है। थोड़ा शब्दों के हेर-फेर के साथ पूछा गया है।" मैं कहता, "हाँ! यह वैसा ही है, जैसे आप एक ही ग़ज़ल को अलग-अलग अंदाज़ में अलग-अलग तरीक़े से गाते हैं, लेकिन शायद ही आप कभी उससे संतुष्ट होते होंगे।" जगजीतजी ठहाका लगाते।

पर वास्तव में मैं उनके उत्तर से अंदर तक संतुष्ट नहीं हो पाता था। मैं जानता था कि वे फ़िल्मों में गाने के लिए ही आए थे। इंदौर के साक्षात्कार में वे खुद यह कह चुके थे। लेकिन बाद में ग़ज़ल गायन के सिरमौर बन बैठे। मेरी इस धारणा को बल मिला, जब चित्राजी ने भी इस पर मोहर लगा दी कि वे फ़िल्मों में गाने के लिए ही आए थे। उस ज़माने में ग़ज़ल संसार में बेग़म अख़्तर, कुंदन लाल सहगल, मेहदी हसन और तलत महमूद जैसे सितारे ही प्रतिष्ठित थे। वैसे तो मोहम्मद रफ़ी,

मुकेश और लताजी ने भी ग़ज़लें गाईं, लेकिन मूल रूप से वे फ़िल्मों में ही गाते थे। मेहदी हसन और बेग़म अख़्तर को पसंद तो किया जाता था, पर उनके गायन से यह धारणा भी बन गई थी कि ग़ज़ल शायद आम आदमी के लिए नहीं है। वह छोटी और चुनिंदा महफ़िलों में किसी विशिष्ट और आभिजात्य वर्ग के लिए ही है। लेकिन जब जगजीत सिंह ने जादू की छड़ी घुमाई, तो आम अवाम के दिलों की धड़कन बन गए। चाहे कोई पान विक्रेता हो या किसी दफ़्तर का लिपिक, किसी स्कूल का शिक्षक हो या कोई नौजवान या कोई अफ़सर अथवा राजनेता। सभी उनकी गाई ग़ज़लें बड़े चाव से गुनगुनाते हैं।

मैं जगजीत सिंह से हर बार इसी सवाल का उत्तर चाहा करता था। जगजीत ने समय-समय पर जो उत्तर दिए, उन सबका निचोड़ कुछ इस तरह सामने आता है। एक बार उन्होंने कुछ इस तरह उत्तर दिया,

*"असल में सबसे बड़ी बात यह है कि जो ज़बान है, वह एकदम सरल होना चाहिए। मेरे पास जो भी कलाम या ग़ज़ल आती है, उसमें देखता हूँ कि उसके शब्द कैसे हैं। पहले पूरे देश में उर्दू पढ़ाई जाती थी। इसलिए उसको ग़ज़ल में समझने के लिए किसी को ज़्यादा कोशिश नहीं करनी पड़ती थी। उस दौर के ग़ज़ल गायकों को अगर देखें तो वे ख़ालिस उर्दू के शब्द अपनी ग़ज़लों में गाते थे और लोग समझ लेते थे। मैंने स्वयं उर्दू पढ़ी है। लेकिन जैसे-जैसे उर्दू का चलन कम होता गया तो ग़ज़लों में भी उसका असर देखा जाने लगा। मैं देखता हूँ कि मैं जिस ग़ज़ल को लोगों तक ले जाना चाहता हूँ, उसका एक-एक शब्द ग़ज़ल प्रेमियों की समझ में आना चाहिए। आज देश की भाषा हिंदुस्तानी है। न कठिन हिंदी और न कठिन उर्दू। यानी बोलचाल की। मैं पंजाब से आता हूँ तो वहाँ अब हिंदी, उर्दू, पंजाबी और अँगरेज़ी सब मिली-जुली होती है। तो एक बात यह है, जो मैं ध्यान में रखता हूँ। पुराने गायकों की ग़ज़लों को आप सुनिए। कितने कठिन शब्द होते हैं। जो लिखता है, उसे तो उस शब्द का अर्थ मालूम होता है या जो उसे गाता है, वह भी उसका मतलब समझता है। लेकिन जो उस ग़ज़ल को सुनता है, वह अलग-अलग पृष्ठभूमि से होता है। हो सकता है उसने इतनी पढ़ाई नहीं की हो। इसलिए मैं इस तथ्य को ध्यान में रखता हूँ। एक बात और है। मान लीजिए आपने कोई ग़ज़ल सुनी और पसंद भी आ गई तो उसे आप बार-बार सुनना चाहेंगे या उसे याद करके गुनगुनाना चाहेंगे अथवा दोस्तों को सुनाना चाहेंगे। मैंने इस बारे में एक प्रयोग किया था। हर ऑडियो कैसेट के साथ सारी ग़ज़लें हिंदी में प्रिंट करके कवर के अंदर रखवाते थे। इससे लोग कैसेट तो सँभाल कर रखते ही थे, छपी हुई ग़ज़ल भी अपने रिकॉर्ड में रखते थे। वे लिखी हुई ग़ज़लें पढ़-पढ़ कर याद भी रखते थे।"*

जगजीत सिंह के इस उत्तर ने फिर एक जिज्ञासा जगा दी थी। सवाल यह खड़ा

**वाद्य यंत्रों से प्रेम करने वाले जगजीत अपने पियानो के साथ**

होता था कि जब उस दौर में ग़ज़लों की भाषा कठिन और अधिक उर्दू दां होती थी, तो जगजीत सिंह को मनचाही सरल ग़ज़लें या नज़्में कहाँ से मिल जाती थीं? इसका उत्तर उन्होंने बड़ी आसानी से दिया। बोले -

*"मैंने कभी शायर या गीतकार के नाम को नहीं देखा। वो कितना बड़ा या मशहूर है यह भी नहीं देखा। मैंने यह ज़रूरी समझा कि आख़िर वो मेरे दिल के तार झनझनाता है या नहीं। उसकी रचनाओं पर मेरे अंदर से वाह-वाह निकलती है या नहीं। मैं एक तरफ़ बुल्लेशाह, मिर्ज़ा ग़ालिब, बहादुर शाह ज़फर, शिवकुमार बटालवी, गुलज़ार, सुदर्शन फ़ाकिर, निदा फ़ाज़ली, बशीर बद्र, नवाब देवबंदी और जावेद अख़्तर साब को गाता हूँ तो दूसरी तरफ़ आलोक श्रीवास्तव जैसे नए शायर की ग़ज़ल भी लेता हूँ (उन दिनों आलोक श्रीवास्तव धमाकेदार और अंतरराष्ट्रीय स्तर पर प्रतिष्ठित शायर बनने की ओर क़दम बढ़ा चुके थे)। कहना चाहता हूँ कि मेरे लिए कन्टेंट ज़्यादा महत्त्वपूर्ण होता है। हो सकता है कि किसी बहुत बड़े नामी-गिरामी शायर की ग़ज़ल आपके दिल और दिमाग़ पर असर नहीं डाले और एकदम नया शायर आपकी आँखों से आँसुओं की धारा बहा दे। वही बात है, जो एक आम आदमी पर असर डालती है और जिसे आप जन-जन की आवाज़ कहते हैं। अच्छा एक बात और है। जैसा कि मैंने कहा कि शायर का विचार या थॉट प्रोसेस बड़ा महत्त्वपूर्ण होता है और वो उस ग़ज़ल में क्या कहना चाहता है, यह ज़रूरी है। इसके अलावा मैं तो यह भी देखता हूँ कि उसमें कुछ सस्पेंस कितना है। सस्पेंस यानी शायर जो पहली लाइन में*

*बात कहता है, उससे सुनने वाले को दूसरी लाइन का बिलकुल अनुमान नहीं होना चाहिए। तभी तो सुनने वाले के दिल से वाह-वाह निकलेगी।"*

एक बात और थी। किसी ग़ज़ल को लोकप्रिय बनाने में उसका संगीत पक्ष महत्त्वपूर्ण होता है। दशकों से हिंदुस्तानी ग़ज़ल गायन में परंपरागत वाद्य यंत्र ही प्रचलन में थे। जगजीत सिंह ने अनुभव किया कि जब दुनिया तेज़ रफ़्तार से भाग रही है और नई नस्लें उनके गायन की दीवानी हैं तो फिर पुराने और ठहरे हुए परंपरागत वाद्यों के सहारे ग़ज़ल को घर-घर में लोकप्रिय नहीं बनाया जा सकता। एक मुलाक़ात में मैंने पूछा कि इतने सारे आधुनिक और पश्चिमी वाद्य यंत्रों के शोर से आप ग़ज़ल को ख़ामोशी से बचा कर रख लेते हैं। इसका राज़ क्या है? जगजीत ने कहा -

*"देखिए! हर वाद्य यंत्र की अपनी तासीर और चरित्र होता है। मैं वाद्यों के आनुपातिक तालमेल के पक्ष में हूँ। मेरे साथी तक यह जानकारी रखते हैं कि किस ग़ज़ल के साथ कौन-सा वाद्य अनुकूल है। कुल मिलाकर अगर आप अपने संगीत से, उसकी धुन से सुनने वालों को बाँध कर रख सकते हैं, तो आप क़ामयाब हैं। मैंने इसीलिए अपने मूल वाद्यों को नहीं छोड़ा, मगर नए और पश्चिमी वाद्यों को अपनाने से परहेज़ नहीं किया। इसका मुझे बहुत लाभ मिला। मैं अपनी धुनें खुद तैयार करता था। मुझे पता होता था कि नए उपकरण का इस्तेमाल कहाँ और किस तरह कर सकता हूँ। मैं किसी वाद्य को जबरन ठूँसने के पक्ष में नहीं हूँ। मेरा पहला डिज़िटल एलबम बियोंड टाइम विदेश में रिकॉर्ड हुआ था। उस समय तक सिंथेसाइज़र आ चुका था। कई लोगों ने कहा कि सारे हिंदुस्तानी वाद्य वहाँ लेकर जाने की ज़रूरत क्या है। लेकिन उस एलबम की ग़ज़लें परंपरगत भारतीय वाद्यों की आवश्यकता महसूस करती थीं; इसलिए मैं उन सभी वाद्यों और अपने साथियों को लेकर गया था। उस एलबम में आप भारतीय और पश्चिमी वाद्यों का अद्भुत मिश्रण देखते हैं। इसके अलावा एक बात और है। आप देखिए न कि मुझसे पुरानी पीढ़ी ने भी अनेक परदेसी वाद्यों को अपनाया था। हारमोनियम क्या है। परदेसी ही है। एकॉर्डियन का ही एक रूप है। लेकिन मुझसे पहले के ग़ज़ल गायक हारमोनियम का उपयोग करते थे। उनसे किसी ने नहीं पूछा कि वे विदेशी उपकरण क्यों बजाते हैं। इसी तरह वायलिन भी विदेशी है। क्लैरिनेट विदेशी है। गिटार भी भारत का नहीं है। असल बात यह है कि उन वाद्यों से निकलता तो हिंदुस्तानी शास्त्रीय संगीत ही है। मैं भी उनसे सा-रे-गा-मा ही निकालता हूँ। इस पर किसी को आपत्ति नहीं होना चाहिए। यही वजह थी कि कुछ दिन तक लोग एतराज़ करते रहे। बाद में उन्होंने विरोध करना छोड़ दिया।"*

मेरा एक सवाल ग़ज़ल की गंभीरता को लेकर भी था। कुछ लोगों को जगजीत के कार्यक्रमों में चुटकुले और लोक शैली के पंजाबी टप्पे सुनाने पर भी आपत्ति हुआ

**जगजीत का गायन और थिरकती अभिनेत्री अमीषा**

करती थी। मेरे इस सवाल के जवाब में उन्होंने बहुत संजीदा होकर उत्तर दिया था। जगजीत ने कहा -

*"आप ही ने इस बात के लिए मेरी तारीफ़ की थी कि मैंने ग़ज़ल को महफ़िल से निकालकर आम अवाम के घर में पहुँचाया। अब मैं यह प्रश्न आपसे ही पूछता हूँ कि आज के हिंदुस्तान में अगर आप नए लोगों तक ग़ज़ल को ले जाना चाहते हैं तो 1960 के तरीक़े से ले जाएँगे क्या? हर हाल में आपको आज की पीढ़ी के साथ जुड़ना ही पड़ेगा। उन्हें बाँधना ही पड़ेगा। आज मोबाइल, कंपयूटर इंटरनेट के ज़माने में क्या यह काम आसान है? कतई नही। मैं अपने कार्यक्रम को शास्त्रीय संगीत की क्लास बना दूँगा तो नए लोग आना छोड़ देंगे। फिर मैं सुनाता तो ग़ज़लें ही हूँ। वे भी पक्के शास्त्रीय संगीत और रागदारी पर आधारित। आप ही बताइए कि आज जगजीत से लोग ग़ज़ल सुनने आते हैं या लतीफ़े? जब आप अपने घर में बच्चों को तीन घंटे पकड़कर नहीं रख सकते और मेरे कुछ चुटकुले या टप्पों से वे ढाई-तीन घंटे बँध कर बैठते हैं और ग़ज़ल की गंभीरता को समझते हैं तो उसमें नुक़सान क्या है? मैं तो उनमें अपने बच्चों की झलक देखता हूँ। अपने घर में बच्चों को खाना खिलाने या पढ़ाई करने के लिए हम तरह तरह की तिकड़में करते हैं या नहीं? वही तिकड़म में उनको संगीत से जोड़ने के लिए करता हूँ तो इस पर किसी को बुरा मानने की आवश्यकता नहीं है।"*

कितनी आसानी से उन्होंने अपनी बात कह दी थी। वाकई उन्होंने अवाम के

कुल्हड़ में ग़ज़ल भर दी थी। मैं उनका चेहरा ताकता रहा। मैं सोच रहा था कि इस बेजोड़ फ़नकार को अपनी बात संप्रेषित करने का ज़बरदस्त हुनर आता है। हाँ! जगजीत सिंह को आख़िरी दिनों तक एक कसक बनी रही। आज के मशीनी-म्यूज़िक से वे ख़ुश नहीं थे। मेरे साथ एक बातचीत में उनका कहना था कि इस मशीन संगीत में इंसान कहीं खो गया है। वे कहते -

*"मनोरंजन चैनलों की चौबीस घंटे की भूख भी आज के नक़ली संगीत को प्रोमोट करती है। रीमिक्स तकनीक ने असल संगीत को बहुत नुक़सान पहुँचाया है। इस यांत्रिक संगीत में ह्यूमन टच नहीं के बराबर है। आप फ़ीड कर दीजिए। बटन दबाइए। घंटों चलता रहेगा। उसमें कोडर्स हैं, इफ़ेक्ट्स हैं, सब कुछ है। नब्बे फ़ीसदी तो यह मशीनी-म्यूज़िक है। लेकिन तबला, सितार, सारंगी जैसे वाद्य यंत्रों की मेलोडी आप कहाँ से लाएँगे। हालाँकि उसमें सितार है, लेकिन सितार वाली बात मशीन के सितार में नहीं है। इसका अर्थ यह नहीं है कि मैं इनके ख़िलाफ़ हूँ। भई! बदलते समय के साथ आपको भी बदलना ही पड़ेगा। मैंने ही तो ग़ज़ल में पश्चिमी वाद्य यंत्रों की शुरुआत की थी। सवाल यह है कि आप उसका कैसा इस्तेमाल करते हैं। उसका वल्गर यूज़ नहीं होना चाहिए। एक बात यह भी है कि नए गायक मशीन म्यूज़िक के कारण शास्त्रीय संगीत सीखने पर कम ध्यान देते हैं। वह अच्छी बात नहीं है। कम मेहनत करके वे स्टार बन जाते हैं। फिर समझते हैं कि वे जो गा रहे हैं, वही असल संगीत है। इससे उनका तो भला हो जाता है, मगर संगीत का नुक़सान होता है।"*

**अफ़्रीकी वाद्य यंत्र के साथ जगजीत**

**प्रधानमंत्री मनमोहन सिंह, उनकी पत्नी और भाई करतार के साथ जगजीत (बाएँ)**

जगजीत सिंह की इस व्यथा का विश्लेषण नए ढंग से चित्रा सिंह करती हैं। मुंबई में राज्य सभा टीवी के लिए जगजीत सिंह पर केंद्रित एक धारावाहिक निर्माण के दौरान एक शाम चर्चा के दरम्यान उन्होंने कहा -

*"असल में नए गायक आते हैं। कड़ी मेहनत और रियाज़ किए बिना वे जगजीत सिंह बनना चाहते हैं। यह इतना आसान नहीं है। आज कुछ गायक हैं, जो अपने आप को जगजीत सिंह का शागिर्द मानते हैं। पर ऐसा है नहीं। जगजीत सिंह का स्थान लेने के लिए कठोर साधना करनी पड़ती है। मैं तो चाहती हूँ कि कोई नया जगजीत सिंह उभर कर आए। लेकिन अब तक तो कोई दिखा नहीं। अब ऐसे शागिर्द होने से क्या फ़ायदा। इस नज़रिए से तो मैं खुद कह सकती हूँ कि जगजीत सिंह की शागिर्द कोई है तो वो मैं हूँ। हो सकता है कि मैं यह कहूँ तो अच्छा नहीं लगे कि आई एम द ओनली शागिर्द ऑफ़ हिम। आप कह सकते हैं कि जो बात उन्होंने अपने संगीत, अपनी कंपोजीशन्स के ज़रिए कहने की कोशिश की है, मैंने उसके करीब जाने की कोशिश की है। हालाँकि मैंने उनके पास बैठ कर कभी नहीं सीखा। कभी उन्होंने बैठाकर कोई मेरी क्लास नहीं ली। सब कुछ सुन-सुन कर सीखा। वो अपना रियाज़ कर रहे हैं। मैं अपना काम कर रही हूँ। तो उनको सुनती गई और सीखती गई। इसलिए कोई अगर अपने आप को उनका शागिर्द कहता है और नाम कमाना चाहता है तो मैं साफ़-साफ़ कहना चाहूँगी कि उसे पहले अपने आप को साबित करना पड़ेगा। अगर उनके शागिर्द हो तो कुछ तो उसकी झलक आपके अंदर*

*से दिखनी चाहिए। वो तो कहीं दिखाई नहीं देता। कॉमर्शियली वे चाहे सक्सेस कितने हो जाएँ।"*

लेकिन मैं जगजीत सिंह के जिस जवाब से एकदम संतुष्ट हो गया था, वह ग़ज़ल के ज़रिए सरोकारों के प्रति संवेदनशीलता से जुड़ा था। जगजीतजी ने कहा था कि दरअसल, संगीत सुनने वाला ग़ज़ल या गीत में अपने दिल की बात सुनना चाहता है। उसके ग़म, उसका गुस्सा, उसकी ख़ुशी और उसका आक्रोश जब सबके सामने प्रकट होता है तो उसके कलेजे को ठंडक मिलती है। जगजीत ने कुछ ग़ज़लों के उदाहरण भी दिए। मसलन इन दिनों धार्मिक आस्था और सांप्रदायिकता पर नए सिरे से बहस चल पड़ी है। यह उनका दिल दुखाती थी और जब उन्हें ऐसी रचनाएँ मिल जातीं तो वे अपने सुरों में ढाल लेते। वे हम लोगों के सोच का हिस्सा बन जाती थीं। उनके लोकप्रिय होने का कारण भी यही है। अब एक उदाहरण देखिए -

*जब हक़ीक़त है कि हर ज़र्रे में तू रहता है/कहीं मस्जिद, कहीं मंदिर क्यों हैं/*

*ज़ख्म हर सर पे हरेक हाथ में पत्थर क्यों है/आज के दौर में ऐ दोस्त! ये मंज़र क्यों है...*

और

*सर जिस पे न झुक पाए, उसे दर नहीं कहते/हर दर पे जो झुक जाए, उसे सर नहीं कहते...*

आज के दौर में महँगाई और मुफ़लिसी से त्रस्त आम आदमी के लिए भी जगजीत के दिल में दर्द झलकता है। हिंदुस्तान के किसी अन्य ग़ज़ल गायक ने इस मसले पर अपने गायन का परिचय दिया हो तो बताइए। प्रस्तुत है एक मुखड़ा -

*अब मैं राशन की कतारों में नज़र आता हूँ/अपने खेतों से बिछड़ने की सज़ा पाता हूँ...*

*इतनी महँगाई कि बाज़ार से कुछ लाता हूँ/अपने बच्चों में उसे बाँट कर शर्माता हूँ...*

और यह भी एक अद्‌भुत रचना है। जगजीत ने इसे स्वर देकर करोड़ों ग़मज़दा लोगों की पीड़ा को मुखरित किया है -

*एक हम थे कि बिक गए खुद ही, वर्ना दुनिया ने दोस्ती बेची/कभी आँसू कभी ख़ुशी बेची/हम ग़रीबों ने बेक़सी बेची...*

आज की ज़िंदगी में कई बार रिश्ते तार-तार होकर बिखर जाते हैं। अपने लोग ही साथ छोड़ देते हैं, दोस्त वक़्त पर काम नहीं आते और स्वार्थ के लिए किसी भी हद तक जाने से हिचकते नहीं। जगजीत ने अपना संघर्ष देखा था, लोग बदलते देखे थे और मुसीबत में साथ छोड़ने वाले लोग भी देखे थे। जगजीत का गायन दरअसल,

बदलते वक़्त का बयान है। कुछ ग़ज़लों में यह अभिव्यक्ति बड़ी संवेदनशीलता से मुखरित हुई है -

*एक - गाँठ अगर लग जाए तो फिर, रिश्ते हों या डोरी /*

*लाख करें कोशिश, खुलने में वक़्त तो लगता है /*

*प्यार का पहला ख़त लिखने में वक़्त तो लगता है /*

*दो - आदमी आदमी को क्या देगा, जो भी देगा वही ख़ुदा देगा /*

*मेरा क़ातिल ही मेरा मुंसिफ़ है, क्या मेरे हक़ में फ़ैसला देगा /*

*तीन - आपको देखकर देखता रह गया/आते आते मेरा नाम-सा रह गया /*

*झूठ वाले कहीं के कहीं बढ़ गए, एक मैं था कि सच बोलता रह गया /*

*चार - हर तरफ़ हर जगह बेशुमार आदमी/फिर भी तन्हाइयों का शिकार आदमी /*

*सुबह से शाम तक बोझ ढोता हुआ/अपनी ही लाश का खुद मज़ार आदमी /*

*पाँच - पहले हर चीज़ थी अपनी मगर अब लगता है, अपने ही घर में किसी दूसरे घर के हम हैं /*

*अपनी मर्ज़ी से कहाँ के हम हैं/रुख़ हवाओं का है जिधर का, उधर के हम हैं /*

*और*

*छह - यहाँ किसी को कोई रास्ता नहीं देता, मुझे गिरा के अगर तुम सँभल सको तो चलो /*

*सफ़र में धूप तो होगी जो चल सको तो चलो, सभी हैं भीड़ में, तुम निकल सको तो चलो /*

सभी ग़ज़ल गायकों के प्रति पूरा सम्मान प्रकट करते हुए कहना चाहता हूँ कि आम आदमी के सरोकारों पर भारत के किसी अन्य ग़ज़ल गायक ने अपने स्वरों का इतनी गहराई से इस्तेमाल नहीं किया, जितना जगजीत सिंह ने किया। यही वह चुंबक है, जो जगजीत को अवाम से, जन-जन से जोड़ता है। जगजीत ने क़रीब चार दशक तक अगर लोगों को अपने सम्मोहन में बाँध कर रखा था, तो उसके पीछे यही वजह है। आज के ग़ज़ल गायकों को तो जगजीत सिंह की जगह लेने के लिए कई उम्र चाहिए। अगर मैं कहूँ कि जगजीत सिंह के जाने से पैदा हुआ ख़ाली स्थान फ़िलहाल भरने की दूर-दूर तक कोई संभावना नज़र नहीं आती तो ग़लत नहीं होगा।

**अटल बिहारी वाजपेयी के साथ जगजीत**

हिंदुस्तान ही नहीं, समूचे भारतीय उपमहाद्वीप में जगजीत सिंह के प्रति जो दीवानगी है, वह शायद ही दुनिया के किसी अन्य कलाकार के प्रति रही हो। पाकिस्तान में तो जगजीत सिंह को लोग पलकों पर बिठाते थे। वहाँ की अवाम भी जगजीत की ग़ज़लों में अपनी तकलीफ़ और अहसास का प्रतिबिंब देखा करती है। उनके निधन पर पाकिस्तान में कई दिन तक मातम का माहौल बना रहा था। सिंध और पंजाब में जगजीत की लोकप्रियता देखते ही बनती थी। पाकिस्तान के बारे में खुद जगजीत से ही मैंने उनके अनुभव जानने चाहे थे। वे दो बार पाकिस्तान गए। वहाँ उनके लाखों प्रशंसक थे। जहाँ भी जाते थे, लोग घेर लेते थे। प्रशंसकों को ऑटोग्राफ़ देते-देते हाथ दुखने लग जाते, लेकिन कतार लगी रहती थी। एक बार का संस्मरण उन्होंने सुनाया कि जब वे गए तो शिखर ग़ज़ल गायक मेहदी हसन बीमार थे और कुछ आर्थिक परेशानी में थे। जगजीत सिंह उनसे मिलकर लौटे थे। जब शाम को उनका ग़ज़ल कार्यक्रम शुरू हुआ तो बीच में जगजीत ने लोगों को बताया कि मेहदी हसन साहब बीमार हैं और उन्हें हमारी दुआ के अलावा इलाज के लिए भी सहायता की ज़रूरत है। हमें उनकी मदद करनी चाहिए। इसके बाद उन्होंने आधा घंटे और गाया। इस दौरान मेहदी हसन के लिए क़रीब एक करोड़ रुपये एकत्रित हो गए।

कम लोग ही यह जानते होंगे कि पाकिस्तान के पूर्व राष्ट्रपति परवेज़ मुशर्रफ़ तबला वादक भी हैं। जगजीत ने एक शाम गाया, तो परवेज़ मुशर्रफ़ ने तबला बजाया था। यह उनकी भावना और इंसानियत ही थी, जो उन्हें जन-जन का जगजीत बनाती

**राष्ट्रपति ए.पी.जे. अब्दुल कलाम से पद्म भूषण प्राप्त करते हुए**

थी। यूँ ही रातों-रात कोई जगजीत सिंह नहीं बन जाता।

कमाल तो यह है कि इन चार दशकों में मुझे जगजीत के जितने प्रशंसक मिले, (ऐसा तो कोई नहीं मिला, जो उनका चाहने वाला नहीं हो) उन सबके पास जगजीत की एक-एक ग़ज़ल सुरक्षित है। अफ़्रीका, अमेरिका, यूरोप, ऑस्ट्रेलिया और कैनेडा में बसे मेरे अनेक परिचितों के पास जगजीत की अनमोल और दुर्लभ रिकॉर्डिंग्स का ख़ज़ाना है। वे आज तक किसी एलबम में नहीं आई हैं। कोशिश है कि सारे देशों से ये रिकॉर्डिंग्स संकलित करके उन्हें एक श्रृंखला में जगजीत के चाहने वालों तक पहुँचाऊँ। जगजीत की आवाज़ और गायिकी का सम्मोहन कुछ ऐसा ही है। गुलज़ार ने जगजीत पर एक बेहद भावुक करने वाली रचना लिखी है। इस पुस्तक के सिलसिले में जब उनसे भेंट हुई तो उन्होंने यह कविता ख़ासतौर पर दी।

यह कविता है -

*एक बौछार-सा था*
*वो शख़्स /*
*बिना बरसे किसी अब्र की,*
*सहमी-सी नमी से जो भिगो देता था /*
*एक बौछार ही था, जो किसी धूप की अफशाँ भर के,*
*दूर तक सुनते हुए चेहरों पे छिड़क देता था /*

*और नीम तारीक़ से हॉल में आँखें चमक उठती थीं /*
*सिर हिलाता था कभी घूम के टहनी की तरह /*
*लगता था, झोंका हवा का कोई छेड़ गया /*
*गुनगुनाता था खुलते हुए बादल की तरह /*
*मुस्कराहट में कई तरबों की झंकार छिपी थी /*
*गली क़ासिम की तरह चली ग़ज़ल की एक झंकार था वो /*
*एक आवाज़ की बौछार था वो /*
*सर्दी से ठिठुरने लगता था कभी /*
*जाने कैसी सर्दी आके बैठ गई थी जम के उसके सीने में /*
*ग़ज़ल की कांगड़ी जला के पहन लेता था /*
*बेटे को जला के लौटा तो झील के किनारे /*
*ठीकरियाँ फेंकता था पानी पे /*
*घोड़े देखता था दौड़ते हुए /*
*सर्दी से ठिठुरने लगता था वो /*
*छितरी-छितरी धूप ओढ़ लेता था वो /*
*कल सुना है बर्फ़ गिर रही थी जब पहाड़ों पर,*
*वो खिड़की खोल कर चला गया,*
*आग तापने वो चिता की आग पर /*

गुलज़ार की इस अभिव्यक्ति के बाद कुछ भी कहने - लिखने - सुनने को नहीं रह जाता।

**सिवाय इसके कि जगजीत!**
**हम तुमको प्यार करते हैं, करते रहेंगे...**
**आख़िरी साँस तक।**

# लेखक के बारे में

**राजेश बादल** की पहचान के कई सूत्र हैं। पत्रकार, लेखक, संपादक, चिंतक, विचारक और फ़िल्म निर्माण; ये सब सूत्र उनसे जुड़ते हैं।

पैंतालीस बरस पहले *दैनिक जागरण* से शुरू हुआ उनका सफ़र यूएनआई, पीटीआई, *नई दुनिया, नवभारत टाइम्स* और *रविवार* जैसे समाचार-पत्र, पत्रिकाओं के माध्यम से आगे बढ़ा। रेडियो व टेलिविज़न के जरिए पहचान व्यापक हुई। और आज फ़िल्म निर्माण तथा डिज़िटल माध्यम के नए अवतारों के साथ कलात्मक गतिविधियाँ अनवरत जारी हैं।

भारतीय टेलिविज़न पत्रकारिता की पहली पीढ़ी के पत्रकारों में से एक। पहले स्वदेशी चैनल आज तक में बतौर संपादक। उत्तर भारत की पहली ख़बरिया टीवी एजेंसी टेली न्यूज़ के प्रधान संपादक, बीएजी फ़िल्म्स के कार्यकारी संपादक, सीएनईबी के प्रधान संपादक, इंडिया न्यूज़ के न्यूज़ डायरेक्टर, वॉइस ऑफ़ इंडिया के प्रबंध संपादक और एसोसिएट समूह संपादक। राज्यसभा टीवी के संस्थापक संपादक और कार्यकारी निदेशक। भारत की पहली साप्ताहिक टीवी समाचार पत्रिका *परख़* के विशेष संवाददाता, निजी क्षेत्र के पहले दैनिक न्यूज़ बुलेटिन न्यूज़ वेब के विशेष संवाददाता, भारत के पहले टेलिविज़न ट्रैवलॉग में अरुणाचल से कन्याकुमारी तक का सफ़र। राज्यपालों पर केंद्रित पहले समाचार धारावाहिक महामहिम राज्यपाल के एंकर-निदेशक। 1977 से लगातार विधानसभाओं, लोकसभा चुनावों का कवरेज़। रेडियो-दूरदर्शन पर क़रीब पंद्रह बरस समाचार प्रस्तोता और सम-सामयिक कार्यक्रमों के प्रस्तुतकर्ता। अनगिनत वृत्तचित्र और हज़ारों टीवी रिपोर्ट्स। लोकप्रिय टीवी शृंखला *उनकी नज़र, उनका शहर और विरासत* के तहत पचास से अधिक विभूतियों पर बायोपिक निर्माण। वॉइस ऑफ़ अमेरिका के लिए सुनामी का ख़ास कवरेज। अमेरिकी सरकार के आमंत्रण पर लंबे समय तक वहाँ मीडिया अध्ययन और अनेक शहरों-संस्थानों में व्याख्यान। आकाशवाणी के एफ़एम गोल्ड चैनल के कई धारावाहिकों में भागीदारी।

मीडिया शिक्षा के क्षेत्र में पैंतीस साल से सक्रिय। दो दर्ज़न से अधिक विश्वविद्यालयों में अतिथि व्याख्यान, अनेक विश्वविद्यालयों में बोर्ड ऑफ़ स्टडीज़, पाठ्यक्रम निर्धारण

समिति, परीक्षा प्रश्न-पत्र परीक्षक और मूल्यांकन कर्ता। विज्ञान पत्रकारिता के क्षेत्र में अनेक लघु फ़िल्मों का निर्माण। सीएसआईआर के राष्ट्रीय और अंतरराष्ट्रीय आयोजनों में भागीदारी। भोपाल गैस त्रासदी, सुनामी, कश्मीर में भूकंप और नेपाल में भूकंप का वैज्ञानिक कवरेज। आदिवासी संस्कृति पर शोध और अनेक लघु फ़िल्मों का निर्माण। गाँधी दर्शन-चिंतन पर लगातार लेखन। *हिंदुस्तान का सफ़र* तथा *शब्द सितारे* पुस्तकों के लेखक। अनेक पुस्तकों में सह-लेखक, अंतरराष्ट्रीय महात्मा गाँधी सम्मान, राष्ट्रीय राजेंद्र माथुर सम्मान, माखनलाल चतुर्वेदी पत्रकारिता पुरस्कार समेत अनेक सम्मान उन्हें प्राप्त हो चुके हैं।

**संप्रति** : समाचार-पत्र, पत्रिकाओं, न्यूज़ पोर्टल्स के लिए लेखन। मीडिया पर केंद्रित लोकप्रिय स्तंभ *मिस्टर मीडिया* के लेखक। टीवी चैनलों और अनेक ऑन लाइन वेब चैनलों में भागीदारी।

वर्तमान में नई दिल्ली में निवास, लेकिन भोपाल से जुड़ाव के चलते महीनों सुकून के पल यहाँ गुज़ारते हैं।

# तहे दिल से शुक्रिया

जगजीत सिंह पर इस पुस्तक को अंतिम रूप देने में क़रीब पाँच साल लग गए। इस दरम्यान उनके परिवार के लोगों का भरपूर सहयोग मिला। इसके अलावा उनके मित्रों, शुभचिंतकों, सहयोगी कलाकारों, पत्रकारों और फ़िल्म उद्योग से जुड़े शिखर पुरुषों ने भरपूर सहयोग किया है। मैं उनका तहे दिल से शुक्रिया अदा करता हूँ। अनेक चैनलों के कार्यक्रमों से कुछ अंश लिए गए हैं। मैं उनका भी आभारी हूँ। मैंने पूरी कोशिश की है कि उन सभी का ज़िक्र यहाँ कर सकूँ।

1. श्री जसवंतसिंह, जयपुर, जगजीत सिंह के बड़े भाई
2. श्रीमती चित्रा सिंह, धर्मपत्नी, जगजीत सिंह
3. श्रीमती इंदरजीत कौर, जगजीत सिंह की छोटी बहन
4. श्री करतार सिंह, जगजीत सिंह के छोटे भाई
5. श्री गुलज़ार, सुपरिचित कवि और शायर और जाने-माने फ़िल्मकार
6. श्री सुभाष घई, फ़िल्मकार और जगजीत के मित्र
7. राज्य सभा टेलिविज़न की श्रंखला - *मैं जगजीत*
8. श्री पंकज कुदेसिया की पुस्तक *बियोंड टाइम*
9. श्री महेश भट्ट, जाने-माने फ़िल्मकार
10. श्री जावेद अख़्तर, जाने-माने शायर और गीतकार
11. श्री कुलदीप सिंह, फ़िल्म *साथ साथ* के संगीतकार
12. श्री दमन सूद, जगजीत के पुराने सहयोगी और साउंड इंजीनियर
13. श्री तलत अजीज़, प्रसिद्ध ग़ज़ल गायक
14. श्री अशोक खोसला, प्रसिद्ध ग़ज़ल गायक
15. श्री राजेंद्र मेहता, लोकप्रिय ग़ज़ल गायक
16. *सुरभि* कार्यक्रम, दूरदर्शन
17. इंडिया टीवी में *आप की अदालत* का जगजीत सिंह एपिसोड
18. ज़ी नेटवर्क का शो *जीना इसी का नाम है* - प्रस्तुतकर्ता फ़ारुख़ शेख़
19. ज़ी टेलिविज़न नेटवर्क
20. कलर्स टीवी का जगजीत सिंह को श्रद्धांजलि कार्यक्रम
21. श्री दीपक पंडित, वायलिन वादक जगजीत सिंह की टीम के सदस्य
22. श्री सुरेंद्र शर्मा, संतूर वादक जगजीत सिंह की टीम के सदस्य
23. श्री सचिन सोनी
24. श्री शिशिर रंजन
25. श्री मनोज शर्मा, महरौली
26. सुश्री सतविंदर कौर

27. श्री मनोज कश्यप
28. श्री रितु कुमार, पत्रकार
29. श्री सागर शर्मा, जगजीत सिंह के बचपन के मित्र, श्रीगंगानगर
30. श्री ललित शर्मा, संचालक, *सीमा संदेश,* श्रीगंगानगर
31. श्री रेवती रमण शर्मा, संपादक, *सीमा संदेश,* श्रीगंगानगर
32. श्री कृष्ण नरूला, श्रीगंगानगर
33. श्री सुभाष गोयल, श्रीगंगानगर
34. प्राचार्य, डी.ए.वी. कॉलेज, जालंधर
35. सुरेंद्र दत्ता, सितार वादक, जालंधर
36. खालसा स्कूल, जालंधर
37. डॉक्टर केवल धीर, लुधियाना
38. श्री क्लेरेंस पीटरसन, गिटारवादक और जगजीत सिंह की टीम के वरिष्ठ सदस्य
39. श्री अशोक भल्ला, जगजीत सिंह के मित्र, लुधियाना
40. वैद्य बालेंदु प्रकाश, जगजीत सिंह के आयुर्वेद चिकित्सक और दोस्त, देहरादून
41. पी.एस. सूदन, प्रबंध निदेशक, नौसगे पब्लिक स्कूल, श्रीगंगानगर
42. निम्फ़िया सूदन रेड्डी, प्राचार्य, नौसगे पब्लिक स्कूल, श्रीगंगानगर
43. श्री मगन सिंह, प्रशिक्षक, रेस कोर्स, मुंबई
44. स्टार प्लस का कार्यक्रम *एक दिन एक जीवन*
45. श्री पंकज राग की पुस्तक *धुनों की यात्रा*
46. पुस्तक *बात निकलेगी तो फिर* - लेखक सत्यासरन
47. *जग जीते जगजीत* - लेखक अमित शर्मा
48. श्री शेखर सुमन का टीवी शो
49. श्री दीपक पचौरी, फ़िल्मकार, मुंबई
50. डॉक्टर संजय चुघ, जाने-माने हृदय रोग विशेषज्ञ
51. डॉक्टर युगल मिश्रा, जाने-माने हृदय रोग विशेषज्ञ
52. श्री जसबीर सिंह धाम, मुंबई
53. श्री कुलदीप देसाई, जगजीत सिंह के सहयोगी
54. *द इंडियन एक्सप्रेस*
55. एचएमवी (वर्तमान सारेगामा)
56. रॉयल अल्बर्ट हॉल डॉट कॉम
57. वीनस रिकॉर्ड ऐंड टेप
58. द क्विंट डॉट कॉम
59. उर्विश कोठारी